화려한
혈통

화려한 혈통

BLOODLINE by Sidney Sheldon

시드니 셸던 지음 | 정성호 옮김

오늘

사랑을 담아 나탈리에게 이 책을 바친다.

| 이 소설을 쓰는 데 도움을 주신 분들에게

이 작품은 픽션이지만, 그 배경은 실재한다. 나의 조사에 기꺼이 협력해주신 분들께 사의를 표한다. 그분들의 정보를 소설로 옮기면서 제대로 표현하지 못했거나 빠뜨린 것이 있다면, 그것은 전적으로 내 책임이다. 다음 분들께 진심으로 감사의 말씀을 드린다.

로스앤젤레스 남캘리포니아 대학 의학부 차장 마가렛 M. 맥케론 박사

남캘리포니아 대학 약학부 브래디 부장

로스앤젤레스 남캘리포니아 대학 약학정보센터 소장 그레고리 A. 톰슨 박사

로스앤젤레스 남캘리포니아 대학 약학정보센터 소장 번드 W. 슐츠 박사

주디 플레시 박사

바젤의 우르스 재기, 호프만 라로슈 주식회사

베를린 셰링주식회사의 군타 시벨 박사

취리히 및 베를린의 스코틀랜드 야드 수사과

런던의 찰스 월포드, 소더비 파크 버네트

그리고 모든 것을 가능하게 해준 조르자에게 감사드린다.

시드니 셀던

"의사는 조심스럽게 상어의 똥, 도마뱀의 살,

박쥐의 피, 낙타의 침을 섞은 약을 만들어서……."

_ 기원전 1550년에 파피루스 문서에 기록된

이집트인이 사용했다는 811가지 처방에서

차례

등장인물

샘 로페 :: 제약회사 '로페 앤드 선즈'의 사장

엘리자베스 로페 :: 샘의 외동딸

새뮤얼 로페 :: '로페 앤드 선즈'의 창립자

리스 윌리엄스 :: 샘의 심복 부하

월터 가스너 :: 독일 '로페 앤드 선즈' 대표('로페 앤드 선즈' 이사)

이보 팔라치 :: 이탈리아 '로페 앤드 선즈' 대표('로페 앤드 선즈' 이사)

샤를 마르텔 :: 프랑스 '로페 앤드 선즈' 대표('로페 앤드 선즈' 이사)

알렉 니콜스 :: 영국 '로페 앤드 선즈' 대표('로페 앤드 선즈' 이사)

안나 로페 :: 월터의 아내

시모네타 로페 :: 이보의 아내

도나텔라 스폴리니 :: 이보의 애인

엘렌 로페 :: 샤를의 아내

비비안 :: 알렉의 아내

케이트 얼링 :: 샘의 비서

에밀 조에플리 :: 극비 프로젝트 책임자

율리우스 바드루트 :: 은행차관단 단장

브루노 캄파냐 :: 올비아 경찰서 형사

오토 슈미트 :: 취리히 경찰서 형사주임, 총경

맥스 호르닝 :: 취리히 경찰서 형사

제1부

BOOK
ONE

죽음의 골짜기

이스탄불

9월 5일 토요일, 밤 10시

리스 윌리엄스는 어두운 사무실에서 직원인 하지브 카피르의 책상 뒤에 홀로 앉아 있었다. 그는 더러워진 창을 통해 이스탄불의 낡은 첨탑을 무심히 바라보았다.

그는 세계 여러 수도들을 잘 알고 있었지만, 이스탄불은 특히 그가 좋아하는 도시 중 하나였다. 그러나 그는 이스탄불의 베이올루 거리나 힐튼 호텔의 호화로운 라레자브 바와 같은 곳보다 회교도들만이 알고 있는 후미진 장소, 즉 시장 끝에 있는 조그만 점포들과 많은 사람들이 참배하는 델리 바바의 묘지를 관광하기를 원했다.

그는 육체와 감정을 통제해야 하는 사냥꾼처럼 인내심을 가지고 조용히 기다리고 있었다.

웨일즈 출신으로 피부는 거무튀튀하고 잘생긴 그는 검은 머리칼에 강인한 인상을 주었으며 키는 6피트가 넘는 건장한 체격이었다. 또한 그의 짙푸른 눈은 이지적으로 빛나고 있었다.

사무실에는 그의 체취로 가득 차 있었다. 구역질나는 달착지근한 담배 냄새와 강한 터키산 커피 냄새, 뚱뚱하고 기름기 많은 그의 몸에서 풍기는…….

그러나 사실 리스 윌리엄스는 그런 것들을 미처 느끼지 못하고 있었다. 그는 그보다는 한 시간 전에 샤모니로부터 걸려온 전화에 대해서 생각하고 있었다.

"무서운 사고였어요! 윌리엄스 씨. 모두가 넋을 잃고 있습니다. 눈 깜짝할 사이에 일어난 일이라 미처 구해낼 틈도 없었어요 로페 씨는 그 자리에서 죽었습니다……."

전 세계에서 두 번째로 큰 제약회사이며 지구 전체에 손을 뻗치고 있는 500억 달러의 대기업 '로페 앤드 선즈'의 사장인 샘 로페가 죽었다는 것은 믿을 수 없는 일이었다.

그는 항상 활력에 넘쳐 있었고 정력적이었다. 전 세계에 퍼져 있는 자회사나 공장을 쉴 새 없이 오가면서 다른 사람은 도저히 해결할 수 없는 문제들을 해결하고, 새로운 아이디어를 주입했다. 그리고 모든 사원이 보다 열심히 일을 하도록 격려를 아끼지 않았다. 결혼해서 자식도 두고 있었지만, 그는 자신의 모든 것을 한 가지 사업에 쏟아 붓고 있었다.

샘 로페는 훌륭하고 비번한 사나이였다. 그런데 이제 누가 그를 대신한단 말인가. 그가 남긴 거대한 제국을 누가 운영한단 말인가.

그는 후계자를 정해놓지 않았었다. 52세로 죽는다는 것은 그의 계획 속에 들어 있지 않았기 때문이었다. 그는 아직도 많은 세월이 남아 있다고 생각했을 것이나.

그러나 지금 그의 시간은 끝나 있었다.

갑자기 사무실의 전등이 켜졌다. 리스 윌리엄스는 문 쪽을 돌아보았으나 순간적으로 눈이 보이지 않았다.

"윌리엄스 씨! 아무도 안 계시는 줄 알았어요……."

리스 윌리엄스가 이스탄불에 올 때마다 동행하는 그의 비서진 중한 사람인 소피였다. 그녀는 20대 중반의 터키 처녀로 매력적인 얼굴과 탄력 있고 육감적인 몸매를 지니고 있었다. 그녀는 간접적으로 리스에게 그가 원하기만 하면 어떤 쾌락의 상대라도 돼주겠다는 뜻을 내비쳤지만 리스는 전혀 흥미가 없었다.

"카피르 씨의 편지를 타이프할 게 있어서 왔어요. 제가 뭐 도와드릴일은 없나요?"

그녀는 상냥한 말투로 말했다.

소피가 책상에 가까이 다가왔을 때 리스는 발정 난 동물들의 사향과 같은 진한 화장품 냄새를 맡을 수 있었다.

"카피르는 어디 갔지?"

소피는 미안하다는 듯이 고개를 저었다.

"퇴근하셨어요."

그녀는 부드럽고 깨끗한 손으로 자신의 드레스를 쓸어내렸다.

"달리 시키실 일은 없으신가요?"

소피의 검은 눈은 젖어 있었다.

"해줄 일이 있어. 그를 당장 찾아줘."

그러자 소피는 미간을 찌푸리며 말했다.

"어디 가셨을까?"

"'케르반사레이'나 '머마라'에 가서 찾아봐."

아마 전자 쪽일 것이다. 그는 '케르반사레이'에서 정부와 벨리댄서로 일하고 있었다. 그러나 리스는 소피가 카피르의 그런 사생활은 모르고 있다고 생각했다. 그리고 그는 어쩌면 부인에게 돌아가 있을지도 몰랐다.

소피가 변명하듯이 말했다.

"찾아는 보겠습니다만……."

"만일 한 시간 내로 오지 않으면 모가지라고 전해."

소피의 표정이 변했다.

"최대한 노력은 해보겠어요. 윌리엄스 씨."

그러고는 문 쪽으로 가려고 했다.

"불을 꺼줘."

아무래도 뭔가를 생각하는 데는 어두운 것이 좋았다.

샘 로페의 모습이 선명하게 떠올랐다. 몽블랑은 지금 9월 초순이 등반하기에는 가장 좋은 시기이다. 샘은 이전에도 등정을 시도한 적이 있었는데, 그때는 폭풍 때문에 정상까지는 오르지 못했었다.

"이번에는 정상에 회사의 깃발을 꽂고 돌아오겠네."

샘 로페는 리스에게 농담을 하듯 장담했었다.

그런데 조금 전 리스가 페라팰리스 호텔을 나오려고 할 때 전화가 걸려온 것이다. 그는 전화기에서 들려오는 목소리가 몹시 흥분된 상태라는 것을 알 수 있었다.

"일행은 빙하를 오르고 있었습니다.……로페 씨가 발을 헛디뎌 줄이 끊어지고……밑바닥도 없는 깊은 빙하 골짜기로 떨어져서 그만……."

리스는 샘의 몸이 차가운 얼음 덩어리에 부딪치면서 얼음이 갈라진 틈으로 떨어져 내리는 모습을 눈앞에 생생하게 그려볼 수 있었다.

그는 그 광경을 억지로 마음속에서 몰아냈다. 그것은 이미 지나간 일이다. 지금은 그런 생각을 하고 있을 때가 아니라 앞으로의 일이 걱정이었다. 샘 로페 가의 사람들은 아직 그의 죽음을 모르고 있었다. 그들은 세계 각지에 흩어져 있었기 때문이었다.

신문 발표도 준비해야 했다. 이 뉴스는 국제금융계에 충격파처럼 퍼져나갈 것이다. 재정 위기에 놓여 있는 회사로서는 샘 로페의 죽음으로 인한 충격을 될 수 있는 한 작게 만드는 것이 중요했다. 그것이 바로 리스의 임무였다.

리스 윌리엄스는 9년 전에 처음으로 샘 로페를 만났다. 그 당시에 25세였던 리스는 조그만 제약회사의 판매부장이었다. 수완가인 리스는 대담하게 새로운 방법을 도입했고 회사가 커감에 따라 그의 명성은 급속도로 퍼져나갔다.

리스는 처음 로페 앤드 선즈로부터 스카우트 제의를 받았을 때, 그것을 거절했다. 그러자 샘 로페는 리스가 일하고 있던 회사를 사들여서 그에게 회사 경영을 맡겼다.

지금도 리스는 처음 샘 로페를 만났을 때 그의 압도하는 듯한 힘을 기억하고 있었다.

"자네는 이제 우리 회사의 사원이 되었네. 이렇게 하려고 자네가 근무하던 그 누더기 회사를 사들인 것일세."

리스 윌리엄스는 그 말에 기쁘기도 했지만 화가 나기도 했다.

"만일 제가 이 회사에 있고 싶지 않다면 어떻게 하시겠습니까?"

샘 로페는 자신 있다는 듯이 미소를 지었다.

"자네는 계속 있겠다고 할걸세. 자네와 나는 공통점을 갖고 있네. 우리 두 사람 모두 야심가이니까. 두 사람 모두 세계를 차지하고 싶은 포부를 갖고 있거든. 그 방법을 내가 자네에게 전수해주겠네."

그 말은 마법과도 같은 것이었다. 젊은이의 맹렬한 굶주림에 대한 약속된 향연이었다. 그는 샘 로페에게선 찾아볼 수 없는 일면을 지니고 있었다. 이전의 리스 윌리엄스라는 인간은 없었다. 그는 이제 무모함과 빈곤과 절망이 만들어낸 리스가 아니었다.

그는 여기저기 붉은 흙이 보기 흉하게 드러난 웨일즈 계곡에 있는 그웬트와 카마던의 탄광 지대 부근에서 태어났다. 사암과 접시 모양을 한 석회암층과 석회에 초록빛 대지가 갈기갈기 찢겨져 있는 곳이었다.

리스는 마치 시집 제목과도 같은 유명한 지방에서 자라났다. 즉 브레컨, 펜이팬, 펜더린, 글린코르, 매스텍 등 전설적인 고장이었다.

그곳에는 2억8천만 년 전에 만들어진 석회가 땅속 깊이 매장되어 있었다. 옛날에는 온통 수목이 무성해서 다람쥐가 한 번도 땅으로 내려오지 않고, 나무 위로만 브레컨 언덕에서 해안까지 갈 수 있을 정도로 훌륭한 경치를 이루고 있었다. 그러나 산업혁명으로 아름다운 나무들은 철강 산업의 탐욕스러운 불의 희생물이 되기 위해 숯을 굽는 인부들에게 잘려 나갔다.

소년 리스는 그곳에서 또 다른 시대, 또 다른 세계의 영웅들의 이야기를 들으며 자랐다. 아내를 버리고 독신으로 살기를 거부했기 때문에 로마 가톨릭 교회에 의해 화형에 처해졌던 로버트 패러, 10세기의 웨일즈에 법률을 기져다준 선왕 하이웰, 12명의 아들과 24명의 딸을 낳고 왕국에 대한 모든 공격을 과감히 물리친 용감한 전사 브라이첸 등에 관한 이야기였다.

그가 자라난 곳은 찬란한 역사를 지닌 고장이었다. 그러나 결코 영광만 있었던 것은 아니었다.

리스의 선조는 광부였다. 선조들이 한 사람도 남김없이 모두 광부였는데, 소년 리스는 아버지나 숙부들로부터 그야말로 지옥과도 같은 무서운 이야기를 들었다.

일이 없어서 비참한 생활을 해야 했던 이야기, 즉 회사와 광부들 사이에 치열한 싸움이 계속되어 그웬트와 카마던의 탄광이 폐쇄되고, 가난 때문에 야심이나 자존심도 잃어야 했다. 급기야는 기력도 체력도 다 쇠진하여 항복했다는 광부들의 이야기였다.

탄광은 재개되었으나 그것은 또 다른 지옥이었다. 리스의 가족들 대부분은 탄광에서 죽어갔다. 어떤 사람은 산 채로 파묻히고, 어떤 사람은 시커멓게 된 폐로 기침을 하면서 숨을 거두어야 했다. 30세 이상 사는 사람은 극히 드물었다.

리스 윌리엄스는 아버지나 겉늙어버린 젊은 숙부들이 과거의 사건, 즉 낙반 사고나 불구가 된 사람들에 대한 이야기나 파업에 대해 이야기하는 것을 자주 들었다.

그들은 즐거웠던 일이나 괴로웠던 일을 모두 이야기했는데, 소년에게는 그 모든 것이 비참하게 들렸다. 어두운 땅 밑에서 일생을 지낸다는 것은 생각만 해도 소름이 끼쳤다. 그래서 리스는 무슨 일이 있더라도 도망치지 않으면 안 된다고 생각했다.

리스는 12세 때 가출을 했다. 그리고 탄광 지역에서 벗어나 부유한 여행자들이 모여드는 설리 레니 베이와 레버녹으로 갔다.

소년은 여러 가지 자질구레한 일을 도맡아 했는데, 부인들이 험준한 벼랑에서 해안으로 내려오는 것을 도와주거나 무거운 피크닉 바구니를 들어다주었다. 또 위트모어 만의 유원지에서 일을 하기도 했으며, 페나스에서는 조랑말이 끄는 마차를 달리게 하기도 했다.

그곳은 집에서 걸어서 겨우 몇 시간 걸리는 곳이었다. 그러나 그곳 사람들과의 거리는 잴 수 없는 그 무엇이었다. 그들은 다른 세계에서 온 사람들 같았기 때문이었다. 모든 여자가 그에게는 여왕처럼 보였다. 남자들도 우아하고 세련된 옷을 입고 있었다. 이것이야말로 그가 원하는 세계였다. 리스는 그것을 자기 것으로 만들기 위해 어떤 일이라도 하리라 마음먹었다.

14세 때까지 리스는 그곳에서 한 푼 두 푼 저축을 해서 런던으로 나갔다. 처음 3일 동안 그는 대도시를 무작정 걸어 다니며 여러 가지를 구경하면서 믿을 수 없는 광경이나 소리, 냄새를 탐욕스럽게 받아들였다.

그가 가진 최초의 직업은 포목점 배달부였다. 가게에는 으스대기만 하는 두 명의 남자 점원과 웨일즈 출신 소년의 가슴을 두근거리게 만드는 여자 점원 한 명이 있었다. 남자 점원들은 리스를 인간 취급도 하지 않았다.

그들에게 리스는 진귀한 구경거리였다. 괴상한 옷을 입고, 초라한 모습을 하고 알아듣기 힘든 사투리로 이야기하는 소년이었다.

그들은 그의 이름조차 제대로 발음하지 못했다. 그들은 그를 '라이스'나 '라이' 또는 '라이즈'라고 불렀다.

"리스라고 부릅니다."

그는 몇 번씩이나 그들에게 말했다.

여자 점원은 그를 동정했다. 그녀의 이름은 글래디스 심킨스였는데 투팅의 조그만 집에서 다른 3명의 처녀와 함께 살고 있었다.

어느 날, 그녀는 리스에게 집까지 바래다달라고 해서 데려다주었는데 그녀는 그를 방에 불러들이더니 차를 대접했다. 소년 리스는 극도로 긴장하고 있었다. 그는 자신이 이때 첫 번째 성경험을 하게 되는 것이 아닌가 하고 생각했다. 그러나 그가 글래디스의 몸에 흰 손을 들었을 때, 그녀는 한참 동안 소년을 바라보더니 웃음을 터뜨렸다.

"너하고는 그런 일을 하고 싶은 마음이 생기지 않는다. 하지만 충고를 한마디 할게. 한 사람 몫을 하고 싶으면 제대로 된 양복을 입어야 하고, 제대로 교육을 받아야 해. 예절도 배워야 하지."

그녀는 깡마르고 열정적인 소년의 짙푸른 눈을 들여다보면서 상냥하게 말했다.

"너는 이다음에 크면 멋진 사나이가 될 거야."

"한 사람 몫을 하고 싶으면……."

그 순간 리스 윌리엄스는 자신이 허수아비 같은 존재로 느껴졌다. 그야말로 리스 윌리엄스는 자랑할 만한 가문을 가진 것도 아니고, 교양도 없으며 과거도 미래도 없는 무식하고 못 배운 소년이었다. 그러나 그는 상상력과 지력과 불타는 야심을 갖고 있었다. 그것만으로 충분했다.

그는 우선 자신이 되려고 하는 것, 되려고 생각하는 것의 이미지를 그렸다. 거울을 들여다봤을 때, 거기서 보고 싶은 것은 괴상한 사투리를 쓰는 못생기고 지저분한 소년이 아니었다. 바로 세련되고 우아한 성공자였다.

리스는 조금씩 마음속의 이미지로 자신을 접근시켜 갔다. 그는 야간학교에 다니고, 주말에는 미술관에서 시간을 보냈다. 또 자주 도서관에 다니고 극장도 갔는데, 그럴 때면 꼭대기 싸구려 좌석에서 1층의 특별석에 앉아 있는 남자들의 훌륭한 복장을 유심히 바라보았다.

식사비를 절약해서 한 달에 한 번 고급 레스토랑에도 가보았다. 그곳에서는 다른 손님들의 테이블 매너를 주의 깊게 흉내 냈으며 열심히 관찰하고, 배우고 기억했다. 그는 과거를 지워버리고 해면처럼 미래를 빨아들였다.

겨우 1년 사이에 리스는 그가 공주처럼 생각했던 글래디스 심킨스가 싸구려 시골 처녀로 인식될 정도가 되었다.

그는 포목점을 그만두고 대규모 판매 조직에 속해 있는 약국의 점원이 되었다.

16세가 될 무렵, 그는 실제보다 나이가 많이 들어보였고, 키도 크고 살도 많이 불어나 있었다. 여자들은 차츰 그의 검붉고 잘생긴 웨일즈적 얼굴과 매끄럽고 상냥한 말씨에 주의를 기울이게 되었다. 그는 당장 가게의 스타가 되었다. 여자 손님들은 리스가 아니면 마음에 들어하지 않았고, 그가 한가해질 때까지 기다렸다.

그는 자신이 옷맵시도 단정해지고 사투리도 없어져서 탄광지대에 있을 때와는 완전히 달라졌다고 생각했다. 그러나 거울 속의 자신의 모습은 아직도 만족스럽지 못했다. 자신이 목표로 하고 있는 것은 아득히 먼 곳에 있는 것 같았다.

2년도 채 되지 않아서 리스 윌리엄스는 가게의 지배인이 되었다. 체인의 지역 지배인은 리스에게 이렇게 말했다.

"윌리엄스, 이것은 시작에 불과하네. 열심히 일하면 앞으로 대여섯 개 가게의 감독이 될 수 있을 거야."

리스는 웃음이 터져 나올 뻔했다. 고작 그 정도를 야심의 정점으로 생각하다니!

리스는 계속 학교에 다니면서 경영과 마케팅과 상법을 공부했다. 그는 보다 많은 것을 원했다. 거울 속의 그의 이미지는 사다리의 꼭대기였지만, 자신은 아직도 가장 밑바닥에 있을 뿐이었다.

어느 날 가게에 제약회사 세일즈맨이 들어오면서부터 리스에게 출세의 기회가 찾아왔다. 그 외판원은 리스가 능란한 말솜씨로 몇 사람의 여자 손님들에게 필요도 없는 물건을 사게 하는 것을 보고는 이렇게 말했다.

"자네는 이곳에서 시간을 낭비하고 있군그래. 좀 더 큰 곳에서 일을 해보지 않겠나?"

"어떤 곳인데요?"

리스가 물었다.

"우리 사장에게 자네 이야기를 해보겠네."

2주일 뒤, 리스는 조그만 제약회사의 세일즈맨으로 일하게 되었다. 50명이나 되는 세일즈맨 중 한 사람이 된 것이다.

그러나 자기만의 거울을 들여다보고 있는 리스에게는 아직도 자신의 모습이 만족스럽지 않았다. 리스의 경쟁 상대는 이제 자기 자신이었다.

리스는 자신이 그리고 있던 인물에 가까워지고 있었다. 총명하고 교양이 있고, 세련된 남성으로……

리스는 전국을 여행하며 회사 제품을 팔고 떠들어댔다. 남의 얘기에도 귀를 기울였으며, 여러 가지 유용한 제안을 안고 런던으로 돌아왔다.

그는 성공의 계단을 급속하게 오르기 시작했다. 회사에 들어간 지 3년 뒤, 리스 윌리엄스는 영업부장이 되었다. 그의 수완으로 회사는 쭉쭉 뻗어나갔다. 그로부터 4년 뒤, 리스 앞에 샘 로페가 나타났다. 그는 리스에게서 불타는 야망을 보았다.

샘 로페는 말했다.

"자네는 나를 닮았어. 우린 세계를 차지하려고 하지. 내가 그 방법을 전수해주겠네."

그러고는 그대로 실행했다.

샘 로페는 뛰어난 선생이었다. 그 뒤 9년 동안 리스 윌리엄스는 샘 로페의 지도를 받아 회사에서 중요한 인물이 되었다.

그는 시간의 흐름과 함께 더욱더 커다란 책임을 떠맡게 되어 모든 부서를 재편성했다. 로페 앤드 선즈의 각 부문의 조정을 도모하며 새로운 아이디어를 생각해낸 것이다.

결국 리스는 샘 로페 이외의 어느 누구보다도 회사의 경영에 통달하게 되었다. 자연스럽게 그는 사장의 후계자로 지목되었다.

어느 날, 샘 로페와 리스는 베네수엘라 정부와 유리한 계약을 체결했다. 그러고 나서 회사가 소유한 8대의 비행기 중 하나인 보잉 707-320기를 개조한 호화로운 제트기를 타고 카라카스로 돌아오고 있었다. 그때 샘 로페는 리스의 솜씨를 크게 칭찬했다.

"보너스를 많이 내겠네, 리스."

리스는 조용히 대답했다.

"보너스는 필요 없습니다. 그보다는 주식과 이사자리를 주십시오."

리스는 그것을 요구할 만한 큰일을 하고 있었다. 두 사람 모두 그것을 알고 있었다. 그러나 샘은 이렇게 말했다.

"유감스럽지만 자네의 경우라도 규칙을 어길 수는 없네. 로페 앤드 선즈는 로페 일가 소유의 회사일세. 로페 가 이외의 사람은 이사회의 일원이 되거나 주식을 가질 수가 없네."

리스 역시 그것을 잘 알고 있었다. 그는 모든 이사회에 출석했지만 그 멤버로서는 아니었다. 그는 아웃사이더였다.

샘 로페는 로페 가계의 최후의 남성이었다. 그밖에 로페 가, 즉 샘의 사촌들은 모두 여자들이었다. 그녀들과 결혼한 남자들이 회사의 이사직을 맡고 있었다.

안나 로페와 결혼한 월터 가스너, 시모네타 로페와 결혼한 이보 팔라치, 엘렌 로페와 결혼한 샤를 마르텔, 그리고 어머니가 로페 가 출신이었던 알렉 니콜스 경이 있었다.

그래서 리스는 하나의 결단을 내리지 않으면 안 되었다. 그는 자신이 이사회의 일원이 될 자격을 만들어야 한다는 것, 언젠가는 자신이 회사를 경영해야 한다는 것······, 현재의 사정은 그것을 허용하지 않지만 언젠가는 그 모든 것이 변할 것이라고 믿었다. 그래서 그는 꾹 참고 사태의 추이를 지켜보기로 했다. 샘은 그에게 인내심을 가르쳐주었다. 그런데 지금 그 샘 로페가 죽은 것이다.

사무실의 불이 켜지고, 문 앞에 하지브 카피르가 서 있었다.

카피르는 로페 앤드 선즈의 터키지사 판매부장이었다. 키가 작고 검은 피부를 가진 사나이로, 다이아몬드를 끼고 뚱뚱한 배를 내밀고 있었다. 그는 황급히 옷을 걸치고 왔는지, 복장이 흐트러져 있었다.

소피가 그를 나이트클럽에서 찾아낸 것 같지는 않았다. 적어도 침대에서 바로 튀어나온 것으로 보였다.

카피르가 말했다.

"용서해주십시오. 아직 이스탄불에 계신 줄 몰랐습니다. 당신이 비행장으로 간 다음 나는 급한 용무가 있어서······."

"자리에 앉게나, 하지브. 내 말을 잘 듣게. 회사의 암호로 네 곳에 연락을 해주었으면 하네. 각기 다른 나라로 보내는 걸세. 우리 회사의 메신저가 직접 건네주도록 해야 하네. 알았나?"

"네, 알겠습니다."

카피르가 머뭇거리며 말하자, 리스는 얄팍한 '보메 메르시에'의 금딱지 손목시계를 보며 다시 한 번 재촉했다.

"지금 곧바로 발신하도록 하게."

그는 자신이 쓴 메모를 카피르에게 건네주었다.

"내용을 누설한 자는 즉시 파면이야. 명심하게."

하지브 카피르는 힐끗 전문을 보고는 눈이 휘둥그레졌다.

"아니, 이럴 수가!"

그는 고개를 들어 리스의 어두운 얼굴을 보았다.

"어떻게…… 어떻게 이런 끔찍한 일이 일어났습니까?"

"샘 로페는 사고로 사망했네."

리스가 억양 없는 목소리로 말했다.

리스는 지금 처음으로 의식 밖으로 몰아내고 있던 일, 일부러 생각하는 것을 피하려고 했던 일을 생각해냈다.

샘 로페의 딸 엘리자베스 로페의 일이었다. 그녀의 나이 24세, 리스가 처음 만났을 때 그녀는 15세였다. 치열 교정기를 낀 채 지독하게 부끄러움을 타고, 약간 살이 찐 고독한 소녀였다.

리스는 엘리자베스가 어머니의 아름다움과 아버지의 지력과 기질을 물려받아 남달리 뛰어난 처녀로 성장하는 것을 지켜봐 왔다. 그녀는 샘과 함께 살고 있었다.

리스는 샘 로페의 사망 소식이 그녀에게 얼마나 큰 타격을 줄 것인지 잘 알고 있었다. 따라서 이번 일은 그 자신이 그녀에게 직접 전하지 않으면 안 되었다.

2시간 뒤 리스 윌리엄스는 회사의 전용 비행기로 뉴욕을 향해 지중해 상공을 날았다.

불행한 결혼

안나 로페 가스너는 또다시 비명을 질러서는 안 된다고 생각했다. 그런 짓을 했다가는 월터가 돌아와서 자신을 죽일 것이다. 그녀는 몸을 덜덜 떨면서 침실 구석에 웅크리고 앉아 죽음을 기다리고 있었다.

아름다운 동화처럼 시작되었던 결혼생활이 이렇게 형용할 수 없는 공포로 변해버리다니……. 진실을 깨닫기에는 너무 늦었다. 그녀가 결혼한 남자는 살인광이었다.

안나 로페는 월터 가스너를 만나기 전에는 누구도 사랑한 적이 없었다. 어머니나 아버지나 그녀 자신조차도.

안나는 나약하고, 병이 잦고 종종 실신을 하는 소녀였다. 그녀는 주치의나 간호사나 멀리서부터 비행기를 타고 찾아오는 전문의들과 인연이 끊긴 적이 없었다.

그녀의 아버지가 로페 앤드 선즈 제약회사의 안톤 로페였기 때문에 일류급 의사들이 베를린에 있는 안나의 병상으로 달려왔다. 그러나 그들은 그녀를 진찰하고, 테스트하고 그리고 돌아갈 때까지도 처음 왔을 때 이상의 것을 알아내지는 못했다. 의사들은 그녀의 병에 진단을 내릴 수가 없었다.

안나는 다른 아이들처럼 학교에 갈 수도 없었으며, 내성적인 성격이 되어 꿈과 공상으로 자신만의 세계를 쌓아올렸다. 그 속에는 아무도 들어갈 수가 없었다. 그녀는 그곳에 자기만의 생활을 마음속 깊이 그렸다. 현실의 색채는 그녀에게는 지나치게 강렬했다.

그녀가 18세가 되자, 현기증도 실신하는 버릇도 거짓말처럼 사라졌다. 그러나 그것들은 그녀의 인생에 상처를 남기고 있었다. 대부분의 그 또래 소녀들이 약혼을 하거나 결혼을 했는데도 그녀는 남자한테 키스 한번 받은 일조차 없었다. 그녀는 그런 일 따위는 신경 쓰지 않아도 된다고 자신을 타이르며, 현실과 사람들로부터 떨어져 자기만의 공상의 세계에 사는 것에 만족했다.

20대 중반이 되자, 구혼자들이 찾아왔다. 안나 로페는 세계에 명성을 떨치고 있는 상속인이었기 때문에 많은 남자들이 그녀의 재산에 탐을 내고 있었다.

스웨덴의 백작이나 이탈리아의 시인, 가난한 나라의 대여섯 명의 왕자가 안나에게 프러포즈를 해왔지만 그녀는 전부 거절했다. 안톤 로페는 딸의 서른 번째 생일에 이렇게 탄식했다.

"나는 한 명의 손자도 못 보고 죽겠구나."

35세가 되던 해에 안나는 오스트리아의 키츠부헬에 갔을 때 그곳에서 13세 연하의 스키 교사 월터 가스너를 만났나.

월터를 처음 만났을 때, 안나는 헉 하고 숨이 멎을 뻔했다. 월터는 경사가 급한 슬로프를 활강하고 있었다. 그 모습은 안나가 지금까지

한 번도 본 적이 없는 멋진 장면이었다.

그녀는 그를 좀 더 자세히 보려고 스키 코스의 맨 아래까지 갔다. 그녀가 본 월터는 마치 젊은 신 같았다. 하지만 안나는 그를 본 것만으로 만족했다. 그때 월터는 그녀가 자신을 뚫어질 듯이 바라보고 있다는 것을 알았다.

"스키를 타지 않으십니까, 아가씨?"

그녀는 말할 자신이 없어서 그냥 고개만 끄덕였다.

월터 가스너는 미소를 지으며 말했다.

"그럼 제가 점심을 대접하겠습니다."

안나는 초등학생처럼 당황한 채 도망쳤다.

그 뒤로 월터 가스너는 열심히 그녀를 쫓아다녔다.

안나 로페는 바보가 아니었다. 그녀는 자신이 아름답지도 않고 재능도 없으며, 이름을 빼놓으면 남자를 끌 만한 것은 아무것도 없다는 것을 잘 알고 있었다. 그러나 그 평범한 모습 속에는 사랑과 시와 음악으로 가득 찬 감수성이 예민한 소녀의 모습이 있었다.

안나는 자신이 아름답지 못하다고 생각한 탓에 미에 대해 상당한 경외심을 갖게 되었는지도 모른다. 그녀는 커다란 미술관에 종종 가서 회화나 조각 작품을 몇 시간씩 바라보곤 했다.

그녀가 월터 가스너를 만났을 때, 그녀는 마치 신이 살아 있는 모습으로 눈앞에 나타난 것처럼 황홀했다.

이튿날 그녀가 '텐너호프 호텔'에서 아침식사를 하고 있을 때 월터 가스너가 찾아왔다. 그는 단정하고 잘생긴 미남이었는데, 우아하고 감성적이며 강인한 인상을 풍겼다. 얼굴은 햇볕에 검게 그을어 있었고, 이는 희고 가지런했다. 머리칼은 금빛이었으며 눈은 푸른빛이 섞인 회색이었다.

안나는 그의 스키복 안으로 알통이나 넓적다리 근육이 움직이는 것을 보며 허리부분에 경련을 느꼈다. 그녀는 자신의 거친 손을 그가 보지 못하도록 살며시 손을 숨겼다.

"어제 오후에 슬로프에서 당신을 찾았어요."

월터 가스너가 말했다. 안나는 아무 말도 할 수 없었다.

"스키를 탈 줄 모르신다면 제가 가르쳐드리겠습니다."

그는 미소를 지으며 덧붙였다.

"무료로 말입니다."

그는 그녀를 초보자용 슬로프로 데리고 갔다. 그러나 안나가 스키에는 재능이 없다는 것을 두 사람 모두 곧 깨달았다. 그녀는 몇 번이나 균형을 잃고 넘어지면서도 계속하겠다고 우겨댔다. 스키를 타지 못하면 월터에게 경멸당할까 봐 걱정되었기 때문이다.

열 번째로 그녀가 넘어졌을 때, 월터는 안나를 안아 일으키며 상냥하게 말했다.

"당신은 스키 같은 것보다는 좀 더 나은 것을 하는 쪽이 어울릴 것 같군요."

"어떤 일인데요?"

안나가 비참한 기분으로 물었다.

"오늘 저녁식사 때 얘기해드리죠."

그들은 그날 밤도, 이튿날 아침도 식사를 함께 했다.

월터는 자신이 스키 교사라는 것을 망각한 채 손님들을 전부 팽개쳐버렸다. 안나와 마을로 가기 위해서 스키 레슨도 쉬었다.

그는 안나를 '데아 골넨 그레이프'의 기지노에 데리고 가거나, 함께 썰매를 타거나, 쇼핑을 하거나, 하이킹을 나가거나 호텔 테라스에 앉아 몇 시간씩 이야기를 나누었다. 안나에게 있어서 그것은 마법과도 같은 시간이었다.

그들이 만난 지 5일이 지났을 때, 월터 가스너는 그녀의 손을 잡고 이렇게 말했다.

"안나, 내 사랑. 나와 결혼해줘요."

월터는 그녀의 꿈을 깨웠다. 꿈과 같은 동화의 나라로부터 그녀를 잔혹한 현실로 이끌어낸 것이다.

안나는 매력 없는 35세의 처녀가, 재산에 눈이 먼 남자들에게는 더 없이 좋은 표적에 지나지 않는다고 생각했다. 그녀는 자리를 피하려고 했지만 월터가 만류했다.

"안나, 우리는 서로 사랑하고 있습니다. 그 사실을 부정할 수는 없어요. 지금까지 나는 누구도 사랑해본 적이 없었습니다."

안나는 월터의 거짓 사랑 고백을 어떻게든 믿고 싶었다. 그녀는 그를 자기 방으로 데리고 가 차분하게 이야기했다.

월터의 신상 이야기를 듣고 있는 사이에 안나는 그가 자기와 너무도 닮았다고 생각했다. 그녀와 마찬가지로 월터도 사랑하는 사람을 갖지 못한 채 살아왔다는 것을…… 안나가 병 때문에 바깥세상과 격리된 생활을 해온 것처럼, 그는 사생아라는 이유로 사람들로부터 냉대를 받아온 것이다. 그리고 그녀와 마찬가지로 월터는 다른 사람을 사랑하고 싶다는 강한 욕구와 애정결핍 속에서 살아왔음을 알 수 있었다.

월터 가스너는 고아원에서 자랐다. 그가 13세가 되어 핸섬한 용모가 눈에 띄게 되자, 고아원의 여자들은 그를 이용하기 시작했다.

밤에 그를 자기들의 방으로 데리고 가서 침대에 끌어들여 자신들을 즐겁게 해주는 방법을 가르쳐준 것이다. 그 보수로 월터는 다른 아이들보다 많은 음식과 과자를 얻어먹을 수 있었다.

월터는 조금 더 자라자 고아원에서 도망쳐 나왔지만, 바깥세계에서도 역시 마찬가지였다. 여자들은 그의 잘생긴 얼굴을 이용하고 그를 액세서리처럼 자랑만 할 뿐, 그 이상은 접근하지 못하게 했다. 즉 그녀들은 그에게 옷이나 보석을 선물했지만 결코 자기의 마음은 주지 않았다.

안나는 월터가 자신의 정신적인 친구가 될 수 있으리라 생각했다. 두 사람은 시내에 있는 조그마한 홀에서 비밀리에 결혼식을 올렸다.

안나는 아버지가 크게 기뻐해줄 것이라고 생각했다. 그런데 아버지는 불덩이처럼 화를 냈다.

"어쩌면 그렇게도 어리석단 말이냐!"

안톤 로페는 그녀에게 소리쳤다.

"너는 재산이 목적인 바보 같은 놈과 결혼을 한 거야. 내가 다 조사해봤다. 그 녀석은 지금까지 여자들을 농락하면서 살아왔는데, 그래도 자신과 결혼할 만큼 어리석은 여자를 찾아내지 못했어."

"그만 좀 하세요!"

이번에는 안나가 소리쳤다.

"아버지는 그 사람을 잘 몰라요!"

하지만 안톤 로페는 월터 가스너에 대해서 충분히 잘 알고 있었다. 그는 월터를 자기 사무실로 불렀다.

월터는 벽에 걸려 있는 오래된 그림들을 둘러보며 말했다.

"좋은 곳이군요."

"그렇겠지. 고아원보다야 훨씬 낫겠지."

월터는 정색을 하고 그를 바라보았다. 월터의 눈이 갑자기 경계의 빛을 나타냈다.

"뭐라고요? 다시 한 번 말씀해보시죠!"

"쓸데없는 얘기는 그만두세. 자네는 실수를 저질렀어. 내 딸은 돈을 갖고 있지 않거든."

안톤 로페의 말에 월터의 눈빛이 돌처럼 굳었다.

"저한테 무슨 말씀을 하시려는 거죠?"

"하려는 게 아니라, 정확하게 얘기하고 있네. 안나와 결혼해도 아무것도 손에 들어오는 것이 없을 거야. 그 애는 무일푼이니까. 좀 더 자세히 조사했더라면 로페 앤드 선즈가 친족 경영회사라는 것쯤은 알았을 텐데⋯⋯. 무슨 말이냐 하면, 회사의 주식은 매매를 할 수가 없다는 뜻이지. 우리는 편안하게는 살고 있지만 그것뿐일세. 우리에겐 빼내갈 만한 큰 재산 따위는 없네."

안톤 로페는 주머니를 뒤져서 봉투를 꺼내어 월터의 책상 위에 던졌다.

"이걸로 충분할 걸세. 6시까지 베를린을 떠나주게. 두 번 다시 안나에게 접근해서는 안 되네."

월터가 조용히 말했다.

"제가 안나와 결혼한 것은 진정으로 그녀를 사랑하기 때문이라고 한순간이라도 생각해본 적은 없습니까?"

"없네. 자네는 한순간이라도 사랑을 해본 적이 있나?"

안톤 로페는 쌀쌀하게 말했다.

월터는 한참 동안 안톤을 쳐다보았다.

"저한테 어느 정도의 가격을 붙였는지 어디 한번 보기나 할까요?"

월터는 봉투 안의 돈을 세었다.

"제가 2만 마르크 이상의 가치는 있을 텐데요."

"그 이상은 내놓을 수 없어. 운이 좋았다고 생각하게."

"그렇게 생각하죠. 사실 저는 매우 운이 좋다고 생각하고 있습니다. 고맙습니다."

월터가 말했다. 그는 돈을 아무렇게나 주머니에 쑤셔 넣고 밖으로 나갔다.

안톤 로페는 안도의 숨을 내쉬었다. 하지만 자기가 한 일에 대해 꺼림칙했고, 약간의 혐오감을 느꼈다. 그는 그렇게 하는 길밖에는 달리 방법이 없었다고 자위하는 수밖에 없었다. 안나가 월터에게 버림받고 얼마 동안은 마음이 아프겠지만, 어차피 일어날 일이라면 빠른 편이 나은 것이다. 그녀를 사랑하지 않더라도 최소한 소중히 생각해주는 남자를 빨리 찾아주어야겠다고 생각했다. 안나의 돈이나 이름이 아니라 그녀 자신에게 관심을 갖는, 2만 마르크에 달려들지 않는 그런 남자를 찾아주어야 했다.

안톤 로페가 집에 돌아오자, 안나는 눈물을 글썽이며 달려 나와 그를 맞이했다. 안톤은 안나를 양팔로 안으면서 말했다.

"안나, 귀여운 내 딸, 울지 마라. 그런 남자는 곧 잊게 될 거야."

안톤은 딸의 어깨 너머로 현관에 서 있는 월터 가스너를 보았다. 안나는 손을 내밀면서 말했다.

"이것 보세요! 월터가 사줬어요. 이렇게 아름다운 반지는 본 적이 없다고요. 2만 마르크를 주고 산 거래요."

결국 안나의 부모는 월터 가스너를 받아들일 수밖에 없었다.

그들은 딸 부부에게 결혼 선물로 '반제'에 있는 아름다운 저택을 사주었다. 저택의 내부에는 골동품을 포함한 프랑스제 가구와 무척 편안해보이는 긴 의자와 안락의자로 꾸며졌다. 서재에는 18세기의 가구 제작자인 렌트겐의 책상과 서가가 꼭 채워진 채 있었고, 2층에는 18세기 덴마크와 스웨덴의 우아한 가구가 놓여졌다.

"지나치게 사치스럽군."

월터가 안나에게 말했다.

"나는 당신 부모로부터 아무것도 받고 싶지 않아. 당신에게 아름다운 것을 사주고 싶어, 내 사랑. 하지만 돈이 없는걸!"

월터는 소년처럼 순진하게 웃었다.

"물론 당신은 돈이 없지만, 내 것은 전부 당신 거예요."

"정말?"

안나의 말에 월터는 상냥하게 미소를 지었다.

안나는 꼭 들어달라고 부탁하고 나서—월터는 금전문제에 대해 이야기하는 걸 좋아하지 않았지만—자신의 재산에 대해 설명했다.

그녀는 편안하게 살아갈 수 있을 정도의 신탁예금을 갖고 있었지만 재산의 대부분은 로페 앤드 선즈의 주식이었다. 그 주식은 이사회 전원의 승인이 없으면 팔 수 없었다.

"그 주식은 어느 정도의 값어치가 있지?"

안나가 액수를 말하자, 월터는 그 액수가 믿어지지 않아서 그녀에게 다시 물었다.

"그런데도 당신은 주식을 팔 수 없다고?"

"네, 사촌인 샘이 파는 것을 허락하지 않아요. 그는 주식의 과반수를 갖고 있어요. 언젠가……."

월터는 그 회사에서 일하고 싶다고 제안했다. 그러나 안톤 로페는 그것에 반대했다.

"스키밖에 모르는 룸펜이 우리 회사에 무슨 도움이 되겠나."

그러나 결국 그는 딸에게 졌다. 월터는 회사의 경영진으로 임명되었고, 곧 능력이 인정되어 순조롭게 승진을 거듭했다.

2년 뒤에 안나의 아버지가 세상을 떠나자, 월터 가스너는 이사회의 일원으로 임명되었다.

안나는 그가 매우 자랑스러웠다. 그는 나무랄 데 없는 남편이고 애인이었다. 항상 그녀에게 줄 꽃다발이나 조그만 선물을 갖고 돌아왔고, 밤에는 둘이서만 집에 있는 것에 만족하고 있는 것처럼 보였다. 안나는 너무도 과분한 행복을 감당할 수 없을 지경이었다.

"고맙습니다. 자비로우신 하느님."

안나는 마음속으로 중얼거렸다.

그녀는 월터가 좋아하는 음식을 손수 만들어주기 위해 요리를 배우기 시작했다. 그리고 여러 가지 음식을 정성껏 대접했다.

숯불로 구운 돼지고기 요리, 크림을 바른 감자, 프랑크푸르트와 뉘른베르크 소시지, 속과 껍질을 제거한 익은 사과 속에 딸기와 에렐을 채워 넣기도 했다.

"당신은 세계 제일의 요리사야, 내 사랑."

월터가 그렇게 칭찬하면, 안나는 얼굴을 붉히면서 자신을 자랑스럽게 생각했다.

그들이 결혼한 지 3년째 되던 해에 안나는 아이를 가졌다.

임신하고 나서 8개월 동안은 고통이 심했지만, 안나는 행복한 마음으로 참았다. 그녀의 근심은 다른 곳에 있었다.

그것은 어느 날 점심식사 뒤에 시작되었다. 안나는 월터의 스웨터를 뜨면서 공상에 잠겼다. 그때 갑자기 월터의 목소리가 들렸다.

"왜 그래, 안나? 어두운 데 앉아서 뭘 하고 있는 거야?"

어느새 밤이 되어 있었다. 안나는 무릎 위의 스웨터를 보고 있었지만, 그것에는 전혀 손을 대지 않고 있었나.

'하루는 어디로 가 버린 것일까. 내 마음은 어느 곳을 헤매고 있었단 말인가.'

그 뒤에도 안나는 비슷한 경험을 여러 번 했다. 그녀는 그렇게 무아지경으로 빠지는 것이 어쩌면 죽음으로 다가가는 징조일는지도 모른다고 생각했다. 죽음은 무섭지 않았지만 그녀는 월터와 헤어지는 것이 견딜 수가 없었다.

출산 예정일 4주 전, 안나는 다시 공상에 빠져 다리를 헛디디는 바람에 계단에서 굴러 떨어졌다.

그녀는 병원에서 의식을 되찾았다.

월터는 침대 가장자리에 앉아서 그녀의 손을 잡고 있었다.

"당신 때문에 얼마나 걱정했는지 몰라."

그녀는 갑자기 공포를 느꼈다.

아기는! 아기를 느낄 수가 없었다. 그녀는 배에 손을 가져갔다. 배는 납작해져 있었다.

"내 아기는 어디 있어요?"

월터는 그녀를 끌어안았다.

그때 의사가 말했다.

"쌍둥이입니다. 가스너 부인."

안나는 월터를 바라보았다. 그의 눈에서 눈물이 흐르고 있었다.

"사내아이와 계집아이야, 여보."

안나는 죽어도 좋다고 생각할 정도로 행복했다. 갑자기 그녀는 무슨 일이 있어도 아기들을 자신의 팔로 안아보고 싶어졌다. 아기들의 얼굴을 만져보고, 끌어 안아보고 싶었다.

"부인의 건강이 좀 더 좋아진 다음에 안아보세요. 좀 더 회복되고 나서 말입니다."

의사가 말했다.

의사들은 안나가 하루가 다르게 회복되어가고 있다고 말했지만, 그녀는 불안해서 견딜 수가 없었다. 그녀에게 이해할 수 없는 무엇인가가 일어나고 있는 것만 같았다.

그때 병실에 있던 월터가 집으로 가려하자, 안나는 놀라서 그를 올려다보며 말했다.

"아니, 조금 전에 왔는데 벌써 가려고요?"

하지만 시계를 보니 벌써 3~4시간이 지나 있었다. 안나는 자기 아이들이 어디에 있는지 알 수가 없었다.

한밤중에 남편이 갓난애들을 데려갔고, 자신은 얼마 뒤 깊은 잠에 빠졌었던 것이 희미하게 기억에 남아 있었다. 그러나 아무리 해도 똑똑하게 기억할 수가 없었고, 그것을 남에게 묻는 것도 두려웠다. 하지만 그런 것은 아무래도 좋았다. 월터와 함께 집에 돌아가면 아이들과 함께 지낼 수 있으니 말이다.

드디어 기다리고 기다리던 날이 다가왔다. 안나는 걸을 수 있다고 말했지만, 결국은 휠체어를 타고 병원을 나왔다. 그녀는 아직 체력이 부족했다. 하지만 안나는 아이들을 만날 수 있다는 마음에 흥분해서 다른 것은 아무래도 좋았다.

월터가 그녀를 안고 집으로 들어가 그들의 침실이 있는 이층으로 올리려고 했다. 그때 안나가 소리쳤다.

"안 돼요. 안 돼! 아이들 방으로 데려다줘요."

"쉬어야 돼, 당신은. 아직 힘이……."

안나는 나머지 얘기는 듣지 않고 월터의 팔에서 빠져나와 아기 방으로 날려갔다.

블라인드가 내려져 있는 방 안은 어두웠다. 눈이 익을 때까지 잠시 시간이 걸렸다. 안나는 흥분한 나머지 현기증을 느끼며 그대로 실신하는 것이 아닌가 걱정스러웠다.

월터가 그녀를 뒤쫓아 들어왔다. 그는 뭐라고 말하며 무엇인가 설명하려고 했다. 그러나 그 내용은 중요하지 않았다. 왜냐하면 아기들이 그곳에 있었기 때문이었다.

아기들은 모두 베이비 침대에서 자고 있었다. 안나는 잠이 깨지 않도록 조용히 다가가서 아기들을 바라보았다.

두 아이 모두 지금까지 본 적이 없을 정도로 귀여웠다. 사내아이는 월터처럼 풍부한 금발을 가진 미남자가 될 것이라고 생각했다. 계집아이는 부드러운 금발을 가진 예쁜 인형 같았고, 가냘픈 얼굴을 하고 있었다. 안나는 월터를 향해 감격적인 목소리로 말했다.

"두 아이 모두 예뻐요. 나는…… 나는 정말 행복해요."

"이리 와요, 안나."

월터가 속삭였다. 그는 양팔로 그녀를 끌어당겼다. 그의 내부에는 강렬한 굶주림이 있었다. 그녀도 그의 품안에서 어떤 흥분을 느끼기 시작했다. 두 사람은 오랫동안 사랑을 주고받지 않았기에 서로를 간절히 원하는 것은 당연했다. 아이들과 지낼 시간은 나중에도 충분히 있었다.

안나는 남자아이에게는 피터, 여자아이에게는 비르기타라는 이름을 지어주었다. 그들은 그녀와 월터가 만든 아름다운 걸작이었다.

안나는 아이들과 온종일 지내며 즐거운 나날을 보냈다. 두 아이가 아직 자기 얘기를 알아듣지는 못하지만, 자기의 사랑을 충분히 느끼고 있다고 생각되었다.

이따금 한참 놀고 있다가 문득 뒤돌아보면 회사에서 돌아온 월터가 문 앞에 서 있을 때가 있었다. 그러면 안나는 어느새 하루가 지났다는 사실을 그제야 깨닫곤 했다.

"어서 오세요. 우린 지금 게임을 하고 있는 중이에요."

"저녁식사 준비는 다 되었소?"

그녀는 갑자기 남편에게 미안하다는 생각이 들었다. 그리고 아이들보다 좀 더 월터에게 관심을 가져야겠다고 생각했다. 그러나 이튿날이 되면 어제와 똑같은 행동을 했다. 쌍둥이는 저항할 수 없는 자석처럼 그녀를 끌어들였다.

안나는 지금도 월터를 끔찍하게 사랑하고 있었다. 그녀는 아이들을 그의 일부라고 생각함으로써 그에 대한 죄책감을 덜려고 했다.

매일 밤, 월터가 잠이 들고 나면 안나는 곧 침대를 빠져나와 아이들 방으로 가서 날이 밝아질 때까지 아이들의 잠자는 얼굴을 지켜보았다. 그리고 월터가 잠이 깨기 전에 서둘러 침대로 돌아왔다.

어느 날 밤 월터가 아이들 방에 들어갔다가 그녀를 발견했다.

"도대체 여기서 뭘 하고 있는 거야?"

"아무것도 하지 않아요. 다만……."

"침대로 돌아가!"

그는 그때까지 안나에게 그런 태도를 취한 적이 한 번도 없었다.

아침식사 때 월터가 말했다.

"우리는 휴식을 가질 필요가 있어. 잠시 우리 둘이 어딘가로 여행을 떠났으면 해. 그게 좋을 것 같아."

"하지만 월터, 아이들이 너무 어려서 무리예요."

"난 지금 우리 두 사람 얘기를 하고 있는 거야."

안나는 고개를 저었다.

"아이들을 두고 갈 수는 없어요."

월터는 그녀의 손을 잡고 말했다.

"아이들 일은 제발 잊도록 해요."

"아이들 일을 잊으라고요?"

그녀의 목소리는 떨리고 있었다.

월터는 그녀의 눈을 들여다보며 말했다.

"안나, 당신이 임신하기 전에 우리가 얼마나 즐거웠는지 기억하고 있어? 얼마나 멋있었어. 누구에게도 방해받지 않고 우리 둘만이 있는 것이 얼마나 큰 기쁨이었느냐고!"

그제야 비로소 안나는 그를 이해할 수 있었다. 월터는 아이들에게 질투를 느끼고 있었던 것이다.

일주일, 그리고 한 달이 눈 깜짝할 사이에 지나갔다.

월터는 아이들을 전혀 가까이 하지 않고 있었다. 아이들의 첫돌에 안나는 아이들에게 훌륭한 선물을 사주었다. 월터는 사업상 출장 중이었다.

안나는 현재 자기 자신이 처한 상황과 아이들에게 전혀 관심이 없는 월터에 대해 그냥 두고만 있을 수는 없다고 생각했다. 하지만 월터는 안나 자신이 지나치게 아이들에게 열중하는 것이 큰 문제라고 생각하고 있었다.

월터는 안나에게 강박관념 때문이라며 의사의 진찰을 받아보는 게 좋겠다고 말했다. 그녀는 월터의 기분을 상하게 하지 않으려고 진찰실을 찾아갔다. 그러나 의사가 유능하지 못해서인지 그가 얘기를 시작한 순간, 안나는 그에게 집중하지 않고, 다른 생각을 하고 있었다. 마지막으로 의사의 말이 들려왔다.

"오늘은 이쯤 해둡시다. 다음 주에 또 와주십시오."

"네."

하지만 그녀는 두 번 다시 병원에 가지 않았다.

안나의 잘못이 아이들을 지나치게 사랑하는 것이라면, 월터의 잘못은 아이들을 충분히 사랑하지 않는다는 것이었다.

안나는 월터 앞에서는 될 수 있는 대로 아이들 얘기를 하지 않기로 했다. 그러나 남편이 회사에 출근하는 시간을 기다리고 있을 수가 없었다. 그녀는 조금이라도 빨리 아이들이 있는 방으로 달려가고 싶었다.

아이들은 어느새 세 번째 생일을 맞이했다. 안나는 두 아이가 성장하면 어떻게 될지 예상할 수 있었다. 피터는 세 살 치고는 키가 크고 아버지를 닮아 몸이 튼튼했다. 안나는 피터를 무릎 위에 올려놓고 이렇게 속삭였다.

"피터, 너는 불쌍한 아가씨들한테 어떻게 할 거니? 친절하게 대해 주어야 한단다. 그들은 가엾으니까 말이야."

피터는 부끄러운 듯이 미소를 지으며 엄마를 꼭 껴안았다.

그러고 나서 안나는 비르기타에게 다가갔다. 비르기타는 나날이 귀여워져 갔다. 그 애는 안나도 월터도 닮지 않은, 금실과 같은 머리칼에 도자기처럼 섬세한 피부를 갖고 있었다.

피터는 아버지를 닮은 성급한 기질이라, 안나는 때때로 그 아이의 엉덩이를 가볍게 때리지 않으면 안 되었다. 반면 비르기타는 천사같이 순종적이고 착했다.

월터가 없을 때, 안나는 아이들에게 음악을 들려주거나 책을 읽어주었다. 아이들이 좋아하는 책은 〈101 메르헨〉이었다. 아이들은 사람을 잡아먹는 마귀나 마녀 이야기를 몇 번이고 읽어달라고 졸라댔다.

밤이 되면 안나는 아이들을 재우기 위해 자장가를 불러주었다

잘 자라, 아가야. 잠들어라.

하느님이 잠자리를 지켜주시니…….

안나는 시간이 월터의 태도를 누그러뜨려서 그가 달라지게 해달라고 기도했다. 그러나 그는 점점 나쁜 쪽으로 성격이 변했다. 월터는 아이들을 미워했다. 처음에 안나는 그가 그녀의 사랑을 독점하기 위해서일 거라고 생각했다. 그러나 그것과는 무관하다는 것을 안나는 차츰 깨닫게 되었다. 그것은 그녀에 대한 증오와 관계가 있었다. 역시 아버지의 판단이 옳았다. 월터는 돈 때문에 그녀와 결혼한 것이다.

아이들은 그에게 있어서는 위협이었다. 월터는 아이들을 없애버려야겠다고 생각했다. 그리고 점점 더 강력하게 주식을 팔도록 안나에게 강요했다.

"샘이 우리의 행복을 막을 권리는 없어! 주식을 전부 현금으로 바꿔서 어디론가 멀리 가버리자고. 우리 둘만이 함께 하는 곳으로……."

안나는 놀라서 월터의 얼굴을 쳐다보았다.

"아이들을 데리고 가지 않는다고요?"

그의 눈은 광기를 띠고 있는 것 같았다.

"그래, 내 말 잘 들어. 우리 두 사람을 위해서 아이들을 없애버리지 않으면 안 되겠어."

그제야 비로소 안나는 그가 미치광이라는 것을 알았다. 그녀는 공포에 사로잡혔다.

월터는 일주일에 한 번 오는 청소부를 제외한 모든 고용인을 해고시켰다. 집에는 그가 마음대로 할 수 있는 안나와 아이들뿐이었다. 안나에게는 도움이 필요했다. 치료를 하면 아직 늦지는 않을 것이다.

15세기에는 미치광이들을 모아 '나렌쉬프(바보들의 배)'라는 배에 영구히 감금시켰었다. 하지만 오늘날에는 의학이 발달되었으므로 월터를 고칠 수 있는 방법이 있을 것이라고 안나는 생각했다.

어느 날, 월터는 출근하면서 밖에서 문을 잠갔다. 월터와 안나는 서로 상대가 치료를 받아야 한다는 정반대의 생각을 하고 있는 중이었다. 안나는 침실에 감금당한 채 마룻바닥에 웅크리고 앉아 그가 돌아오기만을 기다리고 있었다.

그녀는 무엇을 해야 하는지를 잘 알고 있었다. 그것은 그녀나 아이들을 위한 일인 동시에 그를 위한 일이었다.

안나는 비틀거리면서 일어나 전화기 쪽으로 다가갔다. 그녀는 잠깐 망설였으나 곧 경찰에게 전화를 걸었다. 낯선 목소리가 그녀의 귀를 울렸다.

"여보세요? 여기는 경찰 긴급 전화입니다. 무슨 일입니까?"

"부탁입니다."

그녀의 입에서는 마음먹은 대로 목소리가 나오지 않았다.

"나는……."

그때 갑자기 커다란 손이 그녀의 수화기를 빼앗아 꽝 하고 내려놓았다. 언제 들어왔는지 월터였다. 안나는 뒷걸음질 치면서 흐느꼈다.

"부탁이에요. 제발 그러지 마세요."

월터의 눈은 번쩍이고 있었고, 목소리는 알아들을 수 없을 정도로 낮았다.

"내 사랑, 아무 짓도 하지 않을 테니 안심하라고. 당신을 사랑하고 있어. 그것을 모르겠어?"

그러고는 안나에게 손을 댔다. 그녀는 몸을 떨었다.

"우리에게 경찰 같은 건 필요 없어. 안 그래?"

그녀는 공포감에 사로잡혀 아무 말도 하지 못하고 고개만 끄덕일 뿐이었다.

"문제는 아이들이야. 그 아이들을 해치워버리자고. 나는……."

그때 아래층 현관에서 벨이 울렸다. 월터는 망설였다. 다시 벨이 울렸다.

"여기서 움직이면 안 돼. 곧 돌아올 테니까."

월터가 명령했다.

안나는 몸이 굳어버린 채 침실을 나가는 월터를 지켜보았다. 그는 문을 닫고 밖에서 자물쇠를 잠갔다.

월터 가스너는 급히 계단을 내려가 현관으로 가서 문을 열었다. 회색 양복을 입은 집배원이 봉함을 한 마닐라 봉투를 들고 서 있었다.

"월터 가스너 부부 앞으로 온 특별 우편물입니다."

"고맙수. 내가 받겠소."

그는 문을 닫고 봉투를 살펴보면서 뜯었다. 그리고 그 안에 든 편지를 꺼내 천천히 읽어 내려갔다.

유감스럽게도 샘 로페 사장이 등반 사고로 사망했음을 알려드립니다. 금요일 정오에 긴급 이사회를 열려고 하니 취리히로 왕림해주시기 바랍니다.

발신인은 '리스 윌리엄스'로 되어 있었다.

이중생활

로마

9월 7일 월요일, 오후 6시

이보 팔라치는 얼굴에 피를 흘리며 침실 가운데에 서 있었다.

"큰일 났어! 이건 너무 심한데!"

"그 정도 갖고 뭘 그래요? 겁쟁이같이!"

도나텔라는 그를 향해 악을 썼다.

그들은 몬테미냐이오 거리에 있는 아파트 침실에서 몸에 아무것도 걸치지 않은 채 앉아 있었다.

도나텔라는 이보 팔라치가 일찍이 본 적이 없을 정도로 육감적이고 정열적인 육체를 가지고 있었다. 그래서 그녀에게 심하게 긁혀 얼굴에 피를 흘리면서도 욕망을 느끼고 있었다.

'오, 어쩌면 이렇게 아름다울까?'

그녀에게는 그를 열광케 하는 천진난만하면서도 퇴폐적인 그 무엇이 있었다. 그녀의 얼굴은 표범처럼 광대뼈가 튀어나오고 눈이 찢겨 올라가 있었다. 그리고 두텁고 도톰한 입술로 그의 입술을 깨물고 빨아들였었다. 하지만 지금은 그런 것을 생각하고 있을 수가 없었다. 이보 팔라치는 의자에 걸려 있는 흰 천을 집어 들어 흐르는 피를 멈추게 하려고 했다. 그것이 자기 와이셔츠라는 것을 깨달은 그는 화들짝 놀랐다.

"차라리 당신이 피를 흘리고 죽어버렸으면 좋겠어요! 내 마음이 풀릴 때까지 했다면 한 방울의 피도 남아 있지 않았을 거예요!"

항상 있는 일이지만 이보 팔라치는 자기가 어떻게 이런 상황에 빠져들었는지 여러 번 생각을 거듭했다.

그는 항상 자기 자신이 세상에서 가장 행복한 사나이라고 자부하고 있었다. 그의 친구들도 모두 그것을 인정했다. 그에게는 모든 사람이 친구였다. 왜냐하면 그에게는 적이 없었기 때문이었다.

독신 시절의 그는 이 세상에 아무 걱정도 없는 낙천적인 로마 청년이었고, 이탈리아 남성들의 선망의 대상인 돈 조반니였다.

그의 인생철학은 '여자로 자신을 장식하라'는 문구로 요약할 수 있었다. 그런 그의 철학이 그를 매우 바쁘게 만들었다.

그는 정말 로맨틱한 사나이였다. 언제나 사랑을 했고, 새로운 사랑을 할 때마다 옛 사랑은 잊어버렸다.

이보는 여자를 열렬히 사랑했다. 그에게는 모든 여자들이 아름답게 보였다. 여자들은 비아 아피아 거리에서 특산물을 파는 장사에 열을 올리는 창녀에서부터 콘도티 거리를 활보하는 일류 패션모델에 이르기까지 다양했다. 이보의 마음에 들지 않았던 것은 미국 여자들뿐이었다. 그녀들은 너무 콧대가 높아서 그의 취미에 맞지 않았다. 게다가 '주세페 베르디'의 이름을 '조 그린'이라고 번역하는 따위의 비낭만적인 언어를 쓰는 나라의 여인들에게 무엇을 기대할 수 있는지 의심스러웠다.

이보 팔라치에게는 항상 여러 단계에 있는 10여 명의 여자들이 있었다. 1단계는 그가 만난 지 얼마 안 되는 여자였다. 그녀들은 매일 전화나 꽃이나 짧은 연애시를 받았다. 2단계는 그에게서 '구찌' 스카프나 도자기 그릇에 든 초콜릿을 선물 받는 여자들이었다. 3단계는 보석이나 드레스를 선물 받고 '엘 투라'나 '타베르나 플라비아'의 저녁식사에 초대되었다. 4단계는 이보와 잠자리를 같이하고 그의 애인으로서 이보의 멋진 기교를 즐기는 여자들이었다.

이보와의 밀회는 화려한 것이었다. 마르구타 거리의 아름답게 장식된 그의 작은 아파트는 정향나무나 양귀비 등의 꽃으로 가득 채워지고 상대의 기호에 따라 오페라나 클래식, 록 음악이 흘렀다. 이보는 요리 솜씨가 좋았는데 그의 특기 중 하나는 그 장소에 걸맞은 닭요리인 '폴로 알라 카차토레'를 잘 만드는 것이었다.

식사 뒤 차게 만든 샴페인을 침대에 갖고 들어가…… 그렇다, 이보는 4단계를 사랑했다.

그러나 아마도 가장 델리케이트한 것은 5단계였을 것이다. 그것은 가슴 아프게 결별의 말을 하고, 후한 이별의 선물과 함께 눈물을 흘리면서 하는 '아리베이데어치'였다.

그러나 그것들은 모두 지난 일이었다. 그는 지금 침대 옆의 거울에 비친 자신의 피투성이가 된 얼굴을 보며 몸시리쳤다. 마치 고장 난 탈곡기에 다친 것 같았다.

"이것을 보라고! 이렇게까지 할 생각은 없었겠지만……."

그는 양팔을 벌리고 침대에 있는 도나텔라에게 다가갔다. 그녀의 부드러운 양팔이 그의 몸을 감았다. 그가 끌어안으려고 했을 때 그녀는 기다란 손톱을 등에 세우고 야수처럼 할퀴었다. 이보는 비명을 질렀다.

"속 시원하다! 만일 나이프가 있었다면 당신의 심벌을 뚝 잘라서 입에 처넣었을 거야!"

도나텔라가 외쳤다.

"그만 좀 해둬. 아이들한테 들린다니까."

이보가 사정을 했다.

"들으라지! 아비라는 작자가 어떤 괴물인지 아이들도 알고 있는 게 좋을 테니까!"

그녀가 악을 쓰자, 그는 한 걸음 다가갔다.

"여보!"

"나를 건드리지 말아요! 당신을 가까이 오게 하느니 차라리 길에서 만난 술주정뱅이나 매독에 걸린 선원에게 몸을 맡기는 게 훨씬 나을 거예요!"

이보는 자존심에 상처를 입고 정색을 했다.

"그게 내 아이들의 어미라는 사람이 할 수 있는 말이야?"

"상냥한 말을 기대하고 있었어요? 악당 취급하는 것을 그만둬달라고 부탁하는 거예요! 그렇다면 내가 원하는 것을 주면 될 것 아녜요!"

도나텔라는 더 한층 악을 썼고, 이보는 불안한 듯이 문 쪽을 쳐다보았다.

"여보, 그건 불가능한 일이야. 갖고 있지 않은걸."

"그렇다면 손에 넣어요! 약속했잖아요!"

그녀는 소리쳤다. 그리고 다시 신경질을 부리기 시작했다. 이보는 이웃들이 또 경찰을 부르기 전에 나가는 쪽이 현명하다고 생각했다.

"100만 달러를 구하는 데는 시간이 필요하다니까. 하지만…… 시간을 주면…… 어떻게든 구해볼게."

그는 달래듯이 말했다.

그는 서둘러 팬티와 바지를 입고 양말과 구두를 신었다. 그러는 동안 도나텔라는 잘 발달된 유방을 흔들어대며 방 안을 왔다 갔다 했다. 이보는 그녀가 정말 기막힌 여자라고 생각했다.

그는 피에 젖은 와이셔츠에 손을 넣었다. 달리 방법이 없었기 때문에 그는 등과 가슴에 축축한 것을 느끼면서도 그것을 입었다. 그러고 나서 다시 한 번 거울을 보았다. 도나텔라가 손톱으로 할퀸 뺨의 깊은 상처에서 다시 피가 번져 나오고 있었다.

"도나텔라! 마누라에겐 뭐라고 설명하면 좋지?"

이보는 신음하듯이 말했다.

이보 팔라치의 아내는 로페 가의 이탈리아 회사의 여상속인 시모네타 로페였다.

처음 시모네타를 만났을 때 이보는 젊은 건축기사였다. 그는 회사로부터 포르토 에르코레에 있는 로페 가 별장의 수리공사 감독으로 파견되었다. 시모네타가 이보를 처음 본 순간부터 그의 독신생활은 종말을 고하게 되었다. 이보는 그녀와 첫 번째 데이트를 하던 날 밤에 4단계에 도달해 얼마 뒤 결혼했다.

시모네타는 아름다울 뿐만 아니라 의지가 강한 여자로, 자기 자신이 무엇을 원하는지 잘 알고 있었다. 그녀는 이보 팔라치를 절실히 원했다. 그렇게 해서 이보는 자유로운 독신자에서 젊고 아름다운 여상속인의 남편으로 변신했다. 그는 아무런 미련 없이 건축가로서의 꿈을 버렸다. 그리고 무솔리니에 의한 무참한 죽음을 통해 건설된 에우르 지구에 훌륭한 사무실을 갖고 있는 로페 앤드 선즈에 입사했다.

이보는 처음부터 회사에서 두각을 나타냈다. 그는 머리가 좋고 이해가 빨라서 모든 사람이 그를 좋아했다. 사람들이 그를 좋아하지 않는 것은 불가능할 정도였다. 그는 항상 싱글싱글 웃는 표정이었으며 늘 기분이 좋아 보였다. 친구들은 그의 명랑한 성격을 부러워하고 어떻게 그렇게 될 수 있을까 하고 생각했다. 대답은 간단했다. 이보는 자기 성격의 어두운 면은 겉으로 드러내지 않으려 했다. 사실 그는 매우 감정적이어서 심한 증오감에 사로잡혀 살인도 마다하지 않는 그런 인간이었다.

시모네타와의 결혼은 성공적이었다. 처음에 그는 결혼이 멍에가 되어서 자신의 남성다움이 말살 당하지나 않을까 우려했지만 그것은 기우에 지나지 않았다. 그는 결혼 후 행실을 조심하고 걸프렌드의 숫자를 제한했다. 그 나머지는 모두 이전과 다름이 없었다.

시모네타의 아버지는 딸 부부를 위해 로마의 북쪽 25킬로미터 지점에 있는 오르지아타에 넓고 훌륭한 저택을 사주었다. 굳게 닫힌 문을 제복을 입은 수위가 경비하고 있는 집이었다.

시모네타는 훌륭한 아내였다. 그녀는 이보를 사랑하고 임금처럼 소중히 받들었는데, 이보는 그것을 당연하다고 생각했다.

시모네타에게는 한 가지 조그만 결점이 있었는데, 그것은 질투를 하면 흉포해지는 것이었다. 언젠가 그녀는 이보가 여성 바이어를 브라질 여행에 데리고 간 것 아니냐며 의심했다. 그는 그 비난에 대해 분개했다. 싸움이 끝났을 때는 집 안이 엉망진창이 되어 있었다. 식기나 가구가 온전한 것이 하나도 남아 있지 않았다. 그것들의 대부분은 이보의 머리에 맞아 부서진 것들이었다. 시모네타는 이보를 죽이고 자기도 죽겠다며 부엌칼을 들고 쫓아다녔다. 이보는 죽을힘을 다해 가까스로 칼을 빼앗았다.

그 일이 있은 뒤부터 그녀가 노여움을 잊기까지는 많은 시간이 걸렸다.

이보는 매우 신중해졌다. 그는 문제의 그 여성 바이어에게 더 이상 함께 여행을 갈 수 없게 되었다고 말하고 아내가 의심하지 않도록 신경을 썼다. 그리고 그는 자기가 세상에서 가장 운 좋은 사나이라는 것을 알고 있었다. 시모네타는 젊고, 아름답고, 두뇌가 명석한 데다 부자였다. 그들은 같은 취미를 즐기는 사람들과 교제했다. 흠잡을 데 없는 결혼생활이었다.

이보는 때때로 어떤 여인을 2단계에서 3단계로, 또 다른 여인을 제4단계에서 제5단계로 인도해가면서 자기는 왜 아내를 배신하는 행위를 계속하는지를 생각했다. 그러나 곧 어깨를 추스르며 누군가가 여인들을 행복하게 해주지 않으면 안 된다고 스스로를 타일렀다.

이보는 시모네타와 결혼한 지 3년째 되던 해에 자주 들르는 시칠리아에 갔다가 도나텔라 스폴리니를 만났다. 그것은 하나의 만남이라기보다는 두 개의 혹성이 접근해서 충돌해 폭발한 것과 같았다.

시모네타가 조각한 듯한 가냘픈 몸매와 이지적인 얼굴을 하고 있는데 반해, 도나텔라는 육감적인 성숙한 몸을 갖고 있었다. 그녀의 얼굴은 비할 데 없이 아름다웠고, 안개가 낀 듯한 초록빛 눈은 이보를 불타오르게 했다.

그들은 만난 지 한 시간 만에 함께 침대에 누워 있었다. 그리고 항상 섹스의 기교를 자랑하던 이보는 도나텔라에 비하면 애송이에 불과했으며, 그녀는 자신의 스승뻘이 된다는 것을 알았다. 그녀는 이보가 지금까지 경험해본 적이 없는 정점까지 그를 타오르게 했고, 그가 꿈꿔보지도 못한 기쁨을 안겨주었다.

노나텔라는 마를 줄 모르는 풍요한 쾌락의 샘이었다. 이보는 그녀와 함께 침대에 누워 형용할 수 없는 쾌감을 맛보면서 그녀를 버리는 일은 그야말로 있을 수 없는 멍청한 짓이라고 생각했다.

도나텔라는 그렇게 해서 이보의 애인이 되었다. 그녀가 요구한 유일한 조건은 아내 이외의 모든 여성들과 관계를 정리하는 것이었다. 이보는 기꺼이 승낙했다. 그것이 8년 전의 일이었다. 그동안 이보는 한 번도 아내에게나 그녀에게 불만스럽게 하지 않았다. 보통 욕망이 강한 두 여자를 만족시키려다 보면 금방 지쳐버릴 텐데 이보의 경우는 그 정반대였다.

그는 시모네타와 섹스를 할 때는 도나텔라의 풍만한 육체를 상상하며 한층 더 욕정을 불태웠다. 또 도나텔라와 섹스를 할 때는 시모네타의 탄력 있고 예쁜 유방과 가느다란 허리를 생각하며 미친 듯이 열광했다. 어느 여자와 자고 있어도 그는 또 한 여자에 대해서 부정(不貞)을 저지르고 있다고 생각한 적은 없었다. 오히려 그것은 그의 쾌감을 크게 자극시켰다.

이보는 도나텔라에게 몬테미냐이오 거리의 아름다운 아파트를 사주고, 조금이라도 시간 여유가 나면 그녀의 집에 틀어박혔다. 갑자기 사업차 여행을 떠난 것처럼 하고 도나텔라와 함께 하루 종일 침대에서 지낸 적도 있었다. 회사로 출근하는 길에 그녀의 집에 들를 때도 있었고, 오후의 낮잠 시간에도 그녀와 함께 있을 때가 많았다.

언젠가 아내와 함께 퀸엘리자베스 2세 호로 뉴욕에 갔을 때, 그는 도나텔라를 아래층 선실에 숨긴 채 데리고 간 적이 있었다. 이보의 일생 가운데 그 5일 동안은 가장 자극적인 시간이었다.

어느 날, 아내가 임신을 했다고 하자, 이보는 말할 수 없는 기쁨을 느꼈다. 그로부터 일주일 뒤 도나텔라도 임신을 했다고 말했다. 이보는 미칠 듯이 기뻤다. 신들은 어째서 이토록 자기에게 친절을 베푸는지 알 수 없었다. 때때로 이보는 자기에게는 이렇게 큰 행복을 받을 자격이 없다고 생각했다.

이윽고 아내는 딸을 낳았고, 아내보다 일주일 뒤에 도나텔라는 아들을 낳았다. 남자에게 있어서 이 이상 기쁜 일이 또 어디에 있을까? 그러나 신들의 자비는 거기서 그치지 않았다. 그로부터 얼마 뒤 도나텔라는 다시 임신했고, 그 다음 주에는 아내가 임신을 했다. 9개월 뒤 도나텔라는 아들을 낳았고 아내는 딸을 낳았다.

그로부터 4개월 뒤 두 여자는 또다시 임신하여 이번에는 두 사람 모두 같은 날에 출산을 했다. 이보는 시모네타가 입원해 있는 살바토르 문디 병원에서 도나텔라가 있는 산타 키아라 진료소로 급히 달려갔다. 그는 라코르도 가를 자동차로 달리며 길거리에 쳐놓은 텐트 앞에 핑크빛 파라솔을 꽂고 손님을 기다리는 여자들에게 손을 흔들면서 병원에서 병원으로 뛰어다녔다. 자동차를 너무 빨리 몰았기 때문에 거리의 여자들의 얼굴은 잘 보이지 않았지만, 그는 그녀들이 그저 좋아 보였고 그녀들의 행복을 빌었다.

이번에도 도나텔라는 또 아들을 낳았고, 아내는 또 딸을 낳았다. 때때로 이보는 그것이 반대였더라면 더 좋았을 거라고 생각했다. 아내가 딸만 낳고 애인이 아들만 낳는 것은 얄궂은 운명의 장난이었다. 그는 자신의 이름을 이을 남자아이가 필요했다.

그러나 이보는 지금의 이 상황도 만족스러웠다. 밖에 3명, 안에 3명의 아이들이 모두 귀여워서 그는 아이들의 생일이나 이름을 잊어버리는 일이 없었다. 딸들은 이사벨라, 베네데타, 카밀라라는 이름을 지어주었고, 아들들은 프란체스코, 카를로, 루카라고 지었다.

아이들이 커감에 따라 이보의 생활은 점점 복잡해졌다. 아내와 애인과 여섯 명의 자식이 있었기 때문에 그는 여덟 번의 생일을 축하해 주는 등 휴일마다 양쪽을 상대해주지 않으면 안 되었다. 그는 양쪽 아이들이 같은 학교에 다니지 않게 하기 위해 배려했다. 딸들은 카시아 거리에 있는 프랜시스 수도회의 학교인 센트 도미니크에 보냈고, 아들들은 에우르 지구에 있는 예수회 학교인 마시모에 입학시켰다.

이보는 아이들의 선생들을 모두 만나서 좋은 인상을 주고, 아이들의 숙제를 도와주며 함께 놀아주기도 하고 부서진 장난감을 고쳐주기도 했다. 두 가족의 뒷바라지를 하면서 서로 모르게 하는 것은 이보에게 이만저만한 고생이 아니었다. 하지만 그럭저럭 잘 대처해가는 그는 매우 모범적인 아버지이고 남편이고 애인이었다.

그에게 있어 아내도, 애인도 아름다웠고 자식들도 머리가 좋고 귀여웠다. 이보는 그들 모두가 자랑스러웠고, 인생은 마냥 멋지기만 했다. 그런데 뜻하지 않게 신들이 이보 팔라치의 얼굴에 침을 뱉었다.

커다란 재난이 대부분 그렇듯이 그에게도 재앙은 아무런 예고도 없이 쳐들어왔다.

이보는 그날 아침식사 전에 아내와 달콤한 섹스를 하고, 곧장 회사로 가서 열심히 일을 했다. 오후 1시가 되자, 그는 비서에게 어떤 회합에 참석하겠다고 말했다.

지금부터 그를 기다리고 있는 쾌락을 생각하며 즐거운 마음으로 아파트로 향했다. 이보는 17년 전부터 지하철 공사를 하고 있는 테베레 강가의 통행금지 구역을 우회하여 다리를 건너서 프랑스 거리로 들어가 30분 뒤 몬테미냐이오 거리의 차고에 자동차를 넣었다.

아파트 문을 연 순간, 이보는 심상치 않은 분위기를 느꼈다. 프란체스코와 카를로와 루카가 흐느껴 울면서 도나텔라의 주위에 모여 있었다. 이보가 도나텔라에게 다가가자 그녀는 매서운 증오의 눈으로 그를 노려보았다. 이보는 지금 자신이 꿈을 꾸고 있는 것은 아닌가 생각했다.

"죽일 놈!"

도나텔라가 욕을 퍼부어댔다.

이보는 놀라서 주위를 둘러보았다.

"도나텔라…… 얘들아……. 무슨 일이냐. 내가 무슨 짓을 했길래?"

도나텔라가 일어섰다.

"이것 좀 보시지!"

그녀는 들고 있는 잡지를 그의 얼굴에 집어던졌다.

"당신이 한 짓을 보라고요!"

어안이 벙벙해진 이보는 몸을 굽혀 잡지를 집어 들었다. 잡지 표지에는 그와 시모네타와 세 딸의 사진이 커다랗게 실려 있었다. 그리고 '아버지와 가족'이라는 제목이 붙어 있었다.

그는 완전히 그 사실을 잊고 있었다. 몇 달 전 한 잡지사에서 청탁이 들어와서 무심결에 그것을 승낙했었다. 하지만 그는 그것이 이렇게 요란하게 취급될 줄은 꿈에도 생각지 못했다. 그는 울고 있는 도나텔라와 아이들을 달래면서 말했다.

"사실은 말이야, 사정이 있었단다."

"사정이라면 학교 친구들이 설명해주었어요! 아이들이 학교에서 친구들한테 사생아라는 놀림을 받고 울면서 돌아왔다고요!"

도나텔라가 소리쳤다.

"도나텔라……."

"아파트 주민들이 우리를 전염병환자 보듯 한다고요. 이젠 얼굴을 들고 밖에 나살 수도 없게 되있어요. 다른 곳으로 이사를 가야겠어요."

이보는 깜짝 놀라서 그녀를 쳐다보았다.

"무슨 소리야?"

"아이들과 함께 로마를 떠나겠어요."

"아이들은 내 자식이기도 해! 허락할 수 없어!"

이보도 소리쳤다.

"어디 한번 못 가게 해보시지. 죽여버릴 테니까!"

마치 악몽과도 같았다. 이보는 얼어붙은 듯이 그 자리에 선 채로 울부짖는 아이들과 애인을 보면서 이런 바보스러운 일이 세상에 또 있을까 하고 생각했다.

그러나 도나텔라는 또 한 번 이보를 놀라게 했다.

"이사를 가기 전에, 현금으로 200만 달러를 받아야겠어요."

너무나 엄청난 돈이라 이보는 웃으려고 했다.

"200만 달러?"

"싫다면 부인한테 전화를 걸겠어요."

그 일은 6개월 전의 일이었다. 도나텔라는 협박을 실행하고 있지 않았다. 현재까지는 말이다. 그러나 이보는 그녀가 그것을 실행하리라는 것을 알고 있었다. 도나텔라는 매주 압력을 더해갔다. 그녀는 회사에 전화를 걸어왔다.

"어떤 방법으로 당신이 돈을 손에 넣든, 내가 알 바가 아니라고요. 빨리 돈이나 내놔요!"

이보가 그런 거금을 손에 넣을 수 있는 방법은 한 가지밖에 없었다. 로페 앤드 선즈의 주식을 파는 것이었다. 그러나 샘 로페가 그것을 허용하지 않았다. 샘은 이보의 결혼생활과 그의 장래를 위태롭게 하고 있었다. 어떻게 해서든 샘의 마음을 바꾸거나 아니면 샘을 어떻게 하지 않으면 안 되었다. 적당한 사람들만 알고 있으면 무슨 일이든 불가능할 것이 없다는 생각이 들었다.

이보가 가장 괴로운 것은 그가 가장 사랑하는 애인이 자신의 몸에 손도 대지 못하게 하는 것이었다. 매일 아이들을 만나는 것은 허용되었지만 침실은 출입금지였다.

"돈을 받은 다음, 내 침실에 들어오는 것을 허용하겠어요."

어느 날 오후, 이보는 도저히 참을 수가 없어서 도나텔라에게 전화를 걸었다.

"지금 그곳으로 가겠어. 돈은 마련되었어."

그는 우선 그녀를 안아본 뒤 달래보려고 했다. 그렇게 하는 수밖에는 없었다. 이보는 곧바로 그녀를 만나 속옷을 벗기는 데 성공했다. 두 사람 모두 알몸이 되었을 때 그는 진실을 말했다.

"돈은 아직 손에 들어오지 않았어. 하지만, 곧……."

그녀가 야수처럼 덤벼든 것은 바로 그때였다.

이보는 조금 전의 일을 생각하면서 도나텔라의 아파트에서 나와 북쪽으로 구부러져 카시아 거리 쪽으로 갔다. 그리고 오르지아타에 있는 자신의 집으로 자동차를 몰았다.

그는 백미러에 비친 자신의 얼굴을 힐끗 쳐다보았다. 출혈은 멎었지만 긁힌 자국은 생생하게 변색돼 있었다. 그는 피 묻은 와이셔츠에 눈을 돌렸다. 얼굴이나 등에 난 손톱자국을 시모네타에게 어떻게 설명해야 할까? 그는 한순간 모든 사실을 그녀에게 말해버릴까도 생각했지만 곧 그 생각을 머릿속에서 지워버렸다. 만에 하나, 일시적으로 머리가 이상해져서 어떤 여자와 잔 것이 임신까지 되었다고 고백한다면, 아주 희박한 가능성이지만 무사히 해결될지도 모른다. 그러나 세 아이에 대해서는 뭐라고 할 것인가. 3년 이상의 기간에 대해서는 또 뭐라고 할 것인가. 그의 인생은 파멸되고 말 것이다.

하지만 지금은 집으로 돌아갈 수밖에 없었다. 만찬에 손님을 부르기로 되어 있어서 아내가 그를 기다리고 있었다. 그를 구할 수 있는 것은 기적뿐이었다. 이보는 카시아 거리의 표지판을 보고 급하게 브레이크를 밟아 고속도로에서 옆길로 들어가 차를 멈췄다.

30분 뒤 이보는 상처투성이의 얼굴과 피 묻은 와이셔츠를 흘끔흘끔 쳐다보는 수위들을 무시하고 오르지아타의 저택으로 들어섰다. 그는 구불구불한 길을 달려 현관 앞에 차를 세웠다. 그러고는 현관문을 열고 안으로 들어갔다. 시모네타와 큰딸 이사벨라가 그를 반겼다. 남편을 본 시모네타가 깜짝 놀란 얼굴로 물었다.

"아니, 무슨 일이에요?"

이보는 겸연쩍은 듯이 쓴웃음을 지으며 아픔을 참으면서 조그만 소리로 말했다.

"어처구니없는 짓을 하다가……."

시모네타는 가까이 다가가서 얼굴의 손톱자국을 살펴보았다. 이보는 그녀의 눈이 가늘어지면서 목소리가 쌀쌀해지는 것을 느꼈다.

"누가 이렇게 만들었어요?"

"치페리오야."

이보가 말했다. 그리고 등 쪽에서 커다랗고, 보기 흉한 회색 고양이를 꺼내 보였다. 고양이는 화가 났는지 그의 팔에서 뛰어내려 어디론가 도망가 버렸다.

"이사벨라를 주려고 사왔는데 바구니에 넣으려다가 긁혔소."

"저런, 세상에!"

시모네타는 금세 그에게 동정어린 말을 했다.

"이층으로 가서 쉬세요. 곧 의사를 부르고 약을 가져올게요. 그리고……."

"괜찮아, 아무렇지도 않은걸 뭐."

이보는 일부러 힘차게 말했다. 그녀가 그의 몸에 팔을 두르자 이보는 얼굴을 찡그렸다.

"조심해! 등도 긁힌 모양이니까!"

"어머나, 아프겠어요."

"그렇지만도 않아. 기분은 좋아……."

그것은 거짓말이 아니었다.

현관의 벨이 울렸다.

"내가 나가 볼게요."

시모네타가 말했다.

"아니, 내가 나가지. 회사에서 중요한 서류가 올 것이 있어서……."

이보가 급히 가로막았다.

그는 서둘러 현관으로 나가 문을 열었다.

"팔라치 씨인가요?"

회색 제복을 입은 집배원이 그에게 봉투를 건네주었다. 안에는 리스 윌리엄스에게서 온 메시지가 들어 있었다. 이보는 그것을 급히 읽었다. 그리고 오랫동안 그곳에 서 있었다.

그러고 나서 그는 심호흡을 한 번 하고, 손님 맞을 준비를 하기 위해 이층으로 올라갔다.

불꽃 여자

아르헨티나 수도의 교외에 있는 부에노스아이레스 자동차 경기장은 챔피언 레이스를 보기 위해 몰려든 5만여 명의 관중으로 초만원이었다. 약 4마일의 서키트를 115회 도는 경주였다. 처음에 30대였던 경주 차는 이글이글 내리쬐는 태양 아래를 5시간 가까이 달리고 있는 동안 거의 몇 대 되지 않게 줄어들어 있었다. 관객은 눈앞에서 역사가 이루어지는 것을 보고 있었다. 이런 레이스는 지금까지 한 번도 없었고, 아마 앞으로도 없을 것이다.

유명한 선수는 모두 출장하고 있었다. 뉴질랜드의 크리스 에이먼, 랭커셔의 브라이언 레드맨, 알파 로메오 티보 33에 탄 이탈리아의 안드레아 디 아다미치, 마하 포뮬러에 탄 브라질의 카를로스 마코, 챔피언인 벨기에의 재키 이크스, 그리고 BRM에 탄 렌느 위셀도 있었다.

서키트는 빨간색, 초록색, 검정색, 흰색, 황금색의 페라리나 BRM, 맥라렌 M19A, 로터스 포뮬러 3가 빙글빙글 회전하고 있어서 마치 무지개를 뒤섞어 놓은 것 같았다.

한 바퀴, 또 한 바퀴, 치열한 경쟁이 계속되는 동안 거인들이 탈락하기 시작했다. 크리스 에이먼은 네 번째로 달리고 있었지만, 스로틀에 고장을 일으켰다. 그는 이그니션을 끄고 차를 컨트롤하기 전에 브라이언 레드맨의 쿠퍼와 부딪쳐서 두 대 모두 경주를 계속할 수 없게 되었다. 렌느 위셀이 선두였고, 재키 이크스가 BRM의 바로 뒤를 따르고 있었다. 코너에서 BRM의 기어 박스가 부서져 배터리와 전기 계통에 불이 붙었다. BRM은 스핀을 시작하고, 재키 이크스의 페라리가 그 소용돌이 속에 말려 들어갔다.

관중은 소란스러워졌다.

3대의 차가 다른 차들을 멀리 떼어놓고 있었다. 서티즈를 운전하고 있는 아르헨티나의 호르헤 아만다리스와 마투라에 타고 있는 스웨덴의 닐즈 닐슨과 페라리 312B2에 타고 있는 프랑스의 마르텔이었다. 그들은 고도의 기술을 구사해서 직선 코스에 매진하고, 위험한 커브에 도전하고 있었다.

호르헤 아만다리스가 선두를 달리게 되자 아르헨티나 관중들은 그에게 열렬한 성원을 보냈다. 아만다리스의 바로 뒤에 빨간색과 흰색의 마투라를 모는 닐즈 닐슨, 그리고 프랑스의 마르텔이 운전하는 검징색과 황금색의 페라리가 뒤를 쫓고 있었다. 그 프랑스 자동차는 거의 눈에 띄지 않았는데 마지막 5분을 남기고 추격해온 것이다.

우선 그 자동차는 10위에 올라서고, 7위를 앞지르더니 5위가 되었고, 계속 앞차와의 거리를 좁혔다. 관중들이 지켜보는 가운데 마르텔은 지금 2위인 닐슨을 앞지르려 하고 있었다.

3대의 차는 시속 180마일 이상의 스피드로 달리고 있었다. 그것은 아주 잘 만들어진 코스에서도 위험한 속도였는데, 설비가 그리 좋지 않은 아르헨티나의 경기장에서는 자살 행위나 다름없었다. 빨간 옷을 입은 심판원이 코스 옆에 서서 5바퀴라고 쓴 표시판을 들었다.

프랑스의 검정색과 황금색 페라리가 바깥쪽으로 닐슨의 마투라를 추월하려고 했다. 닐슨은 약간 앞으로 나가 프랑스 차의 앞을 막았다. 그들은 안쪽의 한 바퀴 뒤떨어진 독일 차를 추월하려 하고 있었다. 닐슨이 독일 차와 나란히 섰다. 가장 바깥쪽의 프랑스 차는 속력을 늦춰서 뒤로 돌아 독일 차와 닐슨의 마투라 사이의 좁은 틈 뒤에 붙었다. 그리고는 갑자기 스피드를 올려 좁은 공간에 파고들어가 2대의 차가 양쪽으로 피하는 틈에 2위로 달려 나갔다. 숨을 죽이고 지켜보고 있던 군중은 환성을 질렀다. 그것은 훌륭하기는 하지만 위험하기 짝이 없는 전술이었다.

현재 선두는 아만다리스였고 마르텔이 2위, 닐슨이 3위였다. 앞으로 골라인까지는 세 바퀴가 남아 있었다. 아만다리스는 페라리의 움직임을 보고 있었다. 프랑스 선수의 운전 솜씨는 뛰어났지만 자기를 이길 수는 없을 것이라고 생각했다. 아만다리스는 이 레이스의 우승을 노리고 있었다.

전방에 표시판이 보였다. 이제 두 바퀴가 남았다. 레이스는 거의 마지막 순간으로, 영광은 이제 그의 것이나 다름없었다.

그의 눈 가장자리에 검정색과 황금색 페라리가 옆에 나란히 서려고 하는 것이 보였다. 그는 보호 안경을 쓰고 먼지에 더럽혀진 채 긴장감에 넘치는 상대방의 진지한 얼굴을 힐끗 쳐다보았다. 아만다리스는 마음속으로 한숨을 내쉬었다. 그는 지금부터 자신이 하려고 하는 것을 유감스럽게 생각했다. 그러나 그렇게 할 수밖에 없었다. 레이스는 단순한 스포츠맨의 게임이 아니라 이기기 위한 게임인 것이다.

2대의 경주 차는 경기장의 북쪽 끝으로 접근해가고 있었다. 그곳은 가파른 경사가 있는 커브 길로 코스 가운데서 가장 위험한 곳이었고, 지금까지 10여 차례나 충돌 사고가 일어난 곳이었다. 아만다리스는 다시 한 번 프랑스인 페라리 운전자를 힐끗 보고는 핸들을 힘주어 잡았다. 커브에 들어섰을 때 아만다리스는 액셀러레이터를 밟고 있는 발을 약간 들었다. 페라리가 조금씩 가깝게 다가왔다. 그는 프랑스인 운전자가 의아해하는 얼굴로 힐끗 이쪽을 보는 것을 깨달았다. 그리고 페라리가 아만다리스와 나란히 서며 그의 함정에 빠져들었다. 관중은 절규하고 있었다. 아만다리스는 페라리가 바깥쪽에서 완전히 추월하려는 순간까지 기다리고 있었다. 그리고 나서 스로틀을 크게 열고 오른쪽을 향해 페라리의 앞을 가로지르는 형태를 취했다. 그러자 페라리는 경사를 올라가 울타리로 돌진하는 수밖에 없었다.

아만다리스는 페라리 운전자의 얼굴에 갑작스런 낭패의 표정이 떠오르는 것을 보고는 마음속으로 '해치웠다!'라고 외쳤다. 그 순간 프랑스인은 차를 똑바로 아만다리스의 서티즈로 돌렸다. 아만다리스는 자신의 눈을 의심했다. 페라리는 그를 향해 접근해왔다. 두 차의 간격은 3피트밖에 안 되었다. 아만다리스는 그 순간 결단을 내리지 않으면 안 되었다.

'프랑스인 운전자가 설마 미치광이인 줄은 몰랐군.'

아만다리스는 수천 파운드의 금속의 격돌을 피하기 위해서 반사적으로 핸들을 급하게 왼쪽으로 꺾고는 강하게 브레이크를 밟았다.

페라리는 1인치 차이로 충돌을 모면하고 아만다리스를 스치고는 골라인을 향해 돌진해갔다. 호르헤 아만다리스의 차는 한순간 차체를 흔들면서 속도가 떨어졌지만 곧 중심을 잃고 스핀을 시작하여 맹렬한 기세로 코스에 내던져져 몇 회전 한 뒤 시뻘건 불꽃을 하늘 높이 올렸다. 그러나 관중의 눈은 골라인에 돌입하는 프랑스의 페라리로 집중되어 있었다. 군중들은 함성을 지르며 페라리로 몰려들어 환성을 올렸다. 선수는 천천히 일어나서 보호 안경을 벗겨내고 헬멧을 벗었다.

우승자는 짧게 커트한 갈색 머리칼의 여성이었다. 얼굴 윤곽이 뚜렷했고 강인한 용모였다. 그녀에게는 고전적인 차가운 아름다움이 깃들어 있었는데, 그 순간 그녀의 몸은 떨리고 있었다. 피로 때문이 아니라 흥분 때문이었다.

그녀가 호르헤 아만다리스를 죽음으로 몰아넣은 순간에 본 그의 눈이 생각났기 때문이었다. 확성기에서 상기된 아나운서의 목소리가 흘러나오고 있었다.

"우승은 페라리를 운전한 프랑스의 엘렌 마르텔입니다."

그로부터 2시간 뒤 엘렌과 그녀의 남편 샤를은 부에노스아이레스 시내에 있는 리츠 호텔 특실에 있었다. 두 사람은 난로 앞의 카펫에 알몸으로 누워 있었는데, 엘렌은 고대 조각상과 같은 자세였다. 샤를은 그녀에게 "그만, 부탁이야!"라고 소리쳤다.

샤를은 자신이 왜 이런 꼴을 당해야 하는지를 생각했다. 그는 자기가 저지른 죄를 엘렌이 알게 된다면 어떤 꼴을 당할까 하고 생각했다.

샤를 마르텔은 엘렌의 명성과 돈 때문에 그녀와 결혼했다. 샤를이 손해나는 거래를 했다는 것을 깨달았을 때는 이미 때가 늦어 있었다.

그가 처음 그녀를 만났을 때 그는 파리에서 제법 규모가 큰 법률사무소의 변호사로 일하고 있었다. 그는 회의실로 서류를 가져오라는 전갈을 받았다. 그 방에는 4명의 법률사무소의 선배 변호사와 엘렌이 있었다.

샤를은 전부터 그녀에 대한 이야기를 듣고 있었다. 엘렌은 로페 가의 재산을 상속받은 여상속인이고, 자유분방하고 변덕이 심한 고집불통이어서 신문이나 잡지에 자주 오르내렸다. 그녀는 스키 챔피언이기도 했다. 자가용 비행기를 탔으며 네팔에서 등산대 대장을 맡기도 했다. 또 자동차 경주에도 출장했으며 승마 선수이기도 했다. 또한 옷을 바꿔 입듯이 멋대로 남자를 바꿨다.

엘렌의 사진은 쉴 새 없이 〈파리 마치〉나 〈주르드 프랑스〉에 게재되고 있었다. 그녀가 지금 법률사무소에 나타난 것은 이 사무소가 그녀의 이혼 문제를 취급하고 있었기 때문이었다. 네 번째 이혼인지, 다섯 번째 이혼인지 샤를은 확실히 몰랐지만 흥미도 없었다. 로페 가의 사람들은 그의 손이 닿지 않는 존재였다.

샤를은 선배 변호사에게 안절부절못하면서 서류를 건네주었다. 그가 침착하지 못했던 것은 엘렌 로페가 방 안에 있었기 때문이 아닌,—그는 그녀 쪽은 거의 쳐다보지도 않았다—4명의 선배가 한자리에 모여 있었기 때문이었다.

그들은 권위자들이었으므로 샤를 마르텔은 그들의 권위에 고개를 숙여야 했다. 그는 태어날 때부터 내성적이어서, 고급주택지인 파시의 작은 아파트에 살면서 우표수집이나 하는 평범한 생활을 하는 것에 만족하고 있었다.

샤를 마르텔은 민완 변호사는 아니었지만 유능하고 꼼꼼하고 신뢰할 만한 사람이었다. 그는 어떤 위엄을 지니고 있었다. 나이는 40대 초반으로 용모는 추한 편은 아니지만 결코 매력적인 남성이라고는 할 수 없었다. 누군가 그를 가리켜 젖은 모래 같은 사나이라고 말한 적이 있었는데 그 표현이 잘못된 것은 아니었다. 그래서 엘렌 로페를 만난 이튿날, 선배 변호사인 미셸 사샤르에게 사무실로 불려가서 다음과 같은 말을 들었을 때, 그는 적잖이 놀랐다.

"엘렌 로페 여사께서 이번 이혼문제를 자네가 맡아주었으면 하더군. 곧 인계해서 맡아주게."

샤를 마르텔은 여우에 홀린 듯한 느낌이 들었다. 그는 물었다.

"사샤르 선배님, 어째서 제게?"

사샤르는 그의 눈을 보고 대답했다.

"나도 잘 모르겠네, 힘껏 해보게."

샤를은 엘렌의 이혼 문제를 담당했기 때문에 그녀를 자주 만나야 했다. 둘은 지나칠 정도로 자주 만났는데, 그녀는 전화를 걸어서 의논을 하기 위해 그를 르 베지네의 저택으로 만찬에 초대하거나 오페라에 안내하거나 도빌 해안에 있는 별장에 데리고 갔다.

샤를은 그녀에게 이혼의 성립에는 문제가 없다고 몇 번씩이나 설명했지만, 그녀는—자기를 엘렌이라고 불러달라고 말해 그를 몹시 난처하게 만들었다—자기에게는 끊임없이 그러한 보증이 필요하다고 말했다. 훗날 그는 그 무렵의 일을 씁쓸한 뒷맛과 우스꽝스러움이 뒤섞인 기분으로 돌이켜보았다.

처음 만나고 나서 얼마 뒤 샤를은 엘렌이 자기에게 로맨틱한 감정을 갖고 있는 것이 아닌가 하고 생각하기 시작했다. 하지만 그것을 믿을 수 없었다. 자신은 명성이 있는 것도 아니었고, 더구나 그녀는 명문가의 한 사람이었다. 그러나 엘렌은 명백하게 자신의 뜻을 밝혔다.

"나는 당신과 결혼하겠어요, 샤를."

샤를은 그때까지 결혼은 생각해본 적도 없었다. 그는 여자와 함께 있으면 도무지 편안하지가 않았다. 게다가 무엇보다도 엘렌을 사랑하고 있지 않았다. 자신이 그녀를 좋아하는지 어떤지조차 잘 알 수가 없었다. 어디를 가나 그녀가 주목을 받고 명사 대접을 받는 것도 그에게는 거북스러웠다. 엘렌 옆에 있으므로 자신도 각광을 받게 되었지만,

그것이 그의 성미에는 맞지 않았다.

샤를은 또한 두 사람 사이의 두드러진 차이를 강하게 의식했다. 그녀의 사치스러움은 그의 보수적인 성격에 반감을 느끼게 했다. 그녀는 패션의 첨단을 걷는 육체파였지만 자신은 풍채가 시원치 않은, 평범한 중년의 변호사였다. 샤를은 그녀가 자신의 어떤 점이 마음에 들었는지 이해할 수가 없었다. 그것은 다른 사람들도 마찬가지였다. 남자들의 독점 영역으로 생각되고 있던 위험한 스포츠 경기에 그녀가 참가해서 요란하게 보도되고 있었기 때문에 엘렌 로페는 여성해방운동의 기수라는 소문이 퍼지고 있었다. 그렇지만 그녀는 사실 남녀평등이라는 생각 자체를 부정하고 있었다. 남자를 여자와 평등하게 해주어야 할 이유가 없다고 그녀는 생각했다.

'남자들은 필요할 때 옆에 두면 편리하다. 그들은 그다지 영리하지는 않지만 라이터를 가져다가 담배에 불을 붙여주거나 심부름을 해주거나 문을 열어주거나 침대에서 만족감을 주도록 훈련시킬 수가 있다. 그들은 훌륭한 애완동물이다. 스스로 옷을 입고 목욕을 하고 화장실을 사용할 줄 아는 특별한 애완동물이다.'

엘렌 로페는 플레이보이나 무모한 모험가, 대부호, 글래머보이(매혹적인 남자)들을 상대해왔다. 샤를 마르텔과 같은 남자와 관계를 가진 적은 한 번도 없었다.

그녀는 그가 어떤 남자인지 정확히 파악하고 있었다. 무(無)였다. 한마디로, 한 덩어리의 점토였다. 그렇기 때문에 그것은 그녀에게 있어서는 도전이었다. 그녀는 그를 자기 손에 넣어 반죽해서 그로부터 어떤 것을 만들어낼 수 있는지 시험해보기로 했다. 엘렌 로페가 마음을 정한 이상 샤를 마르텔은 그녀에게서 빠져나갈 구멍이 없었다.

그들은 파리 교외의 누일리에서 결혼식을 하고 몬테카를로로 신혼

여행을 갔다. 그곳에서 샤를은 동정과 환상을 파괴당했다. 여행이 끝나자마자 그는 법률사무소로 돌아갈 생각이었다.

"어리석기는……. 내가 법률사무소의 일개 변호사 따위와 결혼할 것 같아요? 우리 회사로 들어오세요. 앞으로는 당신이 회사를 경영하게 될 거예요. 우리가 경영하는 거라고요."

엘렌은 샤를이 로페 앤드 선즈에서 일하도록 주선했다. 그는 회사에서 일어난 일을 빠짐없이 보고했으며, 그녀는 그에 맞게 그를 이끌어주고, 도와주고 아이디어를 주었다.

샤를은 급속도로 승진했다. 그는 얼마 뒤 프랑스의 책임자가 되고 이사회의 일원으로 임명되었다. 엘렌 로페는 하잘 것 없는 삼류 변호사를 세계 최대 회사의 중역으로 탈바꿈시킨 것이다. 따라서 그는 신바람이 났어야 했다. 그러나 그는 비참했다. 결혼하는 순간부터 샤를은 아내에게 완전히 지배당하고 있었다. 그녀는 그의 양복점과 와이셔츠 가게를 정하고, 그를 명사들만이 모이는 경마 클럽에 가입시키는 등 그를 마치 기둥서방처럼 대했다.

샤를의 월급은 몽땅 그녀의 주머니로 들어갔고, 그는 아주 적은 액수의 용돈을 쓸 뿐이었다. 특별히 돈이 필요할 때는 샤를은 엘렌에게 따로 타 쓰지 않으면 안 되었다. 엘렌은 그에게 하루하루의 행동을 상세하게 보고하게 하고 자기 마음대로 부렸다. 그녀는 굴욕을 맛보게 하는 데 기쁨을 느끼는 것 같았다.

회사에 전화를 걸어서 그에게 마사지 크림이라든가 그것과 비슷한 하잘 것 없는 물건들을 갖고 당장 집으로 오라고 명령할 때도 있었다. 샤를이 집으로 가 보면 그녀는 욕실에서 아무것도 걸치지 않은 채 그를 기다리고 있었다. 그녀는 지칠 줄 모르는 야수와도 같았다.

샤를은 32세까지 어머니와 함께 살고 있었는데 그해에 어머니는 암으로 사망했다. 그의 어머니는 샤를이 철이 들 무렵부터 줄곧 환자로 지냈으며 그가 간병을 해왔다. 따라서 그는 여자들과 데이트를 하거나 결혼을 생각할 여유가 없었다. 어머니는 그에게 무거운 짐이었다. 어머니가 돌아가셨을 때 샤를은 앞으로 자유를 맛볼 수 있으리라 생각했다. 그런데 그 반대로 더 쓸쓸해질 뿐이었다.

그는 여자에도, 섹스에도 흥미가 없었다. 엘렌이 처음으로 결혼 얘기를 꺼냈을 때 그는 솔직하게 털어놓고 싶은 순진한 생각에 자신의 상황을 설명했다.

"나는…… 성적으로 그다지 강하지 못해요."

엘렌은 웃었다.

"어머, 샤를. 섹스에 대해서는 걱정할 것 없어요. 그건 반드시 좋아질 거예요."

그러나 그는 그런 것이 싫었다. 그런데 엘렌에게는 그것이 오히려 쾌락을 자극하는 것 같았다. 그녀는 그의 허약함을 비웃으며 그에게 비참하고 기분 좋지 않은 일들을 강요했다.

그는 성행위 자체가 싫었다. 그런데 엘렌은 실험에 흥미를 갖고 있었다. 언젠가 그가 오르가슴에 도달하려는 순간 그녀는 얼음 조각을 고환에 갖다 댔다. 또 언젠가는 그의 항문에 전기고대기를 집어넣기도 했다. 샤를은 그런 엘렌이 무서웠다. 그녀는 샤를에게 자신이 남자이고, 그가 여자인 듯한 느낌을 갖게 하기도 했다. 샤를은 자신의 긍지를 유지하려 했으나 어느 방면에서도 엘렌이 자신에게 뒤떨어지는 것을 발견할 수가 없었다.

그녀는 뛰어난 지력을 갖고 있었다. 법률에도 그와 비슷한 정도로 통달해 있었으며 경영에도 밝았다. 그녀는 그와 몇 시간 동안 회사 문제를 논하면서도 조금도 지루해하지 않았다.

"대단한 힘이라고요, 샤를! 로페 앤드 선즈는 세계 절반가량의 나라를 만들거나 파멸시킬 수 있어요. 내가 회사를 경영해야만 하겠어요. 우리 할아버지가 창설했으니 회사는 나의 일부이기도 해요."

이런 식으로 떠들어대고 난 다음에는 자신의 성적 욕구를 채우기 위해 갖은 애를 다 썼다. 샤를은 생각만 해도 소름이 끼치는 방법으로 그녀를 만족시켜주지 않으면 안 되었다. 그는 그녀를 경멸하게 되었다. 그의 단 하나의 꿈은 그녀에게서 도망치는 것, 증발해버리는 것이었다. 그러기 위해서는 돈이 필요했다.

어느 날 점심식사를 하면서 그의 친구인 르네 뒤샹이 샤를에게 큰돈을 버는 방법을 애기해주었다.

"부르고뉴에 커다란 포도밭을 갖고 있는 내 숙부가 얼마 전에 돌아가셨어. 그래서 그 포도밭을 팔려고 내놓을 예정이네. 1만 에이커나 되고 최고 품종으로, 수확이 확실한 포도밭이야. 나는 잘 알고 있지. 친척이니까 말일세. 난 그것을 사들일 만한 돈이 없지만 자네가 일부 출자를 해준다면 1년 동안 돈을 배로 늘일 수가 있네. 하여간 한번 보기나 하지 않겠나?"

샤를은 친구에게 자기는 한 푼도 없는 빈털터리라고 애기할 수가 없어서 그 포도밭을 보기 위해 부르고뉴의 구릉지대로 갔다. 그는 마음이 동했다. 르네 뒤샹은 이렇게 말했다.

"각자 200만 프랑씩 내놓기로 하세. 1년이 지나면 그 돈이 배가 되는 것은 확실하다고."

400만 프랑! 그것은 자유를, 증발을 가능케 하는 액수였다. 엘렌이 절대로 찾을 수 없는 땅으로 도망칠 수 있는 것이다.

"생각해보겠네."

사실 그는 밤낮 그 일을 생각했다. 그것은 인생에 두 번 다시 없는 기회였다. 그러나 어떻게 한단 말인가. 샤를은 엘렌 몰래 돈을 빌리는 것은 불가능하다는 것을 알고 있었다. 모든 것이 그녀의 것이었다. 집도, 자동차도, 보석도, 그림도……

보석……. 그녀가 침실 금고 속에 넣어두고 있는 아름답고 쓸모없는 장식품. 차츰 계획을 세워나갈 수 있을 것 같았다. 만일 그녀의 보석을 조금씩 손에 넣을 수 있다면 그것을 모조품과 바꿔치기해서 진짜 보석으로 돈을 빌릴 수가 있다. 포도밭으로 크게 한탕 한 다음에 보석은 돌려주면 된다. 그것으로 영구히 증발할 돈은 충분히 마련할 수 있다.

샤를은 두근거리는 가슴을 안고 뒤샹에게 전화를 걸었다.

"자네 말대로 하겠네."

하지만 그 계획은 그 자신을 공포에 떨게 했다. 그는 금고에서 엘렌의 보석을 훔치지 않으면 안 되었다.

이제부터 하려고 하는 가공할 일은 생각하기만 해도 흥분되어서 그는 손발이 움직여지지 않을 정도였다. 그때부터 샤를은 주변에서 일어나는 일들에는 무신경할 수밖에 없었고 아무 일도 눈에 들어오지 않았으며, 들리지도 않았다.

엘렌을 볼 때마다 샤를은 식은땀이 흘렀다. 이따금 손이 부들부들 떨리기도 했다. 엘렌은 그의 몸을 걱정했다. 마치 주인이 애완동물을 염려하듯이. 그녀는 샤를을 의사에게 보였는데 의사는 어디에서도 이상을 발견하지 못했다.

"스트레스가 좀 쌓인 것 같군요. 2, 3일 휴식을 취하면 괜찮아질 겁니다."

엘렌은 벌거벗고 침대에 누워 있는 샤를을 한참 동안 지켜보다가 미소를 지었다.

"고맙습니다, 의사 선생님."

의사가 나가는 것과 동시에 엘렌은 옷을 벗기 시작했다.

"나는…… 너무 기운이 없어."

샤를이 항의했다.

"나는 있어요."

엘렌은 말했다. 그는 그때만큼 엘렌을 증오한 적이 없었다.

그 다음 주에 샤를에게 기회가 찾아왔다. 엘렌은 몇몇 친구들과 함께 가르미슈파르텐키르헨으로 스키를 타러 갔다. 그녀는 샤를을 파리에 두고 가기로 했다.

"매일 밤 집에 있어줘요. 전화를 걸 테니까."

엘렌이 말했다.

샤를은 그녀가 빨간색 젠센을 운전해 출발하는 것을 지켜보았다. 엘렌이 보이지 않게 되자 그는 서둘러 금고로 갔다. 그는 엘렌이 금고를 여는 것을 여러 번 봤기 때문에 비밀번호의 대부분을 기억하고 있었다. 나머지 숫자를 기억해내는 데는 한 시간이 걸렸다.

떨리는 손으로 금고를 열었다. 그를 보장해줄 자유로운 삶이 벨벳으로 내부를 장식한 상자 속에 작은 별들처럼 반짝이고 있었다.

그는 이미 보석의 모조품을 만드는 데 능한 피에르 리쇼라는 보석공에게 말해두었다. 샤를이 신경질적인 말투로 모조품을 만들어달라는 이유를 장황하게 설명하자, 리쇼는 한마디로 말했다.

"선생님, 나는 여러 사람에게 모조품을 만들어주었습니다. 요즘은 영리한 사람이라면 진짜 보석을 달고 밖에 나가지 않으니까요."

샤를은 보석을 한 개씩 그에게 건네주면서 세공을 부탁했고, 모조품이 완성될 때마다 그것을 진짜 대신 금고에 넣어두었다. 그리고 진짜 보석을 담보로 공영 전당포에서 돈을 빌렸다.

그의 공작은 예상보다 오래 걸렸다. 금고에 들어가는 것은 엘렌이 외출했을 때가 아니면 안 되었고, 모조품을 만드는 데 예기치 않은 차질이 생겼다. 그러나 드디어 그가 르네 뒤샹에게, "내일 전액을 지불하겠다."고 말할 날이 다가왔다.

샤를은 그것을 실행했다. 그리고 그는 포도원 절반의 소유자가 되었다. 엘렌은 그가 한 일을 전혀 눈치 채지 못하고 있었다.

샤를은 포도 재배에 대한 연구를 하기 시작했다. 이상할 것은 없었다. 그도 지금은 포도재배업자가 아닌가. 여러 가지 종류가 있다는 것을 그는 알았다. 카베르네 소비뇽이 주로 사용되는 것이었지만 그밖에 그로스 카베르네, 메르로, 마르베크, 프티 베르도 등도 심었다. 샤를의 책상 서랍에는 토양이나 포도 따는 데 관한 자료가 가득 차 있었다. 그는 발효와 가지치기, 접목에 관해 배웠으며 포도주의 세계적 수요가 증가하고 있다는 것도 알게 되었다.

샤를은 공동 출자자와 정기적으로 만났다.

"내가 생각한 것 이상일세. 포도주 가격은 계속 오르고 있네. 첫 수확으로 30만 프랑은 벌 수 있을 것이네."

그것은 샤를이 생각했던 것 이상이었다.

포도는 붉은 황금색이었다. 샤를은 남양의 섬들이나 베네수엘라나 브라질 여행의 팸플릿을 사들이기 시작했다.

그들 지명 자체가 마법 같았다. 다만 한 가지 문제는 로페 앤드 선즈는 세계 도처에 자회사나 출장소를 갖고 있어서 엘렌에게 들키지 않을 만한 장소가 거의 없다는 것이었다.

만일 그녀에게 발각되기라도 하면 자신은 살해당하고 말 것이라고 그는 믿고 있었다. 그가 먼저 그녀를 죽인다면 몰라도 말이다. 그 장면은 종종 그가 즐기는 공상 중 하나였다. 그는 엘렌을 몇 번씩이나 죽였다. 생각해낼 수 있는 모든 방법으로 그녀를 죽이는 장면을 상상했다.

또 한편으로는 도착(倒錯)된 심리 때문에 샤를은 엘렌의 학대를 즐기게 되었다. 그녀가 입으로는 도저히 말할 수 없는 일을 강요할 때 그는 항상 마음속으로 중얼거렸다.

'나는 곧 사라질 거야, 이 색정광아. 나는 네 돈으로 부자가 될 거야. 너는 꼼짝없이 당할 거야.'

그럴 때면 그녀는 그가 그런 상상을 하리라고는 상상도 못한 채 "좀 더 빨리!"라든가 "좀 더 세게!"라든가 "멈추지 마!"라고 명령했다. 그는 시키는 대로 했다. 그리고 마음속으로 킬킬거리며 그녀를 비웃었다.

샤를은 포도 재배에서 가장 중요한 것은 봄부터 여름에 걸친 몇 달 동안이라는 것을 알고 있었다. 9월에는 포도를 수확한다, 그 전에 태양과 비가 적절히 필요한 것이다. 너무 태양이 강하게 내리쬐면 향기가 없어지고, 비가 너무 많이 내려도 향기가 씻겨나간다.

그해 6월 초는 나무랄 데가 없었다. 샤를은 부르고뉴의 날씨를 하루에 한 번, 나중에는 두 번씩 알아보게 되었다.

그는 자신의 꿈이 실현될 몇 개월 앞을 애타게 기다리고 있었다. 행선지는 몬테고베이로 정하고 있었다. 로페 앤드 선즈는 자메이카에는 자회사도, 출장소도 갖고 있지 않았다. 그곳이라면 자취를 감추기 쉬웠다. 엘렌의 친구에게 들킬 염려가 있는 라운드 힐이나 오초 리오스에는 가까이 가지 않기로 했다. 구릉지에 조그만 집을 사서 그곳에서 살면 될 것 같았다. 섬에서는 생활비가 그리 많이 들지 않는 대신, 하인들을 고용하고 진수성찬을 차려먹으며 그 나름대로 사치스러운 생활을 즐길 수 있을 것이라고 생각했다.

샤를 마르텔은 행복했다. 현재의 생활은 굴욕적이지만, 그는 현재에 살고 있지 않았다. 미래에, 열대의 태양이 내리쬐고 바닷바람이 부는 카리브 해의 섬에 살고 있었다.

6월의 날씨는 점점 더 좋아졌다. 태양이 적당히 내리쬐고 있었고, 비도 적당히 내렸다. 포도가 익는 데는 이상적인 날씨였다. 포도의 성장과 함께 샤를의 재산도 계속 불어났다.

그런데 6월 15일부터 부르고뉴 지방에 가랑비가 내리기 시작하더니 얼마 뒤엔 심한 비로 변했다. 그리고 다음 날도, 그 다음 날도 몇 주일씩 쉬지 않고 비가 내려서 샤를은 급기야 일기예보를 들을 엄두조차 나지 않았다. 그때 뒤샹이 전화를 걸어왔다.

"7월 중순에만 비가 멎어도 아직 가망이 있네."

7월은 프랑스의 기상대가 생긴 이래 최고로 비가 많이 내린 달이 되었다. 그렇게 해서 샤를 마르텔은 8월 초까지 훔친 돈을 한 푼도 남기지 않고 날려버리고 말았다. 그는 일찍이 느껴보지 못했던 공포에 사로잡혔다.

"다음 달에는 함께 아르헨티나로 가는 거예요."

엘렌은 샤를에게 명령했다.

"그곳의 자동차 경주에 참가할 거라고요."

코스를 질주하는 그녀를 바라보면서 샤를은 생각했다.

'그녀가 만약 충돌한다면 나는 자유다.'

그러나 그녀는 엘렌 로페 미르델이 아닌가. 자신이 처음부터 패배자의 운명을 타고난 것과 마찬가지로 그녀는 승리자가 되도록 운명지워져 있었다.

경기에서 우승한 것이 엘렌을 그 어느 때보다 흥분시키고 있었다. 부에노스아이레스의 호텔에 돌아오자 그녀는 샤를을 벌거벗기고 카펫 위에 드러눕게 했다. 말을 타듯이 그의 몸에 올라 탄 그녀의 손에 그의 심벌이 잡히자, 그는 소리쳤다.

"제발!"

그때 문을 노크하는 소리가 들렸다.

"누구야!"

엘렌이 외쳤다. 그녀는 잠자코 기다렸으나 노크는 반복되었다.

"마르텔 씨!"

밖에서 부르는 소리가 났다.

"여기 있어요!"

엘렌이 소리쳤다. 그녀는 일어나서 실크로 된 실내복을 걸치고 문을 열었다. 회색 제복을 입은 사나이가 봉함을 한 마닐라 봉투를 들고 서 있었다.

"마르텔 부부에게 온 특별 우편물입니다."

엘렌은 봉투를 받아들고 문을 닫았다.

그녀는 얼른 봉투를 뜯어 메시지를 읽었다. 그리고 심호흡을 한 뒤 다시 한 번 천천히 읽었다.

"무슨 편지야?"

샤를이 물었다.

"샘 로페가 죽었대요."

그녀가 말했다.

그녀의 얼굴에 미소가 떠올라 있었다.

함정

9월 7일 월요일, 오후 2시

화이트 클럽은 피카디리 근처의 세인트 제임스 스트리트에 있었다. 18세기에 도박 클럽으로 만들어진 화이트 클럽은 영국에서 가장 오래되고 가장 입회하기가 까다로운 클럽 중 하나였다. 회원들은 아들이 태어나면 즉시 입회신청서에 그 이름을 써 넣었다. 입회를 인가받기 위해서 30년을 기다려야 하기 때문이었다.

화이트 클럽의 외관은 고급스러워 보였다. 세인트 제임스 스트리트 쪽으로 난 돌출 창문은 바깥 통행인의 호기심을 만족시키기보다는 안에 있는 사람들을 쾌적하게 하기 위해서 만들어져 있었다. 짧은 계단을 올라가면 곧 입구였으나 회원이나 회원의 초대손님 이외는 문 안에 들어가는 사람은 거의 없었다.

클럽 안의 긴 방은 고색창연하고 넓고 훌륭한 것뿐이었다. 그리고 비품—가죽을 입힌 긴 의자, 신문철, 값비싼 옛날 테이블, 5, 6명의 수상이 앉았던 푹신푹신한 안락의자—은 오래된 만큼 편안했다.

청동 칸막이를 한 커다란 난로가 있는 주사위 놀이방이 있고, 나선형 계단을 올라가면 식당이 있었다.

식당은 이층 전체를 차지하고 있어서 30명이 앉을 수 있는 거대한 마호가니 테이블과 5개의 사이드 테이블이 있었다. 주주총회나 만찬회에는 몇몇 지도적 인사가 출석하는 것이 상례였다.

하원의원인 알렉 니콜스 경은 사이드 테이블에서 손님인 존 스윈튼과 식사를 하고 있었다. 알렉 경의 아버지는 준 남작이었고 조부도 증조부도 그러했다. 그들은 모두 화이트 클럽의 회원이었다.

알렉 경은 깡마른 40대 후반의 사나이로 귀족적이고 섬세한 얼굴에 상냥한 미소를 띠고 있었다. 그는 그로스터셔에 있는 시골 저택에서 자동차로 런던에 도착해 있었는데, 트위드 스포츠 재킷과 슬랙스 차림에 로퍼를 신고 있었다.

존 스윈튼은 가느다란 줄무늬 상의에 화려한 바둑판무늬 와이셔츠를 입고 빨간 넥타이를 매고 있었다. 그 모습이 조용하고 차분히 가라앉은 분위기에는 어울리지 않았다.

"이곳 요리는 정말 맛이 있군요."

존 스윈튼은 송아지 고기를 입에 넣으면서 말했다.

알렉 경은 고개를 끄덕였다.

"그래요, 볼테르가 '영국에는 100가지의 종교와 단 한 가지의 소스가 있다'고 말한 시대와는 많이 달라졌지요."

존 스윈튼은 얼굴을 들었다.

"볼테르가 누구입니까?"

알렉 경은 더듬거리며 대답했다.

"어떤 프랑스 사람입니다."

"그렇습니까?"

존 스윈튼은 포도주를 쭉 들이켜 음식을 먹은 입 안을 가셨다. 그리고 나이프와 포크를 내려놓고 냅킨으로 입을 닦았다.

"그럼 본론으로 들어갈까요?"

알렉 경은 조용히 말했다.

"2주일 전에 말했다시피 지금 여러 가지로 손을 쓰고 있으니 조금만 더 기다려주시오."

웨이터가 균형을 잡으면서 높게 쌓은 시거 상자를 받쳐들고 테이블 옆으로 왔다. 그는 능숙하게 그것을 테이블 위에 내려놓았다.

"어디 한 대 피워볼까?"

존 스윈튼은 상자의 상표를 살펴보고 감탄한 듯이 휘파람을 불며 몇 개의 시거를 꺼내 양복 안주머니에 집어넣고 다른 한 대에 불을 붙였다. 웨이터도, 알렉 경도 그 무례한 행동에 대해 아무런 반응도 나타내지 않았다. 웨이터는 알렉 경에게 목례를 하고 다른 테이블로 시거를 운반해갔다.

"우리 보스께서는 당신한테 꽤 관대하게 대해왔습니다. 하지만 이제는 더 이상 못 참겠다고 하는군요."

그는 타나 남은 성냥개비를 집어서 몸을 앞으로 기울이고는 알렉 경의 포도주 글라스에 그것을 떨어뜨렸다.

"당신과 나 사이니까 말하는 건데요. 그들을 화나게 하면 골칫거리입니다. 당신도 말썽은 일으키고 싶지 않겠죠?"

"지금은 돈이 없어요."

존 스윈튼이 큰 소리로 웃었다.

"농담이시겠지요. 당신 어머니는 로페 가 출신이었지 않습니까. 당신은 1천 에이커의 농장과 나이트브리지의 저택, 롤스로이스와 벤틀리도 갖고 있어요. 돈이 없다는 게 말이 됩니까?"

알렉 경은 주위를 둘러보고 씁쓸한 얼굴을 하고는 조용히 말했다.

"그런 것들은 유동자산이 아니지 않소. 나는……."

스윈튼은 윙크를 하며 말했다.

"당신의 아름다운 부인, 비비안 여사는 유동자산이겠죠? 부인은 두 개의 커다란 유방을 갖고 있으니까 말입니다."

알렉 경의 얼굴이 붉어졌다. 이런 사나이가 비비안의 이름을 입에 올리는 것은 모독이었다. 알렉은 그날 아침, 집을 나설 때의 비비안을 머릿속에 그렸다. 그녀는 그때까지도 자고 있었다. 그들은 침실을 따로 쓰고 있어서 알렉 니콜스의 커다란 즐거움의 하나는 비비안의 침실에 들어가는 일이었다.

알렉은 때때로 일찍 잠이 깨면 비비안의 침실에 들어가서 늦도록 자고 있는 그녀의 얼굴을 꼼짝 않고 바라보았다. 눈을 뜨고 있어도, 잠을 자고 있어도 그녀는 알렉이 지금까지 본 최고의 미인이었다. 비비안은 늘 알몸으로 잠을 잤다. 침대 속에서 그녀가 웅크리고 잘 때면 부드러운 곡선이 드러날 때가 있었는데, 알렉의 눈에는 그 모습이 무척 매혹적으로 보였다. 그녀는 금발에다 커다랗고 짙푸른 눈과 크림과 같은 피부를 갖고 있었다.

알렉 경이 자선 무도회에서 비비안을 처음 만났을 때 그녀는 풋내기 여배우였다. 그는 그녀의 미모에 매료되었으나 가장 강하게 이끌린 것은 그녀의 스스럼없는 개방적인 성격이었다. 비비안은 알렉보다 스무 살이나 어렸지만 인생에 강한 흥미를 갖고 있었다.

알렉이 부끄러움을 잘 타고 내성적인데 반해, 비비안은 사교적이고 명랑했다. 알렉은 마음속에서 그녀를 쫓아낼 수 없게 되었다. 가까스로 용기를 내어 그녀에게 전화를 건 것은 2주일 뒤였다.

비비안은 그의 초대를 받아들여서 그를 놀랍고 기쁘게 해주었다.

알렉은 그녀를 '올드 빅' 극장의 연극에 데려가기도 하고, '미러벨'에 만찬을 하기 위해 데리고 가기도 했다.

비비안은 노팅 힐의 외진 아파트 지하층에 살고 있었다. 알렉이 아파트까지 데려다주자 그녀는 말했다.

"들어오시지 않겠어요?"

그는 그날 밤 그녀의 방에 머물렀다. 그것이 그의 인생에 큰 변화를 가져왔다. 그를 클라이맥스에 이르게 해준 여인은 그녀가 처음이었다. 그는 비비안 같은 여자를 경험한 적이 없었다. 그녀는 벨벳과 같은 부드러운 혀와 긴 금발과 촉촉하게 젖어드는 깊은 샘을 가지고 있었다. 알렉은 기진맥진할 때까지 그녀의 깊은 곳을 파고들었다. 그는 그녀와의 일을 조금만 생각해도 자극이 되었다.

그것뿐만이 아니었다. 그녀는 알렉을 항상 즐겁게 해주고 그에게 활기를 불어넣어 주었다. 그녀는 그가 부끄러움을 잘 타고 융통성이 없다고 놀려댔으나 그는 그것을 즐거워했다. 그는 비비안이 허락하는 한 자주 그녀를 만나러 갔다.

알렉이 비비안을 파티에 데리고 가면 그녀는 항상 인기를 독차지했다. 알렉은 그것을 자랑스럽게 생각했으나 동시에 그녀의 주위에 모인 젊은 남성들에게 질투를 느끼기도 했다. 그들 중 몇 명이 비비안과 삼사리를 같이 했을까 생각하기도 했다.

비비안에게 달리 약속이 있어서 만나지 못하는 날 밤이면 알렉은 질투 때문에 안절부절못했다. 그는 자동차로 그녀의 아파트로 가서 그 근처에 차를 세우고 그녀가 몇 시에 돌아오는지, 누구와 함께 있는지를 탐색하기도 했다. 알렉은 자신의 행동이 어리석은 짓이리는 건 알기는 했지만 그래도 그만둘 수가 없었다. 그는 자신의 힘으로는 어찌해볼 수 없는 강력한 힘에 사로잡혀 있었다.

알렉은 비비안이 자신과는 어울리지 않는다는 것, 그녀와의 결혼은 문제가 많다는 것을 알고 있었다. 그는 준 남작이었고 찬란한 장래를 약속받은 명예로운 하원의원이었다. 그리고 로페 가의 일원으로서 회사 이사회의 멤버였다.

그런 반면, 비비안의 배경은 자신과 견줄 수 있는 것이 아니었다. 그녀의 어머니와 아버지는 지방 순회공연을 다니는 삼류 연예인이었다. 비비안이 받은 교육이라고는 고작 길거리나 극장 분장실에서 얻어들은 것뿐이었다.

알렉은 비비안이 변덕이 심하고 천박스럽다는 것을 알고 있었다. 그녀는 영리했으나 특별히 머리가 좋은 것은 아니었다. 그러나 알렉은 그녀의 매력으로부터 도망칠 수가 없었다. 그는 싸웠다. 비비안을 잊으려고 애를 썼지만 소용이 없었다. 그는 비비안과 함께 있으면 행복하고 떨어져 있으면 비참해졌다. 마침내 그는 그녀에게 구혼을 했다. 비비안이 승낙했을 때 알렉은 너무도 기뻐서 하늘에라도 올라갈 것 같은 심정이었다.

신부는 그로스터셔의 저택으로 옮겨졌다. 그곳은 도리스식의 원주와 긴 드라이브웨이가 있는 조지 왕조풍의 저택으로 18세기의 가구 장식가 로버트 애덤이 장식한 것이었다. 저택은 1천 에이커나 되는 녹색의 농장 안에 있었고 부지 내의 숲속에서 사냥을 하거나 개울에서 물고기를 낚을 수 있었다. 집의 뒤쪽에는 '수재'라고 불리는 브라운이 설계한 공원이 있었다.

집의 내부는 눈부시다고밖에는 표현할 수가 없었다. 넓은 현관홀은 대리석 바닥이었고 벽은 채색한 목재였다. 그곳에는 두 개의 조명 창이 나 있었고 대리석을 얹은 애덤 양식의 나무 테이블과 마호가니 의자가 놓여 있었다.

서재에는 18세기에 만든 서가가 그대로 있었고, 외다리 테이블 두 개와 의자가 몇 개 있었다. 객실은 18세기식 가구와 월튼 카펫이 깔려 있었으며 워터포드 산 크리스털 글라스의 샹들리에 두 개가 매달려 있었다.

40명의 손님이 앉을 수 있는 대식당과 끽연실도 있었다. 또 이층에는 각기 애덤 양식의 난로가 붙은 6개의 침실이 있었으며, 3층은 하인들의 방으로 꾸며져 있었다.

이 저택에 와서 6주가 지나자 비비안이 말했다.

"이곳을 나가요, 알렉."

그는 이 말의 의미를 알 수 없어서 그녀의 얼굴을 빤히 쳐다보았다.

"2, 3일 런던에 가 있고 싶다는 뜻이야?"

"아니, 런던에 가서 살고 싶어요."

알렉은 창밖의 어릴 때 뛰어놀던 에메랄드그린의 목장과 거대한 단풍나무와 오크나무를 바라보면서 머뭇거리며 말했다.

"비비안, 이곳은 굉장히 조용하고 좋잖아. 나는……."

그녀가 톡 쏘아붙였다.

"그래요, 그러니까 못 참겠다는 거예요……. 따분할 정도로 조용한 것이 말이에요!"

그들은 그 다음 주에 런던으로 옮겨갔다.

알렉은 나이트브리지에서 조금 들어간 월튼 거리에 우아한 4층짜리 서택을 삿고 있었다. 그 집에는 아름다운 객실과 시재, 기다란 식당이 있었고 뒤쪽의 전망 창에 서면 바위굴이 보였으며 폭포와 조각품과 흰 벤치를 놓은 아름답게 정돈된 정원이 눈을 즐겁게 해주었다. 이층에는 커다란 침실 하나와 4개의 작은 침실이 있었다.

비비안과 알렉은 이 집으로 옮긴 후, 2주일 동안 이층의 커다란 침실에서 잤는데, 어느 날 아침 비비안이 말했다.

"당신을 사랑하고 있어요, 알렉. 하지만 당신은 코를 고는군요."

알렉은 그 사실을 모르고 있었다.

"나 혼자 자고 싶어요. 괜찮겠죠?"

괜찮지는 않았다. 그는 부드럽게 만져지는 그녀의 살결의 감촉이 좋았다. 그러나 실제로 잠자리에서 알렉은 자기가 다른 남자들처럼 비비안을 흥분시킬 수 없다는 것을 알고 있었다. 그렇기 때문에 그녀는 같은 침대에서 자는 것을 원치 않았던 것이다.

그래서 그는 대답했다.

"괜찮고말고. 비비안."

알렉의 강력한 권고로 비비안이 큰 침실을 쓰고, 그는 작은 손님용 침실로 옮겨갔다.

처음 얼마 동안 알렉이 하원에서 연설을 하는 날에는 비비안도 의회에 나가 방청석에 앉아 있었다. 그는 눈을 들어 그녀를 보며 말할 수 없는 자랑스러움을 느꼈다. 그녀는 방청석 안의 어느 누구보다도 아름다웠다. 그런데 어느 날, 알렉이 연설을 끝내고 눈을 들어 비비안의 모습을 아무리 찾아보아도 그녀가 보이지 않았다.

알렉은 비비안이 자신에게 열중하지 못하는 것은 자신의 책임이라고 생각했다. 알렉의 친구들은 비비안보다 연상이었고 그녀를 즐겁게 해주기에는 너무도 보수적이었다. 그는 비비안에게 권해서 그녀의 친구들을 집으로 초대해 자기 친구들에게 소개했다. 하지만 결과는 마찬가지였다.

알렉은 비비안에게 아이가 생기면 마음을 잡고 상황이 달라질 것이라고 자신에게 타일렀다. 그러나 어느 날 어떻게 된 일인지(알렉은 왜 그런지 알고 싶지도 않았다) 비비안은 성병에 감염되어 자궁을 절제하지 않으면 안 되었다. 아들을 간절히 열망하고 있던 알렉에게 있어서는 큰 타격이었지만 비비안은 태연했다.

"여보, 걱정할 것 없어요. 아이는 못 낳게 되었지만, 즐기는 데는 상관이 없다는군요."

그녀가 미소를 지으며 말하자, 알렉은 오랫동안 그녀를 바라보다가 등을 돌리고는 방을 나갔다.

비비안은 화려하게 쇼핑하는 것을 좋아했다. 그녀는 의상이나 보석이나 자동차에 마구 돈을 썼는데 알렉은 그것을 제지할 용기가 없었다. 그는 비비안이 가난하게 자랐기 때문에 아름다운 물건에 굶주려 있을 것이라고 너그럽게 이해했다. 무엇이든 그녀에게 사주고 싶었지만 불행하게도 그에게는 그만큼의 여유가 없었다. 그의 급료는 세금에 몽땅 먹혀버렸다. 그의 재산은 로페 앤드 선즈의 주식이 전부였으나 그것은 자유롭게 처분할 수가 없는 것이었다.

알렉은 비비안에게 그것을 설명했지만 그녀는 그저 듣고 흘려보낼 뿐이었다. 사업 얘기는 비비안을 따분하게 만들 뿐이어서 그는 얘기를 중단해버렸다.

비비안이 도박에 손을 대고 있다는 것을 그가 처음으로 안 것은 평판이 매우 좋지 않은 도박장 토드 클럽의 소유자인 토드 마이클스가 찾아왔을 때였다.

"알렉 경, 당신 부인의 1천 파운드짜리 사용증을 갖고 왔습니다. 룰렛에서 돈을 잃으셨습니다."

알렉은 아연해졌다. 그는 꾼 돈을 갚고 그날 밤 비비안에게 그 사실을 따졌다.

"우리에게는 그렇게 돈을 마구 쓸 만큼의 여유가 없어. 당신은 내수입 이상의 돈을 쓰고 있다고."

그는 그녀에게 말했다.

비비안은 깊이 후회하고 있었다.

"미안해요, 여보. 내가 잘못했어요."

그녀는 알렉 옆으로 다가가 양팔을 그의 몸에 두르고 자신의 몸을 밀착시켰다. 그러자 그의 노여움은 눈 녹듯이 사라졌다.

알렉은 그녀의 침대에서 잊을 수 없는 밤을 보냈다. 그는 앞으로는 더 이상 문제가 일어나지 않을 것이라고 믿었다.

2주일 뒤 토드 마이클스가 다시 찾아왔다. 이번에는 비비안의 빚이 5천 파운드였다. 알렉은 격노했다.

"어째서 그런 돈을 꾸어줬소?"

그는 토드를 힐책했다.

"알렉 경, 그녀는 당신의 부인입니다. 만일 우리가 거절했다면 사람들이 뭐라고 생각하겠습니까?"

마이클스는 온순한 말투로 대답했다.

"나는…… 돈을 마련하지 않으면 안 됩니다. 그만한 현금은 지금 수중에 없습니다."

알렉이 말했다.

"상관없습니다. 대부라고 생각하십시오. 형편이 닿는 대로 지불해 주시면 됩니다."

알렉은 마음속으로 안도의 숨을 내쉬었다.

그로부터 한 달 뒤, 알렉은 비비안이 또다시 도박에서 2만5천 파운드의 빚을 졌고, 주 10퍼센트의 이자를 지불하지 않으면 안 된다는 통고를 받았다. 알렉은 얼굴이 창백해졌다. 자신은 그만한 현금을 조달할 방법이 없었다. 그는 팔 만한 재산도 없었다. 집도, 아름다운 골동품도, 자동차도 모두 로페 앤드 선즈의 것이었다.

그의 분노에 비비안은 겁을 집어먹고 앞으로는 도박을 하지 않겠다고 약속했다. 그러나 때는 이미 너무 늦어 있었다. 알렉은 고리대금업자의 밥이 되어 있는 자신을 발견했다. 아무리 지불해도 빚을 없앨 수 없었다. 그것은 줄어들기는커녕 매달 늘어갈 뿐이었다. 그러한 상태가 1년 가까이 계속되고 있었다.

토드 마이클스의 부하인 스윈튼이 처음으로 빚 독촉을 하러 와서 알렉을 경시 총감에게 고발하겠다고 위협했다.

"나는 높은 사람들에게 줄이 닿아 있소."

알렉이 말했다.

사나이는 싱긋이 웃었다.

"우리는 담당자와 줄이 닿아 있지요."

지금 알렉 경은 화이트 클럽에서 그 사나이와 마주앉아 자존심을 억눌러가며 조금만 더 기다려달라고 부탁하지 않으면 안 되었다.

"나는 이미 빌린 돈 이상을 갚았소. 그런데도……."

"그것은 이자입니다, 알렉 경. 원금은 아직 남아 있습니다."

"이건 사기야!"

알렉이 소리쳤다.

스윈튼의 눈매가 변했다.

"그럼 보스에게 그렇게 전하겠습니다."

그가 일어서려고 하자, 알렉이 황급히 말했다.

"잠깐!"

스윈튼이 다시 천천히 앉았다.

"그런 식으로 말하면 안 됩니다. 지난번에 그런 말을 한 사람이 양 무릎을 마루에 못질 당했다고요."

그는 경고했다.

알렉도 그런 기사를 읽은 적이 있었다. 크레이 형제라는 자들이 피해자에 대한 그런 징벌을 생각해낸 것이었다. 알렉이 상대하는 업자도 마찬가지로 악독하고 냉혹했다. 그는 목구멍까지 치밀어 오르는 분노를 삼켰다.

"진심으로 한 말은 아니오. 다만… 이제는 돈이 없소."

알렉이 말했다. 스윈튼은 시거의 재를 알렉의 포도주 글라스에 털어 넣으며 말했다.

"알렉 선생, 당신은 로페 앤드 선즈의 주식을 잔뜩 갖고 있잖소."

"그렇지만 그것은 팔 수도, 양도할 수도 없는 것이오. 로페 앤드 선즈가 주식을 공개하지 않는 한 그것을 손에 넣어도 쓰레기나 마찬가지요."

알렉이 대답했다. 스윈튼은 시거를 빨았다.

"그래서 공개를 한답니까?"

"샘 로페에게 달려 있소. 그렇게 하도록 그를 설득하려고 하오."

"좀 더 적극적으로 힘을 써야지요."

"마이클스 씨에게 전해주시오. 돈은 지불하겠소. 그러니 제발 더 이상 나를 못살게 굴지 말라고……."

스윈튼의 얼굴이 험악해졌다.

"못살게 굴다니요? 이봐요 알렉 경, 못살게 구는 것은 이런 게 아니라고요. 그건 당신네 마구간에 불을 지르고, 말의 불고기를 먹어주는 거요. 그리고 당신네 집에도 불을 지르고……. 당신 마누라도 타 죽을지 모른다니까요. 여자의 불탄 대합조개를 먹어본 적 있소?"

그는 히죽 웃었다. 알렉은 소름이 끼쳤고, 그만 새파랗게 질렸다.

"제발 그만……."

스윈튼이 달래듯이 말했다.

"농담이에요. 토드 마이클스는 당신의 친구입니다, 친구끼리는 서로 도와줘야지요. 내 말이 틀립니까? 오늘 아침에 만났을 때도 당신 이야기를 합디다. 그때 보스가 뭐랬는지 압니까? 이렇게 말했어요. '알렉 경은 좋은 사람이야. 만약 돈이 없으면 그는 틀림없이 다른 방법으로 해결을 해줄 사람일세'라고……."

알렉은 미간을 찌푸렸다.

"다른 방법이라니?"

"당신과 같이 영리한 분이라면 알 수 있을 텐데요. 당신네 회사는 대제약회사입니다. 예를 들면 코카인 같은 것도 만들고 있어요. 둘만의 얘긴데, 화물이 한두 개 다른 곳으로 배달되었다고 해서 누가 알겠습니까?"

알렉은 상대방의 얼굴을 응시했다.

"당신은 미치광이야. 그런…… 그런 짓은 할 수가 없어."

"다급해지면 인간은 무슨 짓이라도 할 수 있는 거라고요."

스윈튼은 조용하게 말하고 일어섰다.

"돈을 지불할 수 없다면 지정한 장소에 물건을 보내줘야 합니다."

그는 알렉의 버터 접시에 시거를 비벼 껐다.

"비비안에게 안부를 전해주시오, 선생."

존 스윈튼이 사라졌다.

알렉 경은 그의 인생의 거나란 부분을 차지하고 있던 괴적히고 낯익은 물건에 둘러싸여서 혼자서 꼼짝 않고 앉아 있었다. 눈에 거슬리는 것은 접시 위에 버려진 더럽고 축축한 시거 꽁초뿐이었다. 어떻게 해서 그는 그들이 자신의 생활에 침입해오는 것을 허용했을까? 그는 어리석게도 암흑가의 보스들 손에 놀아나게 된 것이다.

지금 알렉은 그들이 돈 이상의 것을 노리고 있다는 것을 깨달았다. 돈은 그를 함정에 빠뜨리기 위한 미끼에 불과했던 것이다. 그들은 제약회사의 그의 지위를 이용하려고 했다. 자기네들의 악행에 그를 끌어들이려는 것이다. 그리고 만일 그가 그들에게 이용당하고 있다는 것을 알게 되면 야당이 즉각 그것을 이용할 것이다. 그가 속해 있는 정당도 그에게 사퇴를 요구할 것이다.

그것은 교묘하게 은밀히 행해지게 된다. 그들은 알렉에게 왕실 직속지의 집사직을 지원케 할 것이다. 명목뿐인 왕실직을 맡게 되면 자동적으로 하원의원의 지격을 상실하게 되기 때문이다.

그러나 그 이유를 비밀로 해둔다는 것은 불가능하다. 그는 집안을 더럽히게 될 것이다. 많은 돈을 조달할 수 없는 한은 말이다. 알렉은 회사 주식을 공개하도록 샘 로페에게 몇 번이나 요구했다.

"말도 안 되는 소리네! 외부의 인간을 들여놓았다가는 생전 보지도 못한 자들이 이렇게 해라, 저렇게 해라 하고 우리에게 명령을 하게 될 것이야. 어느 틈엔가 그놈들에게 이사회를 점령당하고 회사를 빼앗겨 버리고 말걸세. 자네가 나설 것은 없지 않은가, 알렉? 자네는 많은 급료를 받고 있고, 교제비도 풍부하게 받고 있을 텐데……. 그 이상의 돈은 필요 없을 텐데 말이야."

샘은 그렇게 말했다.

알렉은 그 순간, 자신이 지금 얼마나 돈을 필요로 하고 있는가를 샘에게 얘기하고 싶었다. 그러나 그래봤자 헛일이라는 생각이 들었다.

샘 로페는 회사를 위해 살아가는 사람이었고, 인정 따위는 눈곱만큼도 없는 사나이였다. 만일 알렉이 조금이라도 회사의 명예를 훼손시킬 일을 하고 있다는 것을 알게 되면 그는 주저하지 않고 알렉을 파면시킬 것이다. 따라서 샘 로페에게만은 절대로 얘기할 수 없었다.

화이트 클럽의 안내원이 봉함을 한 마닐라 봉투를 든 집배원을 알렉 경의 테이블로 데리고 왔다.

"죄송합니다만 알렉 경, 이 사람이 무슨 일이 있어도 직접 전달하지 않으면 안 될 편지가 있다고 해서……."

안내원이 말했다. 집배원은 그에게 봉투를 건네주고 안내원을 따라 입구 쪽으로 되돌아갔다. 알렉은 오랫동안 꼼짝 않고 있다가 봉투를 집어 들어 봉함을 열었다. 그는 메시지를 세 번 반복해서 읽었다. 그러고 나서 그 편지를 천천히 구겼다. 그의 두 눈에 눈물이 넘쳐흘렀다.

고통

뉴욕

9월 7일 월요일, 오전 11시

자가용 비행기 보잉 707-320은 선회하면서 착륙 차례를 기다리는 지정 코스에서 빠져나와 드디어 케네디 공항에 착륙할 태세를 취했다.

길고 지루한 비행이었다. 리스 윌리엄스는 피곤했지만 밤새도록 잠을 이룰 수 없었다. 그는 샘 로페와 함께 늘 이 비행기에 타고 있었다. 지금도 샘이 함께 타고 있는 것 같은 느낌이 들었다.

엘리자베스 로페가 그를 기다리고 있을 것이다. 리스는 이스탄불에서 그녀에게 연락을 했다. 내일 그곳에 도착한다고 짧고 간단하게 말했다. 아버지의 죽음을 말할 수도 있었지만 그녀에게는 그 이상의 것이 필요했다.

비행기는 착륙해서 터미널을 향해 활주했다. 리스는 거의 짐을 갖고 있지 않았기 때문에 곧바로 세관을 통과할 수 있었다.

밖으로 나가자 겨울을 예고하듯이 하늘은 잔뜩 흐려 있었고 을씨년스러웠다. 입구에는 엘리자베스가 살고 있는 롱아일랜드의 샘 로페 저택으로 그를 안내하기 위한 리무진이 기다리고 있었다.

리스는 자동차 안에서 그녀가 충격을 덜 받을 수 있는 말들을 입 속으로 몇 번이나 되풀이해보았다. 그러나 엘리자베스가 현관문을 열고 그를 맞이했을 때 그 말은 어딘가로 사라지고 말았다.

리스는 엘리자베스를 만날 때마다 그녀의 아름다움에 새삼 놀라곤 했다. 그녀는 어머니에게서 귀족적인 자태를 물려받았는데, 길고 짙은 속눈썹이며 깊고 검은 눈, 희고 부드러운 피부, 윤기가 도는 검은 머리칼이 그러했다. 또 몸매는 풍부하면서도 균형이 잡혀 있었다.

그녀는 네크라인이 깊이 파인 크림 빛 실크 블라우스에 회색 플란넬 스커트를 입고 황갈색 펌프스를 신고 있었다. 리스가 9년 전에 처음 만났을 때의 수줍은 소녀의 모습은 전혀 찾아볼 수 없었다. 그녀는 지적이며 상냥하고 자신의 아름다움에 자신감도 갖고 있는 성숙한 여인으로 자라 있었다.

엘리자베스는 리스의 손을 잡고, 미소를 지으며 말했다.

"어서 오세요 리스."

그리고 서재로 그를 안내했다.

"아빠도 같은 비행기로 오셨나요?"

사실을 말할 수밖에 없었다. 리스는 깊이 숨을 들이쉬고 나서 천천히 말했다.

"아버님은 사고를 당하셨습니다."

그는 그녀의 얼굴에서 핏기가 가시는 것을 보았다. 그녀는 그의 다음 말을 기다렸다.

"돌아가셨어요."

그녀는 순간 화석이 된 듯이 꼼짝하지 않았다. 한참 뒤에 간신히 입을 열었으나 리스에게는 거의 들리지 않을 정도의 작은 목소리였다.

"어떤…… 어떤 사고였죠?"

"아직 자세한 것은 모릅니다. 몽블랑에서 등반 중이셨는데, 로프가 끊겨 끝없는 빙하 골짜기로 떨어지셨답니다."

그녀는 한동안 눈을 감았다가 다시 떴다.

"유체는……."

"끝없는 골짜기라……."

그녀의 얼굴은 창백해졌다.

"괜찮겠어요?"

"네, 괜찮아요. 고마워요. 차를 드릴까요? 아니면 식사를……."

그녀가 말했다. 그는 놀라서 그녀를 바라보며 뭔가 말을 하려다가 그만두었다. 그녀는 충격에서 깨어나지 못하는지, 눈은 이상하게 번쩍이고 미소는 얼어붙어 있었다.

"아버지는 대단한 스포츠맨이셨어요. 아버지의 트로피를 많이 보셨죠? 항상 이기셨죠. 아버지가 몽블랑에 등반한 사실을 알고 계신가요?"

그녀는 쉴 새 없이 떠들어대고 있었다.

"엘리자베스……."

"물론 알고 계시겠죠. 함께 갔었죠, 리스?"

리스는 잠자코 그녀가 마음껏 말하도록 내버려두었다. 엘리자베스는 자기 자신에게 최면을 걸어 고통을 이겨내려고 하는 것 같았다.

그녀의 넋두리를 들으면서 그는 처음 만났을 무렵의 나약한 소녀, 너무도 감수성이 예민하고 수줍음을 잘 타며 가혹한 현실에 대해 아무런 방어물도 갖지 못했던 소녀를 생각했다. 그런데 지금 그녀는 위험할 정도로 긴장하고 흥분해 있어서 당장에라도 무너져 내릴 것만 같았다.

"의사를 불러야겠어요. 아니면 약이라도……."

"괜찮아요. 고맙지만, 그럴 필요는 없어요. 실례지만 잠깐 눕고 싶어요."

리스는 더 이상 그녀를 지켜볼 수 없다는 생각에 바쁜 회사업무가 있어서 돌아가겠다고 말했다. 그녀는 현관까지 그를 바래다주었다.

그가 차에 올라타려고 하는데 엘리자베스가 불렀다.

"리스!"

그는 뒤돌아보았다.

"와 줘서 고마웠어요."

'하느님 맙소사!'

리스 윌리엄스가 돌아가고 나서 엘리자베스는 오랫동안 침대에 누워 천장을 바라보며 9월의 햇살이 옮겨가는 것을 지켜보고 있었다.

고통이 엄습해왔다. 엘리자베스는 진정제를 먹지 않았다. 고통을 이겨내야 하기 때문이었다. 그것은 아버지에 대한 의무였다. 그녀는 그것을 견뎌낼 수 있을 것이다. 아버지의 딸이므로…….

그녀는 온종일, 그리고 밤새껏 이것저것 아무것이나 생각했다. 침대에 누워 갖가지 일을 기억해내면서 그렇게 웃기도 하고 울기도 하다 보니 자신의 머리가 약간 어떻게 된 것 같았다. 그래도 괜찮았다. 자신의 웃음소리나 울음소리를 듣는 사람은 아무도 없었기 때문이었다.

밤이 되자 그녀는 갑자기 배가 고파서 식당으로 내려갔다. 커다란 샌드위치를 탐욕스럽게 먹었지만 곧바로 토하고 말았다. 기분은 좋아지지 않았다. 그녀를 채우고 있는 고통이 조금도 약화되지 않은 채 모든 말초신경에 불이 붙은 것만 같았다. 그녀의 마음은 아버지와 함께 지낸 먼 옛날까지 거슬러 올라갔다. 그녀는 침실 창으로 해가 돋는 것을 지켜보았다.

얼마 후 집사가 문을 노크했지만, 그녀는 그대로 쫓아 보냈다. 그때 전화벨이 울렸다. 그녀는 두근거리는 가슴으로 아버지에게서 온 것이라고 생각하며 수화기에 손을 뻗었다. 그러다가 문득 정신이 들어 몸을 움츠렸다. 아버지는 두 번 다시 전화를 걸어오지 않을 것이다. 앞으로 영영 아버지의 목소리를 들을 수 없는 것이다. 앞으로 아버지의 모습을 보는 일도 없을 것이다.

끝없는 빙하 골짜기…….

엘리자베스는 침대에 누운 채 차례차례 되살아오는 과거 속으로 빠져들어 갔다.

핏줄

엘리자베스 로웬 로페가 이 세상에 태어난 것은 이중의 비극이었다. 하나는 엘리자베스의 어머니가 출산과 동시에 죽었다는 것이고, 그보다 더 큰 비극은 엘리자베스가 여자였다는 사실이었다.

그녀는 어머니의 어두운 태내에서 태어나기까지 9개월 동안 몇백억 달러의 자산을 소유하고 있는 대기업인 로페 앤드 선즈의 후계자로 세상에서 가장 기다려지던 아이였다.

샘 로페의 아내 패트리샤는 검은 머리칼에다 보기 드문 미인이었다. 많은 여자들이 지위와 명성과 부를 노리고 샘 로페와 결혼하고 싶어했지만, 패트리샤가 그와 결혼한 것은 오직 그와 사랑에 빠졌기 때문이었다. 그러나 사랑한다는 것이 최악의 이유라는 것이 증명되었다. 샘은 사업상의 동반자를 구하고 있었는데 패트리샤는 그런 그의 조건에 딱 들어맞았던 것이다. 샘은 가정적인 남자가 될 시간도 없었으며 그런 기질도 없었다.

샘의 인생에는 로페 앤드 신즈 이외의 세계는 전혀 없었다. 그는 전대적으로 회사에 헌신했으며 주위 사람들에게도 그 같은 것을 기대했다. 그에게 패트리샤가 중요했던 것은 그녀가 회사의 이미지 부각에 보탬이 되기 때문이었다. 패트리샤가 자신이 어떤 결혼을 했는가를 깨달았을 때는 이미 때가 늦어 있었다. 샘은 패트리샤에게 연기할 역할을 주었고, 그녀는 훌륭하게 그것을 수행해나갔다.

패트리샤는 완전한 여주인이었으며, 나무랄 데 없는 샘 로페의 부인이었다. 그러나 그녀는 남편에게서 조금도 사랑을 받지 못했고, 그녀도 나중에는 사랑하지 않고 사는 방법을 터득했다.

그녀는 샘에게 봉사했다. 마치 로페 앤드 선즈의 말단 비서와 같은 고용인이었다. 그녀는 24시간, 남편에게 소환당하면 언제 어디든 달려가서 세계적인 지도자들의 작은 그룹을 접대했다. 하루 전날 갑자기 100명 정도의 손님이 밀려온다는 통지를 받고 서둘러 만찬준비를 해내기도 했다.

패트리샤는 로페 앤드 선즈의 목록에 들어가 있지 않은 커다란 자산 중의 하나였다. 그녀는 아름다움을 유지하기 위해 항상 운동을 하고 스파르타식으로 절식을 했다. 그녀의 용모는 나무랄 데가 없었는데, 의상은 뉴욕의 노렐, 파리의 샤넬, 더블린의 시빌 코놀리 등이 디자인한 것들이었다. 패트리샤가 몸에 걸고 있는 보석류는 장 슐럼버거나 불가리가 특별히 그녀를 위해 세공한 것이었다. 그녀의 생활은 눈코 뜰 새 없이 바빴지만 즐겁지 않았고, 공허했다. 그러나 그녀가 임신을 하자 모든 것이 바뀌었다.

샘 로페는 로페 가의 유일한 남자 후계자였기 때문에 패트리샤는 그가 아들을 몹시 바라고 있다는 것을 알고 있었다. 그는 그녀에게 기대를 걸고 있었던 것이다. 지금 그녀는 태내에 왕국을 물려줄 어린 왕자를 잉태한 왕비였다.

패트리샤가 분만실로 들어갈 때 샘은 그녀의 손을 잡고 말했다.

"고맙소."

패트리샤는 그러나 30분 후 색전증으로 사망했다. 패트리샤의 죽음의 유일한 위안은 그녀가 남편의 기대를 저버렸다는 사실을 모르고 숨을 거둔 것뿐이었다.

샘 로페는 바쁜 시간을 쪼개어 아내의 장례를 치른 다음, 어린 딸을 어떻게 할 것인가 하는 문제에 주의를 돌렸다.

태어난 지 일주일 뒤, 엘리자베스는 집으로 돌아가 유모의 손에 맡겨졌다. 그것은 유모에게서 유모에게로의 생활의 시작이었다. 엘리자베스는 다섯 살 때까지 거의 아버지를 본 적이 없었다. 아버지는 이따금 왔다가는 금방 떠나가는, 얼굴도 잘 모르는 낯선 사람에 불과했다.

샘은 쉴 새 없이 출장을 다녀야 했는데, 그때마다 엘리자베스는 함께 다니지 않으면 안 되는 거추장스러운 짐처럼 생각되었다.

엘리자베스는 한 달 정도는 볼링장이나 테니스 코트나 풀장이 딸린 롱아일랜드의 저택에서 지내다가 프랑스 남서부의 비아리츠 별장에 가서 지내곤 했다. 그곳은 방이 50개나 되는 커다란 별장으로, 엘리자베스는 30에이커의 넓은 부지 안에서 종종 길을 잃을 때도 있었다.

샘 로페는 그밖에도 맨해튼의 커다란 중층식 펜트하우스와 사르데냐의 코스타 스메랄다에 별장을 갖고 있었다. 엘리자베스는 그런 지방을 전부 여행하고 저택이나 아파트, 별장을 전전하면서 풍요로운 환경 속에서 성장했다. 하지만 언제나 낯선 사람이 주최한 생일 파티에 잘못 찾아들어온 것 같은 느낌이 들었다.

엘리자베스는 나이가 들면서 샘 로페의 딸이라는 무게를 차츰 알게 되었다.

그녀의 어머니가 회사의 징신직인 희생자였던 것처럼 엘리자베스도 같은 희생자였다. 그녀가 가족적인 생활을 갖지 못한 것은 가족이 없었기 때문이었다. 있다면 돈으로 고용된 고용인과 오직 회사 일에

만 관심이 있는 아버지뿐이었다.

어머니 패트리샤는 자신의 위치를 받아들일 수 있었지만, 어린 엘리자베스에게는 그것이 너무 큰 고통이었다.

엘리자베스는 자신이 아버지에게 원하는 존재가 아니라는 것, 사랑받지 못하는 아이라는 것을 느꼈다. 그 절망과 싸우는 방법을 몰라서 그녀는 결국 자기 자신을 책망했다. 그러면서 필사적으로 아버지의 사랑을 받기 위해 노력했다.

학교에 다닐 나이가 되자 엘리자베스는 아버지에게 드리기 위해 크레용으로 그림을 그리곤 했다. 다소 찌그러진 모양이지만, 재떨이를 만들기도 했다. 그것을 소중하게 간직했다가 여행에서 돌아온 아버지에게 보여주려고 기다렸다. 그녀는 아버지가 기뻐하시면서 "와, 굉장한 실력인데. 엘리자베스, 넌 뛰어난 재능을 갖고 있구나!" 하고 칭찬해주기를 기대했다.

아버지가 돌아오자 엘리자베스는 곧바로 애정이 담긴 선물을 내밀었다. 아버지는 그것을 건성으로 힐끔 보고는 고개를 끄덕이더니 다시 고개를 흔들면서 말했다.

"너는 화가가 되기는 틀렸구나."

때때로 엘리자베스는 밤에 잠에서 깨어나 아파트의 긴 나선형 계단을 내려갔다. 그곳엔 동굴같이 넓은 홀이 있었는데, 그곳을 지나면 아버지의 서재로 가는 길이 나왔다. 그녀는 성당에 들어갈 때와 같은 느낌으로 아무도 없는 방에 발을 들여놓았다.

그곳은 아버지가 일을 하고, 중요한 서류에 사인을 하는 등 세계를 지배해온 공간이었다. 엘리자베스는 커다란 책상을 살며시 만져보았다. 그리고 책상 뒤쪽으로 돌아가 가죽으로 씌운 아버지의 의자에 앉았다. 그녀는 그곳에서 아버지를 온몸으로 느낄 수 있었다. 왠지 자신이 아버지의 일부가 된 것 같은 느낌이 들었다.

그녀는 아버지와 상상의 대화를 나누었다. 그녀가 자신의 문제를 털어놓으면 그는 흥미를 갖고 귀를 기울였다.

어느 날 밤 엘리자베스가 어둠 속에서 아버지의 책상 앞에 앉아 있을 때, 갑자기 불이 켜졌다. 아버지가 입구에 서 있었다. 얇은 잠옷을 입고 자기 책상 앞에 앉아 있는 엘리자베스를 보고 그가 말했다.

"이렇게 캄캄한 곳에서 뭘 하고 있는 거냐."

그는 두 팔로 그녀를 안고 계단을 올라가 그녀의 침실로 데리고 갔다. 그날 밤 엘리자베스는 잠을 이루지 못하고 아버지가 어떤 식으로 자기를 안아주었는지를 생각했다.

그 뒤 그녀는 매일 밤 아래층에 내려가 서재에 앉아서 아버지를 기다렸지만, 같은 일은 두 번 다시 일어나지 않았다.

어머니에 관해서는 아무도 엘리자베스에게 얘기해주지 않았지만, 거실에 패트리샤 로페의 아름다운 전신 초상화가 걸려 있었다. 엘리자베스는 그것을 언제까지나 바라보았다. 그리고 그녀는 자신을 거울에 비쳐보았다. 치열 교정기를 낀 자신의 입이 마치 괴수의 입처럼 보였다. 그녀는 아버지가 자기를 예뻐하지 않는 것도 당연하다고 생각했다.

그 무렵, 그녀는 갑자기 왕성한 식욕이 생기더니 살이 찌기 시작했다. 그것은 그녀가 멋진 결론에 도달했기 때문이었다. 만일 그녀가 잔뜩 먹어서 뚱뚱해진다면 그 누구도 자신에게 어머니와 같은 미모를 기대하지 않으리라 생각했다.

열두 살 때 엘리자베스는 맨해튼의 이스트사이드에 있는 일류 시립 학교에 들어갔다. 그녀는 운전사가 딸린 롤스로이스로 등교했는데, 주위의 친구들을 무시하는 태도로 일관했다. 그녀는 절대로 자진해서 질문에 대답하려고 하지 않았다. 교사들은 얼마 뒤 그런 그녀에 대해 이구동성으로 그런 건방진 학생은 난생 처음 본다고 입을 모았다.

엘리자베스의 담임선생은 여교장에게 제출하는 학년말 보고에 다음과 같이 썼다.

엘리자베스 로페는 전혀 나아지는 것이 없습니다. 그녀는 학우들과 어울리려 하지 않고, 어떤 클럽 활동에도 참가하지 않고 있으며 친구도 전혀 없습니다. 그녀의 성적은 좋지 않습니다만 그 이유가 공부를 하지 않기 때문인지, 학업을 따라갈 수 없기 때문인지 파악할 수 없습니다. 그녀는 오만하고 자기중심적입니다. 만일 그녀의 부친이 본교에 거액을 기부하고 있지 않다면, 나는 그녀의 퇴학을 강력하게 권고하고 싶습니다.

이 보고서는 사실과는 거리가 먼 것이었다. 엘리자베스 로페는 그녀를 둘러싼 무서운 고독에 대해 몸을 지킬 갑옷도, 방패도 갖고 있지 못한 것뿐이었다.

그녀는 자신이 쓸모없는 아이라고 생각하고 있었다. 자신이 하잘것 없고, 볼품없는 아이라는 것이 알려질까 봐 친구를 사귀지 못했던 것이다. 오만함이 아니라 병적일 정도의 수줍음 때문이었다.

그녀는 자신이 아버지가 살고 있는 세계의 사람은 아니라고 생각했다. 아니, 어디에도 자기 자신의 세계는 없었다. 그녀는 롤스로이스를 타고 학교에 가는 것이 싫었다. 자기는 그럴 만한 가치가 없는 사람이라고 생각되었기 때문이다. 수업시간에 선생님의 질문에 대한 답을 알고 있어도 자기에게 주의를 집중시키는 것이 두려워서 대답을 하지 않았다.

그녀는 책 읽기를 좋아해서 침대에서 밤늦게까지 독서에 몰두했으며, 여러 가지 멋진 공상에 잠기기도 했다.

아버지와 파리에 가서 함께 마차를 타고 공원을 달린다. …아버지는 그녀를 사무실로 데리고 간다. …세인트 패트릭 성당과 같은 엄청나게 큰 방이다. …직원들이 그의 서명을 받기 위해 쉴 새 없이 들어온다. …그는 손을 흔들며 그들을 쫓아낸다.

"내가 지금 바쁜 것을 모르나? 나는 우리 딸 엘리자베스와 얘기를 하고 있는 중이야."

그녀는 아버지와 스위스로 스키를 타러 간다. …살을 엘 듯한 추운 바람을 뚫고 두 사람은 어깨를 나란히 하고 경사가 급한 슬로프를 활강한다. …갑자기 아버지가 넘어지며 비명을 지른다. …다리뼈가 부러진 것을 보고 그녀는 말한다.

"걱정하지 마세요. 아빠! 제게 맡기세요."

그녀는 스키로 병원까지 미끄러져 내려가 사고를 알린다.

"빨리 구해주세요. 우리 아빠가 부상을 당했어요."

흰 옷을 입은 10여 명의 남자들이 곧바로 달려가서 구급차로 아버지를 싣고 온다. …그녀는 침대에 붙어 서서 아버지에게 죽을 떠먹여 준다. …그런데 어찌된 일인지 그녀의 어머니가 살아 있어서 방으로 들어온다(그때는 다리가 아니라 팔이 부러진 것이 된다). …그러자 아버지가 말한다.

"나중에 봅시다, 패트리샤. 지금은 엘리자베스와 얘기를 하고 있으니 말이오."

이런 공상의 결말은 항상 똑같았다. 초인종이 울리고 아버지보다 훨씬 키가 큰 남자가 들어와서 엘리자베스에게 청혼을 하고 아버지는 엘리자베스에게 애원한다.

"애야, 제발 내 곁을 떠나지 말아다오. 나는 네가 필요하단다."

그래서 그녀는 아버지 곁에 머무는 것에 동의한다.

엘리자베스는 그녀가 자라면서 머물렀던 집 가운데서 사르데냐의 별장이 가장 마음에 들었다. 그중에서 가장 큰 집은 아니었지만 가장 화려하고 지내기가 편했다. 그녀는 사르데냐 자체가 좋았다. 그곳은 이탈리아 해안에서 남서쪽으로 160마일 떨어진, 바위가 많고 인상적인 섬으로 산과 바다와 농장이 멋진 경관을 이루고 있었다.

그 거대한 화산암의 단애는 몇천 년 전에 원시의 바다로부터 분출해서 생긴 것이었다. 커다란 초승달 모양의 해안선이 끝없이 이어지고, 티레니아의 해가 푸른 띠를 두른 듯 섬 주위를 둘러싸고 있었다.

엘리자베스는 이 섬에서 나는 특유의 냄새를 좋아했다. 바닷바람과 숲 냄새와 나폴레옹이 사랑했다는 전설의 꽃인 흰색과 노란색의 마키가 피어 있었다. 또한 그곳에는 딸기 맛과 비슷한 맛의 빨간 과일이 열리는 6피트의 코르베콜라 관목이 무성하고, 나무껍질을 포도주 코르크 만드는 재료로 쓰기 위해 이탈리아 본토로 실어가는 거대한 자바졸참나무가 자라고 있었다.

엘리자베스는 구멍이 뚫린 신비스러운 큰 바위의 노랫소리를 듣는 것도 좋아했다. 바람이 구멍을 빠져나갈 때 바위는 장송곡처럼 슬픈 소리를 냈다.

바람도 자주 불었다. 엘리자베스는 여러 가지 바람을 알고 있었다. 북서에서 부는 차가운 미스트랄, 알프스 너머에서 불어오는 북풍인 트라몬타나, 북동풍인 그레코, 지중해 특유의 강한 동풍인 레반트…… 조용한 바람도, 세찬 바람도 있었다. 그리고 사하라 사막에서 불어오는 무시무시한 열풍인 시로코도 있었다.

로페 가의 별장은 포르토 체르보 북쪽 코스타 스메랄다에 있었다.

바다를 내려다보는 단애 위에 있었는데, 주위에 서양 두송과 떫은 열매가 열리는 야생의 사르데냐 올리브 나무가 가득했다.

눈 아래로 보이는 항구는 바짝 긴장이 될 정도로 아름다웠다. 그 주위의 초록빛 언덕에는 회칠한 집과 석조 집들이 점점이 박혀 있어서 마치 아이들의 크레용 그림처럼 뒤범벅이 되어 있었다.

별장은 경사지기 때문에 집은 몇 단의 레벨 위에 세워졌고, 넓고 쾌적한 방에는 각기 벽난로와 발코니가 딸려 있었다. 거실이나 식당은 프랑스식 창이 붙어 있어서 섬이 한눈에 내려다보였다. 이층에는 4개의 침실이 있었으며, 주위와 완전히 조화를 이룬 소박하고 튼튼한 다리가 달린 장방형의 테이블과 벤치와 푹신한 안락의자 등이 놓여 있었다.

창에는 섬사람들이 손으로 직접 만든 주름 장식이 달린 흰색 울 커튼이 걸려 있고, 바닥에는 사르데냐 산의 예쁜 체라사르타 타일과 토스카나의 타일이 깔려 있었다. 각 방에는 프랑스 인상파나 이탈리아의 거장, 문예부흥기 전의 사르데냐인의 그림 등이 장식되어 있었다. 그리고 홀에는 엘리자베스의 고조부인 새뮤얼 로페와 고조모 테레니아 로페의 초상화가 걸려 있었다.

엘리자베스가 가장 마음에 들어 하는 것은 탑 모양으로 된 슬레이트 지붕 바로 아랫방이다. 그곳은 이층에서 좁은 계단을 통해 올라가게 되어 있었고 샘 로페가 서재로 사용하고 있었다. 그 방에는 커다란 책상과 푹신한 회전의자가 있었다. 벽에는 서가가 늘어서 있었고 지도가 붙어 있었는데, 지도의 대부분은 로페 제국과 관계가 있는 것이었다. 프랑스식 창의 밖은 가파른 낭떠러지에 면한 빌코니로, 그곳에서 바라보는 경치는 말로 다할 수 없을 정도로 장관이었다.

열세 살의 엘리자베스가 자기 집안의 내력을 알게 된 것은 이 집에서였다. 그녀는 자신이 훌륭한 가문의 한 사람이라는 것을 처음으로 알게 되었다.

그 사실은 엘리자베스가 한 권의 책을 발견한 날 시작되었는데, 그녀의 아버지는 섬의 북동쪽에 있는 항구도시인 올비아에 다니러 가고 없었다. 엘리자베스는 집 안을 서성거리다가 지붕 밑의 방으로 올라갔다.

그녀는 서가의 책에는 흥미가 없었다. 약리학이나 생약학이나 다국적 기업이나 국제법에 관한 책들뿐이라는 것을 훨씬 오래전부터 알고 있었기 때문이었다. 그저 따분하고 무미건조한 것뿐이었다.

손으로 쓴 책의 일부는 귀중한 것으로, 유리 상자 안에 보관되어 있었다. 그 속에는 중세에 쓰인 라틴어의 〈증례집〉이나 〈의약〉과 같은 의학서적들이 있었다.

엘리자베스는 라틴어를 공부하고 있었기 때문에 옛날 서적을 보고 싶어서 유리 상자를 열고 그중 한 권을 꺼냈다. 그녀는 문득 책 그늘에 가려서 보이지 않는 곳에 다른 책이 보관되어 있는 것을 발견했다. 그것은 가죽으로 된 두꺼운 책으로 제목은 없었다.

그녀는 흥미를 느끼며 그것을 펼쳐보았다. 마치 다른 세계의 문을 여는 것 같았다. 책은 고급 양피지에 영어로 인쇄된, 그녀의 고조부 새뮤얼 로페의 전기였다. 저자의 이름도, 발행 날짜도 없었지만 엘리자베스는 100년 이상 된 것이 틀림없다고 생각했다. 페이지의 대부분은 색이 바랬고 일부분은 노랗게 변색되어 얼룩이 져 있었다.

그러나 그런 것은 아무래도 좋았다. 중요한 것은 그 책에 쓰인 이야기였다. 아래층 벽에 걸려 있는 초상화를 되살려주는 이야기였다.

엘리자베스는 그 초상화를 지금까지 100번도 더 봤다. 요즘은 볼 수 없는 옛날 옷을 입은 남자와 여자의 모습이었다. 남자는 핸섬하지는 않았지만 그 얼굴에는 강한 힘과 지성미가 흘렀다. 머리는 금발이고 높은 슬라브적 광대뼈와 날카롭고 푸른 눈을 지니고 있었다.

여자는 미인이었다. 검은 머리칼에 피부는 눈처럼 희고, 눈은 석탄처럼 검었다.

그녀는 흰 실크 드레스에 붉은 실크 보디스를 입고, 그 위에 겉옷을 걸치고 있었다. 두 사람은 엘리자베스와는 아무런 관계도 없는 타인에 지나지 않았었다. 그러나 지금 엘리자베스가 지붕 밑의 방에서 책을 펼쳐 읽기 시작했을 때 새뮤얼 로페와 테레니아 로페가 그녀의 마음속에서 서서히 되살아났다. 엘리자베스는 자신이 옛날로 되돌아가 1853년의 크라코우의 게토(유태인 거주지역)에서 그들과 함께 살고 있는 듯한 착각에 빠졌다.

책을 읽어가는 동안 엘리자베스는 로페 앤드 선즈의 창립자인 새뮤얼이 로맨틱한 사나이이며 모험가라는 것을 알게 되었다. 그리고 살인자였다는 사실도⋯⋯.

새뮤얼 로페

새뮤얼 로페가 생각하는 최초의 기억은 다섯 살 때로, 1855년의 유태인 학살에서 어머니가 살해된 일이었다. 새뮤얼은 로페 일가가 다른 가족들과 함께 살고 있던 크라코우의 유태인 거주지에 있는 조그만 목조건물 지하에 숨어 있었다.

소동이 겨우 끝나고 살아남은 사람들의 비명소리밖에 들리지 않게 되었을 때, 새뮤얼은 어머니를 찾기 위해 살며시 숨은 장소에서 기어나와 게토의 길거리로 나왔다. 소년에게는 전 세계가 불타고 있는 것처럼 보였다. 여기저기서 목조 건물들이 불타올라 하늘이 온통 새빨갛게 물들고 검은 연기가 사방을 뒤덮고 있었다.

사람들은 미친 듯이 가족을 찾아 헤매거나 집이나 장사 도구, 초라한 가구를 건져내려고 뛰어다니고 있었다. 19세기 중엽 크라코우에는 소방단이 있었지만 유태인에게는 결성이 금지되어 있었다. 시의 끝에 있는 이 게토에서 사람들은 대화재와 맨손으로 싸우지 않으면 안 되었다.

그들은 우물에서 물을 길어왔고, 수십 명이 물주머니를 만들어 불을 꺼보려고도 했다. 새뮤얼은 발길이 닿는 곳곳에서 죽음을 보았다. 손발이 잘린 남녀의 시체가 망가진 인형처럼 내버려져 있는가 하면 벌거벗은 채로 강간당한 여자나 아이들이 피투성이가 된 채 신음소리를 내며 도움을 청하고 있었다.

새뮤얼은 의식을 잃고 길거리에 쓰러져 있는 어머니를 발견했다. 어머니의 얼굴은 피투성이였다. 어린 소년은 두근거리는 가슴으로 어머니 옆에 웅크리고 앉았다.

"엄마!"

순간 어머니는 눈을 뜨고 새뮤얼을 알아보고는 뭔가 말하려고 했다. 소년은 어머니가 죽어가고 있다는 것을 깨달았다. 그는 어떻게 해서든 어머니를 구하려고 했으나 어떻게 해야 할지 알 수가 없었다. 새뮤얼이 근심스럽게 피를 닦고 있는 동안 어머니는 숨을 거두었다.

몇 시간 뒤 새뮤얼은 죽음을 슬퍼하는 사람들이 어머니의 시체 밑에 있는 땅을 주의 깊게 파는 것을 지켜보고 있었다. 그것은 흙에 그녀의 피가 스며들어 있었기 때문이었다. 유태교 경전에는 그 흙을 함께 매장하지 않으면 죽은 사람이 하느님 곁으로 돌아갈 수 없다고 되어 있었다.

새뮤얼이 의사가 되려고 결심한 것은 그때였다.

로페 일가는 좁은 목조 건물에서 다른 8명의 가족과 함께 살고 있었다. 새뮤얼은 조그만 방에서 아버지와 숙모인 라켈과 함께 지냈다. 그는 태어나서 한 번도 혼자만의 방을 가져본 적이 없었고 혼자서 식사를 한 적도, 잠을 잔 적도 없었다. 그의 기억에는 사람의 소리가 들리지 않았던 순간은 한순간도 없었다.

그러나 새뮤얼은 자기 자신만의 생활을 갖고 싶다고는 생각하지 않았다. 그런 것이 있다는 것조차 모르고 있었기 때문이었다. 그는 언제나 붐비는 길거리에서 살고 있는 것이나 마찬가지였다.

매일 밤 새뮤얼과 그의 가족과 친구들은 이교도에 의해 게토에 감금되었다. 그것은 마치 유태인이 그들의 산양이나 소나 닭을 우리에 몰아넣는 것과 비슷했다.

해질녘이 되면 게토의 무거운 나무문이 닫히고 커다란 철제 자물쇠가 채워졌다. 해가 뜨면 다시 문이 열리고 유태인들은 크라코우 시에 들어가 이교도와 장사하는 것이 허용되었는데 해가 지기 전에 반드시 게토로 돌아가지 않으면 안 되었다.

새뮤얼의 아버지는 러시아 태생으로 키에프의 유태인 학살을 피해 크라코우로 와서 그곳에서 신부를 발견했다. 그는 구부정한 등에 백발이 섞인 깡마르고 주름투성이의 사나이로, 게토의 좁고 구불구불한 길에서 손수레를 밀고 다니며 잡화나 주방용품을 팔았다.

새뮤얼 소년은 사람들이 붐비는 자갈을 깐 가로를 서성거리며 돌아다니는 것을 좋아해서 마른 생선이나 치즈, 익은 과일, 톱밥 그리고 가죽냄새와 뒤섞인, 방금 구워낸 빵 냄새를 맡았다.

또 물건 파는 행상소리나 물건 값을 깎으려는 아주머니들의 화난 목소리와 탄식하는 소리를 들었다. 행상인이 팔고 다니는 상품은 놀랄 만큼 다양해서 린넨 제품, 레이스, 홑이불, 실, 가죽제품, 고기, 야채, 바늘, 물비누, 털 뽑은 닭, 사탕, 단추, 시럽, 구두 등 무엇이든 다 있었다.

새뮤얼의 열두 번째 생일에 아버지는 그를 처음으로 크라코우 거리로 데리고 나갔다. 금지된 문을 빠져나가 크라코우의 거리와 이교도의 집을 볼 수 있다는 것만으로도 새뮤얼은 흥분을 억제할 수 없었다.

아침 6시, 새뮤얼은 단 한 벌뿐인 외출복을 입고 어둠 속에서 아버지와 나란히 닫힌 문 앞에 서 있었다. 주위에는 많은 사람들이 엉성한 손수레나 짐차나 이륜차를 갖고 모여들어 웅성거리고 있었다. 공기가 차가워서 새뮤얼은 닳아빠진 울 외투 속에서 몸을 웅크리고 있었다.

몇 시간이나 기다린 것처럼 생각되었으나 가까스로 밝은 오렌지 빛 태양이 동쪽 지평선에 얼굴을 내밀자, 군중 속에서 기대에 찬 술렁거림이 일어났다. 얼마 뒤, 커다란 나무문이 열리고 상인들은 부지런한 개미 떼처럼 거리로 흩어져 들어가기 시작했다.

근사하기도 하고, 한편으로는 무서운 거리가 가까워짐에 따라 새뮤얼은 심장의 고동이 빨라졌다. 앞쪽에 도시와 강을 지키는 요새가 보였다. 새뮤얼은 아버지에게 매달리다시피 하면서 걸었다.

새뮤얼은 이미 크라코우에 들어가서 그들을 매일 밤 가두는 무서운 이교도들에게 둘러싸여 있었다. 그는 겁에 질린 눈길로 지나가는 사람들의 얼굴을 훔쳐보았다. 그리고 그들의 모습이 굉장히 다른 것에 놀랐다. 그들은 귀걸이도 하지 않고, 길고 검은 코트도 입지 않고 대부분 수염을 깨끗이 깎은 얼굴이었다.

새뮤얼과 아버지는 강을 따라 걸으며 번화한 시장으로 들어갔다. 그리고 커다란 옷 시장과 두 개의 탑이 있는 성 마리아 성당 옆을 지나갔다. 새뮤얼은 그렇게 훌륭한 건물은 처음 보았다.

새로운 세계에는 신기한 것들뿐이었다. 우선 구김살 없는 자유가 있었으며 깜짝 놀랄 만큼 넓었다. 길거리에 늘어서 있는 집은 너저분한 공동 주택이 아니라 모두 독립된 건물로, 대부분은 앞쪽에 조그만 정원도 있었다. 새뮤얼은 크라코우의 시내에 사는 사람들은 모두 백만장자일 거라고 생각했다.

새뮤얼은 아버지를 따라 대여섯 군데의 가게를 돌아다녔다. 아버지는 그곳에서 물건을 사서 손수레에 실었다. 수레가 가득차자 소년과 아버지는 게토를 향해 귀로에 올랐다.

"조금 더 있다 가요."

"안 돼, 빨리 돌아가야 돼."

새뮤얼은 돌아가고 싶지 않았다. 태어나서 처음 문 밖으로 나온 그는 설레는 마음을 억제할 수가 없었다. 이곳 사람들은 누구나 좋아하는 일을 하며 살 수가 있다…… 자신은 어째서 문 밖에서 태어나지 않은 것일까. 그러나 곧바로 그는 그런 불경스러운 생각을 한 자신이 부끄러워졌다.

그날 밤 침대에 누운 새뮤얼은 오랫동안 잠을 못 이루며 크라코우의 꽃과 나무가 있는 정원이 딸린 집들을 생각했다. 그는 자유로워지는 방법을 찾지 않으면 안 된다고 생각했다. 누군가에게 자기가 느낀 것을 얘기하고 싶었지만 그를 이해해줄 만한 사람은 아무도 없었다.

엘리자베스는 책을 내려놓고 의자 등에 기대어 눈을 감고 새뮤얼의 고독과 흥분과 좌절감을 생각했다. 마치 그의 일부라도 된 듯 애틋하고 친근한 마음이 싹텄다. 고조부인 새뮤얼의 피가 지금 자신의 혈관에 흐르고 있었다. 그녀는 말할 수 없이 행복한 일체감을 맛보았다.

엘리자베스는 드라이브웨이를 달려오는 아버지의 자동차 소리를 듣고 급히 책을 챙겼다. 별장에 머무르는 동안 다시 그 책을 읽을 기회는 없었다. 그러나 뉴욕으로 돌아갈 때 그녀의 여행가방 밑바닥에 그 책을 몰래 숨겨가지고 갈 수 있었다.

소년의 꿈

사르데냐의 따뜻한 겨울 태양 아래서 지냈기 때문에 뉴욕은 마치 시베리아 같았다. 길거리는 눈이 녹아 질척거렸으며 이스트 강을 건너 불어오는 바람은 얼음처럼 차가웠다.

그러나 엘리자베스에게 그런 것은 상관없었다. 그녀는 19세기 고조부가 살았던 폴란드로 돌아가 고조부와 함께 모험을 나누고 있었다.

그녀는 매일 학교에서 돌아오면 자기 방으로 들어가 문을 잠그고 문제의 책을 끄집어냈다. 그녀는 아버지와 그 책에 대해서 얘기하고 싶었으나 아버지에게 빼앗길 것이 두려워 입을 다물고 있었다.

새뮤얼은 전혀 예기치 않은 방법으로 엘리자베스에게 용기를 북돋워주었다. 엘리자베스는 그것이 매우 멋지게 느껴지며, 자신이 그와 매우 닮았다고 생각되었다. 새뮤얼은 고독했다. 그에게는 얘기를 나눌 사람이 없었다. 새뮤얼과 그녀는 거의 같은 나이였기 때문에—1세기의 격차는 있었지만—그녀는 자신을 새뮤얼과 동화시킬 수 있었다.

새뮤얼은 의사가 되고 싶었다.

불결하고 각종 질병의 소굴인 게토에 갇혀 있는 수천 명의 사람들에게 겨우 3명의 의사만이 진찰을 허가받고 있었다. 그 세 사람 중에 가장 번창하고 있는 것은 제노 바르 의사였다. 그의 집은 빈민굴 속에서 마치 성처럼 보였다. 그곳은 3층 건물이었는데, 창문을 통해 방금 세탁한 새하얀 레이스 커튼과 번쩍번쩍하게 닦은 가구가 보였다.

새뮤얼은 집 안에서 바르 의사가 환자를 진찰하고 치료하는 모습을 상상했다. 새뮤얼도 그런 일을 하고 싶었다. 만일 바르 의사와 같은 사람이 그에게 관심을 가져준다면 틀림없이 의사가 되는 것을 도와줄 것이라고 새뮤얼은 생각했다.

그러나 새뮤얼에게 있어서 바르 의사는 금지된 울타리 밖의 크라코우 거리에 살고 있는 이교도처럼 접근하기 어려운 인물이었다.

새뮤얼은 때때로 제노 바르 의사가 동료와 열심히 이야기를 하면서 길거리를 걸어가는 모습을 보았다.

어느 날 새뮤얼이 바르의 집 옆을 지나가고 있을 때 현관문이 열리고 의사와 그의 딸이 나왔다. 딸은 새뮤얼과 같은 또래로 보였고, 그가 세상에 태어나서 본 여자 중에서 가장 아름다운 소녀였다. 새뮤얼은 그녀를 본 순간 그녀가 자신의 아내가 되어야 할 사람이라고 생각했다. 어떻게 그런 기적을 일으킬 수 있을지 방법은 알 수 없었지만, 꼭 그렇게 하지 않으면 안 된다고 생각했다.

그로부터 새뮤얼은 그녀를 다시 한 번 봐야겠다고 작정하고 어떤 구실을 만들어서라도 그녀의 집 가까이 갔다.

어느 날 오후, 새뮤얼이 심부름을 나가 바르 가의 옆을 지나는데, 안에서 피아노 소리가 들려왔다. 그는 그녀가 피아노를 치고 있다고 생각했고, 꼭 만나보고 싶어졌다. 아무도 보고 있지 않은 것을 확인한 그는 집 옆으로 다가갔다.

피아노 소리는 그의 머리 바로 위 이층에서 들려왔다. 새뮤얼은 뒤로 물러나 벽을 주의해보았다. 올라갈 만한 손잡이가 있었다. 그는 한순간의 망설임도 없이 기어오르기 시작했다. 이층은 생각보다 높아서 창문에 도달하기 전인데도 새뮤얼은 지상에서 10피트 정도의 높이에 올라가 있었다. 아래를 내려다본 그는 한순간 현기증을 느꼈다. 음악 소리가 한층 커졌다. 새뮤얼은 그녀가 자기를 위해 피아노를 치고 있다고 생각했다.

그는 또 다른 손잡이를 잡고 창문까지 기어 올라갔다. 그러고는 살그머니 머리를 들어 창 밑에서 안을 들여다보았다. 눈앞에 아름다운 가구가 늘어서 있는 거실이 보였다. 소녀가 흰색과 황금색으로 된 피아노 앞에 앉아서 피아노를 치고 있었고, 바르 의사가 그 뒤 안락의자에 앉아서 책을 읽고 있었다.

새뮤얼은 의사 쪽으로는 눈도 주지 않았다. 그는 겨우 몇 피트밖에 떨어져 있지 않은 아름다운 모습을 집어삼킬 듯이 바라보았다. 어쩌면 저렇게 아름다울 수 있을까?

새뮤얼은 뭔가 눈에 번쩍 띄는 용감한 일을 해서 그녀가 그를 사랑하게 만들고 싶었다. 그리고……. 새뮤얼은 너무나 공상에 열중한 나머지 붙잡고 있던 손잡이를 놓치는 바람에 공중으로 몸이 떠버리게 되었다. 그가 비명을 지르자 두 사람의 얼굴이 깜짝 놀라 그를 바라보았다. 다음 순간 그는 땅 위에 내동댕이쳐져 있었다.

그는 바르 의사의 수술대 위에서 정신이 들었다. 의료 캐비닛과 수술 도구가 즐비하게 놓여 있는 넓은 방이었다. 바르 의사는 지독한 냄새가 나는 탈지면을 새뮤얼의 코 밑에 디밀고 있었다. 새뮤얼은 숨이 막혀 와서 몸을 일으켰다.

바르 의사가 말했다.

"좋아. 네 골통을 끄집어내야 할 텐데 골통이 비어 있을 것 같구나.

그런데 넌 무엇을 훔칠 생각이었지?"

"훔칠 생각은 없었습니다."

새뮤얼은 억울하다는 듯이 말했다.

"이름은?"

"새뮤얼 로페입니다."

의사의 손가락이 새뮤얼의 오른쪽 손목을 진찰하기 시작했다. 소년은 아파서 비명을 질렀다.

"흠, 손목이 부러졌군. 새뮤얼 로페, 경찰에게 이어달라고 할까?"

새뮤얼은 통증에 외마디 소리를 질렀다. 그는 경찰 신세를 지고 집에 끌려 들어가는 불명예스러운 일이 벌어지면 어떻게 하나 하고 걱정했다. 숙모는 슬퍼할 것이고 아버지는 그를 죽이려 들 것이다. 그러나 무엇보다도 바르 의사의 딸을 아내로 맞을 희망이 없어지는 것이다. 그는 범죄자이고 요주의 인물로 취급받게 될 것이다.

새뮤얼은 갑자기 팔에 격심한 통증을 느끼며 깜짝 놀라서 의사의 얼굴을 쳐다보았다.

바르 의사가 말했다.

"됐어. 내가 이었어."

그러고 나서 그는 손목에 부목을 댔다.

"이 근처에 살고 있니, 새뮤얼 로페?"

"아닙니다."

"이 근처를 배회한 적은 없니?"

"있습니다."

"무엇 때문이지?"

무엇 때문에? 사실을 얘기하면 바르 의사는 웃을 것이다.

"의사가 되고 싶어서입니다."

새뮤얼은 드디어 결심을 하고 말해버리고 말았다.

바르 의사는 믿을 수 없다는 얼굴로 그를 빤히 쳐다보았다.

"그래서 도둑놈처럼 이층으로 기어 올라왔단 말이냐?"

새뮤얼은 어느 틈엔가 사실 얘기를 모두 털어놓고 이야기하고 있었다. 그는 길거리에서 어머니가 죽은 일, 아버지의 일, 처음으로 크라코우에 갔을 때의 일, 밤이 되면 짐승처럼 게토 안에 갇히는 일 등을 이야기했다.

또한 바르 의사의 딸에 대한 감정도 털어놓았다. 그는 모든 것을 숨김없이 말했고, 의사는 잠자코 듣고 있었다. 새뮤얼은 자신의 이야기가 스스로도 바보스럽게 생각되었다.

이야기를 끝냈을 때 그는 조그만 소리로 덧붙였다.

"죄…… 죄송합니다."

바르 의사는 오랫동안 그를 바라보고 있다가 이윽고 입을 열었다.

"나도 유감스럽게 생각하네. 자네에게나, 나에게나 우리 모두에게다 유감스러운 일이지. 모든 사람이 죄수야. 그중에서도 최대의 아이러니는 다른 사람의 죄수가 되는 일이야."

새뮤얼은 의아스러운 눈으로 그를 올려다보았다.

"무슨 뜻입니까?"

의사는 한숨을 쉬었다.

"이 다음에 크면 알게 된단다."

그는 일어서서 책상 앞으로 가더니 파이프를 집어 들고 천천히 꼼꼼하게 담배를 담았다.

"오늘은 대단히 운이 나쁜 날이다. 새뮤일 토페."

그는 담배에 불을 붙이고 연기를 내뿜고 나서 소년 쪽을 보았다.

"손목이 부러져서가 아니야. 그것은 곧 낫겠지. 내가 말하려는 건

117

그렇게 간단하게 치료되지 않을 어떤 일을 말하는 거란다."

새뮤얼은 눈을 동그랗게 뜨고 그를 바라보았다. 바르 의사는 소년의 옆으로 다가왔다. 그의 목소리는 조용했다.

"꿈을 갖는 사람은 극소수야. 그런데 자네는 두 가지 꿈을 갖고 있어. 하지만 나는 그 두 가지를 파괴하지 않으면 안 돼."

"내게……."

"잘 들어, 새뮤얼. 자네는 절대로 의사가 될 수 없어. 우리 세계에서는 말이야. 게토에서는 우리 세 사람만이 개업을 허가받고 있지. 몇십 명의 솜씨 좋은 의사가 있지만 우리 중 누군가가 은퇴하든가 죽든가 해야만 차례가 돌아오게 돼. 자네 같은 사람에게는 기회가 없어. 전혀 없는 거야. 자네는 나쁜 시기에 나쁜 장소에서 태어난 셈이지. 내 말을 알아듣겠나?"

"네."

의사는 잠깐 주저하더니 계속했다.

"자네의 두 번째 꿈인데……. 그것은 똑같이 실현 불가능한 일이야. 자네가 내 딸과 결혼할 수 있는 가능성은 전혀 없어."

"왜 그렇습니까?"

새뮤얼은 물었다. 바르 의사는 그를 바라보았다.

"왜냐하면, 자네가 의사가 될 수 없는 것과 같은 이유지. 우리는 규칙과 전통에 따라 살고 있어. 우리 딸은 같은 환경에서 자란, 내 딸아이를 잘 돌봐줄 사람과 결혼해야 하네. 지적인 직업, 즉 변호사나 의사나 랍비가 결혼상대로 선택되겠지. 그러니 자네는 내 딸 일은 잊어버려야 해."

의사는 출구로 소년을 안내했다.

"2, 3일 지나면 누군가에게 부목을 봐달라고 해라. 붕대는 깨끗하게 해야 돼."

"네. 고맙습니다, 바르 선생님."

바르 의사는 눈앞에 서 있는 금발의 영리해보이는 소년을 똑바로 쳐다보았다.

"잘 가거라, 새뮤얼 로페."

이튿날 정오를 조금 지나서 새뮤얼은 바르 가의 현관 벨을 눌렀다. 바르 의사는 창문에서 소년을 바라보았다. 그는 새뮤얼을 쫓아버려야 한다는 것을 알고 있었다. 그러나…….

"들여보내요."

바르 의사는 가정부에게 말했다.

그로부터 새뮤얼은 일주일에 두세 번 바르 의사의 집을 찾아왔다. 그는 바르의 심부름을 해주고 그 대신 바르 의사가 환자를 치료하는 것을 견학하도록 허가받고, 그의 약국에서 약의 조제를 배웠다.

새뮤얼은 관찰하고 배운 모든 것을 기억했다. 그는 선천적인 재능을 갖고 있었다.

바르 의사는 차츰 어떤 가책을 느끼게 되었다. 새뮤얼이 결코 될 수 없는 것을 권하고 있다는 생각이 들었기 때문이다. 그래도 그는 소년을 쫓아낼 수가 없었다.

우연이었는지 모르지만, 새뮤얼이 바르 가에 가 있을 때는 언제나 테레니아가 집에 있었다.

새뮤얼은 이따금 그녀가 약국 옆을 지나치거나 외출하는 모습을 보았다. 언젠가 부엌에서 그녀와 난틀이 만난 적이 있었는데, 그는 기절할 것처럼 심장이 심하게 고동쳤다. 그녀는 꼼짝 않고 그를 쳐다보고 생각하는 듯하더니 가볍게 눈인사를 하고 가버렸다.

그녀는 적어도 그를 의식한 것이다! 그것이 첫 시작이었다. 나머지는 시간 문제였다. 새뮤얼의 마음에는 그것에 티끌만큼의 의심도 없었다. 그것은 운명이었다. 새뮤얼이 꿈꾸는 미래의 커다란 부분을 테레니아가 차지하고 있었다.

그는 이전에는 자기 한 사람만의 꿈을 꾸었지만, 지금은 두 사람을 위한 꿈을 꾸었다.

어떻게 해서든 이 지독한 게토 사람들이 우글거리는 감옥을 빠져나가야 했다. 그리고 그는 크게 성공해야 했다. 그 성공은 자기 한 사람만을 위한 것이 아니라 두 사람을 위해서였다. 설사 그것이 불가능한 일이라 하더라도……

엘리자베스는 새뮤얼의 전기를 읽으면서 잠이 들어버렸다. 아침이 되어 눈을 뜨자 그녀는 조심스럽게 책을 숨기고 학교에 갈 준비를 했다. 새뮤얼의 일이 그녀의 머리에서 떠나지 않았다. 어떻게 해서 그는 테레니아와 결혼을 했을까, 어떻게 해서 게토에서 탈출을 했을까, 어떻게 해서 유명해졌을까.

엘리자베스는 책의 포로가 되어 있었으므로 책을 덮고 학교에 가야 하는 것이 저주스러웠다. 그녀는 받아야 할 수업 가운데 발레 시간이 있었는데 그것이 제일 싫었다. 분홍색 무용복을 입고 있는 자신의 모습을 비쳐보고는 자신의 육체를 육감적이라고 생각하려고 했다. 그러나 진실을 외면할 수는 없었다. 그녀는 살이 쪄 있었다. 절대로 발레리나는 될 수 없을 것 같았다.

엘리자베스의 열네 번째 생일이 지나고 나서 얼마 뒤, 무용 선생인 마담 네체로바가 2주일 후에 강당에서 학급의 정기 무용발표회를 연다고 말했다. 그녀는 부모님을 모셔가야 했다. 엘리자베스는 충격을 받았다. 관중 앞의 무대에 선다는 것은 생각만 해도 두려웠다.

'여자아이가 자동차 앞을 가로질러 길거리를 달립니다. 엘리자베스가 그것을 보고 달려가 간발의 차이로 아이를 죽음에서 구했습니다. 여러분, 유감스러운 일이지만 엘리자베스 로페는 자동차에 발가락을 다쳐서 오늘 밤 발표회에는 출연할 수 없게 됐습니다.'

'부주의한 가정부가 계단 꼭대기에 비누를 놓는다. 엘리자베스가 모르고 그것을 밟고 미끄러져 계단 끝까지 굴러 허리뼈를 다친다. "걱정할 것 없습니다. 3주일이면 완치됩니다." 하고 의사는 말한다.'

엘리자베스는 이런 공상을 해보기도 했다. 하지만 아무 일 없이 발표회 날이 다가왔다. 엘리자베스는 나무랄 데 없이 건강했고 병적인 흥분상태에 빠져 있었다. 여기서도 새뮤얼이 그녀를 도와주었다. 새뮤얼이 공포를 이겨내고 다시금 의사를 만나러 간 것을 엘리자베스는 생각해냈다. 그녀는 새뮤얼의 이름을 더럽히는 일을 해서는 안 된다고 생각하고 시련에 부딪쳐 보기로 결심했다.

그녀는 발표회에 대해서 아버지에게 이야기도 하지 않았다. 그때까지 엘리자베스는 몇 번이나 학부모들의 모임에 출석해달라고 아버지에게 부탁했지만 그는 항상 바빠서 모임에 나갈 틈이 없었다.

엘리자베스가 발표회에 나가려고 준비하고 있을 때 아버지가 돌아왔다. 그는 10일 정도 출장을 떠나 있었다.

그는 엘리자베스의 침실 옆을 지나가면서 그녀에게 말했다.

"엘리자베스? 오랜만이다. 요즘 조금 살이 쪘구나."

그녀는 얼굴이 빨개져서 배를 한껏 움츠렸다.

"네."

"학교생활은 어떠냐?"

"잘 하고 있어요."

"문제는 없는 거냐?"

"네."

"그럼 됐다."

그것은 그들이 지금까지 백 번은 더 되풀이해 온 형식적인 대화였다. 그러나 그것이 두 사람의 의사소통의 유일한 방법이었다. 학교생활은 어떠냐…… 잘하고 있어요…… 문제는 없는 거냐…… 네…… 언제나 이런 식이었다.

모르는 두 사람이 날씨 얘기를 하면서 상대방의 의견에는 귀를 기울이지 않고 신경도 쓰지 않는 것과 다를 바가 없었다.

그러나 이번에는 조금 달랐다. 샘 로페는 멈춰 서서 생각에 잠겨 딸을 바라보았다. 샘은 상황판단에 매우 빠른 사람이었다. 하지만 그녀에게 어떤 문제가 있다고 느끼더라도 내색을 잘 하지 않았다. 누군가가 그것을 지적했다고 해도 샘 로페는 이렇게 대답했을 것이다.

"쓸데없는 소리 하지 말게. 나는 엘리자베스가 잘 하리라고 믿네."

아버지가 그녀를 지나쳐 가려고 하자 그녀는 엉겁결에 말했다.

"저…… 오늘 무용 발표회가 있어요. 아빠는 오지 않으실 거죠?"

그렇게 말하고 있는 동안에도 그녀는 두려운 생각이 들었다. 엘리자베스는 자신의 못난 모습을 아버지에게 보이고 싶지 않았다. 그런데 어째서 그런 얘기를 했을까?

그녀는 그 이유를 알고 있었다. 부모가 구경을 오지 않는 사람은 학급에서 자기밖에 없었기 때문이었다. 하지만 아무래도 좋았다. 어차피 아버지는 갈 수 없다고 대답할 것이라고 생각했다.

엘리자베스는 고개를 흔들고 자신에게 화를 내면서 아버지에게 등을 돌렸다. 그런데 뜻하지 않게 등 뒤에서 아버지의 목소리가 들렸다.

"가보기로 하지."

강당은 무대 양쪽에 놓인 두 개의 그랜드 피아노 반주에 맞추어 춤추는 학생들을 구경하는 학부모들과 친척들 그리고 친구들로 초만원을 이뤘다.

마담 네체로바는 한쪽 구석에 서서 춤추는 학생들을 향해 큰 소리로 박자를 맞추며 학부모들의 시선을 모으고 있었다.

재능이 뛰어난 학생이 몇 명 있기는 했지만 대부분의 학생들은 배운 대로 열심히 춤을 추었다.

프로그램에는 '코페리아'와 '신데렐라' 그리고 항상 빠지지 않는 '백조의 호수' 중에 3개의 곡명이 쓰여 있었다. 구경거리는 '피에스 드 레지스탕스' 연주에 맞추어 학생 각자가 솔로로 영광의 순간을 맞이하는 것이었다.

엘리자베스는 분장실에서 불안한 나머지 안절부절못하고 있었다. 그녀는 몇 번이나 객석의 가운데 두 번째 줄에 앉아 있는 아버지를 내다보며 와 달라고 한 것을 후회했다.

처음에 무대에 나갔을 때 엘리자베스는 뒤쪽에 있어서 다른 무용수들에게 가려 잘 보이지 않았다. 그러나 이제 그녀가 솔로로 춤을 출 차례가 왔다.

그녀는 발레복을 입은 자신이 뚱뚱보처럼 생각되어 서커스의 어릿광대처럼 보이면 어쩌나 하고 긱정했다. 혼자서 무대에 나가면 틀림없이 모두들 웃을 것이다. 그나마 다행인 것은 그녀의 솔로가 겨우 60초로 끝난다는 것이었다. 마담 네체로바도 그것을 알고 있었다. 눈 깜짝할 사이에, 거의 눈치 채지 못하고 끝날 것이다. 아버지가 1분 동안만 한눈을 팔아준다면 솔로는 끝나버린다.

엘리자베스는 다른 소녀들이 한 사람씩 춤추는 것을 지켜보았다. 모두가 명 발레리나처럼 보였다. 그 순간 그녀는 벗은 팔에 차가운 손이 와 닿는 것을 느끼고 흠칫했다.

마담 네체로바가 조그만 소리로 꾸짖듯이 말했다.

"잘해야 한다. 엘리자베스, 다음은 네 차례야."

엘리자베스는 대답하려고 했지만 목이 바짝 말라서 목소리가 나오지 않았다.

두 명의 피아니스트가 귀에 익은 테마를 연주하기 시작했다.

"나가요!"

엘리자베스는 등이 떠밀리는 것을 느끼며 절반은 나체인 채, 수많은 사람들이 지켜보는 무대로 나갔다.

그녀는 아버지의 얼굴을 볼 용기가 없었다. 그저 조금이라도 빨리 이 시련을 끝내고 도망치고 싶었다. 엘리자베스의 동작은 간단해서 플리에(무릎을 굽히는 동작)와 주테(발놀림)를 하고 뛰기만 하면 되었다.

그녀는 음악에 맞추어 자신이 날씬하며 키가 크고 유연한 몸을 갖고 있다고 상상하며 열심히 춤을 추었다. 춤이 끝나자 관중석에서 약간의 형식적인 박수가 나왔다. 두 번째 줄을 보자 아버지도 자랑스러운 듯이 웃음을 띠고 박수를 치고 있었다. 그 순간 엘리자베스는 어떤 생각에 사로잡혀 춤을 계속 추면서 완전히 자신을 잃고 플리에와 저테와 바트망과 회전을 했다.

그러자 당황한 반주자들은 그녀의 움직임에 맞춰 건반을 두드리기 시작했다. 무대 뒤에서는 마담 네체로바가 잔뜩 화가 난 얼굴로 엘리자베스에게 그만하라는 신호를 보냈다. 그러나 엘리자베스는 완전히 자기를 잃은 상태여서 선생의 신호 따위는 전혀 의식하지 못하고 있었다. 엘리자베스가 생각하는 것은 오직 자신이 무대에 서서 아버지를 위해 춤을 추고 있다는 사실뿐이었다.

"이해해주시겠지만 로페 씨, 이 학교에서는 이런 행동을 용서할 수 없습니다."

마담 네체로바는 발표회가 끝난 뒤 분노로 인해 목소리가 떨리고 있었다.

"댁의 따님은 모두를 무시하고 무대를 자기 것으로 만들었습니다. 마치 스타나 된 것처럼 말입니다."

엘리자베스는 아버지가 자기 쪽을 바라보고 있다는 것을 느끼며 눈이 마주칠까 봐 두려웠다.

그녀는 자기가 한 일이 용서받을 수 없는 행동이라는 것을 알고 있었다. 그러나 왠지 억제할 수 없었던 것이다. 그녀는 아버지를 위해 뭔가 아름다운 것을 만들어내고 싶었다. 아버지에게 감명을 주어서 자신을 더욱 사랑하게 하고 싶었다.

그때 아버지가 말했다.

"알겠습니다, 마담 네체로바. 엘리자베스에게 충분한 벌을 내리도록 하겠습니다."

마담 네체로바는 의기양양한 얼굴로 엘리자베스를 힐끗 쳐다보며 말했다.

"감사합니다, 로페 씨. 당신에게 맡기겠습니다."

두 사람은 마담 네체로바의 사무실을 나왔다. 아버지는 그녀에게 한마디도 하지 않았다.

엘리자베스는 용서받을 말을 생각해내려고 애쓰고 있었다. 뭐라고 해야 하는지, 왜 그런 짓을 했는지, 어떻게 말을 해야 아버지를 이해시킬 수 있는지 생각이 나지 않았다.

그녀는 아버지가 무섭기만 했다. 잘못을 저지른 사람이나 명령을 위반한 부하에게 그가 분노를 폭발시키는 것을 그녀는 본 적이 있었다. 지금 그 노한 목소리가 자기 위에 떨어지기만을 기다리고 있었다.

그는 엘리자베스에게 말했다.

"엘리자베스, 럼플메이어에서 초콜릿 소다라도 사 줄까?"

그 순간 엘리자베스는 와 하고 울음을 터뜨렸다.

그날 밤 엘리자베스는 흥분한 채 잠을 이루지 못했다.

그녀는 그날 밤의 사건을 마음속에서 몇 번이나 재현해보았다. 그럴수록 흥분은 가중되었다. 그것은 혼자서 만들어낸 공상이 아니라 실제로 일어난 일이었다.

커다랗고 아름다운 장난감 곰이나 코끼리, 사자, 얼룩말에 둘러싸여 럼플메이어의 테이블에 마주앉아 있는 자기 자신과 아버지의 모습이 떠올랐다.

엘리자베스는 바나나가 들어간 아이스크림을 주문했다. 가져온 것은 엄청나게 양이 많았지만 아버지는 아무 말도 하지 않았다. 그는 엘리자베스와 늘 해왔던 형식적인 얘기가 아닌, 최근에 일본을 여행했을 때의 이야기를 들려주었다.

엘리자베스가 아이스크림을 거의 다 먹었을 때, 갑자기 아버지가 말했다.

"무엇 때문에 그런 짓을 했지, 엘리자베스?"

엘리자베스는 이제 모든 것이 끝장이라고 생각했다. 아버지는 자신을 꾸짖으며 완전히 실망했다고 말할 것이다.

그녀는 대답했다.

"다른 누구보다도 잘하고 싶었어요."

그녀는 아버지를 위해서 그랬다고는 말할 수 없었다.

그는 엘리자베스의 얼굴을 말없이 바라보았다. 그것이 그녀에게는 긴 시간처럼 생각되었으나 이윽고 그는 웃었다.

"정말 모두들 깜짝 놀랐다고 하더구나."

엘리자베스는 피가 얼굴로 솟아오르는 것을 느꼈다.

"저 때문에 화나지 않으셨어요?"

그의 눈에는 그녀가 지금까지 본 적이 없는 어떤 표정이 스쳐갔다.

"제일 잘해보려고 한 것 말이냐? 그래야만 로페 가의 딸이지."

그는 손을 뻗어서 딸의 손을 꼭 잡았다.

엘리자베스는 잠에 빠져들면서 생각했다.

'아버지는 나를 좋아한다. 정말로 나를 좋아한다. 이제부터 우리는 언제나 함께 할 것이다. 여행도 같이 가고, 여러 가지 얘기를 나누는 좋은 친구가 될 것이다.'

다음 날 오후, 아버지의 비서는 엘리자베스에게 그녀를 스위스의 기숙사가 있는 학교에 보낼 계획이라고 알려왔다.

변신

엘리자베스는 뉘샤텔 호수가 내려다보이는 세인트 블레즈 마을의 여학교인 인터내셔널 샤또 르팡에 입학했다. 그곳 학생들의 나이는 14세부터 18세까지였다. 그곳은 뛰어난 스위스의 교육 기관 중에서도 가장 훌륭한 학교 중 하나였다. 그러나 엘리자베스는 이 학교의 모든 것이 싫었다.

그녀는 추방당한 것 같은 느낌이 들었다. 죄도 짓지 않았는데, 집에서 멀리 떨어진 곳으로 유배되어 지독한 형벌을 받고 있는 것 같았다. 그 꿈과 같은 밤, 엘리자베스는 뭔가 멋진 것이 잡힐 것 같은 느낌이 들었었다. 그녀는 아버지를 발견하고 아버지는 그녀를 발견해서 서로 친구가 되었다고 생각했었다. 그러나 이제 아버지는 그때보다 훨씬 멀리 떨어져 있는 것이다.

엘리자베스는 신문이나 잡지에서 아버지의 동정을 알 수 있었다. 수상이나 대통령과 회견을 하거나 뭄바이의 새로운 제약공장 개소식에 참석하거나 등산을 하거나 이란 국왕과 만찬을 하는 기사 등이 실렸다.

엘리자베스는 그런 모든 기사를 스크랩북에 오려 붙이고 자주 들여다보았다. 그녀는 그것을 새뮤얼의 책 옆에 숨겨두었다.

엘리자베스는 다른 학생들과는 어울리지 않았다. 두세 명의 학생과 방을 같이 쓰고 있는 학생도 있었지만 엘리자베스는 독방을 썼다. 그녀는 아버지에게 장문의 편지를 썼지만 자신의 감정이 노골적으로 드러난 것은 찢어버렸다. 때때로 아버지에게서 편지를 받았고 생일에는 예쁘게 포장된 소포가 도착했는데, 그것은 아버지의 비서가 보낸 것이었다.

크리스마스에는 아버지와 함께 사르데냐의 별장에서 지내기로 되어 있었다. 그때가 가까워짐에 따라 엘리자베스는 차분히 있을 수가 없었다. 완전히 흥분상태에 휩싸인 채 그녀는 자신이 결심한 것을 꼼꼼히 리스트로 작성했다.

얌전하게 행동한다.

많은 것에 흥미를 보인다.

어떤 일에도(특히 학교에 대해서도) 불평하지 않는다.

외로운 것을 아버지가 눈치 채지 않게 한다.

아버지가 얘기할 때 가로막지 않는다.

아침식사 때 몸단장을 깨끗이 한다.

자주 웃고 행복하다는 것을 보인다.

그것은 기도이고 신들에 대한 공물이었다. 만일 그녀가 그런 것들을 실행한다면……. 엘리자베스의 맹세는 공상과 뒤섞였다.

그녀가 제3세계와 19개 개발도상국에 대해 날카로운 의견을 말하면 아버지는 이렇게 말할 것이다. '네가 그렇게 유식한 줄 몰랐구나.' (맹세의 두 번째) '너는 참으로 영리한 아이로구나, 엘리자베스' 그리고 그

는 비서에게 말할 것이다. '더 이상 엘리자베스를 학교에 보낼 필요가 없네. 내가 데리고 있기로 하겠네.'

기도가 이루어진다.

회사의 제트기가 취리히에서 엘리자베스를 태우고 사르데냐 섬의 올비아 공항으로 날아갔다. 그곳에 리무진이 그녀를 기다리고 있었다. 엘리자베스는 뒷좌석에 앉아서 몸이 떨리는 것을 막기 위해 무릎을 붙이고 있었다.

'무슨 일이 있어도 아버지에게 눈물을 보이면 안 된다. 얼마나 외로웠는지도 알려서는 안 된다.'

자동차는 코스타 스메랄다로 통하는 고속도로를 달려 정상으로 향하는 좁은 도로로 늘어섰다. 그 도로는 언제나 엘리자베스를 두렵게 만들었다. 매우 폭이 좁고 가파른 데다 한쪽은 산이었고, 다른 한쪽은 현기증이 날 정도의 낭떠러지였다.

자동차는 별장 앞에 멈췄다. 엘리자베스는 차에서 내려 집을 향해 걷다가 이윽고 마구 달리기 시작했다. 현관문이 열리고 사르데냐인 가정부 마르게 리타가 웃는 얼굴로 그녀를 맞이했다.

"어서 오세요, 엘리자베스 아가씨."

"아빠는 어디 계세요?"

"급한 볼일 때문에 오스트레일리아로 떠나셨습니다. 하지만 아가씨에게 드릴 예쁜 선물을 많이 놓고 가셨습니다. 즐거운 크리스마스가 될 거예요."

끝없는 도전

엘리자베스는 문제의 책을 가져왔다. 별장 복도에 서서 새뮤얼 로페와 테레니아의 초상화를 바라보고 있으면 마치 두 사람이 살아 돌아온 것처럼 느껴졌다.

한참 동안 서 있다가 엘리자베스는 책을 들고 지붕 아래 방으로 통하는 계단을 올라갔다.

그녀는 날마다 그 책을 몇 번씩 되풀이해 읽으며 시간을 보냈다. 그때마다 그녀는 새뮤얼과 테레니아와 점점 더 가까워졌다. 1세기를 뛰어넘으면서도 서로 더욱 친해지는 것 같았다.

엘리자베스는 계속 읽어내려 갔다……

그로부터 몇 년 동안 새뮤얼은 바르 의사의 연고나 약품을 조제하는 것을 돕고, 그 약들이 어떤 효과를 나타내는지를 배우면서 긴 시간을 보냈다.

그리고 그에겐 언제나 그림자처럼 아름다운 테레니아가 있었다. 그녀의 모습을 한 번 본 것만으로 새뮤얼은 언젠가 그녀가 자신의 아내가 되리라는 꿈을 꿀 수 있었다.

새뮤얼은 바르 의사와는 사이가 원만했으나 테레니아의 어머니와는 그렇지 못했다. 그녀는 말이 많고 천박스러웠으며 새뮤얼을 몹시 싫어했다. 그는 될 수 있는 대로 그녀와는 마주치지 않으려고 했다.

새뮤얼은 사람들의 병을 고치는 많은 약에 매료되었다. 기원전 1550년경에 이집트인이 쓰던 811종류의 약 처방을 기록한 고문서가 발견된 적이 있었다. 당시의 평균 수명은 겨우 15세였다.

새뮤얼은 상어의 똥, 도마뱀의 살, 박쥐의 피, 낙타의 침, 사자의 간장, 개구리의 발가락, 일각수의 가루 등 몇 가지 처방전을 읽고 나서 단명한 이유를 알 수 있었다. 모든 처방전에 붙어 있는 Rx 표시는 이집트 '의료의 신' 호리에 대한 고대의 기도문이었다. '케미스트리(화학)' 라는 말도 '이집트'의 옛날 이름인 카미(Kahmi) 혹은 케미(Chemi)의 땅이라는 말에서 비롯된 것임을 알 수 있었다. 사제 겸 의사를 매지(magi)라고 불렀다는 것도 알게 되었다.

게토의 약국은 물론이고 크라코우 시의 약국조차 원시적이었다. 유리병이나 항아리에는 실험도 하지 않은 약물들이 가득 담겨 있었다. 그 가운데는 아무 짝에도 쓸모없는 약도 있었고 해로운 것도 있었다.

새뮤얼은 그런 모든 약물에 정통하게 되었다. 피마자기름이나 감초, 대황, 요도 화합물, 코데인, 토근 등도 있었다.

백일해나 산통이나 장티푸스에 잘 듣는 만병통치약도 있었다. 그러나 비위생적이어서 연고나 먹는 약 속에 죽은 벌레나 바퀴벌레, 쥐똥, 깃털 등이 섞여 있는 일이 많았다. 약을 먹은 환자의 대부분이 병 때문에 죽거나 약물 중독으로 죽어갔다.

약제 전문 잡지가 몇 가지 발간되고 있어서 새뮤얼은 그것을 모조리 탐독했다. 그리고 바르 의사에게 자신 있게 자기의 의견을 말했다.

"이론적으로 볼 때, 모든 병에는 치료약이 있을 것입니다. 건강은 자연스러운 것이고, 병은 부자연스러운 것이니까요."

"그렇겠지. 하지만 내 환자들은 거의가 새로운 약을 실험하게 하지 않네. 현명한 생각이지."

새뮤얼은 바르 의사의 몇 권 안 되는 약학에 관한 책을 열심히 읽었다. 그러나 그는 몇 번이나 되풀이해 읽어도 자신의 의문에 대한 답이 없어서 초조감을 느꼈다.

새뮤얼은 당시 일어나고 있던 의학 혁명에 흥분했다. 일부 과학자들은 병을 이길 수 있는 항체를 만들어냄으로써 병의 원인을 제거할 수 있다고 믿었다. 바르 의사는 그것을 한번 시도해보았다. 디프테리아 환자의 피를 뽑아 말에게 주사한 것이다. 말이 죽었을 때 바르 의사는 실험을 포기했다. 그러나 젊은 새뮤얼은 바르 의사가 한 일은 잘못되지 않았다는 확신을 가졌다.

새뮤얼은 주장했다.

"지금 그만두시면 안 됩니다. 반드시 성공할 것입니다."

바르 의사는 고개를 저었다.

"자네가 그렇게 생각하는 것은 이제 17세이기 때문일세. 새뮤얼, 나 정도의 나이가 되면 어떤 일에도 자신감을 갖지 못하게 된다네. 이제 잊어버리게."

그러나 새뮤얼은 굽히지 않았다. 그는 혼자서 실험을 계속하고 싶었지만, 그러기 위해서는 동물이 필요했다. 하지만 그가 손에 넣을 수 있는 것은 들고양이나 쥐가 고작이었다. 새뮤얼이 주사한 양이 아무리 적어도 들고양이나 쥐는 죽어갔다. 새뮤얼은 고양이나 쥐는 몸이 너무 작기 때문이라고 생각했다. 좀 더 큰 말이나 소, 양과 같은 동물이 필요했다. 그러나 그것을 구하기는 매우 어려운 일이었다.

어느 날 저녁 새뮤얼이 늦게 집으로 돌아왔을 때 집 앞에 낡은 짐수레가 서 있었다. 그리고 그 짐수레 옆에는 로페 앤드 선즈라는 엉성한 글씨가 써 있었다. 새뮤얼은 믿을 수 없는 얼굴로 그것을 바라보다가 집 안으로 뛰어 들어가서 아버지 옆으로 다가갔다.

"밖에 있는 말은 어디서 구한 건가요?"

그의 아버지는 자랑스러운 얼굴로 말했다.

"물건과 바꾼 거란다. 말이 있으면 지금보다 더 많은 곳을 돌아다닐 수가 있어. 4, 5년 지나면 한 마리 더 살 수 있을지도 모른다. 어떠냐? 말을 두 마리나 가질 수 있는 거야."

그의 아버지의 야심은 고작 그 정도였다. 크라코우 게토의 지저분한 거리로 짐수레를 끌고 돌아다니는 두 마리의 지친 말을 갖는 것이 그의 꿈이었다. 새뮤얼은 그만 울고 싶었다.

그날 밤 모두가 잠들자, 새뮤얼은 집을 빠져나와 마구간으로 가서 퍼드라고 이름붙인 그 말을 조사해보았다. 말은 아주 형편없었다. 너무 늙고 등이 움푹 꺼진 데다 절름발이여서 새뮤얼의 아버지보다 빨리 걸을 수 있을지 의문이었다.

그러나 그런 것은 아무래도 좋았다. 중요한 것은 새뮤얼의 실험용 동물이 손에 들어왔다는 사실이었다. 쥐와 고양이를 잡지 않아도 실험을 할 수 있게 된 것이다. 새뮤얼은 말의 머리를 쓰다듬었다.

"너는 이제부터 약장사를 시작하게 될 거야."

그는 퍼드에게 말했다.

마구간 구석에 임시 실험실을 만들었다.

그는 진한 고기즙 접시 속에 디프테리아의 배양균을 만들었다. 고기즙이 탁해지자 그는 그 일부를 다른 그릇에 옮겼다. 그러고는 우선 고기즙을 엷게 하고 그것을 뜨겁게 함으로써 균의 힘을 약화시켰다. 그리고 그는 그것을 피하 주사기에 넣고는 퍼드에게로 다가갔다.

"내가 한 말을 기억하고 있니?"

새뮤얼은 속삭였다.

"자, 오늘은 너에게 기념할 만한 날이 될 거야."

새뮤얼은 바르 의사가 하던 대로 말의 늘어진 어깨에 배양균을 주사했다. 퍼드는 비난하는 듯한 눈으로 새뮤얼을 돌아보더니 오줌을 갈겼다.

새뮤얼의 계산으로는 퍼드의 체내에서 배양균이 성장하는 데 약 12시간이 걸린다. 그 시간이 되면 조금 더 주사 양을 늘리고, 계속해서 서서히 양을 늘려가는 것이다. 만일 항체 이론이 맞는다면 배양액은 핏속에서 병에 대한 강한 저항력을 기르게 된다. 그렇게 해서 완친이 생긴다. 물론 그 다음에는 그것을 실험할 인간을 찾아내야 하겠지만 그것은 그리 어려운 일이 아니었다. 무서운 병에 걸린 사람은 목숨을 구해줄지도 모르는 약이라면 기꺼이 실험을 허락할 것이다.

그 뒤 이틀 동안 새뮤얼은 눈을 뜨고 있는 동안에는 거의 퍼드에게 붙어서 지냈다.

"너처럼 동물을 좋아하는 아이는 본 적이 없구나. 퍼드와 조금이라도 떨어져 있으면 외로운 모양이야."

그의 아버지는 그렇게 말했다.

새뮤얼은 애매한 대답을 중얼거렸다. 자기기 하고 있는 일에 가책을 느끼지 않는 것은 아니었지만, 그렇다고 아버지에게 말하면 어떤 결과가 나타날지 훤히 알고 있었다. 따라서 아버지에게 말할 필요는 없었다. 새뮤얼은 한 병이나 두 병의 혈청만 얻으면 되는 것이다. 아무도 그것을 알 턱이 없었다.

드디어 사흘째 아침이 찾아왔다. 새뮤얼은 집 밖에서 들려오는 아버지의 목소리에 잠에서 깨어 창가로 달려가 밖을 내다보았다.

아버지가 길가의 짐마차 옆에 서서 목소리를 한껏 짜내어 소리를 지르고 있었다. 말은 어디에도 보이지 않았다. 새뮤얼은 옷을 걸치고 황급히 밖으로 뛰어나갔다.

"빌어먹을! 사기다! 거짓말쟁이! 도둑놈!"

새뮤얼은 아버지 주위로 모여드는 구경꾼을 비집고 들어갔다.

"퍼드는 어디 있어요?"

새뮤얼이 물었다.

"그 녀석은 죽었어. 길거리에서 뻗어버렸어."

아버지는 신음하듯이 대답했다.

새뮤얼은 그 순간 맥이 탁 풀렸다.

"나는 말을 꽤나 소중히 다뤘다. 되도록이면 내가 일을 하고, 말을 재촉하거나 채찍질하지도 않았다. 행상인 가운데는 말을 심하게 부려먹는 사람도 있지만 나는 그런 짓은 하지 않았어. 그런데 은혜도 갚지 않고 죽어버리다니. 그놈을 판 사기꾼 놈을 붙잡으면 때려죽이고 말 테다."

새뮤얼은 슬픔으로 가슴이 메어 얼굴을 돌렸다. 퍼드가 죽음으로써 새뮤얼의 꿈도 사라진 것이다. 퍼드와 함께 게토로부터의 탈출도, 자유도, 테레니아와의 결혼도 손이 닿지 않는 곳으로 날아가 버리고 만 것이다.

퍼드가 죽은 다음날, 새뮤얼은 바르 의사 부부가 테레니아를 랍비와 결혼시키기로 결정한 것을 알게 되었다. 새뮤얼은 믿을 수가 없었다. 테레니아는 자신의 아내가 될 사람이 아닌가. 바르 의사의 집으로 달려갔을 때 바르 부부는 객실에 있었다. 그는 두 사람 앞에 나서서 심호흡을 한 번 하고는 선언했다.

"잘못되었어요. 테레니아를 잘못 생각하고 있습니다. 테레니아는 저와 결혼합니다."

두 사람은 어안이 벙벙해서 그를 쳐다보았다.

"저에게 그런 자격이 없다는 것은 알고 있습니다."

새뮤얼이 황급히 덧붙였다.

"하지만 그녀는 다른 사람과는 행복해질 수가 없습니다. 그 랍비는 나이가 너무 많아서……."

"이 가난뱅이 녀석! 돌아가! 어서 돌아가!"

테레니아의 어머니는 화가 머리끝까지 나 있었다.

1분 뒤 정신을 차리고 보니 새뮤얼은 앞으로 바르 가의 출입을 금한다는 선고를 받고 길거리로 쫓겨나 있었다.

새뮤얼은 한밤중에 깨어나 오랫동안 하느님께 호소했다.

"저는 어쩌란 말입니까. 만일 테레니아와 결혼할 수 없다면 왜 당신께서는 제가 그녀를 그토록 사랑하게 했습니까. 당신에게는 피도 눈물도 없습니까!"

그는 분개한 채 소리 높이 외쳤다.

"내 목소리가 들립니까?"

좁은 집에 웅성거리고 있는 다른 사람들이 맞받아 소리쳤다.

"우리는 모두 잘 들린다, 새뮤얼. 그러니 제발 잠 좀 자게 해다오!"

이튿날 오후 바르 의사의 심부름꾼이 새뮤얼을 부르러 왔다. 그는 객실로 안내되었다. 그곳에는 바르 의사 부부와 테레니아가 있었다.

"난처한 일이 생겼군."

바르 의사가 입을 열었다.

"우리 집 아이가 고집이 세어서 말이야. 어떤 영문인지는 모르지만 테레니아가 자네를 마음에 들어 하고 있네. 하지만 새뮤얼, 나는 그것을 사랑이라고는 생각지 않아. 사랑이 어떤 것인지 어린 처녀가 알 턱이 없을 테니……. 하지만 딸애는 라비노비츠 박사와 결혼하는 것은 싫고, 오로지 자네와 결혼할 생각이라고 하네."

새뮤얼은 테레니아를 훔쳐보았다. 그녀는 그에게 미소를 지어보였다. 그는 기쁨으로 가슴이 벅차올랐다. 그러나 그 기쁨은 오래 지속되지 않았다.

바르 의사가 말을 계속했다.

"자네는 우리 딸을 사랑하고 있다고 했지?"

"네, 그렇습니다."

"새뮤얼, 그러면 묻겠는데, 자네는 테레니아를 앞으로 일생 동안 행상인의 아내로 지내게 하고 싶은가?"

새뮤얼은 곧 함정을 눈치 챘으나 그곳에서 도망갈 길은 없었다. 그는 다시 테레니아를 바라보며 천천히 대답했다.

"아닙니다."

"그렇겠지. 그렇다면 자네도 문제점을 알 수 있겠지? 우리는 테레니아가 행상인과 결혼하는 것을 바라지 않네. 하지만 새뮤얼, 자네는 행상인이야."

"언제까지나 행상인은 아닙니다. 바르 선생님."

새뮤얼의 목소리는 힘차고 확신에 차 있었다.

"그럼 무엇이 되겠다는 거지?"

바르 부인이 신랄한 말투로 물었다.

"자네는 행상인의 집에서 태어나 행상인으로 일생을 끝마치게 될 거야. 행상인과의 결혼은 내가 허락하지 않네."

새뮤얼은 어떻게 해야 할지 몰라서 세 사람의 얼굴을 번갈아 쳐다보았다. 그는 공포와 절망을 안고 이 집에 와서 기쁨의 절정에 솟아올랐다가 지금 또다시 어두운 나락으로 떨어지고 있었다. 그들은 자신

138

에게 무엇을 요구하는 것인가?

"우리는 의논한 끝에 타협안을 생각해냈네."

바르 의사가 말했다.

"자네가 보통 행상인이 아니라는 것을 증명하기 위해 6개월의 기간을 주겠네. 그때까지 자네가 테레니아를 데리고 살 생활 기반을 만들지 못하면 테레니아를 예정대로 라비노비츠 박사와 결혼시키겠네."

새뮤얼은 깜짝 놀라서 의사를 바라보았다.

"6개월이라고요?"

6개월 동안 성공할 수 있는 인간이 이 세상에 어디 있겠는가! 하물며 크라코우의 게토 안에 살고 있는 인간에게 있어서는 절대로 불가능한 일이었다.

"알겠는가?"

바르 의사가 말했다.

"네, 알겠습니다."

새뮤얼은 알고도 남음이 있었다. 마치 위 속에 납덩어리가 가득 들어 차 있는 것 같았다. 그에게 있어서 필요한 것은 문제의 해결이 아니었다. 기적이었다.

바르 부부가 사위로서 인정하는 것은 의사나 랍비(학자)나 돈이 많은 남자일 것이다. 새뮤얼은 곧 하나씩 가능성을 검토해보았다.

그가 의사가 되는 것은 법률로 금지되어 있었다. 랍비는 늦어도 13세 전에는 랍비가 되기 위한 공부를 시작해야 하는데 새뮤얼은 이미 18세였다.

부자는? 그것도 도저히 불가능한 일이었다. 만일 게토 거리에서 하루 24시간씩 90세가 될 때까지 행상을 계속한다 해도 그는 역시 가난할 것이다.

바르 부부는 불가능한 일을 그에게 부과한 것이다. 그들은 테레니아에게 랍비와의 결혼을 연기해주는 것처럼 보이면서 동시에 새뮤얼에게 불가능하다는, 뻔히 알고 있는 조건을 제시한 것이다.

그를 믿고 있는 것은 테레니아뿐이었다. 6개월 동안 그가 어떤 형태로든 명성이나 부를 얻을 수 있다고 그녀는 확신하고 있었다. 그녀는 자기보다 더 미쳐 있다고 새뮤얼은 생각했다.

6개월이라는 시한이 시작되고, 시간은 화살처럼 흘러갔다. 새뮤얼은 아버지의 행상을 도우며 하루하루를 보냈다. 그러나 석양이 게토의 돌담 너머로 가라앉기 시작하면 새뮤얼은 서둘러 집으로 돌아가서 있는 대로 챙겨먹고는 자기 실험실로 가서 연구에 몰두했다.

그는 몇백 회분의 혈청을 만들어 그것을 토끼나 개나 새들에게 주사했다. 하지만 그것들은 전부 죽어버렸다. 새뮤얼은 실망하면서 그것들이 몸이 너무 작기 때문이라고 생각했다.

그는 좀 더 큰 동물로 실험을 하고 싶었다. 그러나 그럴 수가 없었다. 그러는 동안 시간은 쏜살같이 흘러만 갔다.

새뮤얼은 아버지와 둘이서 짐수레에 상품을 채우기 위해서 크라코우로 나갔다. 그는 새벽에 닫힌 문 안쪽에서 다른 행상들 틈에 끼여 문이 열리기를 기다렸다. 그러나 그들의 모습도, 얘기 소리도 그의 눈과 귀에는 들어오지 않았다. 그의 마음은 먼 곳으로 날아가 있었다.

어느 날 아침, 새뮤얼이 공상에 잠기면서 그곳에 서 있으려니 고함치는 소리가 들렸다.

"야! 유태인 놈아! 빨리 빨리 가!"

새뮤얼은 눈을 들었다. 문은 이미 열려 있었고 그의 짐수레가 길을 가로막고 있었다. 경비원 하나가 화가 나서 새뮤얼에게 빨리 가라고 손짓하고 있었다.

문 앞에는 항상 두 명의 경비원이 있었다. 그들은 녹색 제복에 특별한 기장을 달고 권총과 곤봉으로 무장하고 있었다. 경비원 한 사람은 허리둘레의 사슬에 문을 열고 닫는 커다란 열쇠를 달고 있었다.

게토를 따라 작은 개천이 흐르고, 그 개천에는 낡은 나무다리가 놓여 있었다. 다리 건너편에는 게토의 경비원들이 있는 경찰의 분견대가 있었다. 새뮤얼은 불운한 유태인이 다리 위를 질질 끌려가는 것을 여러 번 보았다. 그리고 그들은 다시는 돌아오지 않았다.

유태인은 일몰 때까지 게토에 돌아와 있지 않으면 안 되었다. 어두워진 다음에 문 밖에서 붙잡힌 유태인은 체포되어 강제노동 수용소로 보내졌다. 따라서 모든 유태인들에게 있어 일몰 뒤에 게토 밖에서 붙잡힌다는 것은 매우 두려운 일이었다.

두 명의 경비원은 밤새껏 근무를 하며 문 앞을 순찰하도록 되어 있었다. 하지만 유태인들이 게토에 갇히고 나면, 둘 중 하나가 남몰래 크라코우로 놀러나갔다. 이는 게토에서는 누구나 다 알고 있는 사실이었다.

밤놀이를 갔던 경비원은 날이 밝기 전에 돌아와 아침 해가 떠오를 때 동료가 문 여는 것을 도와주었다. 그곳에 근무하고 있는 두 명의 경비원은 폴과 아람이었다.

폴은 온순하고 인상이 좋은 사람이었으나 아람은 완전히 정반대였다. 그는 강한 팔과 맥주 통 같은 체격을 가졌으며, 거무튀튀하고 억센 사나이였다. 그는 유태인을 원수처럼 생각하고 있어서 그가 근무하고 있을 때는 문 밖으로 나간 유태인들이 모두 일찍 들어갔다.

아람은 유태인을 게토로부터 끌어내어 기절할 때까지 곤봉으로 두들겨 팬 다음, 다리 위로 질질 끌고 갔다. 그리고 나서 무시무시한 분견대로 데리고 갔는데, 그는 이 일을 가장 좋아했다.

지금 눈을 부라리고 새뮤얼에게 짐수레를 치우라고 고함을 치는 것은 바로 아람이었다. 새뮤얼은 황급히 문을 빠져나가 크라코우로 향했다. 그는 아람의 시선이 등에 아프게 박히는 것을 느꼈다.

새뮤얼의 유예 기간은 금방 5개월이 되고, 4개월이 되고 그리고 3개월로 줄어들었다. 새뮤얼이 문제의 해결책을 생각하거나 또는 그의 조그만 실험실에서 열심히 연구하지 않는 날은 단 하루도, 아니 단 한 시간도 없었다.

그는 게토의 돈 많은 상인 몇 사람에게 의논을 해보려고 했으나 그들 대부분은 바빠서 그의 얘기를 들어줄 시간이 없었다. 또 시간이 있는 사람은 그에게 쓸모없는 충고를 해줄 뿐이었다.

"돈을 벌고 싶다고? 검소한 생활을 하며 돈을 아끼게. 그렇게 하면 언젠가는 나처럼 훌륭한 장사를 할 수 있는 밑천이 모일 걸세."

그들은 대부분 부잣집에서 태어났기 때문에 그렇게 말하기가 아주 쉬웠다.

새뮤얼은 테레니아와 도망치는 것도 생각해보았다. 그러나 어디로 도망쳐야 할까? 도망의 끝에는 또 다른 게토가 있고, 돈 한 푼 없는 빈털터리 신세는 역시 변함이 없을 것이다. 사랑하는 테레니아에게 그런 고생을 시킬 수는 없었다. 그는 정말이지 이렇게도, 저렇게도 할 수 없었다.

시계 바늘은 사정없이 돌아가서 3개월은 2개월로 그리고 급기야 한 달을 남겨놓게 되었다.

그동안 새뮤얼의 위안은 일주일에 세 번 테레니아를 만나는 것이었다. 물론 누군가가 그녀와 함께 있었지만 테레니아에 대한 새뮤얼의 사랑은 점점 더 깊어만 갔다. 그것은 기쁨과 슬픔이 뒤섞인 애정이었다. 그녀를 한 번 만날 때마다 그가 테레니아를 잃을 시간이 그만큼 가까워지고 있었기 때문이었다.

"곧 좋은 방법이 생길 거예요."

테레니아는 언제나 그를 격려해주었다. 하지만 앞으로 3주일밖에 남지 않았는데도 새뮤얼에게는 아무런 뾰족한 수가 떠오르지 않았다.

어느 날 밤늦게 테레니아가 마구간에 있는 새뮤얼을 만나러 왔다. 그녀는 그의 어깨에 팔을 두르면서 말했다.

"새뮤얼, 우리 도망쳐요."

그 순간만큼 새뮤얼이 그녀를 사랑스럽게 느껴본 적은 없었다. 그녀는 그를 위해 도망자의 오명을 뒤집어쓰고 아버지와 어머니, 그리고 지금까지의 안락한 생활을 버려도 좋다는 것이었다.

새뮤얼은 테레니아를 꼭 껴안으면서 말했다.

"그렇게 할 수는 없어. 우리가 어디로 도망쳐도 나는 역시 행상인일 테니까."

"상관없어요."

새뮤얼은 그녀의 훌륭한 집과 널따란 방과 하인들을 생각했다. 그리고 자신과 아버지와 숙모 세 사람이 살고 있는 비좁고 더러운 방을 생각했다. 그는 말했다.

"나는 그렇게는 할 수 없어, 테레니아."

그녀는 발걸음을 돌려 집으로 돌아갔다.

다음날 아침, 새뮤얼은 말을 끌고 오는 옛 학교 친구인 이삭을 만났다. 그 말은 외눈으로 배앓이를 하고 절름발이에다 귀까지 들리지 않았다.

"안녕, 새뮤얼."

"안녕, 이삭. 그 형편없는 말을 어디로 끌고 가는지는 몰라도 서두르는 것이 좋겠다. 얼마 안 남은 것 같으니까 말이야."

"괜찮아, 로티는 가축공장에 데리고 가는 길이니까."

새뮤얼은 갑자기 흥미를 느껴 말을 살펴보았다.

"어차피 공장에서도 몇 푼 안 주겠는걸."

"괜찮아. 2, 3플로린만 받으면 돼. 짐수레를 살 생각이니까."

새뮤얼의 가슴은 두근거리기 시작했다.

"일부러 공장까지 갈 것 없겠다. 내 짐수레와 말을 바꾸자."

그 거래가 이루어지는 데는 채 5분도 걸리지 않았다.

지금 새뮤얼이 해야 할 일은, 다른 짐수레를 만들고 지금까지의 짐수레를 없앤 경위와 늙어빠진 말을 손에 넣은 사정을 아버지에게 설명하는 것뿐이었다.

새뮤얼은 퍼드를 넣었던 마구간으로 로티를 데리고 갔다. 말을 자세히 조사해보니 생각보다 더 나쁜 상태였다. 새뮤얼은 말을 쓰다듬으며 말했다.

"걱정 안 해도 돼, 로티. 너는 의학의 역사를 만들게 될 테니까."

몇 분 뒤에 새뮤얼은 새로운 혈청을 만들기 시작했다.

게토는 어수선하고 지저분하고 비위생적이기 때문에 전염병이 자주 유행했다. 가장 최근의 전염병은 심한 기침이 나고 임파선이 부어 고통스럽게 죽는 열병이었다.

그 병의 원인도, 치료법도 의사들은 모르고 있었다. 이삭의 아버지도 그 병으로 쓰러졌다. 새뮤얼은 그 얘기를 듣고는 급히 이삭을 만나러 갔다.

소년은 울면서 새뮤얼에게 말했다.

"의사가 오기는 했지만 손을 쓸 도리가 없다고 말했어."

이층에서 몹시 괴로워하는 듯한 커다란 기침 소리가 끊이지 않고 들려왔다.

새뮤얼이 말했다.

"너에게 부탁이 있어. 너희 아버지 손수건을 가져다주겠니?"

이삭은 놀라서 그를 쳐다보았다.

"뭐라고?"

"아버지가 쓰시는 손수건 말이야. 그것을 만질 때 조심해야 돼. 병균이 잔뜩 묻어 있을 테니까."

한 시간 뒤에 새뮤얼은 마구간으로 돌아가 고기즙을 담은 접시 속에 손수건에 묻어 있는 것을 비벼 떨어뜨렸다. 그는 그날 밤과 이튿날, 그리고 다음 날까지 꼬박 이틀간에 걸쳐 접시 속의 액체를 로티에게 조금씩 주사하고 그 양을 차츰 늘려나갔다.

그것은 이삭의 아버지를 구하기 위한 시간과의 싸움이었다. 또한 새뮤얼 자신을 구하기 위한 싸움이기도 했다.

말년이 되어서도 새뮤얼은 신이 자기편을 들어주었는지, 아니면 늙은 말을 불쌍히 생각해주었는지 알 수 없었다.

어쨌든 로티는 차츰 양을 늘려나가도 주사를 견뎌냈다.

이윽고 새뮤얼은 최초의 항독 혈청을 만들 수기 있었다. 다음 일은 그것을 실험해볼 수 있도록 이삭의 아버지를 설득하는 일이었다.

그런데 설득 같은 것은 필요 없었다. 새뮤얼이 이삭의 집에 가 보니, 이층에는 눈앞에 닥쳐온 죽음을 애도하기 위해 많은 친척들이 모여 있었다.

"이제 얼마 안 남으셨어."

이삭이 새뮤얼에게 말했다.

"만나뵙게 해주겠니?"

두 소년은 이층으로 올라갔다. 침대에 누워 있는 이삭의 아버지는 고열 탓으로 얼굴이 새빨갛게 달아올라 있었다. 괴로운 듯이 기침을 할 때마다 그의 쇠약해진 몸은 경련을 일으켰고 더욱 체력이 소모되었다. 죽음이 임박했다는 것을 한눈에 알 수 있었다.

새뮤얼은 깊이 숨을 들이쉬고는 말했다.

"너와 네 어머니에게 할 얘기가 있어."

이삭도 그의 어머니도 새뮤얼이 갖고 온 유리병에 든 약의 효과를 믿지는 않았다. 그러나 병자는 어차피 죽을 것이므로 그들이 도박에 응하는 것은 실패해봐야 본전이었다.

새뮤얼은 이삭의 아버지에게 혈청을 주사했다. 그리고 침대 옆에서 3시간을 기다렸으나 그것은 아무런 가치도 없게 되었다. 혈청은 효과가 없었던 것이다. 무엇인가 변화가 있었다면 기침이 전보다 한층 더 심해진 것뿐이었다.

마침내 새뮤얼은 이삭의 시선을 피해 집으로 돌아왔다.

이튿날 새벽에 새뮤얼은 상품을 구입하기 위해서 크라코우로 가지 않으면 안 되었다. 그는 이삭의 아버지가 아직 살아 있는지 알기 위해 한시라도 빨리 이삭의 집으로 가야 했다.

시장은 어디나 사람이 붐비고 있어서 새뮤얼은 물건을 사는 데 시간이 자꾸만 늦어져 안타까웠다. 짐수레가 겨우 가득 차서 그가 게토를 향해 귀로에 올랐을 때는 꽤 늦은 시간이었다.

새뮤얼이 문에서 2마일쯤 떨어진 곳에 왔을 때 사고가 일어났다. 짐수레의 바퀴 한쪽이 쪼개져 물건들이 길바닥으로 굴러 떨어진 것이다. 새뮤얼은 난감했다. 어디선가 새로운 바퀴를 찾아내지 않으면 안되었는데, 그동안 짐수레를 그냥 내버려두고 갈 수는 없었다. 이미 사람들이 모여들어 흩어진 물건들을 탐욕스러운 눈으로 바라보고 있었다. 새뮤얼은 제복을 입은 경관—물론 이교도이다—이 다가오는 것을 보고 이제는 끝장이라고 생각했다.

그는 모든 것을 압수당할 것이다. 경관은 사람들을 비집고 들어와서 겁먹은 소년에게 말했다.

"새로운 바퀴가 필요하겠구나."

"네…… 네."

"가게는 알고 있니?"

"모릅니다."

경관이 종이에 뭔가를 썼다.

"이곳으로 가서 사 오너라."

"짐수레를 그냥 두고 갈 수는 없습니다."

"염려 마. 내가 이곳에 있겠다. 빨리 갔다 오너라!"

경관이 말하고는 군중에게 날카로운 시선을 보냈다.

새뮤얼은 서둘러 뛰어갔다. 종이에 적힌 대로 찾아갔더니 대장간이 있었다. 새뮤얼이 사정을 얘기하자 대장간 주인은 짐수레에 맞는 크기의 바퀴를 내주었다. 새뮤얼은 갖고 온 조그만 주머니에서 돈을 꺼내어 대금을 지불했다. 나머지는 6길더뿐이었다.

그는 바퀴를 굴리면서 짐수레가 있는 곳으로 뛰어갔다. 경관은 그때까지도 그곳에 있었고, 군중은 이미 흩어지고 없었다. 물건들은 무사했다. 경관이 도와주었으나 바퀴를 튼튼하게 다는 데 다시 30분이 걸렸다.

새뮤얼은 다시 게토로 향했다. 그는 이삭의 아버지가 어떻게 되었는지 궁금했다. 죽었을까? 아니면 살아 있을까? 새뮤얼은 자꾸만 초조해져서 견딜 수가 없었다.

그는 게토까지 1마일 남겨 놓은 곳까지 왔다. 높은 돌담이 하늘 아래 우뚝 솟아 있는 것이 보였다. 바로 그때 서쪽 지평선에 태양이 가라앉고 낯선 길거리에 희미한 어둠이 깔리기 시작했다. 조금 전의 사건에 흥분해서 새뮤얼은 시간을 잊고 있었던 것이다. 일몰이 지났는데도 그는 아직 문 밖에 있었다!

새뮤얼은 무거운 짐수레를 밀면서 뛰기 시작했다. 심장이 터져버릴 것만 같았다. 게토의 문이 닫힌다! 새뮤얼은 이전에 몇 번이나 들은, 게토에서 쫓겨난 비참한 꼴을 당한 유태인들의 이야기를 떠올렸다. 그는 더욱더 속력을 내어 달리기 시작했다.

지금 근무하고 있는 것은 아마 한 사람뿐일 것이다. 만일 마음씨 좋은 폴이 있다면 새뮤얼은 살아날 기회가 있을지도 모른다. 만일 아람이라면……. 새뮤얼은 더 이상 생각할 용기가 나지 않았다. 이제 어둠은 더욱 짙어지고 검은 안개처럼 그를 감쌌다. 그리고 가랑비가 내리기 시작했다.

새뮤얼은 게토의 문에서 두 블록 앞에 이르렀다. 거대한 문이 희미하게 보였다. 문은 이미 닫혀 있었다.

새뮤얼은 지금까지 닫혀 있는 문을 바깥쪽에서 본 적이 없었다. 갑자기 인생이 거꾸로 뒤집힌 것 같은 느낌이 들었고, 새뮤얼은 두려움에 몸을 떨었다.

가족으로부터도, 자신의 세계로부터도, 친숙하게 지내온 모든 것으로부터도 추방당한 것이다. 그는 걸음을 늦추고 경비원을 찾으면서 조심스럽게 문으로 다가갔다. 경비원의 모습은 보이지 않았다. 새뮤얼은 바보 같은 기대감에 가슴이 부풀었다.

경비원들은 아마 무슨 급한 용무가 있어서 다른 곳으로 불려갔을 것이다. 새뮤얼은 문을 여는 방법이나 사람들에게 들키지 않고 벽을 기어 올라갈 방법을 찾아낼 수 있을 거라고 생각했다. 그가 문에 도착했을 때 어둠 속에서 경비원 한 명이 불쑥 나타났다.

"이리 와!"

경비원이 명령했다.

어둠 속이라 새뮤얼은 그의 얼굴을 볼 수 없었지만 목소리로 알 수 있었다. 아람이었다.

"좀 더 가까이 오라고!"

아람은 야릇하게 웃으며 새뮤얼이 다가오는 것을 지켜보고 있었다.

새뮤얼은 느릿느릿 거한에게 다가갔다.

"설명을 하게 해주십시오. 사고가 있었습니다. 갑자기……"

아람은 커다란 손을 뻗어 새뮤얼의 목덜미를 잡고는 들어 올렸다.

"이 유태인 놈 새끼!"

그는 조그만 소리로 노래하듯이 말했다.

"네가 문 밖에 있는 이유 따위는 아무래도 좋아. 어쨌든 너는 규칙을 위반했어! 어떤 벌을 받게 되는지 알고 있겠지?"

새뮤얼은 몸을 떨면서 고개를 흔들었다.

"그렇다면 내가 가르쳐주마."

아람은 말했다.

"지난 주에 새로운 포고가 나왔다. 일몰 후에 밖에서 체포된 유태인은 모두 실레지아로 이송된다. 중노동 10년이야. 어때? 기쁘냐?"

새뮤얼은 믿을 수가 없었다.

"하지만 나는……. 아무 일도 안 했어요. 다만……."

아람은 오른손으로 새뮤얼의 입을 세게 내리쳤다. 그리고는 땅바닥에 내동댕이쳤다.

"따라와!"

"어디로, 어디로 말입니까?"

"분견대로 간다. 내일 아침 다른 놈들과 함께 배를 태워주겠다. 일어서!"

새뮤얼은 아직 쓰러진 채 멍하니 있었다.

"나는…… 안에 들어가서 가족들에게 작별 인사를 해야 합니다."

아람은 싱긋이 웃었다.

"놈들은 네 걱정 따위는 하지 않는다구."

"부탁입니다."

새뮤얼은 애원했다.

"제발 부탁입니다……. 가족에게 말이라도 전해주십시오."

아람의 얼굴에서 웃음이 사라졌다. 그는 흉포한 얼굴로 새뮤얼을 내려다보았다.

"이 새끼야! 일어서라는 얘기 못 들었어! 다시 한 번 말하게 하면 가만두지 않겠다!"

새뮤얼은 천천히 일어섰다. 아람은 그의 팔을 꽉 잡고 분견대 쪽으로 끌고 갔다. '실레지아에서 10년 동안 중노동' 그곳에서 살아 돌아온 사람은 한 명도 없었다.

"부탁입니다. 한 번만 용서해주십시오."

그는 애원했다.

아람은 붙잡고 있는 팔에 더욱 힘을 주었다. 피가 멈추는 것 같았다.

아람이 말했다.

"애원을 계속해라. 나는 유태인이 애걸복걸하는 소리를 듣는 것이 취미거든. 실레지아에 관해 들어본 적이 있나? 지금 가면 겨울이 될 거다. 하지만 걱정할 건 없어. 탄광의 땅 속은 따뜻하니까. 석탄으로 폐가 새까매지고 심하게 기침을 하기 시작하면 눈 속에 그대로 내던져버리는 거야.”

앞에 보이는 다리 건너에 경찰 분견대의 을씨년스러운 건물이 빗속에 흐릿하게 보였다.

“빨리 걸어!”

아람이 소리쳤다.

새뮤얼은 문득 그런 꼴을 당하고 있을 수만은 없다고 생각했다. 자신의 가족과 이삭의 아버지의 일이 머리에 떠올랐다. 호락호락 목숨을 버릴 수는 없었다. 어떻게 해서든 도망쳐서 목숨만큼은 건지지 않으면 안 되었다.

두 사람은 벌써 좁은 다리 위를 걷고 있었다. 겨울비로 물이 불어난 강물이 커다란 소리를 내며 아래쪽으로 흐르고 있었다. 다리는 30야드밖에 안 되었다. 무엇인가 한다면 지금밖에 시간이 없었다.

하지만 어떤 방법으로 도망친단 말인가? 아람은 총을 가지고 있었다. 설사 총이 없다 하더라도 이 거인 경비병은 그를 손쉽게 죽일 수 있을 것이다. 그는 새뮤얼보다 몸집이 두 배나 되고, 힘도 상대가 안 될 정도로 강했다.

마침내 그들은 다리 건너편에 도달했다. 분견대는 바로 눈앞이었다. 아람이 그를 잡아끌면서 소리쳤다.

“빨리 걸어! 니도 바쁘단 말이다!”

분견대의 건물 바로 앞까지 왔다. 안에서 경비병들의 웃음소리가 들려왔다. 아람은 손에 힘을 주고 자갈을 깐 안마당을 통해 분견대 쪽으로 소년을 끌고 갔다.

앞으로 몇 초밖에 남지 않았다. 새뮤얼은 오른손을 호주머니에 집어넣었다. 6길더가 들어 있는 주머니가 손에 잡혔다. 손가락으로 그것을 쥐었을 때 그의 가슴은 흥분으로 터질듯이 쿵쾅거렸다.

그는 주머니를 슬며시 꺼내 끈을 풀고 땅바닥에 떨어뜨렸다. 동전이 짤랑 하고 큰소리를 내면서 자갈 위에 떨어졌다.

아람은 발걸음을 멈췄다.

"뭐야?"

"아무것도 아닙니다."

새뮤얼은 재빨리 대답했다.

아람은 소년의 눈을 들여다보면서 싱긋이 웃었다. 그리고 새뮤얼의 손을 잡은 채 한 걸음 뒤로 물러나 땅바닥을 살펴보았다. 주둥이가 열린 돈주머니가 그의 눈에 띄었다.

"네가 가는 곳에서는 돈이 필요 없어."

그는 돈 주머니를 집으려고 땅바닥에 손을 뻗었다. 새뮤얼도 동시에 손을 뻗었다. 아람은 돈주머니를 낚아챘으나 새뮤얼의 목적은 돈주머니가 아니었다.

그의 손은 커다란 돌멩이를 하나 잡았다. 새뮤얼은 몸을 일으키는 것과 동시에 온몸의 힘을 다해 돌멩이로 아람의 오른쪽 눈을 내리찍었다. 그의 눈은 빨간 젤리처럼 되었다. 새뮤얼은 몇 번을 계속해서 내리찍었다. 그는 경비원의 코가, 그리고 입이 안으로 움푹 패고 얼굴 전체가 빨간 피로 물드는 것을 보았다. 그러자 아람은 눈과 코가 없는 귀신처럼 보였다. 새뮤얼은 너무 무서워서 더 이상은 그를 때릴 수가 없었다.

이윽고 커다란 몸뚱이는 천천히 넘어지기 시작했다. 새뮤얼은 자신이 한 일을 믿을 수가 없어서 죽은 경비원을 멍하니 내려다보고 있었다. 건물 안에서 사람들의 소리가 들려오자 그는 갑자기 자신이 엄청난 위험에 빠져 있다는 것을 깨달았다. 지금 그들에게 붙잡힌다면 실레지아 이송만으로 끝나지 않을 것이다. 살가죽을 벗기고 거리의 광장에서 목을 달 것이다.

경관을 때리기만 해도 사형이었다. 새뮤얼은 경관을 살해한 것이다. 한시라도 빨리 도망치지 않으면 안 되었다. 국경을 넘어서 탈출할 수도 있지만 그렇게 되면 평생을 도망 다니며 살아야 할 것이다. 다른 방법을 생각해내지 않으면 안 되었다. 얼굴이 없는 시체를 내려다보면서 그는 갑자기 좋은 방법을 생각해냈다.

그는 손을 뻗어서 경비원의 옷을 더듬어 문을 여는 커다란 열쇠를 찾아냈다. 그러고 나서 구역질을 참아가며 아람의 장화를 잡고 그 시체를 제방 쪽으로 끌고 가기 시작했다. 죽은 경비원의 시체는 굉장히 무겁게 느껴졌다.

그는 건물 안에서 들리는 사람들의 소리에 쫓기듯이 하며 시체를 계속 끌고 갔다. 제방에 도달하자 그는 잠시 힘을 늦추고 숨을 돌렸다. 그러고 나서 경사가 급한 제방 밑으로 시체를 밀어버렸다. 시체가 흐르는 강물 속으로 굴러 떨어지는 것을 지켜보았다.

그에게는 그것이 엄청나게 오랜 시간처럼 생각되었다. 그러나 이윽고 시체는 천천히 하류로 밀려 내려가 보이지 않게 되었다.

새뮤얼은 자기가 한 일이 두려워서 한동안 망연히 서 있었다. 그리고 조금 전에 사용한 돌을 주워 강에 던졌다. 그러나 아직도 위험은 남아 있었다.

그는 뛰어서 왔던 길을 도로 달려갔다. 닫힌 문 근처에는 아무도 없었다. 새뮤얼은 떨리는 손으로 열쇠를 집어넣고 돌렸다. 그런데 커다란 문을 잡아당겼으나 꼼짝도 하지 않았다. 너무 무거워서 그의 힘으로는 움직이지 않았다.

하지만 그날 밤은 새뮤얼에게 불가능한 것은 없었다. 보통 때는 없었던 이상한 힘으로 새뮤얼은 커다란 문을 기어코 열고 말았다. 그는

153

짐수레를 서둘러 안에 집어넣고 문을 닫았다. 그리고 짐수레를 밀고 집으로 달려갔다.

아버지와 숙모는 거실에 앉아서 그를 기다리고 있었다. 새뮤얼이 들어서자 그들은 마치 살아 돌아온 유령이라도 보는 듯한 눈초리로 그를 바라보았다.

"그냥 들여보내주더냐?"

"어, 어찌된 영문이냐?"

"너는 틀림없이……."

그의 아버지가 더듬거리며 말하자 새뮤얼은 간단하게 사정을 설명했다.

그들의 표정은 근심에서 공포로 변했다.

새뮤얼의 아버지는 신음하듯이 말했다.

"우리는 이제 몰살당하게 되었구나!"

"내가 말하는 대로 하면 괜찮아요."

새뮤얼은 그렇게 말하고 계획을 설명했다.

15분 뒤에 새뮤얼과 아버지와 숙모는 게토의 문 옆에 서 있었다.

"만일 다른 한 명의 경비원이 돌아오면 어쩌지?"

새뮤얼의 아버지가 속삭였다.

"그 정도 위험은 각오해야죠. 만일 돌아온다면 죄는 내가 혼자 뒤집어쓰겠어요."

새뮤얼이 대답했다.

그는 지금이라도 들키지 않을까 걱정하면서 커다란 문을 열고 혼자서 밖으로 빠져나갔다. 그리고 커다란 열쇠를 자물쇠에 넣고 돌렸다. 이것으로 게토의 문은 밖으로부터 잠겼다.

새뮤얼은 열쇠를 허리에 달고 문 왼쪽으로 몇 야드 걸어갔다. 그때 준비해간 한 줄의 로프가 굵은 뱀처럼 담을 타고 내려왔다. 새뮤얼이 그것을 붙잡았고, 담 안쪽에서 아버지와 숙모가 줄을 잡아당기기 시작했다.

담 위에 올라서자 그는 로프 끝에 고리를 만들어 그것을 튀어나온 철책에 걸고 로프를 타고 내려오기 시작했다. 땅에 닿자 그는 로프를 흔들어 철책에 걸려 있는 고리를 벗겼다.

아버지가 중얼거렸다.

"제기랄! 내일 아침에는 일이 어떻게 될까!"

새뮤얼은 아버지에게 말했다.

"문을 두드리며 빨리 내보내달라고 소리치는 거예요."

이튿날 새벽, 게토는 제복을 입은 경관들과 군인들로 가득 찼다. 그들은 밖으로 내보내달라고 아우성치는 상인들을 위해 새벽에 문을 여는 특별한 열쇠를 찾지 않으면 안 되었다.

또 한 사람의 경비원인 폴은 자기 위치를 떠나 크라코우에서 밤을 지냈다는 것을 자백하고 체포당했다. 그러나 아람의 실종 수수께끼는 풀리지 않았다.

평소 같으면 게토의 바로 옆에서 경비원이 행방불명이 된 사건은 대학살을 할 좋은 구실이 되었을 것이다. 그러나 경관들은 자물쇠가 잠겨 있는 문에 고개를 갸웃거렸다. 유태인들은 모두 문 안쪽에 갇혀 있었으므로 그들이 아람을 습격하지 않은 것만은 분명했다.

결국 아람은 그의 여러 친구들 가운데 한 사람과 도망친 것이 틀림없다는 결론을 내렸다. 그들은 그가 무겁고 거추장스러운 열쇠는 버렸을지도 모른다고 생각하고 모든 장소를 수색했지만 찾을 수가 없었다. 그럴 수밖에 없었다. 열쇠는 새뮤얼의 집 마루 밑에 깊이 묻혀 있었다.

심신이 물에 젖은 솜처럼 무거워진 채 지쳐버린 새뮤얼은 쓰러지듯 침대에 누워 잠이 들어버렸다. 그의 몸을 흔들어 깨우는 누군가에 의해 새뮤얼은 잠을 깼다. 그 순간 그는 생각했다.

'아람의 시체가 발견되었구나. 경찰이 나를 체포하러 왔군.'

새뮤얼은 눈을 떴다. 몹시 흥분한 이삭이 옆에 서 있었다.

"멈췄어! 기침이 멎었어! 기적이야! 집으로 빨리 와줘."

이삭의 아버지는 침대에서 몸을 일으키고 있었다. 기적으로 열이 내리고 기침도 멎어 있었다.

새뮤얼이 침대로 다가가자 노인은 말했다.

"치킨 수프 정도는 먹을 수 있을 것 같다."

그 말을 듣고 새뮤얼은 울음을 터뜨렸다.

하루 동안에 그는 하나의 생명을 빼앗고 또 하나의 생명을 구했던 것이다.

이삭의 아버지가 살아났다는 소문은 게토 안에 퍼져나갔다. 죽어가고 있는 병자들의 가족이 로페의 집에 모여들어 새뮤얼에게 그의 마법의 혈청을 나누어달라고 애걸했다.

그는 쇄도하는 요구에 응할 수가 없어서 바르 의사에게 의논을 하러 갔다. 의사는 새뮤얼의 소문은 듣고 있었지만 아직 회의적이었다.

"내 눈으로 직접 확인해보지 않고서는 믿을 수가 없네. 혈청을 조금 주게. 내 환자에게 실험해보겠네."

바르는 많은 환자들 가운데서 가장 죽을 시기가 가깝다고 생각되는 사람을 골랐다. 24시간도 되기 전에 그 환자는 회복세를 나타냈다.

바르는 새뮤얼이 혈청을 만들기 위해 불철주야로 일하고 있는 마구간에 찾아왔다.

"잘 듣더군, 새뮤얼. 훌륭하게 해냈어. 딸의 지참금으로 무얼 줄까? 말해보게."

새뮤얼은 피로에 지친 얼굴로 말했다.

"말을 한 마리 주십시오."

그해 1868년이 로페 앤드 선즈가 설립된 해가 되었다.

새뮤얼과 테레니아는 결혼을 했다. 새뮤얼이 받은 지참금은 말 여섯 마리와 작기는 하지만 설비를 잘 갖춘 자신의 실험실이었다.

새뮤얼은 실험의 범위를 넓혀 약초로부터 약을 추출해내기 시작했다. 얼마 뒤 이웃 사람들은 갖가지 질병의 약을 사기 위해 그 조그만 실험실을 찾아왔다.

그들의 병은 나았고, 그로 인해 새뮤얼의 평판은 널리 퍼져나갔다. 가난해서 돈을 내지 못하는 사람들에게 새뮤얼은 항상 이렇게 말했다.

"걱정하지 말고 가져가세요."

그리고 테레니아에게는 이렇게 말했다.

"약은 병을 고치기 위한 것이지, 돈을 벌기 위한 것은 아니오."

새뮤얼의 사업은 계속 번창했다. 이윽고 새뮤얼은 테레니아에게 이렇게 말할 수 있게 되었다.

"작은 약국을 차리고 처방약뿐만 아니라 연고나 신약, 그 밖의 약도 팔기로 합시다."

약국은 처음부터 성공이었다. 전에는 새뮤얼이 도움을 청했을 때 거절하던 부자들이 지금은 돈을 싸들고 그를 찾아왔다.

그들은 말했다.

"공동 경영을 하세. 함께 체인점을 만들면 어떻겠나?"

새뮤얼은 테레니아와 의논했다.

"이것은 우리의 장사야. 남에게 우리 생활을 침해당하기 싫어."

테레니아도 그의 의견에 찬성했다.

사업이 확장되고 지점 수가 늘어감에 따라 자금을 제공하겠다는 사람도 늘어났다. 새뮤얼은 그 모든 것을 계속 거절했다.

그의 장인이 그 이유를 물었을 때 새뮤얼은 대답했다.

"친절한 여우를 우리 집 닭장 속에 집어넣는 것은 위험합니다. 여우는 언젠가는 본성을 드러내니까요."

사업의 번영과 더불어 새뮤얼과 테레니아의 가족도 불어났다. 그들에게서 아브라함, 요셉, 안톤, 얀, 피토르 이렇게 다섯 명의 아들이 태어났다. 아들이 하나씩 늘어날 때마다 새뮤얼은 새로운 약국을 열었다. 새로운 점포일수록 규모가 커져 갔다.

처음에 새뮤얼이 고용한 직원은 한 사람이었는데 얼마 뒤 두 사람이 되고, 오래지 않아 30명 가까이 되었다.

어느 날 새뮤얼은 정부 관리의 방문을 받았다. 그는 새뮤얼에게 말했다.

"유태인에 대한 제한의 일부가 철회되었소. 크라코우에 당신의 약국을 열어주면 좋겠소."

새뮤얼은 관리의 말대로 했다. 장사는 번창했고 3년 뒤에 그는 크라코우의 번화가에 빌딩을 짓고 그곳의 아름다운 집을 테레니아에게 사줄 수 있을 정도가 되었다. 새뮤얼은 게토로부터 탈출하려는 꿈을 드디어 실현한 것이다.

그러나 그의 꿈은 크라코우보다 훨씬 먼 곳까지 뻗어나가 있었다.

자식들이 자라나자 새뮤얼은 그들을 위해 가정교사를 고용했다. 그리고 다섯 명에게 각기 다른 나라 말을 배우게 했다.

"그 사람은 머리가 이상해졌어요. 이웃들의 웃음거리가 되었다니까요. 아브라함과 얀에게 영어를, 요셉에게 독일어를, 안톤에게는 불어를, 피토르에게는 이탈리아어를 가르치고 있다니까요! 누구하고 대화를 하게 하려고 그럴까요? 이 근처에서는 그런 야만스러운 외국어를 쓰는 사람도 없잖아요? 손자들은 서로 말도 할 수 없어요."

새뮤얼의 장모는 말했다. 그럴 때마다 새뮤얼은 미소를 지으며 대답했다.

"교육의 일부입니다."

아들들이 누구하고 얘기를 하게 될지 그는 알고 있었다.

그들이 10대 중반이 되자 아버지는 그들을 다른 나라로 출장 갈 때마다 데리고 갔다. 그때마다 새뮤얼은 장래의 계획에 대한 기초 작업을 했다.

아브라함이 21세가 되었을 때, 새뮤얼은 가족을 모아놓고 말했다.

"아브라함은 지금부터 미국에서 살게 된다."

"미국이라고?"

테레니아의 어머니가 소리쳤다.

"그곳은 야만인들이나 사는 나라야! 내 손자를 그런 곳에 보내다니 용서할 수 없어. 아브라함은 이곳에 있는 것이 안전해요!"

안전하냐고? 새뮤얼은 대학살과 아람을 죽인 일, 그리고 자기 어머니가 살해되었을 때를 생각했다.

"아브라함은 외국으로 보내겠습니다."

새뮤얼은 선언했다. 그리고 아들에게 말했다.

"뉴욕에 공장을 세우고 그곳에서 상사를 하는 기다."

아브라함은 자랑스럽게 대답했다.

"알겠습니다, 아버지."

새뮤얼은 요셉에게 말했다.

"너는 21세 생일이 되면 베를린으로 가거라."

요셉은 고개를 끄덕였다.

안톤이 말했다.

"나는 프랑스로 가겠죠? 파리라면 좋겠는데……."

"조심들 해야 한다. 이교도 중에는 이쁜 여자들이 많으니까……."

새뮤얼이 근엄하게 말했다.

그는 얀에게 말했다.

"너는 영국으로 가게 된다."

막내아들인 피토르가 뒤질세라 말했다.

"나는 이탈리아군요. 아빠, 언제 갈 수 있죠?"

새뮤얼은 웃으면서 말했다.

"오늘 밤은 아니란다. 피토르. 네가 21세가 될 때까지 기다려야 돼."

그렇게 해서 그의 계획은 착착 진행되었다.

새뮤얼은 아들들과 함께 외국으로 가서 그들이 사무실이나 공장을 세우는 것을 도와주었다.

그로부터 7년 동안 5개국에 로페 일가의 회사가 설립되었다. 그것은 왕조라고 할 정도로 거대한 것이 되어 있었다. 새뮤얼은 변호사에게 명해 각각의 회사를 독립시키는 한편, 모회사에 대해 책임을 지게 하는 조직을 만들었다.

"타인을 집어넣지 말 것."

새뮤얼은 항상 변호사에게 주의시켰다.

"주식은 절대로 로페 일가 이외의 사람에게 넘겨서는 안 된다."

"염려 마십시오."

변호사는 보증했다.

"하지만 새뮤얼, 아드님들이 주식을 팔 수 없다면 어떻게 살아나갑니까? 그들이 편안하게 살 수 있도록 해주려는 것이 당신의 소망 아닙니까?"

새뮤얼은 고개를 끄덕였다.

"우리는 자식들을 훌륭한 집에서 살게 하고, 급료와 경비를 충분히 지불하겠다. 그러나 그 밖의 돈은 전부 사업에 투자하지 않으면 안 된다. 만일 누군가가 주식을 팔고 싶을 때는 이사회 전원의 승인을 얻지 않으면 안 된다. 주식의 과반수는 내 장남과 그 후계자가 갖기로 한다. 우리는 거대한 회사를 만들 것이다. 로스차일드 일가보다도 거대하게 말이다."

그로부터 몇 년 뒤 새뮤얼의 예언은 현실이 되었다. 사업은 성장하고 번영했다. 가족은 여러 곳에 넓게 흩어져 있었지만, 새뮤얼과 테레니아는 될 수 있는 한 서로 긴밀한 관계를 유지하도록 배려했다.

자식들은 생일과 유태교의 제일(祭日)에는 집으로 돌아왔다. 그러나 그들의 귀국은 축하를 위한 것뿐만은 아니었다. 아들들은 사업상의 일로 아버지와 밀담을 나누었다.

그들은 각기 자신들의 스파이 조직을 갖고 있었다. 어떤 나라에 있는 아들이 새로운 약품 개발의 정보를 획득하면 사자를 보내어 다른 형제들에게 알리고 그들 자신이 그 약품의 제조를 시작했다. 그렇게 해서 그들은 항상 경쟁상대를 앞질러 나갈 수 있었다.

20세기를 맞이하자 아들들이 결혼해서 자식이 태어나 새뮤얼에게 손자가 생겼다. 아브라함은 1891년, 21세의 생일에 미국으로 건너갔다. 그는 7년 후에 미국 처녀와 결혼하여 1905년에 새뮤얼의 첫 번째 손자가 되는 우드로를 낳았다. 우드로에게서는 샘이라는 아들이 태어났다.

요셉은 독일 처녀와 결혼해서 아들 하나 딸 하나를 낳았고, 그 아들은 결혼해서 안나라는 딸의 아버지가 되었다. 안나는 월터 가스너라는 독일인과 결혼했다.

프랑스로 간 안톤은 프랑스 처녀와 결혼해서 두 명의 아들을 낳았다. 그중 한 아들은 자살했다. 또 한 아들은 결혼하여 엘렌이 태어났다. 그녀는 몇 차례 결혼했으나 자식을 낳지 못했다.

런던으로 간 얀은 영국 처녀와 결혼했다. 그들의 외동딸은 니콜스라는 준 남작과 결혼해 두 사람 사이에 태어난 아들을 알렉이라고 이름 지었다.

피토르는 로마에서 이탈리아 처녀와 결혼해서 아들 하나, 딸 하나를 두었다. 그 아들이 결혼해서 이내와의 시이에 시모네다가 대이났다. 시모네타는 이보 팔라치라는 젊은 건축가와 사랑에 빠져 결혼했다.

이상이 새뮤얼 로페와 테레니아의 자손들이었다.

새뮤얼은 장수를 하여 전 세계에 일어난 시대의 변화를 직접 목격했다. 마르코니가 무선 전신을 발명하고, 라이트 형제가 키티호크에서 최초의 비행기를 띄웠다.

드레퓌스 사건이 커다란 화제가 되고, 미국의 피어리 제독은 북극에 도달했다. 또 포드의 모델 T가 대량 생산되고, 전등과 전화가 등장했다. 의학계에서는 결핵, 티푸스, 말라리아에 걸리게 하는 세균이 분리되어 배양되는 단계에 이르렀다.

로페 앤드 선즈는 창립된 지 반세기도 되기 전에 전 세계에 걸친 다국적 기업이 되었다.

새뮤얼과 그의 늙은 말 로티가 왕조를 쌓아올린 것이다.

엘리자베스는 이 책을 다섯 번이나 되풀이해서 읽은 다음, 유리 상자의 원래 있던 장소에 살짝 되돌려놓았다. 이제 더 이상 그 책은 필요하지 않았다. 그것은 그녀의 마음의 일부가 되어 있었고, 동시에 그녀도 그 책의 일부가 되어 있었기 때문이다.

엘리자베스는 이제 자신이 누구인지, 어디서 왔는지를 확실히 알게 되었다.

첫사랑

엘리자베스가 리스 윌리엄스와 처음 만난 것은 열다섯 번째 생일날이었다. 스위스 학교 1학년 2학기 때였다.

리스는 엘리자베스의 아버지로부터 생일 선물을 전해주기 위해서 학교로 찾아왔다.

"아버지께서 직접 오시려고 했지만, 사업상 바쁘셔서……."

리스가 설명했다.

엘리자베스는 실망감을 감추려고 했지만, 리스는 금방 알아챘다. 어딘지 모르게 고독해보이는 소녀의 그림자와 애처로울 정도로 상처받기 쉬운 감수성이 그의 가슴을 울렸다.

리스는 무심코 이렇게 말했다.

"함께 식사라도 하러 갈까요?"

엘리자베스는 당치도 않은 말라고 생각했다. 둘이 함께 레스토랑에 들어서는 광경을 상상해보았다. 믿기지 않을 정도로 핸섬하고 고상한 그와, 땅딸막하고 입에는 치열 교정기를 끼우고 있는 자신이 전혀 어울리지 않았다.

엘리자베스는 머뭇거리며 말했다.

"저, 저는 공부할 게 있어요."

그러나 리스 윌리엄스는 그대로 물러서지 않았다. 그는 혼자 쓸쓸히 보냈던 자신의 생일을 떠올렸다. 그리고 엘리자베스를 식사에 데리고 나갈 수 있도록 교장 선생님에게 허락을 받아냈다. 두 사람은 리스의 차를 타고 비행장 쪽으로 향했다.

"뉘샤텔은 반대 쪽 모퉁이에 있어요."

엘리자베스가 말했다.

리스는 그녀를 바라보며 시치미를 떼고 물었다.

"우리가 뉘샤텔에 간다는 걸 누가 가르쳐주던가요?"

"그럼, 어디로 가는데요?"

"맥심요. 15세 생일을 축하할 만한 곳은 거기밖에 없죠."

두 사람은 전용 제트기로 파리로 날아가 호화스러운 저녁식사를 했다. 우선 소나무즙을 곁들인 파테 드 푸아그라(거위의 간을 재료로 만든 프랑스 요리)로 시작해서 새우 수프, 오렌지 소스를 곁들인 오리 요리, '맥심'의 스페셜 샐러드, 그리고 마지막으로 샴페인과 생일 케이크를 먹었다. 그러고 나서 리스는 엘리자베스를 차에 태워 샹젤리제로 안내하고 밤늦게 두 사람은 스위스로 돌아왔다.

그것은 엘리자베스에게 있어서 난생 처음 맞은 즐거운 밤이었다. 리스와 함께 있으면 그녀는 어쩐지 자신이 재미있고 아름다운 소녀가 된 듯한 느낌이 들었다. 정말 멋진 경험이었다.

학교 앞에서 리스의 차에서 내릴 때 그녀가 말했다.

"뭐라고 감사해야 할지 모르겠어요. 이렇게 재미있는 시간을 보낸 건 난생 처음이에요."

리스는 미소를 지었다.

"감사는 아버님께 하세요. 모두 아버님께서 생각해내신 거니까요."

그렇지만 엘리자베스는 그렇지 않다는 것을 잘 알고 있었다.

리스 윌리엄스는 자신이 지금까지 만난 사람 중에서 가장 멋진 사람이었다. 그는 가장 매력적인 남자임에 틀림없었다.

그날 밤, 엘리자베스는 리스를 생각하며 잠자리에 들었다. 그러고는 일어나서 창문 아래에 있는 조그만 책상으로 가서 종이와 펜을 꺼내 이렇게 썼다.

'리스 윌리엄스 부인'

그녀는 그 글자를 한참 동안 들여다보았다.

리스는 프랑스의 육체파 여배우와의 데이트에 24시간 늦게 도착했지만, 그다지 신경 쓰지 않았다. 두 사람은 결국 '맥심'에서 식사를 했다. 그러나 리스는 어찌된 일인지, 엘리자베스와 그곳에 갔을 때가 더 즐거웠다. 그녀는 이제 리스에게도 어느 샌가 무시할 수 없는 존재가 된 것이다.

엘리자베스의 마음속에 나타나기 시작한 변화는 누구의 영향에 의한 것일까. 새뮤얼과 리스 윌리엄스 중 어느 쪽의 영향이 큰 지 알 수 없었다. 그러나 엘리자베스는 자기 자신에 대해서 새로운 긍지를 갖기 시작했다.

뭔가 자꾸 먹고 싶어지는 버릇이 없어지고 몸이 날씬해졌다. 또한 스포츠에 취미를 붙이게 되었으며 학교공부에도 흥미를 갖게 되었다. 그녀는 다른 친구들과도 사이좋게 지내려고 노력했다. 그녀들로서는 믿을 수 없는 일이었다. 엘리자베스는 자주 잠옷 파티에 초대되었지만 늘 거절했었다.

그런데 어느 날 밤, 뜻밖에도 그녀가 파티에 나타났다. 파티 장소는

4명의 소녀가 함께 살고 있는 방이었다. 엘리자베스가 들어갔을 때, 거기에는 적어도 20명 이상이 마치 콩나물시루처럼 모여 있었는데, 모두가 잠옷이나 가운 차림이었다. 한 소녀가 그녀를 보고 깜짝 놀라면서 말했다.

"네가 웬일이니! 도저히 올 수 없다더니!"

"하지만 이렇게 왔잖아."

방에는 자극성이 강한 담배 연기로 가득 차 있었다. 엘리자베스는 그녀들 대부분이 마리화나를 피우고 있다는 것을 알고 있었지만, 자신은 한 번도 피워본 적이 없었다.

이 파티의 호스티스 역인 르네 토카르라는 프랑스 소녀가 두텁고 짧은 갈색 담배를 피우면서 엘리자베스의 곁으로 다가왔다. 그녀는 깊이 한 모금 빨고는 그것을 엘리자베스 앞에 내밀었다.

"피워봤겠지?"

그것은 질문이기보다는 강요에 가까운 말투였다.

"물론."

엘리자베스는 거짓말을 했다. 그녀는 담배를 받아들고 잠시 망설이다가 입에 물고 연기를 빨아들였다. 얼굴이 새파래지며 폐가 거부반응을 일으키는 것을 알았지만, 그녀는 간신히 웃는 얼굴을 하고는 콜록거리며 말했다.

"맛있는데."

르네가 옆으로 비켜가자마자 엘리자베스는 쓰러지듯이 긴 의자에 털썩 주저앉았다. 현기증을 느꼈지만 곧 괜찮아졌다. 시험 삼아 한 번더 빨아보았다. 그러자 머리가 빙글빙글 도는 것처럼 묘한 기분이 들었다.

엘리자베스는 마리화나의 영향에 대해서 듣거나 책에서 읽거나 해서 약간은 알고 있었다. 마리화나는 마음의 압박을 풀어주어, 자기 자신으로부터 빠져나가게 해준다는 것이다.

그녀는 이번에는 아까보다 좀 더 깊이 빨았다. 그러자 마치 다른 혹성에라도 와 있는 것처럼 둥실둥실 몸이 떠다니는 기분이 들었다. 방 안의 소녀들이 보이고 그 애들의 얘기소리가 들려왔다. 그러나 어찌된 일인지 그들의 모습이 모두 희뿌옇게 보이고, 목소리는 작아서 아주 멀리서 들려오는 것만 같았다. 전등 빛이 너무 밝은 것처럼 느껴져서 그녀는 눈을 감았다. 그 순간 몸이 공중으로 떠오르는 듯했다. 뭐라고 말할 수 없는 그런 기분이었다. 학교의 지붕 위를 훨훨 날아서 구름 낀 알프스 산을 넘어 새하얀 구름 속으로 날아가는 자신의 모습이 보였다. 누군가가 그녀의 이름을 부르고, 지상으로 내려오게 하려는 소리가 귀에 들려왔다.

엘리자베스는 마지못해 눈을 떴다. 르네가 걱정이 되는 듯 그녀의 얼굴을 들여다보고 있었다.

"엘리자베스, 괜찮니?"

엘리자베스는 천천히 미소를 지으며 멍청한 목소리로 말했다.

"아주 기분 좋아."

그리고 행복의 절정에 다다른 채 이렇게 말했다.

"난 지금까지 마리화나를 피워본 적이 없어."

르네는 그녀를 쳐다보았다.

"마리화나? 이건 보통 담배야."

뉘샤텔 마을 반대쪽에 남자학교가 있었는데, 엘리자베스의 반 아이들은 기회만 있으면 빠져나와 그들과 데이트를 했다. 그녀들은 항상 남자아이들에 대한 얘기만 했다. 남자아이들의 몸에 대한 것, 성기의 크기, 그들이 자기들에게 어떤 짓을 시킬까, 그리고 자기들이 그들에게 어떤 짓을 시키느냐 등이 화제의 중심이었다.

엘리자베스는 때때로 지독한 색마들만 있는 학교에 들어온 건 아닌가 하는 생각을 하곤 했다. 그녀들은 섹스에 미쳐 있었다. 학교에서의 비밀 게임 중에는 '프롤라제'라는 것이 있었다. 알몸으로 침대에 누워 하늘을 보고 있으면서 친구에게 가슴부터 넓적다리까지 애무를 시키는 놀이였다. 그에 대한 보수는 마을에서 팔고 있는 파이였다. 10분 동안 프롤라제를 해주면 파이 한 개를 주었다. 10분이 되는 동안 그녀들은 대개 오르가슴에 도달했다. 오르가슴에 도달하지 못할 때는 프롤라제를 계속시키고 파이 한 개를 더 주었다.

모두들 좋아하는 또 한 가지 성적인 놀이는 욕실 안에서 행해졌다. 학교의 욕조는 크고 옛날식이어서 벽에서 떼어낼 수가 있고, 자유롭게 돌릴 수 있는 핸드 샤워 꼭지가 붙어 있었다. 소녀들은 욕조 안에 앉아서 온수를 세게 나오게 하면서 샤워기를 다리 사이에 집어넣고 그것을 가볍게 앞뒤로 문질렀다.

엘리자베스는 프롤라제도, 샤워놀이도 해보지 않았지만, 그녀의 욕구는 날이 갈수록 강해졌다. 그녀가 충격적인 발견을 한 것은 바로 그때쯤이었다.

샹탈 해리엇이라는 몸집이 작고 호리호리한 여선생이 있었다. 그녀는 20대 후반으로, 학생과 구별할 수 없을 정도로 젊어 보였다. 그녀는 매력적인 용모를 갖고 있었는데, 특히 미소를 지으면 더욱 아름다웠다. 그녀는 선생들 중에서 엘리자베스에 대해 가장 동정적이었고, 엘리자베스도 그녀에게서 친근감을 느꼈다.

엘리자베스는 괴롭고 슬픈 일이 있을 때면 늘 해리엇 선생의 집으로 찾아가서 좋은 충고를 받고, 핫 초콜릿이나 케이크를 얻어먹곤 했다. 그러면 엘리자베스는 금방 기분이 좋아졌다.

샹탈 해리엇은 프랑스어를 가르쳤지만, 패션도 담당하고 있었다. 패션 시간이 되면 스타일과 색채의 하모니, 알맞은 액세서리 선택법 등을 강조했다.

"중요한 것은 세상에서 가장 스마트한 옷을 입어도, 액세서리를 잘 못하면 엉망이 되어버린다는 것입니다."

이처럼 액세서리는 해리엇 선생의 전문이었다.

엘리자베스는 자신이 따뜻한 욕조에 잠겨 있을 때에는 언제나 해리엇 선생을, 특히 둘이서 얘기를 하고 있을 때의 그녀의 표정이나 살며시 쓰다듬어 줄 때의 모습을 생각하고 있음을 깨달았다.

엘리자베스는 다른 과목을 공부할 때도 어느 틈엔지 해리엇 선생을 생각하고 있었다. 그리고 그녀가 자신을 위로해주면서 두 팔로 껴안고 가슴에 손을 댔을 때의 일을 떠올렸다. 처음에는 우연히 손이 닿았을 거라고 믿고 있었지만, 그런 일이 자주 일어나곤 했다. 그리고 샹탈 해리엇은 그때마다 뭔가 반응을 기다리는 듯이 다정스럽게 물어오는 눈초리로 엘리자베스를 바라보았다.

엘리자베스는 완만한 곡선을 그리는 해리엇 선생의 가슴과 긴 다리를 마음속에 떠올렸다. 그리고 침대 속에서 알몸이 된 그녀는 어떤 모습일까를 상상했다. 엘리자베스가 어처구니없는 사실을 확실히 알아챈 것은 바로 그때였다.

'난 레즈비언인가 봐.'

그녀가 남성에 대한 관심이 없었던 것은, 여성에게 관심이 있었기 때문이었다. 같은 또래의 시시한 계집애들이 아니라, 해리엇 선생과 같은 섬세하고 이해심 있는 여성에 대해서……

엘리자베스는 그녀와 함께 침대에 누워 포옹하고 애무하는 모습을 그려보았다.

그녀는 레즈비언에 관한 정보를 상당히 많이 알고 있었기 때문에 그녀들의 입장이 얼마나 곤란한 것인지 잘 알고 있었다.

사회에서는 동성애를 자연에 반하는 죄로 간주해서 인정하지 않고 있었다. 그러나 누군가를 진심으로 깊이 사랑하는 것이 왜 안 되는 것인지 엘리자베스로서는 이해할 수 없었다.

상대방이 남자냐, 여자냐가 어째서 문제란 말인가. 중요한 것은 사랑 그 자체가 아닌가. 과연 사랑 없는 이성 간의 결혼이, 서로 사랑하는 동성끼리의 결혼보다 더 바람직하다고 할 수 있을까?

엘리자베스는 아버지가 그녀의 행동을 알게 되면 얼마나 큰 충격을 받을지 걱정되었다. 그러나 용기를 내어 싸우는 수밖에 없다고 생각했다. 그녀는 장래의 계획을 다시 생각해보지 않으면 안 되었다.

다른 여자들처럼 결혼해서 아이를 낳는, 소위 정상적인 생활은 절대로 할 수가 없을 것 같았다. 그녀는 어디를 가든 늘 사회의 주류로부터 이탈되어 살아가는 인간이고, 반역자일 것이다. 그녀와 해리엇 선생, 즉 샹탈은 어딘가에 조그마한 아파트나 변변치 않은 집을 찾아봐야 할 것이다. 엘리자베스는 온화한 담색조로 방을 아름답게 꾸미고 어울리는 실내장식을 갖추어 놓을 것이다. 우아한 프랑스제 가구를 사들이고, 벽에는 멋진 그림을 걸어놓을 것이다.

그녀의 아버지가 틀림없이 돈을 내줄 것이다. 아니, 아버지로부터 도움을 기대해서는 안 된다. 그는 엘리자베스의 말을 두 번 다시 들어주지 않을 게 틀림없었다.

엘리자베스는 자기 의상에 대해서 생각했다. 그녀는 비록 레즈비언이지만 그런 복장은 하지 않기로 했다. 트위드나 슬랙스, 남자복장의 양복이나 싸구려 남자용 모자는 딱 질색이었다. 그런 것은 자신이 감정적으로 불구의 여자라는 것을 세상에 선전하는 셈이라고 생각되었다. 그녀는 될 수 있는 한 여성다운 복장을 하기로 했다.

그리고 해리엇 선생이 좋아하는 음식을 만들기 위해서 요리를 연구하기로 했다. 아파트나 조그만 집 안에서 함께 촛불을 켜놓고 앉아 엘리자베스가 준비한 저녁식사를 하고 있는 두 사람의 모습이 눈앞에 떠올랐다.

우선 식힌 감자로 만든 비시스와즈, 그리고 맛있는 샐러드, 작은 새우나 왕새우 요리, 또는 샤토브리앙, 디저트로는 달콤한 아이스크림이 좋을 것 같았다.

식사를 마친 뒤, 두 사람은 활활 타는 벽난로 앞에 앉아서 창밖에 내리는 함박눈을 바라볼 것이다.

엘리자베스는 서둘러 메뉴를 바꾸었다. 식힌 감자로 만든 비시스와즈 대신 맛있고 영양 많은 양파 수프에 퐁듀로 하기로 했다. 디저트는 수플레가 좋을 것 같았다. 그러고 나서 따뜻한 불 앞에 앉아 서로 시를 낭독해 들려준다. T.S. 엘리엇이나 V.J. 라자드혼의 시를……

시간은 사랑의 원수,
우리의 모든 즐거운 시간을
짧게 만들어버리는 도둑,
그래서 나는 모른다.
연인들이 그들의 행복을
왜 낮과 밤과 나이로 세는지,
우리의 사랑을 재는 것은
기쁨과 한숨과 눈물뿐인데

하지만 엘리자베스에게는 두 사람 앞에 있는 기나긴 세월이 보였다. 그리고 저 멀리 있는 미래는 황금빛 따스한 광채 속으로 녹아들어 갔다. 그런 달콤한 상상을 하다가 그녀는 잠이 들어버렸다.

엘리자베스는 그것을 예측하고 있었다. 그런데 실제로 그 일이 일어나자 그녀는 깜짝 놀랐다.

어느 날 밤, 누군가가 방에 들어와서는 문을 살며시 잠그는 소리에 그녀는 잠에서 깼다. 달빛이 줄무늬가 되어 비치는 방을 가로질러 누군가가 침대로 다가오는 것이 보였다. 한 가닥의 달빛이 샹탈 해리엇 선생의 얼굴을 비추었다. 엘리자베스의 가슴은 쿵쾅거리며 격렬하게 뛰기 시작했다.

샹탈은 속삭였다.

"엘리자베스."

그곳에 선 채로 샹탈의 몸에서 가운이 미끄러져 내렸다. 그의 몸에는 아무것도 걸치고 있지 않았다. 엘리자베스는 입 안이 바싹바싹 타들어갔다. 그런 순간을 몇 번이고 예상은 하고 있었지만, 실제로 눈앞에서 그 일이 일어나자 그녀는 당황했다. 자기가 무엇을 하면 좋은지, 어떤 식으로 대처해야 하는지 알 수가 없었다. 그녀는 사랑하는 사람 앞에서 꼴사나운 짓은 하고 싶지 않았다.

"나를 좀 봐."

샹탈은 쉰 목소리로 말했다. 엘리자베스는 그녀의 알몸에 눈길을 주었다. 나체를 보니, 그녀는 엘리자베스가 마음에 그리고 있던 모습과는 거리가 멀어보였다.

유방은 시든 사과 같았고, 아래로 약긴 늘어져 있었으며 배는 올챙이배처럼 튀어나와 있었다. 그리고 엉덩이는 중심이 너무 처져 있었다. 그러나 그런 것은 아무래도 좋았다. 문제는 그 몸속에 있는 마음이고, 여자의 혼이며 다른 모든 여자와는 다르게 살고, 전 세계에 도전하고, 앞으로 일생을 엘리자베스 자신과 함께 하는 용기와 각오였다.

"나의 꼬마 천사, 나를 좀 재워 줘."

그녀가 속삭였다.

엘리자베스가 몸을 한쪽으로 옮기자 샹탈은 그녀의 침대로 들어왔다. 그녀의 육체는 강하고 야성적인 냄새를 풍겼다. 그녀는 엘리자베스를 양손으로 껴안으며 말했다.

"아, 정말 귀엽구나. 이 순간을 얼마나 꿈꾸어 왔는지 아니?"

샹탈은 엘리자베스의 입술에 키스를 했다. 그것은 의심할 것도 없이 엘리자베스가 지금까지 경험해본 적이 없는 매우 불쾌한 감각이었다. 그녀는 멍하니 누워 있었다. 샹탈 해리엇의 손은 엘리자베스의 몸 위를 헤매다가 유방을 움켜쥐더니 이번에는 배에서부터 천천히 허벅지 쪽으로 내려갔다. 그러는 동안 그녀의 입술은 엘리자베스의 입술에 댄 채였고, 짐승처럼 침을 흘리고 있었다.

'이것이 그런 것인가 보다. 이것이 꿈처럼 멋진 순간이었나 보다.'

"만일 당신과 나 둘이 하나가 된다면 우리는 함께 우주를 만들고, 별을 진동시키고 하늘을 움직일 거예요."

해리엇 선생의 손은 아래쪽으로 더 내려가더니 엘리자베스의 허벅지를 애무하고 그녀의 다리 사이로 뻗어 왔다.

엘리자베스는 촛불을 켜놓은 만찬이나 수플레, 벽난로 앞에서 보내는 밤, 둘이서 앞으로 함께 지낼 멋진 나날들을 서둘러 생각해내려고 애썼다. 그러나 잘 되지 않았다.

엘리자베스는 마음도 육체도 그녀를 거부하고 있었다. 마치 몸이 더럽혀진 듯한 느낌이 들었다.

해리엇 선생이 신음소리를 냈다.

"아, 귀염둥이. 네 몸을 갖고 싶어."

엘리자베스가 마음속으로 생각할 수 있는 대답은 이것뿐이었다.

'안 돼요. 우리 중 한 사람은 지금 어울리지 않는 액세서리를 달고 있다고요.'

그녀는 신경질적으로 웃고 울기 시작했다. 그것은 사라져버린 환영—촛불 아래에서 하는 저녁식사에 대한 아름다운—에 대한 눈물이었고, 자신이 건강하고 정상적인 소녀이며 자유로워졌다는 것을 깨달았기 때문에 나오는 감정이었다.

그 다음 날, 엘리자베스는 샤워놀이를 해보았다.

졸업

　18세가 된 엘리자베스는 학교생활의 마지막 해에 부활절 휴가를 떠났다. 사르데냐 섬에 있는 별장에서 10일 동안 보냈는데, 운전을 배웠기 때문에 처음으로 혼자 마음껏 섬을 두루 구경할 수 있었다. 그녀는 해안을 따라 장시간 드라이브를 즐겼으며 작은 어촌을 찾아다녔다. 따사로운 지중해의 태양을 흠뻑 받으며 별장 아래에 있는 바다에서 해수욕을 즐겼다. 밤에는 침대에 누워 바람이 바위를 스치며 만들어내는 슬픈 노래에 귀를 기울였다.

　그녀는 마을 사람들이 민속 의상을 차려입고 텐비오 마을에서 벌이는 카니발에도 갔다. 아가씨들은 반쯤 가면으로 얼굴을 가리고 청년들을 유인해 춤을 추었다. 누구나 보통 때는 제대로 할 수 없었던 일도 이날 밤만은 자유로이 할 수 있다는 생각이 들었다. 청년들은 그날 밤 자신의 품안에 안았던 아가씨가 누구인지 잘 알고 있었지만, 다음날 아침이 되면 왠지 자신감이 없어져 버렸다.

　엘리자베스에게는 온 마을이 모르나르의 '근위병'을 연출하고 있는 것같이 생각되었다. 푼타무라로 드라이브를 나가 사르데냐 족이 야외에서 양고기를 요리하는 것을 구경하기도 했다. 섬에 사는 원주

민들은 산양 치즈 덩어리에 뜨거운 꿀을 얹은 시다라는 요리를 그녀에게 대접했다. 그녀가 마신 그 지방에서 나는 맛좋은 백포도주는 슬레므몬이라고 했는데, 다른 고장으로 가져가면 그 미묘한 맛이 변해 버려 이곳 이외에 세계 어느 곳에서도 맛볼 수 없다고 했다.

엘리자베스의 한 단골가게는 포트 첼보에 있는 '레드 라이온'이라는 선술집이었다. 그곳은 식사를 위한 식탁이 10개나 놓여 있고, 고풍스러운 바가 있는 지하의 작은 홀이었다.

엘리자베스는 이번 휴가를 '청년들의 계절'이라고 불렀다. 그들은 부잣집 아들들이었는데 엘리자베스를 자주 수영이나 승마에 일방적으로 초대했다. 그것은 구혼 의식의 첫 번째 절차이기도 했다.

"그들의 신붓감 후보자로 충분한 자격이 있어."

엘리자베스의 아버지는 딸을 보증하기까지 했다.

엘리자베스에게 그들은 모두 시시한 사나이들처럼 보였다. 지독한 술꾼들이었고, 말만 앞세우는 수다쟁이로 그녀에게 무례하게 대하는 막된 사람들 같았다. 그들이 그녀를 원하는 것은 그녀의 지성이나 인간으로서의 가치 때문이 아니라, 그녀가 로페 가의 아가씨이며 로페 재벌의 상속인이었기 때문이라고 엘리자베스는 믿고 있었다.

엘리자베스는 자신이 아름다운 여인으로 성장한 것을 전혀 모르고 있었다. 거울에 비치는 현재의 모습을 보지 못하는 것은 과거의 자신에게서 벗어나지 못한 탓이기도 했다.

청년들은 그녀에게 음식을 대접하고 술을 사며 잠자리를 같이 하자고 유혹했다. 그들은 엘리자베스가 처녀인 것을 알고 있었다. 그래서 엘리자베스의 처녀성을 빼앗으면 그녀는 자신을 몹시 사랑하게 될 것이며 영원히 자기를 섬기게 될 것이라고 생각했다.

그들은 결코 단념하려 하지 않았다. 엘리자베스를 어떤 곳에 데려가서 즐겁게 시간을 보내다가도 밤이 되면 항상 똑같은 수작을 벌였다.

"너를 안고 싶어."

하지만 그녀는 늘 보기 좋게 거절했다.

그들은 그녀를 어떻게 생각해야 할지 몰랐다. 미인이란 것은 잘 알고 있었다. 그래서 결국 그녀는 바보가 틀림없다고 생각하게 되었다. 자기들보다 총명하다는 생각은 결코 해보려 하지 않았다. 그들은 그때까지 여자가 총명하다는 말은 들은 적이 없었다.

엘리자베스는 아버지를 기쁘게 해드리기 위해서 청년들과 외출을 하곤 했지만, 그들과 함께 하는 것은 지루할 뿐이었다.

리스 윌리엄스가 별장에 찾아왔을 때 엘리자베스는 그와의 재회를 매우 기뻐하며 흥분하는 자신을 보고 놀랐다. 리스는 그녀의 기억 속에 있는 것보다 훨씬 매력적이었다.

리스도 그녀와의 재회를 즐거워하는 것 같았다.

"무슨 일이 있었습니까?"

그가 물었다.

"무슨 일이라니요?"

"최근에 거울을 본 적이 있습니까?"

그녀는 얼굴이 붉어졌다.

"아, 아뇨."

"청년들이 모두 말을 못하거나 앞을 못 보는 것이 아닌 이상, 엘리자베스 아가씨가 우리 곁에 있을 날이 얼마 남지 않은 것 같군요."

'우리!' 엘리자베스는 그의 입에서 이 말을 듣는 것이 너무 좋았다. 그녀는 가능한 한 그와 아버지가 대화하는 곁을 떠나지 않았으며, 음식을 내놓거나 심부름을 하면서 리스의 얼굴만 바라보았다.

때때로 엘리자베스는 방해가 되지 않도록 구석에 앉아서 두 사람이

하는 사업에 관한 얘기에 귀를 기울이며 흥미를 가졌다.

새 공장이나 회사의 합병, 성공한 제품과 실패한 제품, 라이벌 관계, 계획된 전략이나 대항 전술…… 그것들은 모두 엘리자베스를 열중시키기에 충분했다.

어느 날 아버지가 지붕 아랫방에 올라가 있을 때, 리스는 엘리자베스에게 점심을 같이 하자고 말했다. 그녀는 그를 '레드 라이온'으로 데려갔고, 그가 다른 사나이들과 화살던지기를 하는 것을 구경했다. 엘리자베스는 리스가 완전히 그곳 분위기에 젖어들어 있는 것을 보고 감탄했다. 그는 어디를 가든 곧 친숙해지는 것처럼 보였다. 그녀가 들은 스페인어의 표현 방식에는 도저히 알 수 없는 말들이 많았지만, 지금 리스의 행동을 보고 납득할 수 있었다. 그는 아주 소탈하면서도 신사다워 보였다.

두 사람은 구석진 곳에 있는 빨간색과 흰색 무늬 식탁보를 씌운 작은 테이블에 마주앉았다. 그리고 고기 파이와 맥주를 마시면서 이야기를 나누었다. 리스는 그녀에게 학교에 관해 물었다.

"그렇게 나쁘지는 않아요. 나는 내가 아는 게 아무것도 없다는 걸 알게 되었어요."

엘리자베스가 정직하게 말하자, 리스는 미소를 지었다.

"그런 걸 아는 사람은 그리 많지 않아요. 6월에 졸업하죠?"

엘리자베스는 그가 어떻게 그것을 알았는지 궁금했다.

"네."

"그 다음엔 무엇을 할지 생각해봤나요?"

그것은 그녀가 자기 자신에게 물어보고 싶었던 질문이었다.

"아뇨, 아직……."

"결혼을 하고 싶지는 않습니까?"

순간 그녀는 심장이 멎는 것만 같았다. 그러나 다음 순간 그것이 일반적이고 의례적인 질문이란 것을 알게 되었다.

"아직 상대를 찾지 못했어요."

그녀는 난로 앞에서 나눈 해리엇 선생과의 즐거운 저녁식사와 펄펄 내리는 눈을 생각하며 소리 내어 웃었다.

"비밀인가요?"

리스가 물었다.

"비밀이에요."

엘리자베스는 리스에게 그것을 말하고 싶었지만 아직 그 정도로 그를 신뢰하고 있지 못했다. 그러기는커녕 그에 대해 아무것도 아는 것이 없다는 사실을 알게 되었다.

리스는 그녀에게 동정심을 갖고 있으며 파리로 데려가 생일날 음식을 사준 일이 있는 매력적이고 핸섬한 한 사람에 불과했다.

일에 대해서는 유능한 사람이며 그녀의 아버지가 몹시 신뢰하고 있었다. 그러나 그의 개인적인 생활이나 그가 어떤 사람인지에 관해서는 전혀 알지 못했다. 엘리자베스는 그를 바라보며 곰곰이 생각했다.

그는 여러 겹으로 둘러싸인 사람 같았고, 겉으로 드러내 보이는 감정은 마음속에서 느끼고 있는 감정을 숨기기 위한 것이라는 생각이 들었다. 그리고 엘리자베스는 그의 진실한 모습을 알고 있는 사람이 있을까 생각했다. 엘리자베스가 처녀성을 잃게 된 것도 결국 리스 윌리엄스 때문이었다.

남자와 잠자리를 한다는 것이 점점 강하게 엘리자베스의 흥미를 끌게 되었다. 때때로 불시에 강한 욕정이 그녀를 엄습해왔고, 그로 인해 곧잘 그녀는 욕구불만에 사로잡혔다. 물론 어떤 남자와 같이 자도 좋다는 것은 아니었다. 특별한 그 누구, 그녀가 그리워하는 사람이거나 그녀를 귀엽게 생각하는 그런 사람이 아니면 안 되었다.

어느 토요일 밤, 엘리자베스의 아버지는 별장에서 성대한 파티를 열었다.

"제일 예쁜 드레스를 입고 나와 주세요. 모두에게 당신을 보여주고 싶습니다."

리스는 엘리자베스에게 말했다. 엘리자베스는 즐거워하며 당연히 리스가 자신의 상대가 되어줄 것이라고 생각했다. 그러나 그곳에 도착한 리스는 금발의 아름다운 이탈리아 공작의 딸과 함께였다. 엘리자베스는 배신당한 기분에 견딜 수가 없었다. 그녀는 한밤중에 파티에서 빠져나와 와실로프라는 술 취한 털보 러시아 화가와 잠자리를 함께 했다.

그 짧막한 정사는 완전히 실패였다. 엘리자베스는 몹시 긴장해 있었고 와실로프는 너무나 취해 있어서 엘리자베스에게는 시작도 과정도 마지막도 없는 그런 것이었다. 전희라고 하면 와실로프가 바지를 벗고 침대에 뛰어오른 것이 고작이었다. 엘리자베스는 도망치고 싶었지만 배신한 리스에게 복수하고 싶다는 생각이 더 강하게 작용했다.

그녀는 드레스를 벗고 침대로 들어갔다. 잠시 후 아무런 전희도 없이 와실로프의 성기가 그녀의 몸속으로 들어왔다. 그것은 기묘한 느낌이었다. 불쾌하지는 않았지만 대지가 흔들릴 만큼 멋진 것도 아니었다.

와실로프의 몸이 갑자기 떨리더니, 잠시 후에 그는 코를 골았다. 엘리자베스는 자기 혐오감에 빠져들어 누워 있었다. 노래나 소설, 시에 적혀 있는 것이 이런 것이라고는 믿어지지 않았다. 그녀는 리스를 생각하며 울고 싶은 심정을 안고, 살며시 집으로 돌아왔다.

다음날 아침 화가가 전화를 걸어왔지만 그녀는 가정부에게 부재중이라고 말하라고 했다. 그 다음날 엘리자베스는 아버지와 리스와 함께 회사 전용 제트기로 다시 집으로 돌아왔다.

제트기는 처음에는 손님을 100명씩이나 나르는 여객기였지만 개조하여 호화로운 전용기가 되었다. 뒷부분에는 화려하게 장식한 두 개의 커다란 침실이 있었고 중앙에는 넓은 욕실과 쾌적한 집무실과 거실이 있었으며 양쪽에는 그림이 장식되어 있고, 설비가 잘 갖추어진 조리실이 있었다. 엘리자베스는 그 제트기를 아버지의 하늘을 나는 융단이라고 생각했다.

두 사나이는 주로 일에 관한 얘기를 하곤 했다. 리스가 한가할 때면 엘리자베스는 그와 체스를 즐겼는데, 그녀는 기선을 제압해 그를 패배시키곤 했다. 리스가 '대단하다'고 말할 때마다 엘리자베스는 그가 전에 묻던 질문을 회상해보았다.

"앞으로 무엇을 해야 할지 생각해봤나요?"

그녀는 아직 분명히 알 수 없었다. 그러나 새뮤얼 덕분에 그녀는 일가친척의 사업에 크게 흥미를 갖게 되었다. 자신도 그것에 가담하고 싶었다. 하지만 자신이 어떤 일을 할 수 있는지 알 수 없었다. 아마도 아버지를 돕는 데서부터 출발할 수 있을 것 같았다. 어머니가 얼마나 훌륭한 안주인 역할을 했는지, 아버지에게 있어서 어머니가 얼마나 귀중한 존재였는지 엘리자베스는 모두 잘 기억하고 있었다.

'어머니를 대신할 수 있도록 하자.'

그 결심이 그녀의 첫걸음이 되었다.

상속녀

스웨덴 대사는 한 손을 엘리자베스의 엉덩이에 갖다 대고 있었지만 그녀는 그것에 마음을 쓰지 않으려고 애쓰면서 그와 방 안을 춤을 추며 돌았다. 그녀는 미소를 머금고 화려하게 차려 입은 손님과 밴드를 둘러보았다. 그리고 같은 옷으로 갖추어 입은 하인들과 갖가지 진기한 요리와 값진 와인들을 차려놓은 테이블들을 익숙한 솜씨로 점검했다. 그녀가 생각해도 이만하면 만족스러운 파티였다.

롱아일랜드의 저택에 있는 무도회장에는 로페 앤드 선즈의 소중한 손님들이 200명이나 모여 있었다. 엘리자베스는 대사가 자신을 자극시키려고 몸을 밀어붙이고 있다는 것을 알고 있었다. 그는 혀끝을 그녀의 귀에 가볍게 대며 속삭였다.

"댄스가 퍽 능숙하시군요."

"당신도 그래요."

엘리자베스는 입가에 미소를 띠며 말했다.

그 순간 그녀는 갑자기 스텝을 잘못 디뎌 뾰족한 구두 뒤꿈치로 그의 발끝을 세게 밟았다. 그가 비명을 지르는 동시에, 그녀는 미안하다는 듯이 소리치며 말했다.

"용서하세요, 대사님! 얼른 마실 것을 가져오겠습니다!"

그녀는 그의 곁을 떠나 손님들 사이를 교묘하게 헤집고 바가 있는 쪽으로 걸어갔다. 그리고 조심성 있게 방 안을 두루 살펴보고 모든 준비가 완벽한지 살펴보았다.

완벽, 그녀의 아버지가 요구하는 것은 바로 그것이었다. 엘리자베스는 아버지 샘이 개최한 파티를 이미 100번씩이나 경험했지만 아무리 횟수를 거듭해도 방심할 수 없었다.

파티 하나하나가 중요한 행사이고 보니, 여러 가지 실수가 일어날 가능성이 있었다. 그럼에도 불구하고 그녀는 아주 행복했다. 아버지 가까이에서 아버지가 필요로 하는 존재가 되고 싶은 소녀시절의 꿈이 이루어진 것이다.

아버지에게 있어서 그녀의 가치는 개인적인 것이 아닌, 회사에 대한 공헌에 의해 결정된다는 사실을 그녀는 차츰 받아들일 수 있게 되었다. 그것이 샘 로페의 사람을 판단하는 단 하나의 기준이었다. 엘리자베스는 아버지가 여는 파티의 여주인으로서 어머니가 없는 공백을 잘 메우고 있었다.

그리고 한 걸음 더 나아가 엘리자베스의 높은 지성이 그녀를 단순한 여주인 이상으로 만들어주고 있었다. 그녀는 아버지 샘과 함께 비행기 안이나 외국 호텔, 그리고 공장이나 대사관, 궁전에서 열리는 회의에 전부 참석했다. 그리고 아버지가 그의 영향력을 행사하기 위해 몇십억 달러나 되는 돈을 자유롭게 사용하는 것을 지켜보았다. 한마디로 로페 앤드 선즈는 거대한 부의 마르지 않는 샘이었다.

엘리자베스는 아버지가 회사를 이롭게 하는 것에는 아낌없이 베풀고, 적에 대해서는 더없이 인색한 것을 보았다. 그것은 사람들에게 매우 매력 있는 세계였으며, 샘 로페는 그러한 세계의 왕자로 군림하고 있었다.

엘리자베스가 무도장을 둘러보니, 아버지 샘이 리스와 어느 나라의 수상, 그리고 캘리포니아 주에서 선출된 상원의원과 바에서 선 채로 이야기하고 있는 것이 보였다. 아버지는 엘리자베스를 알아보고 손짓을 했다. 엘리자베스는 아버지에게 다가가며 3년 전의 일을 회상했다.

엘리자베스는 졸업한 그날로 비행기를 타고 집으로 돌아왔다. 그녀의 나이 18세였다. 그때의 집은 맨해튼의 비크만 플레이스에 있는 아파트였다. 리스도 아버지와 함께 있었다.

그녀는 가슴 깊이 리스의 모습을 간직한 채 쓸쓸해하기도 했으며 우울하고 낙담이 될 때는 언제나 그의 모습을 떠올리며 스스로를 위로하곤 했다. 처음 한동안 그것은 이룰 수 없는 꿈만 같았다.

15세 소녀와 25세의 청년, 그 차이는 무려 100년처럼 생각되기도 했다. 그러나 멋진 숫자의 마술 덕분에 18세가 되자 나이 차이는 그렇게 큰 것이 아니라고 생각되었다. 마치 그녀가 리스를 따라잡으려고 그보다도 빨리 나이를 먹어가는 것처럼 느껴졌다.

그녀가 두 남자가 사업 얘기를 하고 있는 서재로 들어가면 그녀의 아버지는 항상 이런 식으로 말했다.

"엘리자베스, 지금 돌아왔니?"

"네."

"그렇구나. 그럼 학교를 졸업한 것이구나."

"네."

"잘했다."

그녀의 귀가를 환영하는 말은 그것뿐이었다. 리스가 웃으면서 그녀에게 다가왔다. 그는 그녀와 만난 것을 매우 즐거워하는 것 같았다.

"엘리자베스, 건강해 보이는군요. 졸업식은 어땠어요? 아버님도 참석하고 싶으셨지만 일이 바빠서 틈을 내실 수가 없었어요."

그가 말하고 있는 것은 모두 그녀의 아버지가 해야 할 말들이었다.

엘리자베스는 아버지에 대해 서운한 생각이 들었지만 자신을 타일렀다.

'아버지는 나를 사랑하지 않는 것이 아니다. 다만 내가 관여하지 않는 세계에 몰두해 계실 뿐이다.'

아버지는 그녀가 만일 아들이었다면 자기 세계로 끌어들였을 것이지만, 딸이어서 무관한 존재로 여기는 듯했다.

"방해가 되어 죄송합니다."

그녀는 문 쪽으로 나가려고 했다.

"기다려주세요."

리스가 말하면서 샘 쪽을 향해 섰다.

"엘리자베스는 마침 좋은 때에 돌아와 주었습니다. 토요일 밤의 파티를 좀 도와달라고 하고 싶은데 어떻겠습니까?"

샘은 엘리자베스를 보며 새삼스럽게 평가라도 하듯이 그녀를 관찰했다. 그녀는 어머니를 닮아서 탁월한 미모와 우아함을 지니고 있었다. 샘도 흥미를 나타냈다. 지금까지 전혀 생각해보지 못했던 일이지만, 딸은 로페 앤드 선즈의 잠재적 자산이 될지도 모른다는 생각이 들었다.

"정장 드레스를 갖고 있니?"

엘리자베스는 놀란 채 아버지를 쳐다보았다.

"아뇨."

"걱정 마라. 새로 사면 된다. 파티는 어떻게 여는지 잘 알고 있지?"

엘리자베스는 마른 침을 삼키며 대답했다.

"네."

스위스의 교양학교에 다닌 것이 도움이 되었다. 그 학교에서는 사교에 대한 예절을 가르쳐 주었다.

"물론 파티의 방식은 알고 있어요."

"좋아, 사우디아라비아 그룹들을 초대하겠다. 인원수는……."

그는 리스 쪽을 쳐다보았다.

리스는 엘리자베스에게 웃으며 말했다.

"40명입니다. 다소 변경이 있을지 모르지만요."

"모두 저에게 맡겨주세요."

그녀는 자신 있게 말했다. 그렇지만 파티는 완전히 실패작이었다. 엘리자베스는 요리사에게 처음에는 클럽 칵테일을, 다음에는 캐슬레이(고기를 넣은 흰 강낭콩 스튜)에 고급 와인을 곁들여 내놓으라고 했다. 그런데 운이 나쁘게도 캐슬레이 속에 돼지고기가 들어 있어서 아랍 사람들은 돼지고기나 조개에는 조금도 손을 대지 않았다. 알코올음료도 전혀 마시지 않았다. 손님은 아무것도 먹지 않고 그저 쳐다보기만 했다. 아버지와 마주 앉아 긴 테이블의 상좌에 앉아 있던 엘리자베스는 당혹한 나머지 몸이 굳었고, 죽어버리고 싶은 심정이었다.

그 위기를 구해준 것은 리스 윌리엄스였다. 그는 잠시 서재로 들어간 다음 전화를 걸었다. 그리고 다시 식당으로 돌아와 재미있는 얘기를 하며 손님들을 즐겁게 했다. 그동안 시종들이 테이블을 치우기 시작했다.

그와 동시에 음식 배달원이 몇 대의 트럭에 요리를 싣고 왔고, 마치 요술이라도 하듯 갖가지 음식이 그들 앞에 나타났다. 쿠스쿠스(으깬 밀로 만든 북아프리카 음식), 새끼 양 산적구이, 쌀밥과 토스트 치킨을 생선과 함께 담은 큰 접시, 그 뒤 사탕과자와 치즈, 그리고 신선한 과일들이 먹음직스럽게 차려졌다.

엘리자베스를 제외한 모든 사람이 맛있게 먹었다. 엘리자베스만은 기분이 언짢아 아무것도 먹을 수가 없었다. 그녀가 리스 쪽으로 눈길을 돌릴 때마다 그는 공모자와 같은 눈으로 엘리자베스를 쳐다보았다. 엘리자베스는 그 이유를 묻는다 해도 대답할 수 없지만, 리스가 그녀의 실수를 목격했을 뿐만 아니라 그곳에서 구해준 것에 대해 수치심마저 느껴졌다.

파티가 겨우 끝나고 한밤중이 지나 마지막 손님이 아쉬운 듯이 떠나가자 엘리자베스와 샘과 리스는 거실로 들어갔다.

리스가 브랜디를 따랐다.

엘리자베스는 깊은 숨을 내쉬며 아버지에게 말했다.

"정말 죄송해요. 만일 리스가 없었더라면······."

"다음에는 틀림없이 잘할 수 있겠지?"

샘은 무표정하게 말했다.

샘이 말한 대로였다. 그 이후 파티를 열 때마다 참석자가 4명이든 10명이든 엘리자베스는 미리 손님에 관해 연구해서 그들이 무엇을 좋아하는지, 무엇을 싫어하는지, 무엇을 즐겨 먹는지, 무엇을 마시는지, 어떤 종류의 오락을 좋아하는지를 모두 조사했다. 그리고 한 사람씩 카드를 만들어 보관해두었다.

손님들은 좋아하는 브랜디와 와인, 잎담배가 자기를 위해 마련되어 있다는 것을 알게 되었고, 엘리자베스가 일에 관해서도 제법 이야기 상대가 되는 것을 알고는 즐거워했다.

리스는 거의 모든 파티에 참석하곤 했지만 언제나 그 지방에서 제일 아름다운 미녀와 함께였다. 엘리자베스는 그 아가씨들을 모조리 증오했다. 그녀는 그 아가씨들의 흉내를 내보기도 했다. 만일 리스가 머리를 위로 말아 올린 아가씨를 데려오면 엘리자베스도 같은 헤어스타일로 고쳤다. 리스의 상대와 같은 드레스를 입고 똑같이 행동하려고 했다. 그러나 무엇을 하든 리스는 전혀 반응이 없었다. 알아차리지도 못하는 것 같았다. 엘리자베스는 맥이 풀려 차라리 원래의 자기 모습으로 있는 편이 낫겠다고 생각했다.

그녀가 21세가 되는 생일날 아침, 아침식사를 하러 아래층으로 내려가자 샘 로페가 말했다.

"오늘 밤 상영하는 영화 관람권을 사오도록 해라. 그리고 '트웬티원'에서 식사하도록 하자."

엘리자베스는 아버지가 자신의 생일을 기억해준 것이 너무도 고맙고 기뻤다. 아버지가 덧붙여 말했다.

"모두 열두 명이다. 우리는 오늘 밤 볼리비아와 새로운 계약을 검토하게 될 거다."

그녀는 자기 생일에 대해서는 말하지 않았다. 전에 다니던 학교 친구들에게서 몇 통의 카드가 와 있었지만 그것뿐이었다.

그런데 저녁 6시경 굉장히 큰 꽃다발이 배달되었다. 엘리자베스는 아버지가 보낸 것이 틀림없다고 생각했다. 그러나 카드에는 '아름다운 숙녀의 기쁜 생일을 축하하며'라고 적혀 있었고, '리스'라고 사인이 되어 있었다.

그녀의 아버지는 그날 밤 7시에 극장으로 가기 위해 집을 나섰다. 그는 꽃이 보내져 온 것에 의례적인 말투로 말했다.

"애인이라도 생겼냐?"

엘리자베스는 '생일 선물이에요'라는 말이 목구멍까지 나왔지만, 말해봤자 소용이 없는 일이라고 생각하며 참았다.

그녀는 아버지를 배웅한 다음 오늘 밤을 어떻게 지낼까를 생각했다. 21세는 대단히 중요한 나이인 것만 같은 생각이 들었다. 그것은 성장과 자유를 가진다는 것, 떳떳하게 한 여인이 되었다는 것을 의미했다. 그러나 그 마법의 날이 되어 보면 지난해나 지지난해와 조금도 다름이 없는 기분이었다. 아버지는 왜 자신의 생일을 기억하지 못할까? 만일 아들이었다면 기억을 했을까?

집사가 저녁식사에 대해 물어보러 왔지만 엘리자베스는 아무것도 먹고 싶지 않았다. 그녀는 고독했으며 왠지 따돌림 당한 느낌이 들었다. 자기 자신이 가련하게 생각되었는데, 이번 생일에 누구한테서도 축하 받지 못했기 때문만은 아니었다. 그녀는 지금까지 쭉 고독한 생일을 보냈고, 부모의 따뜻한 돌봄도 없이 외톨이로 성장해온 지난날을 회상해보았다.

그날 밤 10시에 그녀는 실내복을 입고 어두운 거실의 난로 앞에 앉아 있었다. 그때 "생일 축하해요."라는 소리가 들려왔다.

불이 켜지고 그곳엔 리스 윌리엄스가 서 있었다. 그는 엘리자베스에게 다가와 꾸짖는 듯한 말투로 말했다.

"생일을 이렇게 보낼 수 있습니까? 21세의 생일은 일생에 단 한 번뿐인데!"

"저…… 당신은 오늘 밤 아버지와 함께 있을 줄 알았어요."

엘리자베스는 당황해하며 말했다.

"함께 있었죠. 그렇지만 아버님한테 당신이 혼자 집에 있다는 말을 들었어요. 어서 옷을 갈아입으세요. 이제부터 밖에 나가서 맛있는 식사를 합시다."

엘리자베스는 고개를 저으며 그의 동정어린 초대를 받아들이지 않았다.

"고맙지만, 리스. 전…… 조금도 배가 고프지 않아요."

"나는 배가 고파요. 5분간 기다릴 테니 옷을 갈아입고 나오세요. 싫다면 강제로라도 끌어내고 말 거예요."

두 사람은 롱아일랜드의 스낵바에서 햄버거와 스튜, 엷게 저민 양파프라이를 먹고 루트 맥주를 마셨다.

엘리자베스는 이곳에서의 식사가 '맥심'에서보다 훨씬 맛있게 느껴졌다. 리스에게 집중하다 보니, 그가 왜 그리도 여자들에게 인기가 있는지 조금이나마 알 수 있을 것 같았다. 그것은 핸섬하기 때문만은 아니었다. 그는 진심으로 여자를 좋아했고 여자와 함께 있는 것을 즐거워했다.

자신은 특별한 여성이라는 것, 그리고 그는 세상에서 누구보다도 자기와 함께 있고 싶어 한다는 것을 느끼게 했다. 따라서 모든 여자들이 그를 사랑하게 되는 것은 당연한 일이라고까지 생각되었다.

리스는 웨일즈에서의 소년 시절 이야기를 들려주었다. 아주 재미있고 스릴이 넘쳤다.

"나는 집을 뛰쳐나왔어요. 모든 것을 많이 보고 싶고, 해보고 싶다는 갈망이 있었기 때문입니다. 나는 내가 만난 사람들처럼 되고 싶었어요. 나 자신만으로는 만족할 수 없었지요. 그런 기분을 이해할 수 있겠어요?"

그녀로서는 알 바가 아니었다.

"나는 공원이나 해안에서 일했어요. 어느 해 여름, 여행자를 코러클에 태워 로실리로 내려가는데……."

"잠깐요!"

엘리자베스가 말을 가로막았다.

"로실리가 뭐죠? 그리고 코러클은 또 뭐예요?"

"로실리는 위험한 여울이 많고 파도가 거칠어, 물살이 빠른 강을 말해요. 코러클이란 것은 고대의 카누인데, 로마시대 이전부터 사용되던 것으로 얇은 판자와 물이 새지 않는 동물 가죽으로 만든 거예요. 당신은 웨일즈에 가본 적이 있나요?"

그녀는 고개를 저었다.

"아마 그걸 봤다면 마음에 들었을 겁니다."

그녀도 그럴 거라고 생각했다.

"니스 계곡에 있는 폭포는 세계에서 가장 아름다운 경치 중 하나죠. 그밖에 전망이 좋은 아베라이디, 카브디, 포스클레이, 키르케티, 그리고 랑그움……."

그의 입에서 말들이 리듬처럼 흘러나왔다.

"몹시 야성적이고 마법과 같은 경이로운 지방들입니다."

"그런데도 당신은 웨일즈를 버렸군요."

"갈망 때문입니다. 나는 온 세계를 내 것으로 하고 싶었어요."

리스는 그녀에게는 말하지 않았지만, 그러한 갈망은 지금도 그의 마음속에 여전히 남아 있었다.

그로부터 3년 동안 엘리자베스는 그의 아버지에게 없어서는 안 될 존재가 되었다. 그녀의 일은 아버지의 생활을 쾌적하게 만들고, 무엇보다도 그에게 중요한 사업에 전념할 수 있도록 했다.

일상의 잡다한 일들은 모두 엘리자베스에게 맡겨졌다. 그녀는 하인을 고용하거나 파면시키기도 했으며, 아버지의 필요에 따라 여러 곳에 있는 집을 개방하거나 닫아놓기도 했고 아버지의 손님을 접대하기도 했다.

그뿐만 아니라 그녀는 아버지의 눈이 되고 귀가 되기도 했다. 사람들과의 회합이 있은 다음, 샘은 엘리자베스에게 상대의 인상을 묻거나 자신이 어떤 특별한 행동을 취한 이유를 설명하기도 했다. 그녀는 아버지가 몇천 명이나 되는 사람들의 생활을 좌지우지하고, 몇억 달러의 돈이 움직이는 것을 지켜보았다. 나라의 원수들이 샘 로페에게 공장 개설을 청원하기도 하고, 혹은 폐쇄를 탄원하는 것도 그녀는 보았다.

언젠가 엘리자베스는 그런 회견이 있은 후, 이렇게 말했다.

"믿어지지가 않아요. 마치 아빠가 여러 나라를 지배하고 있는 것 같아요."

아버지는 웃으며 대답했다.

"로페 앤드 선즈의 수입은 웬만한 국가들의 수입보다 많단다."

아버지를 수행하는 여행에서 엘리자베스는 먼 사촌들이나 그들의 남편과 아내 등 로페 일가의 사람들과 사귀며 친숙하게 지낼 기회를 가질 수 있었다.

엘리자베스는 소녀시절에도 그들이 아버지를 찾아왔을 때나 학교의 짤막한 휴가를 이용해서 그녀가 그들을 방문했을 때 일가친척들과 얼굴을 마주한 적이 있었다.

로마의 시모네타와 이보 팔라치와 함께 있는 시간은 정말 즐거웠다. 그것은 그들이 개방적이어서 거리낌 없이 가까이 할 수 있었고, 또한 이보가 엘리자베스를 항상 성숙한 여성으로 대해주었기 때문이었다. 이보는 이탈리아 로페 앤드 선즈의 사장으로, 좋은 실적을 거두고 있었다. 엘리자베스는 그녀의 동창생이 그와 만난 인상을 이렇게 말한 것을 회상했다.

"네 사촌의 어떤 점이 마음에 들었는지 알아? 따사로움과 친절한, 그리고 어떤 알 수 없는 매력이 있어. 그에게는……."

따사로움과 친절함, 그리고 어떤 알 수 없는 매력, 그것이 바로 이보였다.

파리에는 엘렌 로페 마르텔과 그녀의 남편인 샤를이 있었다. 엘렌은 언제나 엘리자베스에게 친절하기는 했지만 엘리자베스가 도저히 깨버릴 수 없는 차가운 껍질을 가지고 있었다. 샤를은 프랑스 로페 앤드 선즈의 사장이었다. 그는 유능하기는 했지만 아버지의 말에 의하면 의욕이 부족하다고 했다. 명령에는 따르지만 적극성이 없었다. 그래도 그의 회사는 매우 좋은 실적을 올리고 있어서 샘은 그를 경질하지 않고 있었다. 엘리자베스의 느낌으로는 회사의 실적은 그의 아내인 엘렌 로페 마르텔과 크게 관계가 있는 것 같았다.

엘리자베스는 독일의 사촌인 안나 로페 가스너와 그녀의 남편인 월터를 좋아했다. 안나 로페가 신분이 다른 남자와 결혼했다는 소문을 엘리자베스는 기억하고 있었다. 월터 가스너는 자기보다도 훨씬 연상인 매력도 없는 여인과 돈 때문에 결혼한 무능한 사람이라는 평판을 받았다. 그러나 엘리자베스는 안나 로페에게 매력이 없다고는 생각하지 않았다. 안나는 내성적이고 감수성이 예민했으며 소극적이어서 약간 세상을 두려워하는 것처럼 보였다.

엘리자베스는 월터도 한눈에 좋아하게 되었다. 영화 스타 같은 고전적인 미모를 가지고 있었지만 교만하거나 엄숙한 사나이 같아 보이지는 않았다. 그는 진정으로 안나를 사랑하고 있는 것 같았으며 엘리자베스는 그에 관한 잔혹한 얘기를 믿지 않았다.

모든 사촌 형제 가운데 엘리자베스가 가장 좋아하는 사람은 알렉 니콜스 경이었다. 그의 모친이 로페 가 출신으로, 그녀는 준 남작인 조지 니콜스 경과 결혼했다. 엘리자베스가 어떤 곤란한 일이 생길 때 상의하는 것은 언제나 알렉이었다.

아마도 알렉의 감수성과 상냥한 성품 때문이겠지만 소녀시절의 그

너에게 그는 언제나 동료처럼 생각되었다. 알렉은 항상 그녀를 동등하게 대해주었으며 어떠한 조력이나 충고도 마다하지 않았다.

엘리자베스는 심한 절망에 빠져 가출을 결심하게 되었을 때의 일을 회상해보았다. 그녀는 짐을 챙겨놓고 런던에 있는 알렉에게 이별의 인사를 하기 위해서 전화를 걸었다. 알렉은 회의 도중이었지만 전화를 받아 엘리자베스와 1시간 이상이나 이야기를 나누었다. 전화를 끝냈을 때 엘리자베스는 아버지를 용서하고 좀 더 참아볼 생각을 하게 되었다. 알렉 니콜스 경은 그런 인품을 지닌 사람이었다. 그러나 아내인 비비안은 달랐다. 알렉은 관대하며 동정심이 많았지만 비비안은 이기적이고 남의 마음을 헤아릴 줄 몰랐다. 엘리자베스는 그녀만큼 제멋대로 사는 여인을 본 적이 없었다.

몇 년 전에 그로스터서에 있는 니콜스의 별장에서 주말을 보내고 있을 때, 엘리자베스는 혼자 피크닉에 나섰다. 비가 내리기 시작해서 그녀는 예정보다 일찍 돌아왔다. 뒷문으로 들어가 복도를 걸어가는데 서재에서 큰소리로 말다툼하는 소리가 들려왔다.

"애 보는 게 이제 진절머리가 나요. 오늘 밤부터 당신이 직접 소중하고 귀여운 사촌을 돌봐주면 되잖아요. 나는 런던으로 가겠어요. 약속이 있어요."

비비안이 말했다.

"약속을 취소해. 그 애는 이제 단 하루밖에 여기 있지 않을 거야. 그렇게 되면……."

"싫어요, 알렉. 나는 다른 남자와 마음껏 즐기고 싶어요. 오늘 밤은 그런 기회예요."

"무슨 소릴 하는 거야!"

"말려도 소용없어요! 무슨 짓을 하든 내 마음대로 할 거니까요."

그 순간 엘리자베스가 피하기도 전에 비비안이 서재에서 뛰쳐나왔다. 그녀는 충격을 받은 엘리자베스의 얼굴을 힐끗 쳐다보고는 아무 일도 없었던 것처럼 이렇게 말했다.

"벌써 돌아왔니?"

그러고는 그대로 이층으로 달려 올라갔다.

알렉이 출입문에 서 있었다. 그는 상냥하게 말했다.

"들어와, 엘리자베스."

그녀는 망설이며 서재로 들어갔다. 알렉의 얼굴은 난처한 나머지 붉어졌다. 엘리자베스는 그를 위로해주고 싶은 마음으로 가득 차 있었지만 뭐라고 해야 좋을지 알 수 없었다.

알렉은 커다란 테이블이 있는 곳으로 걸어가서 파이프를 들어 담배를 재고 불을 당겼다. 엘리자베스에게는 그것이 몹시 긴 시간처럼 느껴졌다.

"비비안을 이해해주렴."

"저하고는 상관없는 일이지만요. 저는……."

엘리자베스가 말했다.

"관계가 없을 리가 없다. 우리는 친척이니까. 그녀를 나쁜 여자라고 생각하지 말아줬으면 좋겠다."

엘리자베스는 자기 귀를 의심했다. 방금 믿어지지 않는 장면이 있었는데도, 알렉은 아내를 감싸주고 있는 것이다.

"결혼생활에서는 때때로 남편과 아내가 각기 다른 욕구를 가질 때가 있단다."

알렉은 그렇게 말하고 입장이 난처한 듯 입을 다물고 알맞은 말을 찾고 있었다.

"너에게 비비안을 책하지 말라고 하는 것은 내가…… 그녀가 요구하는 것을 충족시켜 주지 못하기 때문이지. 그녀가 나쁜 것이 아니기 때문이란다."

엘리자베스는 자신을 억제하지 못하고 물었다.

"비비안은 다른 남자와 자주 어울리나요?"

"안 됐지만 그런 것 같다."

엘리자베스는 어이가 없었다.

"왜 이혼하지 않으시죠?"

그는 여느 때처럼 상냥한 웃음을 보였다.

"이혼할 수는 없어. 그녀를 사랑하고 있거든."

다음날 엘리자베스는 학교로 돌아왔다. 그 후 그녀는 다른 그 어느 사촌들보다도 알렉에게 친밀감을 갖게 되었다.

엘리자베스는 최근 아버지의 일이 걱정되었다. 그가 뭔가 골똘히 생각하며 걱정하는 것 같았지만 그것이 무엇인지 엘리자베스로서는 짐작할 수 없었다. 그녀가 그것에 관해 묻자 아버지는 대답했다.

"정리해야 할 일이 조금 있을 뿐이다. 곧 얘기하게 되겠지."

그는 비밀을 자기 가슴 속에만 간직하고 있어서 엘리자베스로서는 그의 비밀서류에 접촉할 수가 없었다. 아버지가 그녀에게 "내일 샤모니로 가 산에 오를 작정이다."라고 말했을 때 엘리자베스는 기뻤다. 아버지에게는 휴식이 필요하다고 생각되었기 때문이다. 아버지는 부쩍 야위었고 안색도 창백해서 매우 초췌해보였다.

"예야챙놓을게요."

엘리자베스가 말했다.

"괜찮다, 벌써 다 돼 있단다."

그것은 아버지답지 않았다. 그는 다음날 아침 샤모니에 등정했다. 그것이 엘리자베스가 아버지를 본 마지막 모습이었다. 그는 두 번 다시 그녀 곁으로 돌아오지 않았다.

엘리자베스는 지금까지의 일을 회상하며 어두워진 침실에 누워 있었다. 아버지의 죽음이 실감나지 않았다.

그는 로페 가의 마지막 사람이었다……. 그녀를 제외하고 이제부터 회사는 어떻게 될까? 아버지는 주식의 과반수를 가지고 있었다. 그 주식을 아버지는 누구에게 남겼을까. 그녀는 궁금했다.

엘리자베스는 그 답을 다음날 늦게 샘의 변호사가 나타났을 때 비로소 알게 되었다.

"아버님의 유언장 사본을 가져왔습니다. 이같이 몹시 비통한 때에 실례인지 모르지만 빨리 알려드리는 것이 좋겠다고 생각했습니다. 아가씨는 부친의 유일한 유산 상속인입니다. 즉 로페 앤드 선즈 주식의 과반수는 당신의 소유가 되었습니다."

엘리자베스는 믿어지지 않았다. 아버지는 아마도 그녀가 회사를 마음대로 휘두를 것을 기대하지는 않았을 것이다.

"왜일까요? 왜 저에게?"

그녀는 되물었다.

변호사는 잠시 망설인 다음 말했다.

"로페 아가씨, 솔직하게 말씀드리겠습니다. 부친께서는 그리 많은 나이는 아니었습니다. 죽는다는 것은 아직 먼 훗날의 일로 생각했을 것입니다. 좀 더 나중에 다른 유언장을 만들어 회사의 경영을 맡길 인물을 지정할 작정이었음이 틀림없습니다. 아직 결단이 서지 않았을 것이란 얘기죠."

그는 어깨를 움츠려 보였다.

"그러나 이것은 하나의 추론에 불과합니다. 중요한 것은 회사의 지배권은 지금 아가씨의 수중에 있다는 것입니다. 그것을 어떻게 할지, 누구에게 양도할지를 결정하셔야 합니다."

그는 잠시 그녀의 반응을 살펴본 다음, 다시 계속했다.

"이제까지 이사회에 여성이 참석한 적은 없었습니다. …어쨌든 지금은 아가씨가 아버님의 뒤를 이어야 합니다. 이번 금요일에 취리히에서 이사회가 열립니다. 그곳에 참석하시겠습니까?"

아버지는 그녀가 참석하기를 원했을 것이다. 그녀의 고조부인 새뮤얼도 그러길 바랐을 것이다.

엘리자베스는 고개를 끄덕였다.

제2부

BOOK
TWO

죽음의 관람자

조그마한 임대 아파트 침실에서 영화가 촬영되고 있었다. 그곳은 알토 에스토릴의 꼬불꼬불하고 북적거리는 봄베이로스 거리의 뒷골목이었다.

방에는 네 사람이 있었다. 카메라맨, 침대 위의 배우 두 사람이었는데, 배우는 30대 남자와 풍만한 육체를 지닌 젊은 금발머리 아가씨였다. 그녀가 몸에 걸치고 있는 것은 목에 감은 빨간색 리본뿐이었다.

남자는 레슬링 선수처럼 떡 벌어진 어깨와 나무 술통처럼 뚱뚱하고 몸집이 큰 사나이로, 가슴에 털은 없었다. 그의 온몸은 몹시 뜨거웠다.

또 한 사람은 관람자로 검정 모자를 쓰고, 검은색 안경을 끼고 눈에 띄지 않는 곳에 앉아 있었다.

카메라맨이 의견을 구하려는 듯 관람자의 얼굴을 바라보자, 그는 고개를 끄덕였다.

카메라맨이 스위치를 누르자, 카메라가 돌아가기 시작했다.

"자, 됐어. 액션!"

여자는 남자의 온몸을 입으로 애무하기 시작하더니 갑자기 행동을 멈추고는 말했다.

"몸이 너무 뜨거워요!"

"다시 해!"

카메라맨이 명령했다.

남자는 몸을 아래로 내려 그녀의 허벅지 사이를 더듬었다.

"좀 살살해요."

여자가 화가 난 듯한 얼굴로 말했다.

"기분 좋은 것 같은데, 안 그래?"

"천만에요. 너무 뜨겁다고요."

남자의 성기가 그녀의 몸으로 들어가자, 관람자는 몸을 앞으로 쭉 내밀고 남자의 동작을 세심히 지켜보았다.

그때 여자가 말했다.

"천천히 해줘요."

관람자는 숨결이 거칠어지면서 침대 위의 장면을 응시했다. 이 아가씨는 세 번째로, 앞의 여자들보다 훨씬 아름다웠다. 그녀는 이제 좌우로 몸을 비틀면서 조그맣게 신음소리를 냈다.

"그만요!"

그녀는 헐떡이고 있었다.

"그만해요!"

그녀는 남자의 허리를 붙잡아 자기 몸 쪽으로 끌어당겼다. 남자는 더 빨리 피스톤 운동을 했다. 그녀의 움직임도 빨라지더니 마침내 남자의 등을 손톱으로 긁었다.

그녀는 신음했다.

"정말 좋아요!"

카메라맨은 관람자 쪽을 보았다. 그는 검은색 안경 속에서 눈빛을 반짝이며 고개를 끄덕였다.

"지금이야!"

카메라맨은 침대 위의 사나이에게 소리를 질렀다.

미칠 듯한 희열에 몸을 내맡기고 있는 여자에게는 그 소리조차 들리지 않았다. 그녀의 얼굴이 격렬한 황홀경으로 채워지고 몸이 경련을 시작했을 때, 남자의 육중한 두 손이 그녀의 목을 꽉 잡아 숨을 쉴 수 없도록 조이기 시작했다. 여자는 영문을 모른 채 남자를 올려다보았다. 그녀가 갑자기 그 이유를 알아채자, 두 눈에 공포의 빛이 역력히 떠올랐다.

관람자는 마음속으로 외쳤다.

'이 순간이다! 아! 여자의 눈을 보라!'

눈은 공포로 크게 열려 있었다. 그녀는 목을 누르고 있는 손을 떼어내려고 발버둥을 쳤지만 허사였다. 그녀의 클라이맥스는 아직도 계속되고 있어서 오르가슴의 감미로움과 단말마적인 경련이 하나로 섞였다.

관람자의 몸은 땀에 흠뻑 젖어 있었다. 참을 수 없는 흥분이었다. 가장 강렬한 쾌락의 절정에서 죽어가는 여자가 죽음을 응시하고 있었다. 뭐라고 표현할 수 없는 장면이었다.

모든 것이 끝났다. 관람자는 환희에 몸을 부들부들 떨더니 심호흡을 하면서 앉아 있었다. 여자는 벌을 받은 것이다.

관람자는 신이 된 것 같은 기분이 들었다.

이사회의 압력

취리히

9월 16일 금요일, 정오

로페 앤드 선즈의 세계 본사는 취리히 서부 교외의 스프레텐바하 거리에 면한 60에이커의 대지를 차지하고 있었다. 사무실 빌딩은 12층의 현대식 유리 건물로, 줄지어 서 있는 연구소, 공장 실험실, 계획부 건물 등이 철도 진입선을 내려다보며 서 있었다. 그것은 광대한 로페 앤드 선즈 제국의 두뇌중추였다.

로비는 녹색과 흰색으로 꾸며져 있었고, 가구는 전부 덴마크제로 장식되어 있었다. 전체적으로 지극히 현대적인 감각이 돋보였다.

접수계원은 유리 책상 너머에 앉아서 빌딩 안으로 들어가는 손님에게 안내원을 붙여주었다. 로비의 오른쪽 구석에는 엘리베이터가 나란히 설치되어 있었는데, 그중 하나는 사장 전용의 급행이었다.

이날 아침, 전용 엘리베이터는 이사회의 멤버가 사용했다. 그들은 전 세계 각지에서 비행기나 열차, 헬리콥터, 리무진 등으로 몇 시간 전부터 차례차례 도착했다. 그들은 지금 천장이 높고, 넓은 거울로 장식되어 있는 회의실에 모였는데 알렉 니콜스 경, 월터 가스너, 이보 팔라치, 샤를 마르텔 등이었다. 이 회의실 안에서 이사회의 일원이 아닌 사람은 리스 윌리엄스뿐이었다.

과자와 음료수가 사이드보드 위에 놓여 있었지만 손을 대는 사람은 아무도 없었다. 그들은 긴장과 동시에 흥분해 있었으며, 각자 뭔가 골똘히 생각하고 있는 것 같았다.

40대 후반의 유능한 스위스 여성인 케이트 얼링이 방에 들어왔다.

"로페 양의 차가 도착했습니다."

모든 것에 실수가 없는지 확인하기 위해 그녀는 방 안을 둘러보았다. 펜, 메모지, 온수 병, 담배, 재떨이, 성냥……

케이트 얼링은 15년 동안 샘 로페의 비서로 근무해오고 있었다. 그가 죽었다고 해서 지금 당장 이 자리를 그만두어야 할 이유는 없었다. 그녀는 만족스럽게 고개를 끄덕이고는 방을 나갔다.

사무실 빌딩 앞에는 엘리자베스 로페가 리무진에서 내리고 있었다. 그녀는 검정 테일러드 복장에 흰 블라우스를 입고 있었다. 화장은 거의 하지 않은 채였고, 얼굴이 핼쑥해서 24세의 나이보다 훨씬 어려 보였다.

보도진은 그녀가 어서 나타나기만을 기다리고 있었다. 그녀가 빌딩 안에 들어서자 카메라와 마이크를 든 텔레비전과 라디오 방송국 기자, 그리고 신문기자들이 취재 경쟁을 벌였다.

"미스 로페, '레우로페오' 기자입니다. 설명을 부탁드립니다. 회사 경영은 앞으로 누가 맡게 됩니까?"

"로페 양, 이쪽을 봐주세요! 우리 독자들에게 웃는 얼굴을!"

"미스 로페 'AP 통신'입니다. 아버님의 유언 내용은 무엇입니까?"

"뉴욕의 '데일리 뉴스'입니다. 부친께서는 등산의 베테랑이셨잖습니까. 조난 원인은 뭐라고 생각하십니까?"

"'월 스트리트 저널' 기자입니다. 회사의 경영 상태에 관해 알고 싶은데요."

"'런던 타임스'입니다. 우리 회사는 로페 앤드 선즈의 특집 기사를 계획하고 있었습니다."

엘리자베스는 세 명의 보디가드에 둘러싸여 보도진의 물결을 헤치면서 로비로 들어섰다.

"자, 잠깐 사진을, 미스 로페!"

그러나 엘리자베스는 이미 엘리베이터를 타고 있었고 문이 닫혔다. 그녀는 심호흡을 하고 나니 몸서리가 쳐졌다.

'아버지는 이미 이 세상에 존재하지 않는다. 그런데 왜 사람들은 나를 그냥 내버려두지 않는 걸까?'

몇 초 후 엘리자베스는 회의실로 들어갔다. 처음으로 그녀를 맞이한 것은 알렉 니콜스 경이었다. 그는 주저주저하며 그녀에게 팔을 두르고는 말했다.

"정말 안됐구나, 엘리자베스. 우리 모두에게 크나큰 충격이다. 비비안과 내가 너에게 전화를 걸었지만……."

"알고 있어요. 고마워요, 알렉. 편지도 주셔서 고맙고요."

이보 팔라치가 다가와 그녀의 양 볼에 키스를 했다.

"뭐라고 위로의 말을 해야 할지 모르겠구나. 건강은 좀 어떠냐?"

"좋은 편이에요. 고마워요, 이보."

그러고는 그녀는 샤를 쪽으로 향했다.

"샤를 안녕하세요?"

"네 당고모 엘렌과 내게도 타격이 컸단다. 우리가 할 수 있는 일이 있다면 뭐든……."

"고마워요."

월터 가스너는 엘리자베스에게 다가가서 어색하게 말했다.

"아버님의 불상사에 대해 안나와 나는 애석하게 생각하고 있단다."

엘리자베스는 머리를 치켜세운 채 고개를 끄덕였다.

"고마워요, 월터."

그녀는 아버지를 생각나게 해주는 사람들로 둘러싸여 있는 이곳에서 더 이상 머물고 싶지 않았다. 어서 여기를 빠져나가서 혼자 있고 싶었다.

리스 윌리엄스는 가장자리에 떨어져 서서 엘리자베스를 지켜보았다. 사람들이 더 접근하면 그녀는 울음을 터뜨릴 것 같은 생각이 들어서 그는 일부러 다른 사람들을 밀치고 손을 내밀면서 말했다.

"어서 와요, 엘리자베스."

"안녕하세요, 리스 씨?"

그녀가 최근에 그를 만난 것은, 아버지의 사망을 집으로 알리러 왔을 때였다. 그것은 수년 전의 일 같기도 했고, 몇 초 전의 일인 것 같기도 했다. 그러나 실제로는 일주일 전의 일이었다.

엘리자베스가 열심히 평정을 되찾으려고 노력하고 있음을 알아채고 리스는 이렇게 말했다.

"이제 전부 모이셨습니까? 시작하십시다."

리스는 엘리자베스를 안심시키려는 듯 미소를 지었다.

"오래 걸리지 않을 겁니다."

그녀도 그에게 미소를 보냈다. 임원들은 커다란 장방형의 오크 테이블의 늘 앉는 자리에 앉았고, 리스는 엘리자베스를 상석으로 안내하고는 의자에 앉도록 해주었다. 그 의자는 아버지의 것이었다. 샘은 늘 그 자리에 앉아 회의를 주재했었다.

샤를이 먼저 입을 열었다.

"자, 그럼 지금부터……."

그는 말을 중단하고는 알렉 쪽을 바라보았다.

"당신이 맡아주겠소?"

알렉은 모두를 둘러보았다. 모두들 작은 목소리로 찬성했다.

"그럼 제가……."

알렉이 눈앞의 버튼을 누르자, 케이트 얼링이 노트를 들고 나타났다. 그녀는 손을 뒤로 해서 문을 닫고, 등이 높은 의자를 꺼내 앉고는 노트를 펼쳤다.

알렉이 말했다.

"이런 상황이니 형식은 생략해도 된다고 생각합니다. 우리 모두가 중대한 손실을 입었습니다. 그러나……."

그는 변명하려는 듯이 엘리자베스를 쳐다보았다.

"지금 중요한 것은 로페 앤드 선즈가 건재하다는 것을 세상에 보여 주는 일입니다."

"그렇소. 우리는 요즘 매스컴으로부터 호되게 두들겨 맞고 있기 때문에라도……."

샤를이 분통터진다는 듯이 말했다.

엘리자베스가 샤를에게 시선을 던지며 물었다.

"어째서요?"

그러자 리스가 설명했다.

"우리 회사는 지금 크나큰 문제를 몇 가지 안고 있습니다. 번거로운 소송에 걸려 있고, 정부의 조사를 받고 있으며 은행으로부터 대부금 변제 압력을 받고 있습니다. 곤란한 것은 이 모든 일이 우리 회사의 이미지를 나쁘게 만들고 있다는 데 있습니다. 대중이 제약회사의 제품을 사는 것은 그것을 만드는 회사를 신용하고 있기 때문입니다. 우리가 그 신용을 상실하면 고객도 잃게 됩니다."

이보 팔라치가 엘리자베스를 안심시키려고 한마디 했다.

"우리에게 해결이 불가능한 문제는 없소. 중요한 것은 즉각 회사를 재정비하는 일이오."

"어떻게요?"

엘리자베스가 물었다.

그러자 이번에는 월터가 대답했다.

"우리의 주식을 일반인들에게 팔아버리는 겁니다."

샤를이 보충 설명을 했다.

"팔기만 하면 은행의 대부금은 전부 변제할 수 있고, 더구나 충분한 여유 자금도 생길 테니까……."

그는 말끝을 얼버무렸다.

엘리자베스는 알렉을 바라보았다.

"당신도 같은 의견인가요?"

"모두들 똑같은 의견이라고 생각한다, 엘리자베스."

그녀는 의자에 깊숙이 고쳐 앉아 생각에 잠겼다. 리스가 서류를 들고 자리에서 일어나 엘리자베스 쪽으로 왔다.

"필요한 서류는 준비해두었습니다. 당신은 사인만 하면 됩니다."

엘리자베스는 앞에 놓인 서류를 흘끗 쳐다보았다.

"내가 사인하면 어떻게 되는 거죠?"

샤를이 분명하게 말했다.

"우리는 국제적인 중개업자로부터 회사의 주식을 인수할 조합을 만들 준비를 해두었단다. 그들은 우리가 서로 합의한 가격으로 매각을 보장할 것이다. 이번처럼 대량 매물인 경우, 개인뿐만 아니라 법인이 매입하기도 할 테니까 말이다."

"은행이나 보험회사 같은?"

엘리자베스가 묻자, 샤를이 고개를 끄덕였다.

"그들이 매입한다면 그쪽 사람들을 이사회에 보내오겠군요?"

"그렇게 하겠지."

"그럼 실제로는 그들이 로페 앤드 선즈를 지배하는 셈이군요."

"우리도 이사회에 남게 된단다."

이보가 곧바로 말참견을 했다. 엘리자베스는 샤를을 바라보았다.

"당신 얘기로는 중개업자 조합이 행동에 옮길 준비를 해놓고 있다고 했죠?"

샤를이 고개를 끄덕였다.

"그럼 왜 행동에 옮기지 않았나요?"

샤를은 이상하다는 듯이 그녀를 쳐다보았다.

"무슨 뜻인지 모르겠구나."

"회사의 최선책이 주식을 우리 가족의 손에서 외부인들의 손으로 넘기는 것이라고 전원 의견을 모았다면, 왜 지금까지 그렇게 하지 않았습니까?"

서먹서먹하고 어색한 침묵이 계속되었다.

마침내 이보가 입을 열었다.

"서로의 승낙이 필요한 거란다, 엘리자베스. 이사들 중에서 한 사람도 빠짐없이 모두 동의해야 하거든."

"누가 동의하지 않았나요?"

이번에는 아까보다 더 긴 침묵이 계속되었다.

마침내 리스가 발언을 했다.

"아버님께서 반대하셨습니다."

그때서야 비로소 엘리자베스는 이 방에 들어선 순간부터 마음에 걸렸던 것이 무엇인지 깨달아졌다. 그들은 모두 그녀의 아버지의 죽음에 대한 애도와 자기들의 충격과 슬픔을 말했었다. 그런데도 이 방 안에는 고조된 흥분이 넘치고 있었다. 그것은 좀 기묘한 느낌으로, 그녀의 마음속에 떠오른 말로 하자면 일종의 승리감에 젖어 있는 듯한 것이었다.

그들은 서류를 전부 작성하고 준비하는 등 만전을 기해놓고 있었다. 그리고 "너는 사인만 하면 되는 거야." 하고 기다리고 있었던 것이다. 그런데 그들이 바라고 있는 것이 옳았다면, 왜 그녀의 아버지는 반대를 했을까? 그녀는 그 의문을 입 밖으로 냈다.

"샘에게는 그 나름대로의 생각이 있었단다. 아버지는 때로는 정말 완고하셨거든……."

월터가 설명했다.

'아버지는 샤뮤엘 할아버지와 똑같은 생각을 하고 계셨나 보다.'

엘리자베스는 그렇게 생각했다.

'친절한 체하는 여우를 결코 우리 집 닭장에 넣어서는 안 된다. 여우는 언젠가 본성을 드러내기 마련이다.'

샘은 주식의 매각을 바라지 않았다. 거기에는 충분한 이유가 있었을 것이다.

이보가 한마디 했다.

"엘리자베스, 우리를 믿어라. 우리에게 일임하는 게 좋을 거야. 너는 이런 일은 잘 모르니까 말이다."

엘리자베스는 조용히 말했다.

"전 알고 싶어요."

"하지만, 넌 그럴 필요가 없어."

월터가 반대했다.

"주식을 팔면 너는 거액의 돈을 수중에 넣게 된다. 일생 동안 다 쓸 수 없을 정도로 말이다. 어디든 좋은 곳에 가서 즐기며 살 수 있어."

월터의 말은 지당했다. 왜 그녀는 골치를 썩이려는가? 눈앞의 서류에 사인만 하면 되는데 말이다.

샤를이 초조해하며 말했다.

"엘리자베스, 우리는 시간을 낭비하고 있을 뿐이란다. 너에게는 선택권이 있어."

엘리자베스가 선택의 여지가 있다는 것―아버지가 그랬었던 것처럼―을 안 것은 바로 그 순간이었다.

그녀는 지금 밖으로 나가버림으로써 회사를 그들 마음대로 운영하게 할 수도 있고, 이 방에 남아서 왜 그들이 이렇게까지 주식을 매각하는 데에 열심인지, 왜 그녀에게 압력을 가하는지 그 이유를 찾아낼 수도 있었다. 그녀는 압력을 느끼고 있었다. 그것은 확실히 피부에 와 닿을 정도로 강력한 것이었다. 방에 있는 모든 사람들이 그녀가 서류에 사인하기를 원하고 있었다.

엘리자베스는 리스가 어떻게 생각하고 있을지 궁금해서 그를 힐끗 쳐다보았다. 하지만 그의 표정에서는 아무것도 읽을 수가 없었다.

이번에는 케이트 얼링을 쳐다보았다. 그녀는 오랫동안 샘의 비서로 근무해왔다. 엘리자베스는 그녀와 둘이서만 얘기할 기회를 가졌으면 좋았을 거라고 생각했다.

모두가 엘리자베스를 응시하면서 그녀가 찬성하기를 기다리고 있었다.

"지금 당장은 사인을 하지 않겠어요."

그녀가 말했다.

놀람과 침묵의 순간이 이어졌다. 한참 뒤 월터가 말했다.

"무슨 소리야, 엘리자베스?"

그의 얼굴은 새파랗게 질려 있었다.

"사인하지 않으면 안 돼! 준비를 완전히 다 해놓았단 말이다."

샤를이 화난 목소리로 말했다.

"월터가 말한 그대로다. 사인을 해라."

모두가 동시에 호통을 치기 시작했다. 그 혼란스런 호통소리가 폭풍이 되어 엘리자베스를 덮쳤다.

"왜 사인을 하지 않겠다는 거냐?"

이보가 따지고 들었다. 하지만 엘리자베스는 차마 "아버지가 사인하지 않았으니까요. 당신네들이 나를 볶아대고 있으니까요."라고는 말할 수 없었다. 그녀는 어딘지 모르게 수상한 점이 있다고 본능적으로 느껴져서, 그것이 무엇인지 밝혀내기로 마음먹었다.

그래서 이번에는 "잠시 생각할 시간을 갖고 싶어요."라고만 말했다. 남자들은 서로 얼굴을 마주보았다.

"언제까지 시간을 갖는다는 거야?"

이보가 물었다.

"저도 아직은 모르겠어요. 회사 사정을 좀 더 알고 싶어요."

그러자 월터가 호통을 쳤다.

"뭐라고? 그때까지 기다리란 말이냐?"

그때 리스가 강한 어조로 말참견을 했다.

"저는 엘리자베스가 한 말이 지당하다고 생각합니다."

모두가 그를 쳐다보았다. 리스가 계속해서 말했다.

"엘리자베스가 회사의 당면 문제를 확실하게 이해한 다음에 결정해야 한다고 봅니다."

리스의 말을 모두들 마음속으로 소화시키고 있는 듯했다.

"나는 찬성이오."

알렉이 말했다. 그러나 샤를은 몹시 불쾌한 듯이 말했다.

"우리가 찬성을 하든, 하지 않든 똑같소. 엘리자베스가 지배권을 쥐고 있으니까……."

이보는 엘리자베스를 바라보았다.

"엘리자베스, 우리는 빨리 결정해주기를 바랄 뿐이다."

"그렇게 하겠어요."

엘리자베스는 약속했다.

그들은 모두 그녀를 응시하면서 각자 생각에 잠겼다. 그리고 그들 중 한 사람은 마음속으로 이렇게 생각하고 있었다.

'제기랄! 그녀도 역시 죽여야겠군.'

의혹

엘리자베스는 두려웠다.

그녀는 취리히 본사에 몇 번 온 적이 있었지만, 언제나 방문객의 자격으로 왔었다. 권력은 늘 아버지의 것이었는데 이제 그것은 그녀의 수중에 있었다.

넓은 사무실을 두루 훑어보니 엘리자베스는 왠지 자신이 가짜 사장인 것 같은 생각이 들었다. 방들은 에른스트 홀에 의해 아름답게 장식되어 있었다. 한쪽에는 렌트겐제 캐비닛이 있었고, 그 위에는 밀레의 풍경화가 걸려 있었다. 벽난로가 있었으며 그 앞에는 세무로 된 의자와 커다란 티 테이블, 그리고 네 개의 안락의자가 놓여 있었다.

주위의 벽에는 르누아르, 샤갈, 클레 그리고 2점의 초기 쿠르베의 그림이 걸려 있었다.

책상은 검은 마호가니로 만들어진 육중한 것이었다. 그 옆의 커다란 보조책상 위에는 통신 장치—각 나라 자회사와의 직통 전화—가 놓여 있었다.

그밖에 도청 방지기가 붙은 2대의 빨간 전화, 치밀한 세공을 한 인터컴 장치, 시세 표시기, 그 외 여러가지 장치들이 갖춰져 있었다. 그리고 책상 뒤에는 새뮤얼 로페의 초상화가 걸려 있었다.

사장 전용 문을 열면 히말라야 삼나무로 만든 장들과 많은 서랍이 달린 커다란 의상실이 있었는데, 누군가가 샘의 옷을 이미 다 치워놓은 것 같았다. 엘리자베스는 그것이 고맙게 생각되었다.

그녀는 대리석으로 된 욕조와 샤워시설이 갖추어진 욕실로 가보았다. 그곳에는 두툼한 새 터키 타월이 걸려 있었고 빈 약상자만 있을 뿐, 아버지가 평소 사용하던 자질구레한 일용품들은 아무것도 보이지 않았다. 아마 케이트 얼링이 정리해놓은 것 같았다.

엘리자베스는 문득 케이트와 아버지가 사랑하는 사이가 아니었을까 하는 생각이 들었다.

사장용 시설로서는 커다란 사우나탕과 제대로 설비가 갖추어진 실내체조장, 이발소, 100개의 좌석을 갖춘 식당 등이 있었다. 외국손님을 접대할 때는 테이블 가운데에 있는 장식 꽃무더기에 그 손님의 작은 국기가 꽂히게 된다. 그밖에 고상한 취향의 벽화로 장식된 사장의 개인용 식당이 있었다.

케이트 얼링은 엘리자베스에게 설명했다.

"낮에는 두 사람, 밤에는 한 사람의 요리사가 딸리게 됩니다. 점심이나 만찬에 12명 이상의 손님이 있을 때는 2시간 전에 알려놓아야 합니다."

엘리자베스는 서류나 메모, 통계와 보고서가 높이 쌓여 있는 책상 앞에 앉았지만 무엇부터 손을 대야 할지 종잡을 수가 없었다. 아버지의 책상과 의자에 앉아서 아버지를 생각하니 그 죽음이 견딜 수 없는 슬픔으로 그녀의 가슴을 짓눌렀다.

아버지는 일을 재치 있고 빠르게 처리하는 멋진 사람이었다. 그녀는 지금 아버지가 몹시 그리웠다.

알렉이 런던으로 돌아가기 전에 엘리자베스는 그와 잠깐 동안 만날 수 있었다.

"느긋하게 생각해라."

알렉은 그녀에게 충고했다.

"누구의 압력에도 굴해선 안 된다."

역시 그는 엘리자베스의 기분을 잘 알고 있었다.

"알렉, 회사의 주식 공개에 제가 찬성하는 것이 옳은 일일까요?"

그는 미소를 지으며 어색한 듯이 말했다.

"애석하지만 그렇게 생각되는구나. 우리 주식을 팔 수 없다면 어느 누구에게도 아무런 도움이 되지 못해. 이것은 네 결단 하나에 달려 있는 거야."

엘리자베스는 넓은 사무실에 혼자 앉아서 이 대화를 회상해보았다. 알렉에게 전화하고 싶은 생각이 굴뚝같았다. "생각이 달라졌어요."라고 하면 되는 것이다. 그리고 나가버리면 된다. 자신은 이곳에 있어야 할 사람이 아니라고 생각됐다. 그녀는 완전히 이 자리에 적합하지 않은 사람이라는 것이 느껴졌다.

보조 테이블 위에는 인터컴의 버튼이 쭉 늘어서 있었는데, 그중 리스 윌리엄스에게 연결된 버튼이 있었다. 엘리자베스는 잠시 생각한 다음 버튼을 눌렀다.

리스 윌리엄스는 엘리자베스와 마주앉았다. 그가 분명히 생각하고 있는 것, 그리고 그들 전부가 생각하고 있는 것을 엘리자베스는 분명히 알고 있었다. 그것은 그녀가 이곳에 있을 자격이 없다는 것이었다.

"오늘 아침 회의에서 당신은 완전히 우리를 놀라게 하셨습니다."

리스가 말했다.

"미안해요."

리스는 방긋 웃었다.

"놀라게 한 정도가 아닙니다. 당신은 모든 사람을 충격에 빠뜨렸어요. 만반의 준비가 되어 있었는데 말입니다. 신문 발표 준비도 되어 있었습니다."

순간, 그는 살피듯이 그녀를 쳐다보았다.

"엘리자베스, 왜 서명하지 않으려고 하죠?"

그것은 단순한 느낌, 직관에 따른 것이라고 어떻게 설명할 수 있단 말인가. 웃음거리가 될 게 뻔한 일이다. 그러나 아버지 샘은 로페 앤드 선즈의 주식 공개를 허락하지 않았다. 그녀는 그 이유를 반드시 알아야만 했다.

그녀의 마음을 간파한 듯이 리스가 말했다.

"새뮤얼 선조님은 동족 회사로서 외부인을 끌어들이지 못하게 규정지어 놓으셨지요. 하지만 당시는 작은 회사였고, 지금은 다릅니다. 세계에서도 유수한 대제약회사입니다. 부친의 의자에 앉을 사람은 모든 것에 최종 결단을 내리지 않으면 안 됩니다. 그것은 막중한 책임이기도 합니다."

그녀는 그의 얼굴을 보며 지금 그 얘기는 그녀에게 나가달라는 리스 식의 발언이 아닐까 하고 생각했다.

"저를 도와주시겠어요?"

"물론입니다."

그녀는 순간 안도의 숨을 내쉬었다. 그리고 자신이 얼마나 그를 의지하고 있었는지 깨닫게 되었다.

"제일 먼저, 나와 함께 이곳 공장을 둘러보기로 합시다. 이 회사의 조직을 알고 있습니까?"

리스가 말했다.

"잘 모르는데요."

그것은 사실이 아니었다. 엘리자베스는 수년 동안 아버지와 함께 많은 회의에 참석했기 때문에 로페 앤드 선즈의 경영에 관해 상당히 많은 지식을 가지고 있었다. 그러나 그녀는 그것을 리스의 입장에서 듣고 싶었다.

"엘리자베스, 우리가 만들고 있는 것은 약뿐만이 아닙니다. 화학제품이라든지 향료, 비타민과 헤어스프레이와 살충제도 만들고 있습니다. 화장품과 생물 전자공학 장치도 말입니다. 회사에는 식료품부도 있고 비료부도 있습니다."

엘리자베스는 그것들을 잘 알고 있었지만, 입 밖으로 내지 않았다.

"우리는 의사들에게 배포되는 잡지도 발행하고 있습니다. 접착제나 플라스틱 폭약도 제조하고 있어요."

그의 이야기에서 열기가 느껴졌다. 그 목소리에 자만심이 서려 있는 것도 느낄 수 있었다. 그 순간 아버지의 일이 생각났다.

"로페 앤드 선즈는 100개국 이상에 공장과 주식을 소유하고 있습니다. 그들 전부가 보고서를 제출하고 있습니다."

그는 그녀가 이 점을 잘 이해하고 있는지 확인하듯이 말을 끊었다.

"새뮤얼 선조님은 한 필의 말과 한 개의 시험관으로 일을 시작하셨습니다. 그것이 지금에 이르러서는 세계 각지에 60개의 공장과 10개의 연구센터를 가지게 되었습니다. 수천 명에 이르는 광고망과 판매망도 펼쳐놓고 있습니다."

의사들이나 병원을 방문하는 것은 그에 따른 세일즈맨이나 새로운 약품 선전요원이라는 것을 엘리자베스는 알고 있었다.

"작년에 미국에서만도 약이 140억 달러 이상이나 팔렸습니다. 그리고 우리 제품은 그 시장에서 커다란 몫을 차지하고 있습니다."

'그럼에도 불구하고 로페 앤드 선즈는 은행과 분규가 계속해서 일어나고 있다. 무슨 흑막이 있는 게 분명해.'

리스는 이어 엘리자베스를 본사 공장으로 안내했다. 취리히 본사에는 12개의 공장이 있었고, 60에이커의 땅과 75동의 건물이 있었다.

그것은 세계의 축소판이나 마찬가지였고, 완전히 자급자족하는 형태였다. 두 사람은 제조 공장과 연구소, 독물 실험소, 그리고 저장시설을 둘러보았다. 리스는 엘리자베스를 녹음 스튜디오에도 안내했는데 그곳에서는 연구용 영화나 제품 선전용 영화를 만들고 있었다.

"우리가 이곳에서 사용하고 있는 필름은 할리우드의 큰 영화사가 만드는 양보다도 많습니다."

리스가 설명했다.

두 사람은 분자 생물학부와 액체 센터도 둘러보았다. 액체 센터에서는 스테인리스 스틸에 유리를 내장한 거대한 50개의 탱크가 천장에 매달려 있었다. 그 속에는 곧 병에 충전시킬 수 있는 액체가 가득 들어 있었다.

그들은 정제 압축실에도 보았다. 그곳에서는 전혀 사람의 손을 빌리지 않고도 분말이 정제로 되어 나왔다. 그리고 일정한 크기로 되어 로페 앤드 선즈의 도장이 찍히고 포장되어 라벨이 붙여졌다.

그중 일부는 의사의 저방에 의해서만 팔리는 약이었고, 나중 것은 약국에서 자유롭게 구입할 수 있는 약이었다.

다른 건물과 떨어져 있는 곳에 몇 개 동의 건물이 있었다. 그곳에는 분석화학자, 생화학자, 유기화학자, 기생충 학자, 병리학자 등의 과학자들이 있었다.

"300명 이상의 과학자가 이곳에서 일하고 있습니다."

리스가 말했다.

"대부분은 약학박사입니다. 1억 달러짜리 방을 보여드릴까요?"

엘리자베스는 자못 구미가 당겨 고개를 끄덕였다.

그 비싼 방은 총을 가진 제복을 입은 경찰관이 지키고 서 있었고, 벽돌로 지은 독립된 건물 안에 있었다. 리스는 신분을 나타내는 패스포트를 보이고, 철문이 있는 긴 복도로 엘리자베스와 함께 들어갈 수 있도록 허락을 받았다.

경찰관은 두 개의 열쇠로 철문을 열었으며 리스와 엘리자베스는 그곳에 발을 들여놓았다. 그 방 안에는 창문도 없었으며 바닥에서 천장까지 선반들로 꽉 들어차 있었다. 선반에는 갖가지 종류의 병과 단지, 그리고 튜브가 가득 얹혀 있었다.

"이곳을 왜 1억 달러짜리 방이라고 하죠?"

엘리자베스가 물었다.

"여기 있는 것에 그만큼 많이 돈이 들었기 때문입니다. 선반 위의 저 합성물들이 모두 보입니까? 저것은 그 어느 것도 이름이 없고, 번호뿐입니다. 햇빛을 보지 못한 것들입니다. 실패한 약품들이지요."

"그런데 1억 달러씩이나……."

"한 개의 새로운 약품이 세상에 나올 때마다 약 1천 개의 합성물이 이곳에 저장되게 됩니다. 어떤 약은 10년 동안이나 실험을 계속한 끝에 폐기되었습니다. 단 하나의 약이라도 그것이 안 된다는 것을 알게 되기까지, 혹은 다른 회사에서 앞질러 나왔다는 것을 알 때까지 500만에서 1천만 달러의 연구비가 들 때가 있습니다. 그러나 우리는 그것들을 버리지는 않습니다. 그것을 우리의 우수한 청년들이 다시 연구해서 가치 있는 것으로 만들 가능성이 있기 때문입니다."

엘리자베스로서는 놀랄 만한 일이었다.

"자, 그럼 손실이 난 방을 보여드리죠."

그곳은 경비원이 없는 다른 건물 안에 있었는데, 다른 방들처럼 병이나 단지가 가득 들어 있는 선반이 있을 뿐이었다.

"우리는 여기에서도 막대한 손실을 보고 있습니다. 하지만 그것은 우리가 계획했던 일들입니다."

리스가 말했다.

"난 이해할 수가 없네요."

리스는 선반으로 다가가 하나의 병을 들어올렸다. 그 라벨에는 '보툴리누스균 중독(통조림 따위에 있는 독에 의해 생기는 중독)'이라고 적혀 있었다.

"작년에 미국에서 보툴리누스균 중독이 몇 건이나 있었는지 아십니까? 25건입니다. 하지만 이 약을 보존해두는 것에 우리는 몇백만 달러나 되는 비용이 들었습니다."

그는 손에 잡히는 병을 차례차례 들어올렸다.

"이건 광견병의 해독제입니다. 이 방에는 뱀에 물리거나 독물이 든 식물에 해를 입은 진기한 병을 치료하는 약이 가득 들어 있습니다. 우리는 사회사업의 일환으로 군대나 병원에 이것들을 무료로 제공하고 있습니다."

"좋은 일이에요."

엘리자베스가 말했다.

새뮤얼 선조님도 이 일을 찬성하리라고 그녀는 생각했다.

다음에 리스가 엘리자베스를 데리고 간 캡슐 방에서는 빈 병이 거대한 컨베이어 벨트에 의해 운반되고 있었다. 두 사람이 방의 반대쪽에 도달할 때까지 그 병들은 실균되어 캡슐이 채워지고, 라벨이 붙여졌으며 솜이 채워지고 뚜껑이 닫혔다. 이 모든 것이 자동으로 작동되고 있었다.

유리공장이나 새 건물을 설계하는 건축 센터와 토지를 입수하는 부동산 센터도 있었다. 어느 건물 안에는 많은 사람들이 50개국의 언어로 된 팸플릿을 인쇄기에 걸어 인쇄하고 있었다.

조지 오웰의 〈1984년〉을 생각하게 하는 것도 있었다. 살균실은 기분 나쁜 자외선 빛으로 조명되고 있었다. 인접한 방에 흰색과 녹색, 청색 등 갖가지 다른 색의 작업복을 입은 직원들이 근무하는 모습도 보였다.

그들은 방을 출입할 때마다 살균장을 통과해야만 했다. 청색 방의 작업원들은 하루 종일 밖으로 나갈 수가 없었다. 그들은 식사나 휴식, 화장실에 갈 때 중간에 있는 녹색지역으로 들어가서 다른 옷을 입어야만 했다. 그리고 돌아올 때는 그 반대 절차를 밟아야 했다.

"이번에 들를 방은 재미있어요."

리스가 말했다.

두 사람은 연구소 건물의 회색 복도를 걸어갔다. '관계자 외 출입금지'라고 적혀 있는 문 앞에 이르자, 리스는 그것을 밀어젖히고 엘리자베스와 함께 안으로 들어갔다.

그곳에는 어두컴컴한 방에 동물들을 가두어둔 우리가 가득 놓여 있었고, 몹시 후덥지근해서 엘리자베스는 갑자기 정글 속으로 끌려온 듯한 기분이 들었다.

그녀의 눈이 어둠에 익숙해짐에 따라 우리 안에는 원숭이와 햄스터, 고양이, 흰쥐들이 들어 있다는 것을 알게 되었다. 대부분의 동물들의 몸 여러 곳에 흉측한 돌기가 돋아나 있었다. 또 어떤 동물들의 머리는 깎인 채 뇌 속에 파묻힌 전극이 붙어 있었다. 비명을 지르거나 낮은 신음소리를 내며 우리 속을 뛰어다니는 것도 있었고, 멍청하고 나른한 모습으로 있는 것도 있었다. 소음과 악취는 참을 수 없을 정도였다. 마치 지옥과도 같았다.

엘리자베스는 흰 새끼 원숭이 한 마리가 들어 있는 우리로 다가갔다. 그 원숭이의 뇌는 노출되어 있었고, 투명한 플라스틱 커버로 싸여 있었으며 그곳에서 5~6가닥의 전선이 나와 있었다.

"이건 무엇 때문이죠?"

엘리자베스가 물었다.

우리 앞에서 뭔가를 기록하고 있던 키가 크고 수염을 기른 청년이 설명했다.

"새로운 진정제를 실험하고 있습니다."

"잘 들으면 좋을 텐데……. 저도 써보고 싶어요."

엘리자베스가 가냘픈 목소리로 말했다. 그리고 기분이 더 나빠지기 전에 얼른 방을 나섰다.

"괜찮겠습니까?"

복도에서 리스가 그녀에게 물었다. 그녀는 숨을 깊이 들이마셨다.

"네, 괜찮아요. 그런데 저런 것은 정말 필요한 건가요?"

"이런 실험으로 많은 사람의 목숨이 구원을 받게 되는 것입니다. 1950년 이후 태어난 인간의 3분의 1은 새로운 약 덕분에 살고 있습니다. 그것을 상기해주십시오."

리스가 대답하자, 엘리자베스는 조용히 생각에 잠겼다.

엘리자베스는 공장의 주요 시설을 시찰하는 데만 꼬박 6일이 걸렸다. 시찰을 끝냈을 때 그녀는 지쳐 있었고 회사의 큰 규모에 새삼 놀랐다. 그런데 자기가 본 것은 많은 공장 중 일무에 시나시 않는다는 것을 그녀는 알게 되었다. 아직도 많은 공장이 전 세계에 산재해 있는 것이다. 그 숫자는 놀랄 만한 것이었다.

"새로운 약을 만드는 데 5년에서 10년이나 걸립니다. 그리고 2천 개의 실험 약 중에서 테스트를 거친 후에 이용할 수 있는 것은 평균 3 개밖에 안 됩니다. 또 로페 앤드 선즈에서 품질 관리를 하는 데만 300 명이 일하고 있습니다."

"로페 앤드 선즈는 전 세계에서 50만 명 이상이나 되는 종업원을 거느리고 있습니다……."

"…우리 회사의 작년 총매출액은……."

엘리자베스는 리스가 던져오는 믿어지지 않는 숫자를 이해해보려고 애쓰면서 귀를 기울였다.

회사가 크다는 것은 알고 있었지만 그 '크다'는 말은 실로 막연한 것이었다. 그것을 실제로 인원수나 금액으로 나타내보면 누구나 압도 당할 정도로 거대했다.

그날 밤 엘리자베스는 침대에 누워서 낮에 보고 들은 것을 다시 한 번 생각해보았다. 자기로서는 도저히 회사를 운영해나갈 수 없을 것 같았다.

이보 : "믿어 줘, 엘리자베스. 우리에게 일임하는 것이 좋아. 넌 회사 일을 잘 모르잖니."

알렉 : "주식은 팔아야 한다고 생각해. 이건 다소 자기의 이익때문 이기도 하지만……."

월터 : "뭐 그렇게까지 하지 않아도 돼. 어디든 가고 싶은 곳에 갈 수 있고, 마음대로 돈을 쓸 수 있으니까……."

엘리자베스는 그들의 말이 맞는다고 생각했다. 자신은 회사에서 손을 떼고 그들이 좋아하는 대로 하게 하자는 생각이 들었다. 자신은 이 지위에 적합하지 않다고 마음먹는 순간, 그녀는 마음이 홀가분해졌다. 그리고 곧 잠이 들었다.

다음날인 금요일은 주말 휴가의 첫날이었다. 엘리자베스는 사무실에 도착하자 그녀의 결심을 알리기 위해서 리스를 불러오도록 했다.

"윌리엄스 씨는 사업관계로 어젯밤 나이로비로 떠났습니다."

케이트 얼링이 엘리자베스에게 보고했다.

"수요일에 돌아오겠다며 아가씨께 전하라고 했습니다. 누군가 다른 사람을 부르면 안 될까요?"

엘리자베스는 잠깐 생각하다가 말했다.

"알렉 경에게 전화를 연결시켜 줘요."

"알겠습니다. 미스 로페."

케이트는 약간 망설이며 덧붙였다.

"오늘 아침 경찰관이 아가씨께 온 소포를 가져왔습니다. 안에 든 것은 아버님께서 샤모니에서 가지고 계시던 일용품인 것 같습니다."

아버지의 얘기는 쓸쓸함과 비통함을 다시 되살아나게 했다.

"그것들을 아가씨의 심부름꾼에게 전달하지 못한 것을 경찰은 사과하고 있었습니다. 이미 물품을 보낸 다음이었다고 합니다."

엘리자베스는 미간을 찌푸렸다.

"내 심부름꾼?"

"물품을 인수하려고 아가씨가 샤모니에 보낸 남자 말입니다."

"샤모니에 아무도 보내시 않았는데……."

그것은 관공서에서 일어나기 쉬운 착오임에 틀림없었다.

"그것이 어디에 있죠?"

"아가씨의 장에 넣어두었습니다."

여행용 가방에는 아버지의 옷과 열쇠가 설려 있는 소형 시류기방이 들어 있었다. 열쇠는 테이프로 서류용 가방에 고정시켜져 있었다. 아마 회사의 보고서가 들어있는 것이리라. 리스에게 맡기면 된다. 하지만 그녀는 리스가 출장 간 사실을 떠올렸다. 그렇다면 자기도 주말에 휴가를 보내야겠다고 생각했다. 그런데 서류가방을 보는 순간 아버지의 개인적인 것이 들어있을지도 모른다는 생각이 들어 자신이 먼저 보는 것이 나을 것 같았다.

케이트 얼링이 인터폰으로 연락을 해왔다.

"로페, 애석하게도 알렉 경은 사무실에 안 계십니다."

"나한테 전화해달라고 전해주세요. 나는 사르데냐 별장에 다녀오려고 해요. 똑같은 전갈을 리스와 팔라치 씨, 그리고 가스너 씨와 마르텔 씨에게도 부탁해요."

그녀는 '나는 이제 그만둘 테니 주식을 팔아도 상관없다고, 회사를 잘 부탁한다'고 그들에게 말하기로 했다.

엘리자베스는 긴 주말이 즐거운 낙이었다. 사르데냐의 별장은 은둔처였고 마음을 편히 쉴 수 있는 안전한 휴식처이기도 했다. 그곳에서 그녀는 자기 자신과 장래에 대해 생각해볼 수 있을 것이다.

여러 가지 사건이 계속 일어났기 때문에 그녀에게는 아직 그것들을 침착하게 생각해볼 여유가 없었다.

아버지에게 사고―엘리자베스의 마음은 '죽음'이란 말에 걸리고 말았다―가 일어나고 그녀가 로페 앤드 선즈의 주식의 과반수를 상속받게 되었으며, 그리고 주식을 공개하도록 친척들로부터 압력이 가해지고 있다. 그리고 회사 내부의 문제도 있었다. 또 로페 앤드 선즈는 전세계를 제패하고 있는 거대한 공룡과 같은 대회사인 것이다. 이 모든 것을 동시에 대처하는 것은 그녀로서는 무리였다.

그날 오후 늦게 엘리자베스는 서류가방을 가지고 사르데냐 행 비행기를 탔다.

비밀보고서

그녀는 공항에서 택시를 타고 별장까지 갔다. 별장은 오랫동안 사용하지 않았기 때문에 잠겨 있었다. 엘리자베스는 이곳에 오는 것을 아무에게도 알리지 않았다.

안으로 들어가서 낯익은 커다란 방을 천천히 둘러보자, 자신이 이제까지 죽 이곳을 떠나지 않았던 것 같은 기분이 들었다. 그녀는 이제까지 이 집이 이토록 친근하게 생각된 적은 없었다. 어린 시절의 몇 가지 행복한 추억도 이곳에 있는 것처럼 생각되었다.

어느 때는 5, 6명의 하인들이 분주하게 걸어 다니며 요리를 하거나 청소를 하고, 바닥을 닦았다. 이 미로와 같은 넓은 집에 혼자 있는 것이 왠지 서먹하게 느껴졌다.

지금 이곳에는 그녀뿐이었다. ……그리고 과거를 생각하게 하는 메아리뿐이었다.

엘리자베스는 아버지의 서류가방을 현관에 내려놓고, 자신의 여행용 가방을 들고 이층으로 올라갔다. 늘 하던 습관대로 그녀는 복도 한가운데에 있는 자기 침실로 가려다가 문득 발을 멈추었다. 아버지의 방은 복도 맨 끝에 있었다. 엘리자베스는 방향을 바꾸어 그곳으로 걸

229

어갔다. 그리고 살며시 문을 열어보았다. 아버지의 죽음을 머릿속으로는 자각하고 있어도 무의식의 본능이 그곳에서 아버지의 모습을 볼 수 있을 것만 같은 기대를 하게 했다.

방 안에는 물론 아무도 없었다. 지난번에 보았을 때와 다름없이 커다란 더블 침대도, 아름다운 2단의 장식장도 그리고 덮개가 달린 안락의자도, 난로 앞의 긴 의자도 그대로였다.

엘리자베스는 여행용 가방을 놓고 창가로 갔다. 9월 말의 저녁 햇살을 차단하기 위해서 금속 셔터가 내려지고 커튼이 드리워져 있었다. 그녀는 창문을 넓게 열어 신선한 산 공기를 들이마셨다. 부드럽고 싱그러운 공기는 본격적인 가을이 오고 있음을 느끼게 했다. 그녀는 이 방에서 잠을 자기로 했다.

엘리자베스는 1층으로 내려가 서재로 들어갔다. 그리고 안락의자에 앉아 양쪽 겨드랑이를 손으로 비볐다. 그곳은 리스가 아버지와 의논할 때 늘 앉던 자리였다.

그녀는 리스를 생각하며 그가 이곳에서 자기와 함께 있어 주었으면 좋겠다고 생각했다. 파리에서 식사를 하고 그가 학교까지 바래다준 날 밤, 노트에 '리스 윌리엄스 부인'이라고 써봤던 일이 기억에 되살아났다. 엘리자베스는 자신도 모르게 책상으로 가서 펜을 쥐고 '리스 윌리엄스 부인'이라고 천천히 써보았다. 그리고 웃으면서 중얼댔다.

'지금 얼마나 많은 여자들이 이렇게 바보 같은 짓을 하고 있을까?'

엘리자베스는 리스의 생각을 떨쳐버리려고 했지만, 그는 언제나 마음 한구석에서 그녀를 위로해주는 존재로 가슴 깊이 남아 있었다. 그녀는 일어나서 집 안을 이곳저곳 돌아다녔다. 그리고 장작을 피우는 스토브와 두 개의 오븐이 있는 부엌에 들어가서 냉장고 문을 열어보았다. 안은 텅 비어 있었다.

텅 빈 냉장고를 보자, 엘리자베스는 갑자기 배가 고파졌다. 그녀는 식기 선반을 뒤져보았다. 작은 다랑어 통조림 2개와 병에 반쯤 들어 있는 네스카페, 그리고 비스킷이 있었다.

엘리자베스는 주말을 오랫동안 이곳에서 보내려면 쇼핑 계획을 세워야겠다고 생각했다.

식사 때마다 차를 타고 거리로 나가는 것보다는 카라 디 볼페의 조그만 시장에서 며칠 동안 먹을 식료품을 구입해오기로 했다. 막 사용할 지프가 항상 차고에 주차되어 있었는데, 지금도 있을지 궁금했다.

부엌의 뒤를 돌아 차고로 가보니 그곳에는 지프가 그대로 있었다. 엘리자베스는 부엌으로 돌아왔다. 식기장 뒤쪽 판자벽에 라벨이 붙은 열쇠가 몇 개 매달려 있었다. 그녀는 그 가운데서 지프 열쇠를 찾아내 차고로 되돌아왔다.

가솔린은 들어 있을까? 그녀는 열쇠를 돌려 스타트를 눌렀다. 모터는 곧 작동하기 시작했다. 이것으로 자동차 걱정은 없어졌다. 그녀는 내일 아침, 거리로 나가 필요한 식료품을 사오기로 했다.

그녀는 집 안으로 돌아왔다. 거실 옆의 타일을 붙인 복도를 걸어가자 자신의 발소리가 쓸쓸하고도 공허하게 들려왔다. 그녀는 알렉으로부터 전화가 걸려오면 좋겠다고 생각했다. 마침 그때 전화벨이 울려서 그녀는 깜짝 놀랐다.

"여보세요."

"엘리자베스, 알렉이다."

엘리자베스는 큰소리로 웃었다.

"왜 그렇게 웃니?"

"말해봤자 믿지 않으실 거예요. 지금 어디 계세요?"

"그로스터서야."

그때 문득 엘리자베스는 그에게 회사의 일에 관한 자신의 결정을 알리고 싶은 충동에 사로잡혔다. 하지만 전화로는 얘기할 수 없었다.

"알렉, 부탁할 게 있어요. 들어주시겠어요?"

"물론이지."

"이번 주말에 이쪽으로 와 주시지 않겠어요? 만나서 상의할 일이 있어서요."

알렉은 짧은 순간 머뭇거리다가 말했다.

"좋아, 가지."

그는 다른 사람과의 약속을 취소하지 않으면 안 된다든가 형편이 닿지 않는다는 따위의 말은 한마디도 하지 않고, 기분 좋게 "좋아, 가지."라고 대답했다.

엘리자베스는 형식적으로 한마디 했다.

"비비안과 함께 오세요."

"애석하지만 비비안은 함께 가지 못할 거야. 그녀는 음……, 런던에 잠시 일이 있어서 말이야. 나는 내일 아침에 갈게. 그래도 괜찮겠니?"

"괜찮아요. 시간을 알려주면 비행장까지 마중 나가겠어요."

"택시를 타는 게 오히려 편해."

"정말 고맙습니다, 알렉."

수화기를 내려놓으면서 엘리자베스는 기분이 아주 밝아졌다.

그녀는 자신이 올바른 결단을 했다고 믿었다. 그녀가 이 지위에 있는 것은 아버지가 후계자를 지명할 시간을 미처 갖지 못한 채 돌아가시게 된 것뿐이라는 이유에서였다.

엘리자베스는 누가 로페 앤드 선즈의 다음 사장이 될 것인가 생각해보았다. 그것은 이사회에서 결정하면 되는 것이다.

아버지였다면 어떻게 하셨을까를 생각해보았다. 그녀의 마음에 곧

바로 떠오른 것은 리스 윌리엄스였다. 다른 사람들도 각기 그들의 활동 범위에서는 유능했지만, 회사의 전반적인 활동에 대해 잘 알고 있는 것은 리스뿐이었다.

리스는 두뇌가 명석하고 실행력이 있었다. 문제는 리스에게 사장이 될 자격이 없다는 것이었다. 로페 가의 자손도, 로페 가의 딸과 인연을 맺은 것도 아니기 때문에 그는 이사회의 멤버가 될 수 없었다.

엘리자베스는 현관으로 가서 아버지의 서류가방을 들여다보았다. 그녀는 망설였다. 지금 새삼스럽게 그 안에 든 것을 점검해봤자 소용없었다. 내일 아침 알렉이 왔을 때 그에게 건네주면 되는 것이다. 하지만 만일 개인적인 것이 들어있다면……. 그녀는 가방을 서재로 가져와 책상 위에 올려놓고 열쇠를 붙여 놓은 테이프를 떼어내고 양쪽의 작은 자물쇠를 열었다.

가방 가운데에는 커다란 마닐라 봉투가 들어있었다. 엘리자베스는 그것을 열어서 마구 흐트러져 있는 한 다발의 서류를 꺼냈다. 두툼한 표지에는 이렇게 적혀 있었다.

샘 로페 귀하

극비

그것은 분명히 어떤 보고서였지만 이름이 없어서 엘리자베스는 누가 쓴 것인지 알 수가 없었다. 그녀는 그것을 주섬주섬 골라서 읽기 시작했다. 그러다가 속도를 늦추어 읽던 그녀는 나중에는 읽는 것을 그만두었다. 믿어지지 않는 것들이 쓰여 있었기 때문이었다. 그녀는 서류를 안락의자로 옮겨놓고는 구두를 벗고, 의자 위에 다리를 오므리고 앉아서 처음부터 다시 읽기 시작했다.

엘리자베스는 이번에는 한 자 한 자 분명하게 읽어나갔다. 공포가 그녀를 휘감았다.

서류에는 놀랄 만한 내용이 적혀 있었다. 작년에 일어난 일련의 사건을 조사한 비밀 보고서였다.

칠레에 있는 로페 앤드 선즈의 화학공장이 폭발해서 10평방 마일의 지역에 유독 물질을 대량 확산시켰으며, 12명이 사망했고 수백 명이 병원으로 옮겨졌다.

가축들은 모두 죽고 농작물도 오염되어 그 지역 사람들은 모두 철수해야만 했으며, 로페 앤드 선즈에 대해 요구된 손해 배상액은 수억 달러에 이르렀다. 더 충격적인 것은 그 폭발이 인위적인 것이었다는 사실이었다. 보고서에는 이렇게 적혀 있었다.

'칠레 정부의 사고 조사는 형식적이었다. 회사는 재벌이고 주민은 가난하기 때문에 회사로 하여금 보상을 많이 하게 하는 것이 당국의 의도인 것 같았다. 회사가 사고에 대한 조사를 하려 해도 당국의 비협조적인 태도 때문에 그것을 입증하기가 곤란하다.'

이 사고는 엘리자베스의 기억에도 생생하게 남아 있었다. 신문이나 잡지에서도 피해자의 사진을 게재해 참사를 대대적으로 보도했었다. 그리고 전 세계의 신문이 로페 앤드 선즈는 인간의 괴로움에 대해 무관심하며 냉담하다고 비난했다. 그로 인해 회사의 이미지는 심하게 손상되었다.

보고서의 다음 항은 로페 앤드 선즈의 과학자들이 다년간 착수해온 중요한 연구 프로젝트에 관한 것이었다. 그곳에 거론된 프로젝트는 네 가지로, 모두 헤아릴 수 없을 정도의 잠재적 가치를 가지고 있었다. 모두 합하면 개발에 소요된 돈은 5천만 달러 이상이나 되었다. 그런데 네 가지 모두 경쟁상대인 제약회사가 로페 앤드 선즈의 제품과 완전히 같은 제조법을 사용해서 이쪽보다 한 발 앞서 특허를 신청하고 있었다. 보고서는 다음과 같이 말하고 있었다.

'이런 종류의 일이 한 번만 일어났다면 우연이라고 생각할 수도 있다. 많은 제약회사가 같은 영역에 관련된 연구를 하고 있기 때문에 몇몇 회사가 같은 타입의 제품 연구를 할 가능성은 있는 것이다. 그런데 불과 몇 달 동안에 그런 일이 네 번이나 일어났다는 사실은 로페 앤드 선즈에서 일하고 있는 누군가가 경쟁상대 회사에 연구 자료를 주었거나 팔아먹은 것이 틀림없다는 결론에 도달하지 않을 수 없다. 우리의 조사는 실험의 보안과 또한 그 실험이 최대한의 기밀보존 아래 서로 멀리 떨어진 각 연구소에서 행해지고 있던 사실에 비추어 이 사건의 배후에 있는 1명, 혹은 복수의 인물이 회사의 최고 비밀에 접근할 수 있는 인물이라는 것을 제시해주고 있다. 따라서 사건을 일으킨 자가 로페 앤드 선즈의 최고 지위에 있는 인물일 것이라는 것이 우리의 결론이다. 괴사건은 또 있었다. 대량의 약품에 잘못된 라벨이 붙여져 출고되었다. 그것이 회수되기 전에 몇 명이 사망해서 한층 더 회사의 명예를 실추시켰다. 그런데 잘못된 라벨이 어디에서 왔는지 아무도 알 수 없었다. 엄중히 감시한 연구소에서 맹독소가 분실되었다. 한 시간도 채 되기 전에 누군가가 이것을 신문에 누설시켰으며 공포를 야기했다.'

오후의 그림자가 차츰 길게 드리워지며 저녁이 찾아들고 밤공기가 서늘해졌다. 엘리자베스는 손에 든 서류를 다시 꼼꼼히 읽었다. 서재가 어두워지자 그녀는 불을 켜고 계속 읽어 내려갔다. 점점 공포가 엄습해왔다.

보고서를 자세히 읽어볼수록 간단한 문장에서도 그 속에 담긴 드라마를 엿볼 수가 있었다. 분명한 것은 누군가가 계획적으로 로폐 앤드 선즈를 손상시키거나 무너뜨리려 한다는 것이다. 회사의 최고 지위에 있는 자…….

남은 공간에 샘 로폐의 필적으로 첨가된 글이 있었다.

'회사의 주식을 공개시키기 위한 새로운 압력인가? 나를 함정에 몰 아넣어…….'

아버지가 얼마나 골머리를 앓고 있었는지 그녀는 이제 겨우 알 수 있었다. 그의 비밀주의도 이해가 되었다. 아버지는 누구를 믿어야 할 지 몰랐던 것이다.

엘리자베스는 보고서의 표지를 다시 보았다.

'극비'

이 보고서는 각 부서의 조사기관이 조사한 것이 틀림없다고 그녀는 생각했다. 그러므로 아마 아버지 외에는 이 보고서를 알고 있는 사람 은 없을 것이다. 그녀 자신을 제외하고는…….

범인은 자기가 의심받고 있다는 것을 모르고 있을 것이다. 아버지 는 범인의 정체를 알고 있었을까? 사고를 당하기 전에 범인과 대결했 을까? 엘리자베스는 알 길이 없었다. 그녀가 알고 있는 것은 배신자가 있다는 것뿐이었다.

회사의 최고 지위에 있는 사람, 그런 사람이 아니면 갖가지 단계에 서 그렇게까지 심한 파괴 행위를 실행할 기회도 없으며 그럴 능력도 없을 것이다. 그것이 아버지가 회사의 주식 공개를 거부한 이유였을 까? 그는 우선 범인을 찾아내려고 했을까? 일단 주식을 팔아버리면 모 든 움직임이 외부의 그룹에 그대로 흘러들어가게 되어 비밀조사를 행 할 수 없게 된다.

엘리자베스는 그들이 주식을 팔도록 그녀에게 강하게 추궁하던 것을 떠올려보았다. 모두가 그랬었다.

엘리자베스는 갑자기 혼자 집 안에 있는 것이 견딜 수 없이 외로웠다. 그때 요란스러운 벨소리가 울렸다. 그녀는 수화기를 들었다.

"여보세요."

"엘리자베스? 리스입니다. 이제야 전갈을 들었습니다."

그녀는 리스의 목소리를 듣고 기뻤지만 왜 자기가 그에게 연락을 취하라고 했는지 생각해보았다. 그것은 서류에 사인을 해서 회사의 주식을 팔아도 좋다고 알리기 위해서였다. 하지만 겨우 몇 시간 동안 사정은 변해 있었다.

엘리자베스는 복도에 걸려 있는 새뮤얼 할아버지의 초상화를 힐끗 올려다보았다. 그는 회사를 창립하여 회사를 위해 전력투구했다. 엘리자베스의 아버지는 회사를 강화하고 크게 일으켰으며 그것을 위해 살아 왔고, 일생을 그것에 바쳤다.

"리스, 화요일에 이사회를 열고 싶어요. 2시에. 다른 분들에게도 연락해주시겠어요?"

엘리자베스가 말했다.

"화요일 2시에 말입니까? 그밖에 다른 것은 없나요?"

그녀는 망설였다.

"네, 없어요. 그것뿐이에요. 고마워요."

엘리자베스는 천천히 수화기를 내려놓았다. 그녀는 이제 그들과 싸워야 하는 것이다.

그녀는 높은 산을 아버지와 나란히 올라가고 있었다. 아래를 내려다보지 말라고 몇 번씩이나 말했지만 엘리자베스는 아래를 보고 말았다. 그곳에는 몇천 피트나 되는 낭떠러지가 있었다.

큰 우렛소리가 울리고 한 가닥의 번개가 그들을 향해 꽂히듯 번쩍였다. 마침내 아버지의 로프에 벼락이 떨어졌고 불이 붙었다. 아버지는 허공을 떨어져 내리기 시작했다. 엘리자베스는 그의 몸이 빙글빙글 돌며 낙하하는 것을 보면서 비명을 질렀다. 그러나 그것은 우렛소리에 지워지고 말았다.

엘리자베스는 깜짝 놀라 눈을 떴다. 잠옷이 땀에 흠뻑 젖어 있었고 가슴은 심하게 고동쳤다. 커다란 우렛소리에 창문을 보니 밖에는 비가 세차게 내리고 있었다.

열려진 프랑스식 창문에서 침실로 빗방울이 내리쳤다. 엘리자베스는 침대에서 뛰쳐나가 창문을 굳게 닫았다. 그녀는 하늘을 뒤덮은 검은 구름과 수평선을 달리는 번갯불을 보았지만 실제로는 꿈속에서의 그것을 생각하고 있었다.

아침이 되자 폭풍은 잦아들고, 섬을 지나가는 비만 오락가락 내리고 있었다. 엘리자베스는 악천후로 알렉의 도착이 늦어지지 않았으면 좋겠다고 생각했다. 보고서를 다 읽고 나자 엘리자베스는 이야기 상대가 그리웠다. 그녀는 우선 보고서를 안전한 곳에 보관해두는 것이 좋겠다고 생각했다. 지붕 아랫방의 금고에 그것을 넣어두기로 했다. 엘리자베스는 샤워를 하고 낡은 슬랙스와 스웨터로 갈아입었다. 그리고 서재로 보고서를 가지러 갔으나 그곳에는 서류가 없었다.

조작된 사고

서재는 마치 태풍이 지나간 것 같았다. 한밤중에 창문이 열리고 바람과 비가 불어 닥쳐 모든 것이 날아가 버리고 말았다. 보고서의 몇 페이지가 젖어 있는 깔개 위에 떨어져 있었지만 나머지는 바람에 날려가고 없었다.

엘리자베스는 창문으로 다가가 밖을 내다보았다. 잔디 위에는 한 장의 서류도 없었다. 바람이 그것들을 절벽 아래로 날려버리는 것은 쉬운 일이었다. 틀림없이 그렇게 되었을 것이다.

극비 사항이므로 아버지가 부탁한 흥신소의 이름을 알아내지 않으면 안 되었다. 아마 케이트 얼링은 알고 있을 것이다. 그러나 엘리자베스는 아버지가 케이트를 신뢰하고 있었는지 알 수 없었다. 이제 어느 누구도 믿을 수 없었다. 그녀는 신중을 기해 행동해야만 했다.

엘리자베스는 갑자기 집 안에 먹을 것이 없다는 것이 생각났다. 카라 디 볼페에서 쇼핑을 해도 알렉이 도착하기 전에 돌아올 수 있었다. 그녀는 드레스룸으로 가서 레인코트와 스카프를 써냈다. 나중에 비가 멎으면 날아가 버린 서류를 밖에서 찾아보기로 했다.

그녀는 지프의 열쇠를 가지고 차고로 가서 차를 몰고 밖으로 나갔다. 땅이 젖어 있어서 브레이크를 밟아 스피드를 줄이며 방향을 바꿔 저택 안 차도로 나섰다. 차도 끝머리에서 그녀는 오른쪽으로 돌아 기슭에 있는 카라 디 볼페로 통하는 좁은 산길로 접어들었다.

그 시간에 산길에는 거의 차의 통행이 없었다. 평소에도 좀처럼 차를 발견할 수 없는 곳이긴 했다. 이렇게 높은 산에는 거의 집을 짓지 않기 때문이었다.

엘리자베스는 왼쪽 아래쪽으로 힐끗 시선을 돌렸다. 바다는 어젯밤의 폭풍우로 검게 일렁이고 있었고, 파도는 몹시 거칠었다.

이 부근의 도로들은 위험하기 때문에 엘리자베스는 천천히 차를 몰았다. 길은 산허리를 깎아 만든 2차선으로, 절벽을 따라 나 있었다. 안쪽 차선은 산의 견고한 바위를 따라 달리게 되어 있었으며, 바깥쪽 차선의 바로 밑은 수백 피트 낭떠러지로 되어 있어서 눈 아래는 곧바로 바다였다.

엘리자베스는 가능한 한 차를 한쪽 차선으로 붙이고, 급한 내리막길에서 가속이 붙지 않도록 브레이크를 밟으며 운전했다.

차는 급커브에 접근했다. 엘리자베스는 지프의 스피드를 떨어뜨리기 위해 반사적으로 브레이크를 밟았다.

브레이크는 듣지 않았다. 엘리자베스는 그것을 곧바로 알아채지는 못했다. 그녀는 다시 더욱 세게 브레이크를 밟았지만 스피드는 더해 갈 뿐이었다.

그녀의 가슴이 고동치기 시작했다. 차는 커브를 지나 1초마다 가속이 붙으며 급한 산길을 달려 내려가고 있었다. 그녀는 다시 브레이크를 밟았다. 역시 듣지 않았다.

앞쪽에 다음 커브 길이 보였다. 엘리자베스는 속도계를 보는 것이 두려웠다. 그러나 바늘이 자꾸 올라가는 것이 순간적으로 눈에 들어왔다. 두려움으로 온몸이 얼어붙는 것 같았다.

차는 커브에 이르러 무서운 속도로 미끄러지며 돌았다. 뒷바퀴가 벼랑가로 미끄러졌다. 그때 타이어와 지면이 마찰을 일으켰고 지프는 다시 앞쪽으로 나아가 급한 언덕길을 무서운 기세로 내려갔다. 이미 멈출 방법은 없었다. 가로막는 것이나 조종할 수 있는 것도 없이 롤러코스터와 같은 맹렬한 스피드로 급기야 죽음의 커브를 향해 돌진할 뿐이었다.

엘리자베스는 필사적으로 도피할 길을 찾아보았다. 뛰어내릴까도 생각해보았다. 힐끗 속도계를 보니 이미 시속 70마일이었다. 게다가 속도는 순간순간 더해만 갔다. 그녀는 견고한 절벽과 높은 낭떠러지 사이에 갇히고 말았다. 엘리자베스는 이제 죽음만이 기다리고 있을 뿐이라고 생각했다. 그 순간 자신이 살해되고 있다는 것, 그리고 그런 방법으로 아버지도 살해되었다는 생각이 퍼뜩 떠올랐다.

아버지는 그 보고서를 읽은 다음 살해되었다. 지금 그녀가 살해되려고 하는 것처럼……. 그런데도 자기를 죽이려고 하는 상대가 누구인지, 이렇게 무서운 일을 할 만큼 아버지와 자신을 증오하고 있는 사람이 누구인지 그녀로서는 짐작이 가지 않았다. 그것이 전혀 모르는 낯선 사람이라면 얼마나 좋을까. 하지만 그녀가 알고 있고, 상대도 그녀를 알고 있는 사람일 것이다.

몇몇 얼굴이 그녀의 머릿속을 스치고 지나갔다. 알렉, 이보, 월터, 샤를, 그 가운데 한 사람이 분명했다. 회사의 최고 지위에 있는 사람, 아버지의 죽음이 그랬던 것처럼 그녀의 죽음도 사고로 처리될 것이다. 엘리자베스의 눈에서 하염없이 눈물이 흘렀다. 가느다란 안개비와 눈물이 뒤섞여 흘러내렸지만 그녀는 그것을 깨닫지도 못했다.

젖어 있는 땅 위를 지프가 제멋대로 미끄러지기 시작했다. 엘리자베스는 바퀴가 도로에서 튀어나가지 않도록 필사적으로 싸웠다. 자기 몸이 낭떠러지 아래 죽음의 세계로 내던져지는 것은 이미 시간문제라는 것을 깨달았다. 그녀의 몸은 굳어 있었고, 핸들을 꽉 움켜쥔 손은 마비되어 있었다.

지금 우주에는 모진 바람을 꿰뚫고 산길을 질주해 내려가는 자기 한 사람밖에 없는 것 같았다. 바람은 함께 가자고 유혹하면서 차를 낭떠러지로 내동댕이치려 하고 있었다.

엘리자베스는 다시 속도계를 힐끔 들여다보았다. 시속 80마일이었다. 차는 전방의 급한 U자형 커브를 향해 화살처럼 돌진해나갔다. 그녀는 이번에야말로 끝이라고 생각했다.

그녀의 마음속에 그 무언가가 얼어붙어서 마치 그녀와 현실 사이에 얇은 베일이 드리워져 있는 것 같았다. 아버지의 목소리가 귓전에서 들려왔다.

'이런 외진 곳에서 혼자 뭘하고 있는 거냐?'

아버지는 그녀를 안아서 침대로 옮겨주었다. 그런 다음 그녀는 무대 위에서 춤을 추었고, 빙그르 돌아 움직이지 않게 되었다.

리스가 곁에서 말했다. '21세의 생일은 일생에 한 번밖에 오지 않아요!' 이제 다시는 리스를 만날 수 없다고 생각하니 그녀는 가슴이 아팠다. 리스의 이름을 큰 소리로 불러보았다. 그러자 베일은 사라졌다. 그때 악몽이 또다시 눈앞에 나타났다. 급커브가 시시각각 다가오고, 차는 그것을 향해 총알처럼 달려갔다. 이제 곧 벼랑에서 굴러 떨어질 것이다.

'빨리 끝내줘.'

그녀는 마음속으로 빌었다. 그 순간, U자형 커브 바로 앞 오른쪽에 바위를 깎아내어 만들어진 소방로가 산허리 위로 뚫려 있는 것이 보였다. 순식간에 결단을 내려야 했다.

그 길이 어디로 통해 있는지 그녀는 전혀 알지 못했다. 알고 있는 것은 그 길이 위로 뻗어 있어서 이 차의 속도를 늦춰주고, 그녀에게 살아날 기회를 줄지도 모른다는 것뿐이었다.

그녀는 그것에 한 가닥 희망을 걸기로 했다. 지프가 소방로로 접어든 순간 엘리자베스는 핸들을 힘껏 오른쪽으로 틀었다. 뒷바퀴가 미끄러지기 시작했지만 앞바퀴가 자갈길에 걸려 있어서 중심을 잃지는 않았다. 지프는 계속 언덕길을 올라갔다.

엘리자베스는 차가 좁은 길에서 벗어나지 않도록 핸들과 싸우고 있었다. 길가에 드문드문 나무가 서 있어서 그 가지에 부딪히는 바람에 엘리자베스의 얼굴과 손에 상처가 났다. 그 순간 그녀는 앞쪽을 바라보고는 소스라치게 놀랐다. 아래쪽에 바다가 보였다. 오솔길은 반대쪽 벼랑으로 통해 있었던 것이다. 이곳에도 살아날 길은 없었다.

벼랑 끝이 눈앞으로 점점 다가오고 있었다. 맹렬한 속도로 달려가고 있었으므로 차에서 뛰어내릴 수도 없었다. 살아날 길은 없는 것이다. 눈앞의 낭떠러지 끝에는 수백 피트 아래에 바다가 있을 뿐이었다.

지프는 낭떠러지 가장자리를 향해 내달리며 심하게 옆으로 미끄러졌다.

엘리자베스가 마지막으로 의식한 것은 눈앞에 달려든 한 그루의 나무와 우주를 뒤흔들 만한 폭발음이었다. 갑자기 모든 것이 조용해졌고, 하얗고 평화로운 침묵만이 남았다.

무서운 음모

눈을 떴을 때 그녀는 병원 침대 위에 있었다. 그녀가 눈을 뜨고 처음으로 본 사람은 알렉 니콜스였다.

"집에는 당신이 먹을 만한 것이 없었어요."

그녀는 흐느끼면서 속삭였다.

알렉의 눈은 고통에 차 있었다. 그는 두 팔을 벌려 그녀를 꼭 안아주었다.

"엘리자베스!"

"괜찮아요, 알렉. 걱정 없어요."

그녀는 중얼댔다.

몸은 상처와 타박상 투성이였지만 그녀는 살아 있었다. 믿어지지 않는 일이었다. 엘리자베스는 가파른 산길을 치달려 내려올 때의 공포를 생각하며 온몸이 떨려오는 것을 느꼈다.

"저는 언제부터 이곳에 있었나요?"

그 목소리는 가냘프고 쉬어 있었다.

"이틀 전에 실려 왔어. 그리고는 줄곧 의식이 없었단다. 의사는 기적이라고 했다. 사고 현장을 본 사람들도 모두 네가 죽지 않은 것이 이상하다고 할 정도야. 도로 작업원이 우연히 너를 발견해서 이곳으로 옮겨 왔지. 뇌진탕을 일으키고 온몸이 타박상 투성이였지만 다행히 뼈는 아무 곳도 부러진 데가 없더구나. 그런데 왜 하필 그 좁은 도로 쪽으로 갔던 거냐?"

그는 이상하다는 듯이 그녀에게 말했다. 엘리자베스는 그 이유를 설명했다. 그러자 알렉은 마치 그녀와 함께 그 지프에 타고 있었던 것처럼 얼굴에 공포의 빛이 역력했다.

엘리자베스가 말을 마쳤을 때 알렉의 얼굴은 매우 창백했다.

"너무 끔찍한 사고야!"

"사고가 아니에요. 알렉."

그는 의아한 얼굴로 엘리자베스를 쳐다보았다.

"사고가 아니라고?"

그가 놀라는 건 당연했다. 보고서를 읽지 못했기 때문이었다. 엘리자베스가 말했다.

"누군가가 브레이크에 손을 대서 사고를 조작했어요."

그는 믿어지지 않는다는 듯이 고개를 저었다.

"왜 그런 짓을 했을까?"

"그건……."

그에게 얘기할 수는 없었다. 그녀는 다른 누구보다도 알렉을 믿고 있었지만, 아직 얘기할 단계는 아니었다. 차분히 마음을 가라앉히고 잘 생각해본 다음 말해야겠다고 생각했다.

"모르겠어요. 하지만 누군가가 고의로 그렇게 조작한 것은 확실한 것 같아요."

그녀는 얼버무리며 알렉의 표정이 변하는 것을 지켜보았다. 그것은 의혹에서 곤혹, 그리고 노여움이었다.

"그래, 꼭 찾아내고야 말겠어."

그는 수화기를 들어 올리더니 올비아의 경찰서장과 통화를 했다.

"알렉 니콜스입니다. 실은……. 저, 그녀는 괜찮습니다. 그렇게 전하겠습니다. 실은 그녀가 운전했던 지프 일로 걸었습니다만, 네? 지금 어디 있습니까? 그럼 그곳에 그대로 놓아두세요. 그리고 일급 정비사를 한 명 부탁하고 싶습니다. 30분 뒤에 그곳으로 가겠습니다."

그는 수화기를 내려놓았다.

"차가 경찰서의 차고에 있다는구나. 다녀오마."

"저도 함께 가겠어요."

알렉은 깜짝 놀라 그녀에게 말했다.

"의사가 적어도 이틀 동안은 가만히 누워 있어야 한다고 했어."

"함께 가겠어요."

그녀는 완강히 말했다.

엘리자베스는 타박상으로 부어오른 몸인데도 퇴원을 했다. 그리고 알렉 니콜스와 함께 경찰서로 향했다.

올비아 경찰서장인 루이지 페라로는 배불뚝이에다 안짱다리로, 약간 거무튀튀한 피부를 가진 중년의 사르데냐 사람이었다. 그 옆에는 서장보다 훨씬 키가 큰 브루노 캄파냐 형사가 서 있었다.

캄파냐 형사는 다부진 50대 사나이로, 수완가다운 느낌이 들었다. 그는 알렉과 엘리자베스 옆에 서서 정비공이 잭으로 들어 올린 지프 밑을 살피는 것을 지켜보고 있었다. 왼쪽 앞부분의 펜더와 라디에이터는 부딪힌 나무의 수액으로 얼룩져 있었다.

엘리자베스는 처음 차를 봤을 때 그만 정신이 아득해져서 알렉에게 기대어 몸을 지탱했다. 그는 걱정스러운 얼굴로 그녀를 바라보았다.

"정말 괜찮겠니?"

"아무렇지도 않아요."

엘리자베스는 거짓말을 했다. 몸에 기운이 하나도 없었고, 몹시 어지러웠다. 그러나 그녀는 자기 눈으로 확인하고 싶었다.

정비공은 기름에 찌든 헝겊으로 손을 닦으며 그가 있는 곳으로 다가왔다.

"요즘 차와는 달리 매우 탄탄하군요."

'잘됐어.'

엘리자베스는 그렇게 생각했다.

"다른 차 같으면 가루가 되었을 겁니다."

"브레이크는 어떻소."

알렉이 물었다.

"브레이크엔 전혀 이상이 없습니다."

엘리자베스는 갑자기 기묘한 생각에 사로잡혔다.

"그건 어떤 뜻이죠?"

"아무 이상이 없습니다. 사고 뒤에도 전혀 고장이 없었습니다. 그래서 요즘 차들과 다르다는 겁니다."

"그럴 리가 없어요."

엘리자베스는 상대를 가로막았다.

"브레이크가는 말을 듣지 않았다고요."

"미스 로페는 누군가가 브레이크에 손을 댔다고 믿고 있어요."

페라로 서장이 설명했다.

정비공은 고개를 저었다.

"그런 일은 없습니다."

그는 지프로 돌아가 아래쪽을 가리켰다.

"조작하려면 두 가지 방법밖에는 없어요. 그건……."

그는 엘리자베스에게 돌아섰다.

"미안합니다, 아가씨. 지프의 브레이크가 이상을 일으키게 하려면 브레이크 링크를 절단하든가 이 너트를 풀어서……."

그는 아래쪽에 있는 작은 금속을 가리켰다.

"브레이크 오일을 빼는 것입니다. 이 링크가 절단되어 있지 않은 것만 봐도 잘 알 수 있어요. 브레이크 드럼은 제가 살펴봤지만 완벽했습니다."

페라로 서장은 위로하듯이 엘리자베스에게 말했다.

"이런 때는 누구나 신경이……."

"잠깐!"

알렉이 끼어들었다. 그는 정비공에게 말했다.

"링크를 잘라내서 나중에 갈아 끼우거나 누군가가 브레이크 오일을 빼고 나서 가득 채울 수는 없겠소?"

정비공은 단호하게 고개를 저었다.

"선생님, 링크를 만진 흔적이 전혀 없습니다."

그는 헝겊을 집어 들고 브레이크 오일의 유출을 막고 있는 너트 주위의 기름을 닦았다.

"이 너트가 보이십니까? 만일 누군가가 이것을 풀어놓았다면 새로운 렌치 자국이 남아 있을 겁니다. 적어도 반년 동안은 아무도 이것을 만진 적이 없다는 것을 제가 보증하겠습니다. 브레이크에는 전혀 이상이 없습니다. 자, 보세요."

그가 벽 쪽으로 가서 스위치를 누르자 붕 하는 소리가 났다. 수압 잭이 지프를 바닥에 내려놓기 시작했다. 그들은 정비공이 차에 타고 엔진을 스타트시켜 후진시키는 것을 지켜보았다.

차가 안쪽 벽에 부딪칠 만큼 접근했을 때 그는 브레이크를 밟았다.

차는 캄파냐 형사로부터 1인치쯤 떨어진 곳에 멈췄다. 정비공은 노려보는 형사를 무시하고 말했다.

"어떻습니까? 브레이크는 이상이 없습니다."

그들의 시선은 모두 엘리자베스에게 쏠렸다.

그들이 무슨 생각을 하고 있는지 그녀는 알 수 있었다. 그러나 저 언덕길에서 폭주하던 공포가 없어진 것은 아니었다. 발로 브레이크를 밟았는데 그것이 듣지 않았을 때의 기억이 지금도 생생했다. 하지만 정비공은 브레이크가 듣는 것을 증명해보였다. 혹시 그도 음모에 가담되어 있는 것은 아닐까? 그렇다면 서장이 모를 리가 없다. 엘리자베스는 자신이 망상에 사로잡히기 시작했다고 생각했다.

"엘리자베스."

알렉이 난처해하며 엘리자베스를 바라봤다.

"내가 운전할 때는 틀림없이 브레이크가 말을 듣지 않았어요."

알렉은 한참 동안 그녀를 바라보다가 정비공에게 말했다.

"그 차의 브레이크가 말을 듣지 않는다고 가정해봅시다. 그럴 경우 그밖에 달리 어떤 방법이 있었을까요?"

캄파냐 형사가 말했다.

"브레이크 라이닝을 적셔놓는 수법이 있습니다."

엘리자베스는 흥분이 점점 고조되는 것을 느꼈다.

"그렇게 되면 어떻게 되죠?"

"브레이크 라이닝이 드럼에 밀려도 마찰력이 없습니다."

정비공이 고개를 끄떡였다.

"맞습니다. 단시……."

그는 엘리자베스 쪽을 바라보았다.

"운전하기 시작했을 때, 브레이크가 말을 들었습니까?"

엘리자베스는 차고에서 후진해서 밖으로 나왔을 때 브레이크를 작동시켰던 일, 그 뒤 첫 번째 커브에 이르렀을 때 다시 브레이크를 밟았던 일을 떠올렸다.

"네, 들었어요."

"그럼 알겠습니다. 빗속에서 브레이크가 젖었던 겁니다."

정비공이 확신에 찬 목소리로 말했다.

알렉이 이의를 제기했다.

"이것 봐요. 그녀가 운전하기 전에 누군가가 브레이크를 적셔놓을 수도 있지 않나요?"

정비공은 인내심을 가지고 설명했다.

"만일 운전하기 전에 누군가가 브레이크를 적셔놓았다면 처음부터 브레이크가 말을 듣지 않았을 겁니다."

서장은 엘리자베스 쪽으로 돌아섰다.

"미스 로페, 빗길 운전은 대단히 위험합니다. 특히 이 부근처럼 좁은 산길에서는 이런 일이 자주 일어나죠."

알렉은 어찌해야 좋을지 갈피를 잡지 못한 채 엘리자베스를 바라보았다. 그녀는 자신의 어리석음을 깨달았다. 결국 진짜 사고였던 것이다. 빨리 도망치고 싶었다. 그녀는 서장에게 말했다.

"정말 죄송합니다. 이렇게 수고를 끼쳐 드려서……."

"천만에요. 사고를 당하게 된 건 언짢은 일이지만, 도움을 드릴 수 있다는 건 언제나 기쁜 일입니다. 캄파냐 형사가 별장까지 모셔다 드리겠습니다."

"이렇게 말하는 게 좀 뭣하지만 안색이 몹시 안 좋구나. 침대에 누워 2, 3일 쉬는 것이 좋겠다. 음식 재료는 내가 전화로 주문해놓을 테니……."

알렉이 말했다.

"내가 누워 있으면 요리는 누가 하죠?"

"내가 하지."

그날 저녁 알렉은 음식을 준비해서 엘리자베스의 침대로 가져왔다.

"아무래도 난 훌륭한 요리사는 못되는 것 같아."

그는 엘리자베스 앞에 쟁반을 내려놓으며 유쾌하게 말했다.

훌륭하지 못한 정도가 아니었다. 알렉의 요리는 엉망이었다. 타지 않으면 덜 익거나 너무 짠 것뿐이었다. 그러나 그녀는 불평 한마디 없이 음식을 먹었다. 몹시 배가 고프기도 했지만 알렉의 기분을 상하게 하고 싶지 않았다.

그는 엘리자베스의 곁에 앉아서 이런저런 세상 돌아가는 이야기를 했다. 그러나 경찰서 차고에서 그녀가 수모를 당한 것에 대해서는 한 마디도 언급하지 않았다. 그녀는 그런 그가 고마웠다.

그 뒤 며칠 동안 두 사람은 별장에서 지냈다. 알렉은 엘리자베스의 시중을 들어주고, 식사 준비도 하고 책을 읽어주기도 했다.

전화벨이 쉬지 않고 울려댔다. 이보와 시모네타는 날마다 안부전화를 걸어주었고 엘렌과 샤를, 월터, 그리고 비비안에게도 전화가 걸려 왔다. 그들 모두 그녀를 위로하며 문병 오기를 원했다.

엘리자베스는 그들에게 말했다.

"정말 괜찮아요. 일부러 와 주실 것까지는 없어요. 2, 3일 지나면 취리히로 돌아갈 테니까요."

리스 윌리엄스한테서도 전화가 왔다. 엘리자베스는 그의 목소리를 들었을 때 자신이 얼마나 그를 만나고 싶어하는지 알 수 있었다.

"엘렌과 자동차 레이스에서 겨루어볼 작정이었소?"

농담을 하고 있었지만, 그가 걱정하고 있다는 것을 알 수 있었다.

"글쎄요. 내 레이스는 산길의 내리막길뿐이어서……."

그 일로 농담을 할 수 있게 됐다는 것은 그녀로서도 뜻밖이었다.

"엘리자베스, 목소리가 활기차게 들리니 좀 안심이 되는군요."

그의 말은 그녀의 마음을 따뜻하게 해주었다.

'그는 지금 다른 여자와 함께 있을까? 누구일까? 물론 미인이겠지. 미운 사람!'

"당신을 신문이 크게 보도하고 있는데, 알고 있습니까?"

리스가 물었다.

"아뇨."

"'여상속인, 자동차 사고로 구사일생. 유명한 아버지가 사고로 죽고 난 몇 주일 뒤에…' 그 다음은 상상할 수 있겠죠?"

두 사람은 전화로 30분 넘게 이야기를 나누었다. 수화기를 내려놓았을 때 엘리자베스는 훨씬 기분이 좋아졌다.

리스는 진심으로 그녀에게 관심을 갖고 염려해주는 것 같았다.

'그는 어떤 여자에게든 그렇게 대할까?'

그것이 그의 매력이기도 했다. 엘리자베스는 자기의 생일을 축하해주던 일을 회상해보았다.

'리스 윌리엄스 부인'

"체셔 고양이〔〈이상한 나라의 엘리스〉에 나오는 소리없이 웃고 있는 고양이〕처럼 기분이 좋아 보이는데?"

알렉이 침실로 들어오면서 말했다.

"그래요?"

이렇게 리스는 그녀를 항상 행복하게 만들어주었다. 그녀는 비밀보고서에 대해 리스에게 말해도 되겠다고 생각했다.

알렉은 엘리자베스와 함께 취리히로 돌아갈 준비를 하고 있었다.

"이렇게 빨리 너를 데려가고 싶지는 않지만, 급히 결정해야 할 문제가 몇 가지 있어서 말이다."

그는 양해를 구하듯이 말했다.

취리히에 닿았을 때 비행장에는 많은 신문기자들이 대기하고 있었다. 엘리자베스는 사고에 관해 짤막하게 대답해주었다. 알렉의 호위 아래 무사히 리무진을 타고 두 사람은 회사로 향했다.

엘리자베스는 이사회의 모든 멤버와 함께 회의에 참석했다. 거기에는 리스도 있었다. 회의는 이미 3시간이나 계속되고 있었고, 방 안은 담배연기로 혼탁했다. 엘리자베스는 아직 사고의 충격에서 벗어나지 못해서 몹시 두통이 심했다. 의사는 뇌진탕이 나으면 두통도 사라질 거라고 했었다.

그녀는 방 안을 둘러보았다. 긴장과 노여움에 찬 얼굴들뿐이었다.

"팔지 않기로 결정했습니다."

그녀는 그렇게 공표했던 것이다.

그들은 엘리자베스를 철부지 고집불통이라고 생각했다. 그녀가 한때 팔려고 결심한 적이 있었다. 하지만 지금은 그런 것을 논할 때가 아니었다. 이 방에 있는 누군가가 적이다. 그녀가 지금 손을 떼면 적이 개가를 올리게 될 것이다.

그들은 각기 자기 나름대로의 방식으로 엘리자베스를 설득하려 들었다.

알렉의 말은 다소 이성적이었다.

"엘리자베스, 로페 앤드 선즈에는 경력이 풍부한 사장이 필요해. 특히 지금은 말이다. 다른 사람뿐만 아니라 너 자신을 위해서도 회사에서 손을 떼는 것이 좋다고 생각한다."

이보는 자신의 매력을 한껏 구사하며 말했다.

"너는 젊고 아름다운 아가씨야. 전 세계가 네 거야. 왜 사업과 같은 지루한 것의 노예가 되려고 하는 거지? 밖으로 나가서 젊음을 누리며 마음껏 여행을 할 수도 있는데 말이다."

"여행은 이미 많이 했어요."

엘리자베스가 말했다.

샤를은 프랑스인답게 이것저것 이치를 따지며 공격해왔다.

"너는 비극적인 사고 때문에 우연히 주식의 과반수를 손에 넣게 되었다. 하지만 네가 회사를 진두지휘하는 것은 무리야. 우리는 중대한 문제를 안고 있는데, 네가 맡게 되면 그걸 더 악화시킬 뿐이다."

월터는 노골적으로 말했다.

"회사는 많은 문제를 안고 있다. 그것이 얼마나 귀찮은 일인지 너로서는 상상도 못할 거야. 지금 네가 손을 떼지 않으면 시기를 놓칠 게 분명해."

엘리자베스는 포위 공격을 받고 있는 것 같았다. 그녀는 그들 모두의 말에 귀를 기울이며 그들을 관찰하고 그들의 말을 분석했다. 누구나 회사를 위해서라고 이유를 내세우고 있지만, 그중 한 사람은 회사를 파괴하려는 일을 꾸미고 있는 것이다.

한 가지만은 분명했다. 그들 모두 그녀가 회사에서 손을 떼고 주식을 팔기를 원하며, 외부인에게 로페 앤드 선즈를 인도하기를 바라고 있었다. 만일 그들이 원하는 대로 해준다면 사건의 배후에 있는 사람을 찾아낼 기회는 영영 사라지고 만다.

하지만 그녀가 버티고 있으면 누가 파괴 공작을 하고 있는지 탐지해낼 수가 있었다. 따라서 어떻게든 회사 내에서 버티고 있어야 했다.

아버지와 함께 지낸 마지막 3년 동안 그녀는 비즈니스에 관해 어느 정도 감각을 익혔다. 아버지가 키워낸 풍부한 경험을 가진 스태프들의 도움으로 그의 경영 방침을 이어받고 싶었다. 엘리자베스가 물러나야 한다는 이사회 모든 회원의 강력한 주장은 그녀의 결의를 오히려 강하고 굳세게 다져줄 뿐이었다.

그녀는 이제 회의를 끝내야 할 때가 되었다고 생각했다.

"제 결심은 변함이 없습니다. 하지만 회사를 저 혼자 운영할 생각은 없습니다. 저 자신이 얼마나 미숙한지 잘 알고 있기 때문입니다. 그 무엇보다 부디 우리에게 닥친 어려운 문제를 하나씩 해결해가도록 도와주시기 바랍니다."

이보가 단념했다는 듯이 두 손을 들었다.

"누가 그녀에게 올바른 길을 가르쳐줄 수 없겠나?"

이때 리스가 엘리자베스 쪽을 보며 미소를 지었다.

"고마워요, 리스."

엘리자베스는 다른 남자들을 살펴보았다.

"그리고 또 하나, 나는 아버지를 대신해서 일하는 것이니 정식으로 형식적인 절차를 밟는 것이 좋겠다고 생각합니다."

샤를이 놀라서 그녀를 쳐다보았다.

"그건…… 네가 사장이 되고 싶다는 말이냐?"

"사실 엘리자베스는 이미 사장이 되어 있어. 그녀는 우리가 새로운 사태를 이성을 잃지 않고 받아들이기를 바라고 있을 뿐이야."

알렉이 쌀쌀하게 말했다.

"좋소, 나는 엘리자베스 로페를 로페 앤드 선즈의 사장으로 지명할 것을 제의하오."

샤를이 잠시 망설인 다음 말했다.

"제의에 찬성."

월터의 말에 제의는 가결되었다.

'사장에게 있어서는 수난의 시대다.'

그 남자는 어두운 마음으로 그렇게 생각했다.

'여러 사장이 암살되고 있다.'

어두운 그림자

엘리자베스가 물려받은 책임의 크기가 어느 정도인지는 누구보다도 그녀 자신이 잘 알고 있었다. 몇만 명이라는 사람들의 생활이 그녀의 양 어깨에 달려 있는 것이다.

그녀는 누군가의 도움이 필요했지만 누구를 믿어야 할지 전혀 알수가 없었다. 알렉과 리스와 이보가 제일 마음을 털어놓고 싶은 상대였지만, 아직 그럴 결심이 서지 않았다. 시기상조인 것이다.

그녀는 케이트 얼링을 불러들였다.

"무슨 용건이 있으십니까, 미스 로페?"

엘리자베스는 어떻게 말을 꺼내야 할지 망설여졌다. 케이트 얼링은 엘리자베스의 아버지 밑에서 오랫동안 일해 왔다. 평온한 가운데 흐르고 있는 저류를 그녀는 알고 있었을까. 회사의 내부에 대한 움직임이나 샘 로페의 마음가짐, 그의 계획에 관해 알고 있었을까?

케이트 얼링은 틀림없이 믿음직스럽게 자기편이 되어줄 것이라고 생각하며 엘리자베스는 말을 꺼냈다.

"아버지가 어떤 비밀스러운 보고서를 받으신 것 같은데, 그것에 관해 뭔가 알고 있나요?"

케이트 얼링은 골똘히 생각한 다음 고개를 저었다.

"그런 말은 한 번도 듣지 못했습니다. 미스 로페."

엘리자베스는 질문의 방향을 바꾸었다.

"만일 아버지가 비밀리에 조사하려고 생각한 일이 있다면 누구에게 부탁했을 것 같은가요?"

이번에는 곧바로 대답했다.

"저희 회사 보안부일 것입니다."

'거긴 아버지가 절대로 부탁할 리가 없는 곳이다.'

"고마워요."

상의할 수 있는 상대는 한 사람도 없었다.

책상 위에는 올해 회계보고서가 놓여 있었다. 그것을 읽고 있는 동안 엘리자베스는 점점 더 마음이 무거워졌다. 그녀는 회계 감사부장을 불렀다.

월튼 크라우스라는 남자였다. 그는 엘리자베스가 상상하고 있던 것보다 젊고, 재치가 있고 의욕적이었지만 약간 건방진 데가 있었다.

아마도 그는 워트 학교(펜실베이니아 대학의 유명한 비즈니스 학교)나 아니면 하버드 출신일 것이다.

엘리자베스는 단도직입적으로 물었다.

"로페 앤드 선즈와 같은 회사가 어째서 재정 곤란에 빠졌죠?"

크라우스는 어깨를 움츠렸다. 그는 여성에게 보고하는 것이 익숙하지 않은 듯 초심자에게 들려주는 듯한 목소리로 말했다.

"그렇습니다. 간단하게 말씀드리자면……."

엘리자베스가 그의 말을 가로막고 단호하게 말했다.

"우선 요점은, 2년 전까지는 로페 앤드 선즈는 항상 자체 자금으로 꾸려나갔다는 것입니다."

그는 태도를 바꾸었다.

"그건 그렇습니다."

"그럼 왜 은행에 이렇게 많은 부채가 있죠?"

그는 마른 침을 삼켰다.

"몇 년 전에 우리 회사는 이례적으로 대대적인 확장을 단행했습니다. 샘 사장과 다른 이사진들은 그 자금을 은행에서 단기 대부로 조달하는 것이 이로운 방책이라고 생각하셨죠. 현재 여러 은행의 부채는 6억5천만 달러로 그 일부는 변제 기한이 다가오고 있습니다."

"기한이 지났다는 것이겠죠."

엘리자베스가 그렇게 정정했다.

"네, 기한이 지났습니다."

"우리는 프레임 레이트 플러스는 1퍼센트, 플러스 연체 이자까지 지불하고 있어요. 왜 기한이 지난 차입금을 변제하고 다른 차입금의 원금을 줄이려고 하지 않았죠?"

그는 순간 놀라는 것 같았다.

"그것은…… 저…… 최근의 몇 가지 불행한 사건 때문에 회사의 현금 유입 상태가 저희들의 예상을 훨씬 밑돌았기 때문입니다. 보통의 경우라면 은행에서 찾아와서 기한 연장을 부탁해야 할 치지입니다. 그런데 우리 회사가 현재 안고 있는 문제라든가 갖가지 재판의 진행 결과라든가 실험의 중지 등이……."

말끝이 잘 들리지 않았다.

엘리자베스는 그를 유심히 보며 그는 어느 편일까 생각했다.

그녀는 다시 대차대조표를 들여다보며 경영 악화의 원인을 정확하게 파악해보았다.

대차대조표에는 최근 3분기에 급격한 하향세가 나타나고 있었다. 원인은 주로 '임시지출' 난에 기입되어 있는 많은 소송비용에 있었다.

칠레의 폭발에서 유해 물질을 품은 구름이 솟아오르고 있는 모습이 눈앞에 떠올랐다.

희생자들의 절규가 들리는 것만 같았다. 12명이 사망하고 몇백 명이 병원으로 실려 갔다. 또한 인간의 고통과 불행은 결국 '임시지출'이라는 이름의 돈으로 환산되고 말았다.

그녀는 얼굴을 들어 월튼 크라우스를 쳐다보았다.

"크라우스 씨, 당신의 보고에 의하면 우리의 문제는 일시적인 성질의 것이군요. 우리는 로페 앤드 선즈입니다. 세계의 그 어느 은행이라도 아직 제1급의 거래 상대일 것입니다."

이번에는 그가 그녀를 물끄러미 쳐다보았다. 그에게서 거만한 태도가 사라지고 조심성 있는 태도가 엿보였다.

"미스 로페, 생각하셔야 할 것은……."

그는 신중하게 말하기 시작했다.

"제약회사의 평판은 그 제품의 판매와 직결된다는 사실을 인식하셔야 합니다."

예전에 이와 똑같은 얘기를 해준 것은 누구였을까? 아버지일까, 알렉일까. 그녀는 생각해냈다. 리스였다.

"그래서요?"

"우리가 안고 있는 문제는 너무도 널리 알려져 있습니다. 비즈니스 세계는 정글입니다. 이쪽이 상처를 입은 것을 경쟁상대가 알게 되면 아예 목을 조르려고 달려드는 겁니다."

그는 잠시 망설이다가 덧붙였다.

"그들은 지금 우리 회사의 목을 조르려고 다가오고 있습니다."

"바꿔 말하면, 우리의 경쟁회사도 당신의 은행과 거래를 하고 있다는 말이군요."

그는 약간 웃음기를 띠고 그녀에게 경의를 표했다.

"말씀하신 대로입니다. 은행은 대출 자금 액수에 한도가 있지요. 만일 A쪽이 B보다 안전하다고 믿게 되면……."

"당신도 정말 그렇게 생각하고 있습니까?"

그는 신경질적으로 머리를 쓸어 올렸다.

"부친께서 돌아가신 뒤에 율리우스 바드루트 씨로부터 몇 번씩이나 저에게 전화가 걸려왔습니다. 그는 우리가 거래하고 있는 은행 차관단의 단장입니다."

"바드루트 씨의 용건은?"

그녀는 그 대답을 잘 알고 있었다.

"누가 로페 앤드 선즈의 새 사장이 되는지 알고 있습니까?"

엘리자베스가 물었다.

"아뇨."

"저예요."

그가 놀라움을 감추려는 것을 그녀는 지켜보고 있었다.

"바드루트 씨가 그것을 알게 되면 어떻게 할 것 같습니까?"

"우리에게서 손을 떼게 될 것입니다."

월튼 크라우스는 결심을 한 듯이 말했다.

"내가 만나서 얘기해보겠습니다."

그녀는 의자의 등받이에 기대어 웃어 보였다.

"커피라도 한 잔 하겠어요?"

"네, 너무 고맙습니다. 그럼 마시겠습니다."

엘리자베스는 그가 긴장을 풀기를 기다렸다.

그는 자신이 테스트 받고 있다는 것을 알았고, 그것을 통과했다고 생각했다.

"당신의 의견을 듣고 싶어요. 크라우스 씨, 당신이 만일 내 입장이라면 어떻게 하시겠어요?"

그는 약간 상대를 업신여기는 태도로 돌아왔다.

"글쎄요."

그는 자신만만하게 덧붙였다.

"그것은 간단합니다. 로페 앤드 선즈에는 막대한 재산이 있습니다. 우리 회사가 상당한 양의 주식을 공개하면 변제액 이상의 자금이 간단하게 만들어질 것입니다."

그녀는 그가 어느 편인지 알 수 있었다.

빨간 리본

함부르크

10월 1일 금요일, 오전 2시

바다에서 바람이 불어와서 밤공기는 차갑고 축축했다. 함부르크의 리퍼반 지구에는 금지된 환락을 추구하는 여행자들이 거리에 넘치고 있었다. 리퍼반은 모든 취미를 다양하게 만족시켜 주었다. 술도, 마약도, 여자도, 그리고 남자도……. 돈만 있으면 그것들을 손에 넣을 수 있었다.

큰 거리에는 눈부신 조명의 호스티스 바가 즐비하게 늘어서 있었고, 그로세 프라이하이트는 선정적인 스트립쇼가 인기를 모으고 있었다. 한 블록 앞, 자동차의 통행이 금지되어 있는 하버트 거리는 도로 양쪽으로 매춘부들이 가게 창문에 나란히 앉아 있었고, 얇게 비치는 잠옷을 통해 매물인 육체를 자랑삼아 보여주고 있었다.

리퍼반은 인육을 사고파는 거대한 시상이었다. 그곳에서는 돈만 있으면 어떤 고기든 마음대로 살 수 있었다.

리퍼반에서는 12세의 소년이나 소녀를 살 수 있었고, 어머니와 딸을 함께 침대에 끌어들일 수도 있었다. 기호에 따라서는 개와 수간하는 여인도 구경할 수 있었고, 오르가슴에 도달할 때까지 자신을 채찍질 해달라고 할 수도 있었다.

이가 없는 노파를 고용해 사람의 왕래가 적은 옆 골목에서 애무를 해달라고 할 수도 있었으며, 기분 내키는 대로 여자나 남자를 데려와 거울을 사방에 붙인 침실에서 마음껏 즐길 수도 있었다.

리퍼반은 모든 사람을 즐겁게 하는 그 무엇인가가 있다는 것이 자랑거리였다. 젊은 매춘부들은 짧은 스커트에 몸에 착 달라붙는 블라우스를 입고 남자를 유혹하면서 거리를 오락가락하고 있었다.

낯익은 카메라맨이 천천히 거리로 걸어 들어오자, 많은 여인들과 짙은 립스틱을 바른 사나이들이 귀찮게 따라다녔다. 그는 그들은 거들떠보지도 않고 18세가 될까 말까한 여자에게로 다가갔다. 금발의 그 아가씨는 벽에 기대어 여자 친구들과 이야기를 하다가 사나이가 다가오자 돌아보며 웃었다.

"자기, 파티를 열지 않겠어요? 친구와 둘이서 즐겁게 해줄게요."

사나이는 여자를 힐끔 쳐다보며 말했다.

"너 혼자면 돼."

또 한 여자는 어깨를 움츠려 보이더니 걸어가 버렸다.

"이름이 뭐지?"

"히르디."

"영화에 나가고 싶지 않니, 히르디?"

"뭐예요! 그 따위 말은 안 듣겠어요."

그는 안심시키듯이 웃었다.

"아니야, 정말이라고. 포르노 영화야. 친구 부탁으로 만들고 있어."

"500마르크. 그것도 선불로⋯⋯."

"좋아."

그녀는 곧바로 좀 더 높이 부르지 않은 것을 후회했다. 하지만 어떻게 해서든 다시 할증료를 뜯어낼 수 있을 것이라고 생각했다.

"어떻게 하면 되죠?"

히르디가 물었다. 그녀는 초조했다.

낡은 가구가 놓여 있는 작은 아파트의 침대에 나체로 누워서 그녀는 세 사나이들을 살펴보며 별 이상한 곳도 다 있다고 생각했다. 그녀의 몸은 베를린이나 뮌헨, 함부르크의 거리에서 예민하게 단련되어 있었다.

그녀는 본능에 의지해 살아가고 있었다. 이 방에 있는 사나이들에게서는 어쩐지 불신의 냄새가 풍겼다. 그녀는 가능하면 촬영하기 전에 거절하고 싶었다. 그러나 이미 500마르크를 받았으며 잘만 하면 또 500마르크를 얹어주겠다고 약속을 받았다. 능숙하게 해보이자고 마음먹었다. 그녀는 프로였고 자기 솜씨에 긍지를 갖고 있었다.

그녀는 옆에 누워 있는 남자 쪽으로 돌아누웠다. 좋은 체격의 사나이였는데 몸에 털이 없었다. 히르디가 이상하게 느낀 것은 그의 얼굴이었다. 이런 영화를 찍기에는 너무도 나이가 많았다.

그러나 히르디가 제일 관심을 쏟은 것은 방 안쪽에 조용히 앉아서 구경을 하는 사람이었다. 긴 코트를 입고 커다란 모자를 쓰고 있었으며 검은 안경을 끼고 있어서 히르디로서는 그가 남자인지 여자인지조차 구별이 되지 않았다. 기분이 나빴다.

히르디는 목에 두른 빨간 리본을 손가락으로 만지작거리며 왜 그들은 이런 것을 목에 매라고 하는 걸까 하고 생각했다.

카메라맨이 말했다.

"좋아, 됐어. 액션!"

카메라가 돌아가기 시작했다. 히르디는 자기 역할을 잘 알고 있었다. 사나이는 위를 보고 누워 있었고, 그녀는 덤벼들었다.

우선 남자의 몸을 애무하는 것부터 시작했다. 그녀는 교묘하게 입술과 혀를 이용해서 귀와 목, 가슴, 배를 거쳐 차츰 아래쪽으로 내려갔다. 다음에 그녀는 사나이를 엎드리게 하고 혀를 이용해서 몸 위쪽으로 천천히 되돌아오기 시작했다. 그리고 성욕을 자극하는 모든 민감한 부분을 찾아내어 그곳을 애무했다.

사나이는 흥분이 고조되어 돌처럼 굳어 있었다.

"자, 빨리 해!"

카메라맨이 말하자 사나이가 그녀의 몸 위로 올라갔다. 그리고 두 사람의 몸은 금세 한 덩어리가 되었다.

이윽고 히르디는 좀 전에 품었던 공포를 잊고 황홀감에 잠겼다. 사나이는 하체를 리듬감 있게 움직였다. 히르디는 그의 강렬함에 허리를 비틀었으며 점점 리듬은 빨라졌다. 방 안쪽에서 구경하던 사람은 몸을 내밀고 두 사람의 동작을 면밀히 지켜보았다. 침대 위의 여인은 눈을 감았다.

"틀렸어! 눈이……."

구경하던 사람이 소리쳤다.

카메라맨이 소리쳤다.

"눈을 떠!"

히르디는 놀라서 눈을 떴다. 그녀는 자기 위에 있는 사나이를 쳐다봤다. 그는 능숙했다. 그녀는 이런 섹스를 좋아했다. 거칠고 우악스러웠다. 그의 움직임이 한층 더 빨라지고 그녀도 그에 응하기 시작했다.

그녀는 평소에 상대가 여자 친구가 아니면 오르가슴에 도달하지 못했다. 손님에게는 언제나 오르가슴에 이른 시늉만 냈지만 상대는 전혀 눈치 채지 못했었다. 그러나 지금은 오르가슴에 도달하지 않으면 할증료를 주지 않는다고 카메라맨이 언질을 주었기 때문에 그녀는 그 돈으로 살 갖가지 멋진 물건들을 떠올려보았다. 그러자 클라이맥스에 도달하기 시작했다.

"빨리!"

그녀는 소리쳤다.

"빨리!"

그녀의 몸은 떨리기 시작했다.

"아, 이젠! 좋아! 좋아!"

구경꾼은 고개를 끄덕였고 카메라맨은 소리쳤다.

"지금이다!"

사나이의 손이 여인의 목 쪽으로 올라갔다. 그의 커다란 손이 그녀의 목을 거머쥐고 힘껏 조였다. 그녀는 사나이를 올려다보았고 살의를 깨닫고는 공포에 사로잡혔다.

소리치려고 했지만 숨이 막혔다. 그녀는 오르가슴으로 격렬하게 몸을 경련시키면서 필사적으로 몸부림쳤다. 그러나 그가 단단히 누르고 있어서 도망칠 방도가 없었다.

구경꾼은 이 광경을 충분히 만끽하면서 죽음에 임박한 여자의 눈을 들여다보며 그녀가 변해가는 모습을 지켜보고 있었다.

여자의 몸은 한 번 경련하고는 곧바로 축 늘어졌다.

극비 실험

취리히

10월 4일 월요일, 오전 10시

엘리자베스가 사무실에 도착하자 '친전'이라고 적힌 봉투가 책상 위에 놓여 있었다. 그녀는 그것을 뜯어보았다. 속에 든 것은 화학 연구실에서 올린 보고서로, '에밀 조에플리'라고 서명이 되어 있었다.

그것은 학술어 투성이여서 엘리자베스는 끝까지 읽어봐도 무슨 말인지 이해할 수가 없었다. 그녀는 반복해서 읽어보았다.

겨우 그 취지를 파악하게 되자, 그녀는 케이트에게 말했다.

"한 시간 후에 돌아오겠어요."

그녀는 에밀 조에플리에게 찾아갔다.

조에플리는 키가 크고 35세쯤 된 남자로 야윈 얼굴에 주근깨가 있었다. 머리는 벗겨져 한줌의 연붉은 머리카락만 남아 있을 뿐이었다.

그는 자신의 작은 연구실에 손님을 맞이하는 것이 익숙하지 않은 듯 어색하고 딱딱한 태도로 그녀를 맞이했다.

"당신의 보고서를 읽었어요. 하지만 도저히 이해가 가지 않는 곳이 많더군요. 설명해주실 수 있겠어요?"

그 순간 조에플리의 어색함은 사라졌다. 그는 의자에서 몸을 내밀고 자신에 찬 태도로 재빠르게 이야기하기 시작했다.

"저는 점성 다당 물질과 산소 저지법을 사용해서 교원질의 급속한 분화를 억제하는 방법을 실험하고 있습니다. 교원질은 말할 나위도 없이 모든 결합조직의 중요한 단백질 성분입니다."

"알고 있어요."

그녀는 조에플리의 설명에 대한 기술적인 면은 이해하려고도 하지 않았다. 다만 그녀가 이해할 수 있는 것은 그가 온 힘을 기울여 연구하고 있는 것이 노화작용을 늦추는 프로젝트라는 것이었다. 그것은 획기적인 것이었다.

그녀는 아무 말도 하지 않고 그의 이야기에 귀를 기울이며 그것이 실현되면 전 세계 사람들에게 얼마나 큰 대혁명을 가져올 것인지를 생각했다. 조에플리에 의하면 인간은 모두 100세, 또는 150세, 아니 200세까지도 살 수 있다는 것이다.

"주사도 필요 없습니다. 이 처방만 있으면 정제나 캡슐로 만들어서 복용할 수가 있습니다."

그 가능성은 헤아릴 수가 없었고, 사회적 혁명이라 해도 과언이 아니었다. 그것은 로페 앤드 선즈에 몇십억 달러에 이르는 이익을 가져올 것이다. 그들은 자기 회사에서 그것을 제조하고 또한 특허료를 받아서 타사에서도 제조하도록 허락하게 될 것이다.

50세 이상은 젊음을 유지할 수 있는 약을 복용하지 않을 사람이 없을 것이라고 생각하니, 엘리자베스는 도저히 흥분을 억누를 수가 없었다.

"그 프로젝트는 어디까지 진척되어 있죠?"

"그 보고서에 적혀 있는 것처럼 4년 동안 동물 테스트를 계속해왔습니다. 최근의 결과는 완전히 성공입니다. 이제부터 인간 테스트에 착수하고 있습니다."

그녀는 그의 열성을 믿음직스럽게 생각했다.

"당신 외에 이 연구에 대해 알고 있는 사람은?"

엘리자베스가 물었다.

"아버님이 알고 계셨습니다. 이것은 레드 폴더 프로젝트 중의 하나로 극비사항입니다. 저는 사장님과 이사회의 한 멤버에게만 보고하기로 되어 있습니다."

엘리자베스는 흠칫했다.

"그게 누구죠?"

"월터 가스너 씨입니다."

엘리자베스는 잠시 침묵을 지켰다.

"앞으로는 저에게 직접 보고해주세요. 저에게만요."

조에플리는 놀라며 그녀를 바라보았다.

"알겠습니다. 미스 로페."

"그 약은 언제쯤 시장에 나가게 될까요?"

"모든 것이 순조롭게 진행된다면 19개월에서 24개월 후입니다."

"그렇군요. 혹시 자금이나 일손, 시설이 필요하면 내게 말해주세요. 가능한 한 빨리 연구를 진척시켰으면 합니다."

"알겠습니다."

엘리자베스는 자리에서 일어났다. 그와 동시에 에밀도 서둘러 일어났다.

"만나뵙게 되어 기뻤습니다."

그는 미소를 지으며 쑥스러운 듯이 덧붙였다.

"저는 아버님을 좋아했습니다."

"고마워요."

엘리자베스의 아버지는 이 프로젝트를 알고 있었던 것이다. 이 프로젝트가 아버지가 주식을 파는 것을 거부한 또 하나의 이유였을까?

문 옆에서 에밀 조에플리는 엘리자베스에게 말했다.

"인간에게도 틀림없이 잘 들을 것입니다."

"네, 물론 잘 듣겠죠."

'무슨 일이 있어도 효용이 있어야 해요.'

"레드 폴더 프로젝트는 어떻게 관장되고 있죠?"

"처음 시작부터 말입니까?"

케이트 얼링이 되물었다.

"그래요. 처음부터."

"아시는 바와 같이 저희들은 갖가지 실험 단계에 있는 신제품이 몇백 개나 있습니다. 그것은⋯⋯."

"누가 그것을 허가하죠?"

"일정 금액까지는 관계 각부의 부장입니다."

케이트 얼링이 대답했다.

"일정 금액이란?"

"5만 달러입니다."

"그 이상은?"

"이사회의 승인이 필요합니다. 물론 최초의 시험에 통과한 프로젝트가 아니면 레드 폴더 속에 들어살 수가 없습니다."

"성공할 가능성이 없다면 안 된다는 것이군요?"

엘리자베스가 말했다.

"그렇습니다."

"그 비밀 보장은?"

"중요한 프로젝트인 경우, 그 일은 전부 '관계자 외 출입금지' 연구실로 옮겨집니다. 관계서류도 전부 일반 서류철에서 떼내어 레드 폴더 철에 넣어집니다. 3명 이외는 그것을 볼 수 없습니다. 프로젝트의 책임자인 과학자와 사장님과 이사회 멤버 중 한 사람입니다."

"그 멤버의 인선은 누가 하죠?"

"부친께서 월터 가스너를 선택하셨습니다."

그렇게 대답한 순간 케이트는 흠칫 놀라는 듯했다.

두 여인은 서로 얼굴을 마주보았다. 엘리자베스가 말했다.

"고마워요, 케이트. 그것으로 되었어요."

엘리자베스는 조에플리의 프로젝트에 관한 것은 한마디도 입에 담지 않았다. 그런데도 케이트는 엘리자베스가 무슨 얘기를 하고 있는지 알아채고 있었다.

그것으로 두 가지 가능성을 생각할 수 있었다. 아버지가 그녀를 믿고 조에플리에 관한 것을 얘기해주었거나 그녀 자신이 그 일을 알게 되었거나……. 누구를 위해?

이 건은 매우 중대하며 어떤 착오도 용납되지 않았다. 그녀 자신이 비밀 유지에 책임을 지지 않으면 안 되었다.

월터 가스너에게 얘기할 필요가 있었다. 그녀는 전화기를 집어 들려고 하다가 그만두었다. 보다 나은 방법이 있었다.

그날 오후, 엘리자베스는 베를린 행 정기 여객기에 타고 있었다.

월터 가스너는 안절부절못하고 있었다.

두 사람은 쿠담 가 식당인 '빠삐용' 이층 구석진 곳에 앉아 있었다.

엘리자베스가 베를린을 방문했을 때 월터는 항상 그녀를 자기 집으로 초대해서 안나와 세 사람이 식사를 했었다. 그런데 이번에는 그런 얘기는 내비치지도 않고 그 대신 이 식당에서 만나자고 했다. 그리고 안나를 동반하지 않은 채 나타났다.

월터 가스너는 여전히 말끔하고 단정한 얼굴로 영화배우같이 핸섬했지만 피부는 윤기를 잃어가고 있었다. 얼굴에는 스트레스 때문인지 주름이 생겨 있었고, 손을 쉴 새 없이 움직여서 긴장하고 있는 모습이 역력했다.

엘리자베스가 안나에 대해서 묻자, 월터는 애매하게 대답했다.

"안나는 기분이 나빠서 나올 수 없었어."

"어디가 아픈가요?"

"아니, 곧 좋아질 거야. 집에서 쉬고 있을 뿐이야."

"전화로 문안이라도 해야죠."

"가만 놔두는 게 좋아."

그것은 월터답지 않은 대답이었다. 그는 늘 개방적이며 사교적인 남자였기 때문이었다.

엘리자베스는 에밀 조에플리의 이야기를 꺼냈다.

"그가 진척시키고 있는 연구는 우리 회사에 있어서는 대단히 중요한 일이에요."

엘리자베스가 그렇게 말하자 월터도 고개를 끄덕였다.

"굉장한 것이 될 것 같군."

"앞으로는 당신에게도 보고하지 말라고 말해두었어요."

월터의 손이 갑자기 동작을 멈추었다. 그것은 마치 들리지 않는 외마디소리 같았다. 그는 엘리자베스를 날카롭게 쏘아보며 말했다.

"왜 그랬지?"

"월터, 당신이라고 해서 그런 것은 아니에요. 그에게서 보고를 받는 것이 이사회의 다른 멤버였다고 해도 똑같은 조치를 취했을 거예요. 나는 단지 나 자신의 방식으로 이 문제를 처리하고 싶을 뿐이에요."

"아, 그래."

그러나 그의 손은 테이블 위에서 정지되어 있는 채였다.

"물론 너에겐 그럴 권리가 있어."

그는 미소를 지었지만 마지못해 지어낸 미소였다.

"엘리자베스, 안나는 회사의 주식을 많이 갖고 있어. 네가 승낙하지 않는 이상 그걸 팔 수가 없어. 이것은 굉장히 중요한 일이야. 난⋯⋯."

"월터, 애석하지만 아직 주식을 파는 것에 동의할 수가 없어요."

그의 손은 다시 움직이기 시작했다.

카운트다운

율리우스 바드루트는 검은 양복을 입고 있었다. 그는 사마귀처럼 깡마르고 몹시 성미가 까다로운 남자였다. 그는 아이들이 그린 막대 모양의 인물화처럼, 손발이 네모지고 그 위에 딱딱하게 굳은 표정으로 아무렇게나 그려진 얼굴이 얹혀 있는 것 같았다.

바드루트 씨는 로페 앤드 선즈의 이사회실에서 엘리자베스와 테이블을 사이에 두고 마주앉아 있었다. 그밖에 5명의 은행가도 있었다. 모두가 검은 재킷과 흰 와이셔츠를 입고 있었으며 검은 넥타이를 매고 있었다. 그것은 정장이라기보다 제복 같았다.

테이블 주위의 냉담하고 무표정한 눈들을 둘러보며 엘리자베스는 불안에 사로잡혔다.

회의가 시작되기 전에 케이트가 커피와 갓 구워낸 케이크를 가져왔다. 그러나 사나이들은 엘리자베스의 점심 초대를 거절한 것과 마찬가지로 그것을 모두 사양했다. 그녀는 이것이 나쁜 전조라고 생각했다. 그들이 목저은 빌려준 돈을 거두어들이려는 것뿐이었다.

엘리자베스가 말을 꺼냈다.

"먼저 오늘 이곳에 참석해주신 데 대해 감사드립니다."

그에 대해 은행가들은 정중하기는 하지만 아무 의미도 없는 말을 중얼거렸다. 그녀는 숨을 깊이 들이마셨다.

"여러분에게 와주십사 한 것은 로페 앤드 선즈가 여러분들로부터 차용한 대부금의 기한 연장에 관해 상의를 드리고자 해서입니다."

율리우스 바드루트는 경련하듯이 머리를 절레절레 흔들었다.

"미스 로페, 애석하지만 이미 아시는 바와 같이……."

"제 얘기는 아직 끝나지 않았습니다."

엘리자베스가 말하며 방 안을 둘러보았다

"만일 내가 당신들의 입장이었다면 나도 거절했을 겁니다."

그들은 엘리자베스를 주시하더니 다음 순간 어리둥절한 표정으로 마주보았다.

엘리자베스가 이야기를 계속했다.

"저의 아버지는 훌륭한 실업가였습니다. 그런 아버지가 이 회사를 경영할 때마저도 여러분은 대출금에 대해서 걱정했습니다. 그런데 비즈니스에 전혀 경험이 없는 여자에게 기한 연장을 해줄 리가 있겠습니까?"

율리우스 바드루트가 냉담하게 말했다.

"그것을 아셨으면 됐습니다. 저희들로서도……."

"제 얘기는 아직 끝나지 않았습니다."

그들은 아까보다도 주의 깊은 눈으로 그녀를 바라보았다. 엘리자베스는 그들이 자기에게 얼마큼 주의를 기울이고 있는지 확인하기 위해 차례차례 한 사람씩 얼굴을 들여다보았다. 그들은 재계의 실업가들로부터 숭배되고 존경받는 선망의 대상인 은행가들이었다. 그런 그들이 지금 조금 전까지의 초조감과 지루함 대신 잔뜩 호기심이 발동한 듯 몸을 앞으로 내밀고 귀를 기울이고 있었다.

"여러분과 로페 앤드 선즈는 오랫동안 잘 지내온 사이입니다. 모든 분들이 저의 아버지에 대해서 잘 알고 계실 줄로 압니다."

몇몇 사람이 고개를 끄덕이며 그녀의 말을 인정했다.

엘리자베스는 계속했다.

"아마 여러분은 내가 아버지의 뒤를 이어받게 되었다는 것을 알았을 때 놀란 나머지 모닝커피가 목에 걸려 넘어가지 않았을 테지요."

한 은행가가 미소를 짓더니 다음에는 소리 내어 웃으며 말했다.

"정말 그랬소. 미스 로페, 숙녀에게 실례되는 말을 하고 싶진 않지만…… 뭐라고 했죠? 모닝커피가 목에 걸렸다는 것은 나뿐만 아니라 여기 있는 모든 사람이 그랬을 겁니다."

엘리자베스는 순진하게 생긋 웃었다.

"무리도 아닐 것입니다. 내가 여러분이라고 해도 그렇게 반응했을 테니까요."

다른 은행가도 말했다.

"미스 로페, 한 가지 묻겠습니다만 이 회의 결과에 관해서는 당신도 저희도 모두 의견이 일치되어 있습니다. 그런데 무엇을 상의하자는 겁니까?"

그는 큰 몸짓으로 두 손을 들었다.

"여러분에게 오시라고 한 것은, 여러분이 세계의 톱클래스 은행가들이기 때문입니다. 여러분이 이처럼 성공하신 것은 모든 것을 돈이란 척도에 의해 가늠해왔기 때문만은 아니라고 믿습니다. 만일 그것이 사실이라면 여러분이 아닌 어떤 직원이라도 여러분을 대신해서 대표가 될 수 있었을 겁니다. 은행의 경영에는 돈 이외에도 틀림없이 훨씬 중요한 것이 있는 것으로 압니다."

엘리자베스가 말했다.

"물론 그렇습니다."

또 한 사람의 은행가가 불만스럽게 말했다.

"하지만 미스 로페, 우리는 비즈니스맨입니다. 그리고……."

"로페 앤드 선즈는 거대한 회사입니다. 나는 아버지의 책상 앞에 앉을 때까지 그것이 얼마나 큰 것인지 알지 못했습니다. 이 회사가 전 세계에서 얼마나 많은 인명을 구해왔는지도 몰랐습니다. 의학에 대해 얼마나 커다란 공헌을 해왔는지도, 몇만 명이나 되는 사람들이 이 회사에 의해 생계를 꾸려나가고 있는지도 몰랐습니다……."

율리우스 바드루트가 도중에 끼어들었다.

"대단히 좋은 말씀이지만 이야기가 샛길로 빠지고 있는 것 같습니다. 회사의 중역들이 주식을 공개하시면 우리에게 변제하는 금액 이상의 돈이 만들어질 수 있다는 조언을 당신에게 했다고 하던데……."

엘리자베스는 이 말을 듣자 뭔가 조금씩 느껴지는 것이 있었다. 이 사회에서 비공개하기로 한 내용이었다.

"당신에게 누가 조언을 해주었군요."

이 모든 것은 비밀이었다. 그럼에도 불구하고 회의에 참석했던 누군가가 얘기해준 것이 틀림없었다. 그녀에게 압력을 가하려고 한 누군가가…….

그녀는 그가 누구인지 알아내야 한다고 생각했다. 그러나 그것은 나중으로 돌려야 했다.

"여러분에게 묻고 싶습니다. 여러분의 대출이 변제되면 그것은 어디에서 나온 돈이든 상관없겠습니까?"

엘리자베스의 말에 율리우스 바드루트는 그 질문에 함정이 있는 건 아닌지 마음속으로 헤아려보며 그녀를 조심스럽게 살펴보았다. 그리고 겨우 말했다.

"네, 대출한 돈을 돌려준다면 상관없습니다."

엘리자베스는 몸을 앞으로 내밀고 열띤 목소리로 말했다.

"주식을 외부에 거래한 돈으로 지불하거나 회사 자금에서 지불하거나 똑같을 겁니다. 로페 앤드 선즈가 도산하지 않는다는 것은 여러분 모두가 잘 알고 있습니다. 오늘도 내일도 영구히 도산하지 않습니다. 내가 바라는 것은 조금만 유예기간을 달라는 것입니다."

율리우스 바드루트는 메마른 입술을 움직이며 말했다.

"저, 미스 로페. 우리는 진심으로 당신을 동정하고 있습니다. 당신이 받은 커다란 슬픔도 이해하고 있습니다. 그렇지만……"

"3개월만 기다려 주세요. 90일입니다. 물론 연체이자도 지불해드리겠습니다."

엘리자베스가 말했다.

테이블 주위는 침묵이 흐르고 있었다. 그것은 거부의 침묵이었다. 엘리자베스는 그들의 차가운 시선과 반감을 품고 있는 표정을 보았다. 그녀는 마지막 성패를 가늠하는 도박을 결행하기로 했다.

"이것을…… 이것을 말씀드려도 좋을지 모르겠습니다만……"

그녀는 일부러 망설이는 척하면서 말했다.

"비밀을 지켜주십사 하고 여러분에게 부탁드려야겠군요."

그녀는 테이블을 둘러보며 다시 그들이 주의를 자기에게 집중시키도록 했다.

"로페 앤드 선즈는 제약업계 전체에 혁명을 일으킬 대발명을 발표하기 직전에 이르러 있습니다."

그녀는 긴장감을 고조시키기 위해 뜸을 들였다.

"저희 회사는 현재 시판되고 있는 모든 약의 매출을 훨씬 상회하는 새로운 약을 발표할 예정입니다."

그녀는 분위기의 변화를 느낄 수 있었다.

맨 먼저 미끼에 걸려든 것은 율리우스 바드루트였다.

"어떤…… 저…… 어떤 종류의……."

"애석하지만 바드루트 씨, 저는 이것만으로도 너무 많은 비밀을 누설한 셈입니다. 지금 말씀드릴 수 있는 것은 제약 역사상 최고의 혁신을 불러일으킬 약으로, 매출이 2, 3배에 이르게 될 것입니다. 그렇게 되면 물론 우리는 거액의 신규 융자를 신청해야만 합니다."

은행가들은 서로 마주보며 침묵 속에 사인을 교환했다. 침묵을 깬 것은 바드루트였다.

"만일 우리가 90일 간의 기한 연장을 승인하면 우리는 앞으로 모든 거래에서 당연히 로페 앤드 선즈의 주력 은행이 되는 것이라고 생각해도 되겠습니까?"

"물론입니다. 그리고 90일째 되는 날, 당신들이 원하는 모든 것을 다 들어드리겠습니다."

바드루트는 허공을 바라보았다. 그는 엘리자베스와 다른 사람들을 둘러보고는 입을 열었다.

"저로서는 받아들여도 좋다고 생각합니다만……."

다른 은행가 한 사람이 또 찬성을 했다.

"율리우스, 당신이 좋다고 생각한다면……."

이렇게 해서 연기하는 것은 통과되었다. 엘리자베스는 의자 등받이에 기대며 안도감을 애써 숨겼다. 그녀는 90일 간을 얻어낸 것이다.

그 1분, 1분이 그녀에게 있어서는 귀중한 시간이었다.

일하는 여상속인

엘리자베스는 자신이 마치 허리케인의 중심에 있는 것 같았다.

몇백 개나 되는 부서에서, 자이르의 공장에서, 그린란드의 연구소에서, 오스트레일리아와 타이의 사무실에서, 그리고 세계 곳곳에서 엘리자베스의 책상 위로 모든 것이 흘러들어왔다. 신제품, 판매, 계수 예측, 광고 캠페인, 실험 프로젝트 등에 관한 보고였다.

새로운 공장의 건설, 구공장의 매각, 타사의 매수, 간부의 채용이나 파면에 관한 결재도 해야 했다.

엘리자베스는 비즈니스의 모든 면에서 전문가의 조언을 받았지만, 마지막 결단은 그녀가 내려야만 했다. 아버지가 한 것처럼…….

그녀는 지금에 이르러 보니, 아버지를 도와 3년 동안 일하기를 잘했다는 생각이 들었다. 회사의 일에 관해 자기가 생각하던 것보다 훨씬 많이 알고 있는 것도 있었고, 그 반대인 것도 있었다.

회사의 규모는 실로 놀라운 것이었다. 엘리자베스는 전에는 그것을 왕국으로 생각하고 있었지만 그것은 부왕(副王)들에 의해 다스리지는 왕국의 집합체였으며, 사장의 사무실은 제왕의 방이었다.

그녀의 사촌들은 각기 영지를 가지고 있었지만 그 밖에 해외의 영토도 감독하고 있어서 그들은 끊임없이 여행을 하고 있었다.

엘리자베스는 곧 특별한 문제에 부딪히게 되었다. 그녀는 남자들 세계의 홍일점이었으며 그것이 보통의 경우와는 다른 어떤 것들을 만들어내고 있었다.

그녀는 여자가 남자보다 뒤떨어진 존재라는 신화도 남자들이 지지하지는 않을 것이라고 믿고 있었지만, 곧 그것이 잘못이란 것도 알게 되었다. 그것을 입 밖에 내거나 분명하게 행동으로 나타내는 그런 사람은 없었지만 엘리자베스는 매일 그 문제에 부딪쳤다. 그것은 먼 옛날의 편견에서부터 생겨난 사고방식으로, 피할 수 없는 것이었다.

남자들은 여자에게서 명령 받는 것을 달갑게 생각하지 않았다. 여지가 자신들의 판단에 의문을 갖거나 그들의 계획을 개선하려는 것을 괘씸한 일이라고 생각했다.

엘리자베스가 젊고 매력적인 것도 사태를 한층 어렵게 했다. 그녀는 가정에 머무는, 침대나 부엌에만 있어야 할 존재이며 어려운 사업은 남자에게 맡겨야 한다고 그들은 그녀에게 일깨워 주려고 했다.

엘리자베스는 수많은 부서의 장들과 매일 상의를 했다. 그들 모두가 적의를 품고 있는 것은 아니었다. 그 가운데는 그녀를 정복하려는 사람도 있었다. 사장자리에 앉아 있는 젊은 아가씨는 남자의 자부심에 대한 도전이었다.

그들의 마음속을 한눈에 알아볼 수 있었다. 그녀와 잠자리를 같이 하면 그녀를 마음대로 조종할 수 있다고 생각하는 것이다. 그것은 사르데냐의 젊은 청년들이 중년 남자로 바뀌었을 뿐이었다. 엘리자베스에 대한 그들의 초점이 잘못 맞추어져 있었다. 그녀의 머리에 눈을 돌렸어야 했다. 왜냐하면 그녀는 결국 머리로 그들을 지배하고 있었기 때문이었다. 그녀의 지성을 우습게 본 것이 그들의 잘못이었다.

그들은 그녀의 힘을 잘못 보고 있었다. 그것이 그들의 최대 실수였다. 엘리자베스는 새뮤얼 할아버지와 아버지의 피를 이어받은 로페가의 딸이며, 두 사람의 결단력과 용기를 모두 갖고 있었다.

주위의 사나이들은 엘리자베스를 이용하려고 했지만 그녀 쪽이 그들을 역이용했다. 그들이 축적해온 지식과 경험, 직관력을 끄집어내어 그것을 자기 것으로 만들었다.

그녀는 사나이들에게 말하게 하고 귀를 기울였다. 그들에게 질문하고 그 답을 머릿속에 챙겨 넣었다. 그리고 열심히 배웠다. 매일 밤 그녀는 보고서가 가득 든 2개의 묵직한 서류가방을 집으로 가지고 와서 공부했다. 때로는 새벽 4시까지 일을 할 때도 있었다.

어느 날 밤, 신문사의 카메라맨이 2개의 서류가방을 들고 있는 비서와 함께 사무실에서 나오는 엘리자베스의 모습을 찍었다. 다음날 신문에 난 사진 설명은 '일하는 여상속인'으로 되어 있었다.

엘리자베스는 곧 국제적으로 유명한 사람이 되었다. 거대 기업을 이어받아 지휘봉을 휘두르는 아름다운 아가씨의 이야기는 세인들에게 굉장한 화젯거리가 되었다.

가장 먼저 신문이 달라붙었다. 그들이 엘리자베스처럼 아름답고 지적이고 비즈니스의 수완을 겸비한 유명인을 만나기는 어려운 일이었다. 그녀는 회사의 손상된 이미지를 회복하기 위해 형편이 닿는 대로 인터뷰에 응했다. 그들은 그 일로 인해 엘리자베스에게 호감을 갖게 되었다.

기자의 질문에 대답할 수 없을 때는 체면을 차리지 않고 수화기를 집어 들고는 누군가에게 물어보았다.

그들의 사촌들은 일주일에 한 번씩 상의를 하러 취리히로 날아왔다. 엘리자베스는 그들과 가능한 한 많은 시간을 보내려고 노력했다. 모든 사촌들과 함께 만날 때도 있었고 한 사람씩 만날 때도 있었다.

그녀는 그들과 이야기하며 한 사람씩 자세히 관찰했다. 그리고 그들 중에서 누가 폭발 사건으로 죄도 없는 사람들을 죽이고, 경쟁 회사에 비밀을 팔아넘기고 로페 앤드 선즈를 무너뜨리려고 하는지 그 실마리를 찾아내기 위해 애썼다. 그것은 그녀의 사촌 중 한 사람인 것이 분명했다.

이보 팔라치―저항할 수 없는 매력과 따사로움을 지닌 사나이.

알렉 니콜스―예의 바르고 품위 있는 신사로 매우 조용한 사나이. 엘리자베스가 도움을 청하면 언제나 협력해준다.

샤를 마르텔―아내의 위세에 눌려 있는 겁쟁이 남자. 하지만 겁쟁이 남자도 막다른 골목에 이르면 폭발할 때가 있다.

월터 가스너―빈틈없는 독일 남자. 외면은 핸섬하고 사교적이며 13세나 연상인 여상속인 안나와 결혼했다. 그의 결혼은 사랑 때문인가? 돈 때문인가?

엘리자베스는 그들과 함께 있을 때 상대를 매우 집중하며 살펴보았다. 그녀는 칠레의 폭발사건 이야기를 하며 그들의 반응을 지켜보고, 경쟁회사에 빼앗긴 특허를 화제로 꺼냈으며 며칠 앞으로 다가온 정부 상대의 소송사건에 관해 논의하기도 했다. 하지만 수확은 없었다. 영리한 상대는 꼬리를 보이지 않으므로 함정을 파야만 했다.

엘리자베스는 그 보고서의 여백에 있었던 아버지의 글을 다시 한 번 곰곰이 생각해보았다.

'나를 함정에 몰아넣어…….'

그녀는 그 방법을 생각해내지 않으면 안 되었다.

엘리자베스는 자신이 제약업계의 내부 동향에 점점 흥미를 느끼고 있음을 깨닫게 되었다.

나쁜 뉴스는 고의적으로 확산시켰다. 경쟁회사의 약으로 한 환자가 죽은 것을 알게 되면, 30분도 되기 전에 10명 이상이나 되는 사람이 각 나라의 자회사에 전화를 걸었다.

"혹시 그 사건에 대해 들었습니까?"

그래도 표면상으로는 모든 회사가 매우 우호적으로 보였다.

몇몇 대회사의 사원들이 정기적으로 스스럼없이 모임을 열고 있어서 엘리자베스도 그 한 모임에 초대되어 참석했다. 여성은 엘리자베스뿐이었다. 그들은 서로의 문제에 관해 이야기했다.

대회사의 사장이며 하룻밤 내내 엘리자베스를 따라다니던 중년의 겉멋 부리기 좋아하는 사람이 말했다.

"정부의 규제는 날이 갈수록 엄격해지고 있습니다. 만일 어떤 천재가 내일 아스피린처럼 좋은 약을 발명한다고 해도 정부는 절대 허가를 하지 않을 겁니다."

그는 엘리자베스에게 우월감 섞인 웃음을 지어보였다.

"그런데 아가씨는 아스피린이 언제부터 사용됐는지 아십니까?"

"기원전 4세기쯤에 히포크라테스가 버드나무 껍질에서 살리신을 발견했을 때부터지요."

그는 그녀의 얼굴을 잠시 바라보더니 웃음을 거두었다.

"맞습니다."

그는 물러갔다.

사람들은 그들이 제일 골머리를 앓고 있는 문제 중 하나가 모방회사라는 점에서 의견의 일치를 보았다. 다른 회사에서 성공한 제품의 처방을 훔쳐서 약의 이름만 바꾸어 시장에 내놓는 것이다. 그 때문에 신용이 있는 제약회사는 매년 몇억 달러씩 손해를 입고 있었다.

이탈리아에서는 제품의 처방을 훔칠 필요조차 없었다.

"이탈리아는 새로운 약품을 보호하는 특허 법규가 없는 나라 중 하나입니다."

한 사장이 엘리자베스에게 말했다.

"수십만 달러의 뇌물로 누구에게나 처방을 살 수가 있고 다른 이름으로 팔아버릴 수도 있습니다. 우리가 몇백만 달러를 투입해서 새로운 약품을 개발하면 그들이 그 이익을 가로채가는 셈이지요."

"그것이 이탈리아뿐일까요?"

엘리자베스가 물었다.

"이탈리아와 스페인이 제일 심해요. 프랑스와 독일은 그저 그렇고, 영국과 미국은 그래도 양심적입니다."

엘리자베스는 분개하고 있는 이 겉멋부리는 사나이를 바라보면서 로페 앤드 선즈의 비밀과 특허를 훔쳐내고 있는 사람이 누구일까 생각했다.

엘리자베스는 대부분의 시간을 비행기 안에서 보내고 있었다. 그녀는 책상의 맨 위 서랍에 패스포트를 넣어두고 있었다.

적어도 일주일에 한 번씩은 카이로나 과테말라나 도쿄에서 비명에 가까운 전화가 걸려왔다.

그로부터 채 몇 시간도 되지 않아 엘리자베스는 그 긴급사태를 해결하기 위해 5~6명의 직원들과 함께 비행기에 타고 있었다. 그녀는 뭄바이와 같은 대도시나 푸에르토 바라르타의 이상한 거리에서 공장장이나 그 가족들과 만났다.

엘리자베스는 로페 앤드 선즈를 이제까지와는 다른 각도에서 바라볼 수 있게 되었다. 그것은 이미 산더미 같은 보고서와 통계는 아니었다. 이제 '과테말라'라는 표제가 붙은 보고서를 보면 에밀 누노스와 그의 뚱뚱하고 행복한 아내, 12명의 아이들이 머리에 떠오르는 것이다. '코펜하겐'은 닐스 비요른과 다리가 불편한 어머니를, '리오 데 자네이루'는 알렉산드로 듀바르와 그의 아름다운 애인을 떠올리게 했다.

엘리자베스는 에밀 조에플리와 정기적으로 연락을 취하고 있었다. 그녀는 언제나 야간에 자신의 개인전화를 이용해서 에밀이 살고 있는 작은 아파트에 전화를 걸었다.

엘리자베스는 전화에서도 신중했다.

"진행 상태는 어때요?"

"예정보다 약간 늦어지고 있습니다."

"뭐 필요한 것은 없나요?"

"없습니다. 필요한 것은 시간뿐입니다. 작은 문제에 부딪혔습니다만, 잘 해결되었습니다."

"잘 됐군요. 필요한 것이 있으면 어떤 것이라도 상관없으니 전화해 주세요."

"네, 고맙습니다. 미스 로페."

엘리자베스는 전화를 끊었다.

그녀는 에밀에게 일을 서두르라고 재촉하고 싶었다. 은행의 유예기간이 이제 얼마 남지 않았기 때문이었다.

에밀 조에플리가 연구하고 있는 약이 어떻게든 필요했지만 그를 재촉한다고 해서 좋은 결과가 얻어지는 것은 아니므로 그녀는 초조한 마음을 억눌렀다. 은행의 변제기한까지 실험이 끝나지 않는다는 것을 엘리자베스는 알고 있었다. 그러나 그녀에게는 생각해둔 것이 있었다. 그녀는 율리우스 바드루트를 실험실로 데려가 그곳에서 무엇을 하고 있는지 그 자신이 직접 보게 하고 싶었다. 그렇게 하면 은행은 필요한 만큼의 시간을 줄 것이다.

엘리자베스는 점점 더 리스 윌리엄스와 때로는 밤늦게까지 일을 했다. 그들은 곧잘 둘이서 일하기도 했는데, 그럴 때면 사무실의 전용 식당에서 같이 식사를 하기도 했다.

때로는 그녀가 사용하고 있는 훌륭한 아파트에 초청하는 일도 있었다. 그곳은 취리히 호수가 내려다보이는 취리히 벨크의 현대적인 감각의 고급 아파트로, 넓고 쾌적했으며 통풍이 잘 되었다.

엘리자베스는 리스에게서 전보다 더욱 강한 성적 매력을 느꼈다. 그러나 리스는 그녀에게 마음이 있다 해도 신중을 기한 나머지 그것을 겉으로 드러내지 않았다. 그는 언제나 예의바르고 친절했다.

엘리자베스는 그에게 의지하며 비밀을 고백하고 싶었다. 그래도 그녀는 주의해야만 한다는 것을 알고 있었다. 한 번도 아니고 여러 번 회사를 파괴하려고 한 음모에 대해 리스에게 말하려고 했지만 간신히 자신을 억제했다. 좀 더 분명한 사실이 밝혀질 때까지는 참아야 하기 때문이었다.

엘리자베스는 차츰 자기 자신에게 자신을 갖게 되었다.

세일즈 회의에서 매출이 나쁜 새로운 헤어 컨디셔너가 문제가 되었다. 엘리자베스도 그것을 사용해봤지만 시장에 나와 있는 다른 회사의 제품보다 질이 좋았다.

"약국에서 반품이 산더미같이 들어왔습니다."

영업부의 한 간부가 말했다.

"어쨌든 인기가 없어요. 좀 더 광고가 필요합니다."

"광고는 이미 예산액을 초과했습니다."

리스가 반대했다.

"다른 방법을 생각해보도록 합시다."

그러자 엘리자베스가 말했다.

"그것을 약국에서 모두 거둬들이세요."

그들은 모두 그녀의 얼굴을 쳐다보았다.

"무슨 말씀이십니까?"

"그 제품은 너무 많은 양이 출고되어 누구나 손쉽게 구입할 수 있으니까요."

그녀는 리스 쪽으로 돌아섰다.

"광고는 계속하는 것이 좋다고 생각해요. 하지만 파는 것은 미용실에만 국한시켜야 합니다. 입수하기 힘든 고급품처럼 생각하게 하는 것입니다. 그런 이미지를 심어줘야 해요."

리스는 잠깐 생각하고 나더니 고개를 끄덕였다.

"좋은 생각입니다. 해봅시다."

그것은 잘 맞아떨어졌다.

나중에 리스는 그녀에게 찬사를 보냈다.

"당신은 단순한 미인이 아니군요."

그는 싱글벙글 웃으며 말했다.

'리스도 이제 나를 인정하게 되었어!'

지옥의 불길

11월 2일 금요일, 오후 5시

알렉 니콜스는 혼자 클럽의 사우나에 들어가 있었다.

문이 열리고 허리에 타월을 두른 남자가 증기가 꽉 차 있는 방 안으로 들어왔다. 그는 알렉의 바로 옆 나무 벤치에 앉았다.

"지옥의 불길처럼 뜨겁군요. 알렉 경."

알렉이 돌아보니 존 스윈튼이었다.

"어떻게 이곳에 들어왔소?"

스윈튼은 윙크를 했다.

"당신이 나를 기다리고 있다고 해서……."

그는 알렉의 눈을 들여다보며 물었다.

"알렉 경, 정말 나를 기다리고 있었겠죠?"

"좀 더 시간이 필요하다고 했을 텐데?"

알렉이 대답했다.

"당신의 젊은 사촌이 주식을 팔게 한다고 하지 않았나?"

"그녀는……. 그녀의 마음이 변했어."

"그럼 다시 한 번 마음이 변하게 하는 것이 좋지 않을까?"

"노력하고 있어. 문제는……."

"문제는 언제까지 우리를 곤란하게 만들 거냐 하는 것이지."

존 스윈튼이 바짝 다가앉는 바람에 알렉은 벤치 끝으로 밀려났다.

"우리는 거칠게 행동하고 싶지 않소. 당신 같은 친구가 의회에 있으면 편리하니까. 알겠소? 하지만 계속 기다릴 수만은 없어서……."

그가 알렉에게 몸을 기대는 바람에 알렉은 몸이 더욱 옆으로 밀리게 되었다.

"이제까지 기다렸으니 이젠 다른 방법으로라도 은혜를 갚을 차례야. 그 약을 입수하도록 해야겠어."

"안 돼! 그건 불가능해."

알렉은 놀라서 말했다.

"안 된다고? 그럼 방법이 있지……."

알렉은 갑자기 벤치 끝머리에 있는 뜨겁게 달아오른 돌을 채운 커다란 용기 옆까지 몸이 밀렸다.

"자꾸 밀면 위험하잖아."

"나는?"

스윈트은 알렉의 팔을 잡아 비틀거리더니 달아오른 돌에 가까이 가져갔다. 알렉은 팔에 돋아 있는 털이 타는 것을 느꼈다.

"그만둬!"

다음 순간 그의 팔은 뜨거운 돌에 달라붙었다. 그는 고통스러운 비명을 지르며 바닥에 쓰러져 몸부림치며 괴로워했다.

스윈튼은 그 모습을 내려다보며 말했다.

"방법을 생각해둬. 다시 연락할 테니까."

불타는 증오

베를린

11월 3일 토요일, 오후 6시

안나 로페 가스너는 언제까지 이렇게 견뎌낼 수 있을지 몰랐다.

그녀는 자신의 집에 갇히고 말았다. 일주일에 한 번 몇 시간 동안 왔다 가는 청소부를 제외하면 안나와 아이들은 고립되어 있었고, 완전히 월터의 마음대로 움직이고 있었다. 그는 어떤 증오를 숨기려고도 하지 않았다.

언젠가 아이들 방에서 안나와 아이들은 평소 좋아하는 음악을 틀어놓고 놀고 있었다.

새들은 지저귀며

즐겁게 노래하네……

그때 월터가 난폭하게 뛰어 들어와 소리쳤다.

"이제 더 이상 못 참겠어!"

그가 거칠게 오디오를 집어던지는 바람에 아이들은 두려워서 몸을 움츠렸다. 안나는 그를 달래려고 했다.

"미안해요 월터. 나는 당신이 돌아온 줄 몰랐어요. 무슨 일이 있었나요?"

그는 눈을 번뜩이며 그녀에게 다가와 말했다.

"안나, 아이들을 없애버려!"

'아이들 앞에서 그런 말을 하다니……'

그는 안나의 어깨에 손을 얹었다.

"이 집 안에서 일어나는 일은 우리만의 비밀로 해야 해."

'우리만의 비밀. 우리만의 비밀. 우리만의 비밀!'

이 말이 계속 그녀의 머릿속을 울렸다. 그의 두 팔이 그녀의 몸을 세게 죄었고, 안나는 숨이 막혀 정신을 잃었다.

정신을 차렸을 때 안나는 커튼이 드리워진 자신의 침대에서 자고 있었다. 옆에 있는 시계를 보니 오후 6시였다.

집 안은 쥐 죽은 듯이 조용했다. 그녀는 문득 아이들의 일을 생각하며 공포에 사로잡혔다.

그녀는 침대에서 일어나 비틀거리며 문으로 다가갔다. 그러나 밖으로부터 자물쇠가 채워져 있었다. 그녀는 문에 바싹 귀를 갖다 붙이고 숨을 죽였다. 아이들의 소리가 들리지 않았다. 적어도 그들은 그녀한테 와야 하지 않는가.

'두 아이가 그렇게 할 수만 있다면, 그리고 아직 살아 있기만 하다면……'

그녀는 다리가 후들거려 전화가 있는 곳까지 간신히 걸어갔다. 그녀는 입 속으로 중얼중얼 기도하며 수화기를 집어 들었다. 귀에 익은 금속음이 들렸다. 그녀는 망설였다. 이러다가 월터한테 들킬지도 모른다고 생각하니 몸서리가 쳐졌다. 그러나 안나는 두려움을 떨쳐버리고 경찰 긴급 전화번호를 돌리기 시작했다. 그런데 손이 몹시 떨려 숫자를 잘못 돌리고 말았다. 두 번째도 틀렸다. 그녀는 그 순간 소리 없이 울음을 터뜨렸다. 빨리 걸지 않으면 안 된다.

고조되는 히스테리와 싸우면서 그녀는 가능한 한 손가락을 천천히 움직여 전화를 걸었다. 벨소리가 들리고 기적과 같이 남자의 목소리가 들렸다.

"여기는 경찰 긴급 전화입니다."

안나는 얼른 입을 열지 못했다.

"여기는 경찰 긴급 전화입니다. 무슨 용선이십니까?"

"네······."

그녀의 목소리는 갈라지고, 두려움에 떨렸다.

"제발 부탁해요. 나를 살해하려고 해요! 나 좀 살려주세요."

그 순간 월터가 불쑥 눈앞에 나타났다. 그는 수화기를 낚아채고 그녀를 침대로 밀쳐버렸다. 그는 탕 하고 수화기를 내려놓고 거친 숨소리를 내며 코드를 벽에서 잡아 빼더니 안나 쪽을 향해 돌아섰다.

그녀는 나지막하게 말했다.

"아이들은······. 아이들은 어쨌죠?"

월터는 대답하지 않았다.

베를린 경찰 본부는 아파트와 사무실 건물이 늘어서 있는 카이트 슈트라세 2832번지에 있었다.

그곳의 폭력 범죄부 긴급 전화에는 자동 연결 장치가 붙어 있었다. 그래서 전화를 건 사람이 수화기를 내려놓아도 교환대에서 끊지 않는 한 계속 연결되어 있었다. 따라서 아무리 대화가 짧더라도 전화를 건 장소를 탐지하는 것이 가능했다.

안나 가스너로부터 전화가 걸려오고 나서 채 5분도 되지 않아, 풀랑게 형사가 카세트 플레이어를 가지고 바게만 경감의 사무실로 들어갔다.

"이것 좀 들어보십시오."

랑게 형사가 버튼을 누르자 금속성의 남자 목소리가 말했다. '경찰 긴급 전화입니다. 무슨 용건이십니까?' 그 다음은 공포에 떠는 여인의 목소리가 들렸다. "제발 부탁해요! 나를 살해하려고 해요! 나 좀 살려주세요." 다음에 삐걱이는 소리와 탕 하는 소리가 들리고 전화는 끊어졌다. 바게만 경감은 랑게 형사를 올려다보았다.

"전화를 건 곳은 확인되었나?"

"네, 알아냈습니다."

랑게 형사는 신중하게 말했다.

"그럼 문제는 없겠군. 차를 보내서 조사시켜!"

바게만 경감은 다그치듯이 말했다.

"우선 경감님께 보고 드린 다음에 조사해야겠다고 생각했습니다."

랑게 형사는 경감의 책상 위에 한 장의 쪽지를 놓았다.

"제기랄! 확실한가?"

바게만 경감은 그를 쳐다보았다.

"네, 경감님."

바게만 경감은 다시 쪽지의 메모를 읽었다. 그 전화의 소유주는 월터 가스너로 되어 있었다. 대회사인 독일 로페 앤드 선즈의 사장이었다.

일이 중대하다는 것은 두 말할 필요가 없었다. 바보가 아닌 이상 어떤 상황인지 금방 알 수 있었다. 조금이라도 서툰 짓을 했다가는 두 사람 모두 목이 달아나고 길거리로 나서야 한다.

바게만 경감은 잠깐 생각하고 나서 말했다.

"좋아, 알아보게. 자네가 직접 그곳으로 가야겠네. 최대한 신중을 기해서 말일세. 알겠나?"

"알겠습니다. 경감님."

가스너의 저택은 베를린 서남부 교외의 고급 주택가인 반제에 있었다. 전용 고속도로가 빠르지만 랑케 형사는 우회 도로인 호헨초레른 담 쪽이 비어 있어서 그 길을 택했다.

그는 크레이 거리를 지나 반 마일이나 가시철망을 두른 부지 속에 숨어 있는 CIA의 건물 앞을 지나갔다. 그리고 미국의 육군 사령부를 지나 오른쪽으로 돌아 전에 제1호 도로라고 불리던 벨기에 국경으로 통하는, 독일에서 제일 긴 도로로 접어들었다.

그의 오른쪽에는 통일의 다리가 있었다. 소련의 스파이 아벨과 U-2기의 조종사 게리 파워즈를 교환한 장소였다.

랑케 형사의 차는 하이웨이를 돌아 반제의 나무숲이 무성한 언덕으로 들어갔다. 웅장하고 아름다운 저택들이 늘어서 있었다. 랑케 형사는 언젠가 아내와 함께 이곳의 아름다운 저택들과 정원을 구경하기 위해 찾아온 적이 있었다.

이윽고 그는 가스너 저택으로 통하는 긴 드라이브웨이에 들어섰다. 가스너의 저택은 부유함 이상의 어떤 권력을 드러내고 있는 듯이 보였다. 로페 왕조는 많은 정부를 무너뜨릴 만큼 거대했다.

바게만 경감의 말은 지당했다. 신중에 신중을 기해야 하는 것이다.

랑케 형사는 3층짜리 석조 건물 앞에 이르자, 차에서 내려 모자를 벗고 벨을 눌렀다. 조용히 기다리는 동안, 마치 사람이 살지 않는 집처럼 무거운 침묵이 흘렀다.

그가 뒷문으로 돌아가는 것은 어떨까 하고 망설이고 있을 때 갑자기 문이 열렸다.

한 여인이 문 입구 쪽에 서 있었다. 그 무뚝뚝한 중년 여인은 구겨진 실내복을 입고 있었다. 랑게 형사는 그녀가 가정부라고 생각했다. 그는 신분증을 꺼냈다.

"월터 가스너 부인을 만나 뵙고 싶습니다. 랑게 형사라고 전해주십시오."

"제가 월터 부인입니다."

랑게 형사는 놀라움을 감추려고 안간힘을 썼다. 그녀는 이 저택의 이미지와는 조금 동떨어진 인상이었다.

"저…… 저희들은 경찰본부에서 조금 전에 전화를 받고 왔습니다."

그는 어렵게 말을 꺼냈다. 그녀는 그를 보고 있었지만, 어딘가 멍청하고 무관심한 표정이었다.

랑게 형사는 자기 방식이 잘못되었다는 것을 느꼈지만 그 이유는 알지 못했다. 뭔가 중대한 실수가 있는 것 같았다.

"부인께서 우리에게 전화를 거셨나요?"

"네, 그런데 잘못 생각한 것이었습니다."

그 목소리에는 생기가 없고 어색했다. 그는 30분 전에 테이프레코더에서 들은 날카롭고 히스테릭한 목소리를 생각해보았다.

"보고를 위해 묻겠습니다. 어떤 잘못인지 말씀해주시겠습니까?"

그녀의 망설임은 거의 알아챌 수 없을 정도였다.

"보석이 없어진 줄 알았어요. 하지만 있습니다."

긴급 전화는 살인이나 폭행, 그리고 상해 사건이 있는 경우에만 쓰이는 것이었다.

'머리 위에 바위를 올려놓은 것처럼 신중히 하라.'

"그렇습니까?"

랗게 형사는 망설였다. 그는 집 안으로 들어가 그녀가 무엇을 감추려고 하는지 알아내고 싶었다. 그러나 더 이상 아무 말도 할 수 없었다.

"고맙습니다. 월터 부인. 실례 많았습니다."

그는 석연치 않은 기분으로 코앞에서 문이 닫히는 것을 지켜보았다. 그리고 천천히 차를 몰아 그곳을 떠났다.

문 안쪽을 안나가 돌아보았다.

월터는 고개를 끄덕이며 조용히 말했다.

"안나, 잘했어. 자, 이층으로 올라가요."

그가 계단 쪽으로 향했을 때, 안나는 실내복 스커트의 주름 밑에 숨겼던 커다란 가위를 꺼내 그의 등을 찔렀다.

숨바꼭질

로마

11월 4일 일요일, 정오

이보 팔라치는 시모네타와 세 딸을 데리고 유명한 정원인 비라 데스테를 거니는 데는 안성맞춤인 날씨라고 생각했다.

아내와 팔짱을 끼고 유명한 티보리 공원을 나란히 걸으면서 이보는 물보라를 일으키는 분수에서 딸들이 뛰어다니는 것을 바라보았다. 그리고 후원자인 에스테가를 위해 이 공원을 만든 피트로 리고리오는 후세에 자신이 몇백만 명의 관광객을 어떻게 즐겁게 해주길 상상했을까 하고 멍청하게 생가해보았다.

비라 데스테는 로마에서 조금 떨어진 동북쪽의 사비네 구릉 위에 있었다. 이보는 이곳에 여러 번 와본 적이 있었지만, 제일 높은 곳에 서서 하나하나 교묘하게 다른 디자인을 베풀어 놓은 수많은 분수를 내려다볼 때마다 특이한 즐거움을 민끽했다.

이보는 전에 도나텔라와 세 아들을 데리고 이곳에 온 적이 있었다. 무척 즐거웠지만 그때 일을 생각하자 이보는 슬퍼졌다.

아파트에서의 무서운 사건 이후 그는 도나텔라와 만나지도 않았고, 전화를 걸지도 않았다. 그녀에게 긁힌 지독한 상처는 아직도 선명하게 남아 있었다. 그녀가 얼마나 후회하고 있는지, 얼마나 그와 만나고 싶어하는지 그로서는 너무도 잘 알고 있었다. 하지만 그 자신이 괴로움을 당한 것처럼 그녀도 잠시 괴로움을 당하는 것이 그녀에게 약이 될 것이라고 생각했다. 그는 도나텔라의 목소리가 귓전에 생생히 들리는 것 같았다.

"이리 와! 얘들아, 이리 와!"

그것은 실제 목소리처럼 분명하게 들렸다. 이보는 "빨리, 프란체스코!"라는 그녀의 목소리를 들을 수 있었다. 그가 돌아보니 정말로 바로 뒤에 도나텔라가 있는 것이 아닌가! 그녀는 세 아이를 데리고 그를 향해 달려오고 있었다.

이보는 도나텔라도 우연히 티보리 공원으로 놀러온 것이라고 생각했다. 그러나 그녀의 모습을 본 순간 우연한 일이 아니라는 것을 깨달았다. 그 여우같은 여인은 그의 두 가족을 우연히 만나게 해서 그를 파멸시키려고 했던 것이다! 그는 필사적으로 이 위기를 모면해야 했다.

그는 시모네타에게 소리쳤다.

"꼭 보여주고 싶은 것이 있어. 자, 모두들 빨리 따라와!"

그는 관광객들을 밀치며 가족들을 돌층계로 빨리 내려가도록 몰아붙였다. 그리고 어깨 너머로 힐끔 시선을 던졌다. 위에서는 도나텔라와 그의 아이들이 돌층계로 다가오고 있었다.

이보는 아이들에게 그녀가 발견되면 큰일이라고 생각했다. 그들 중 한 명이 "아빠!" 하고 한마디라도 소리치면 만사가 끝장이 난다. 그럴 바에야 차라리 분수 속에 빠져죽는 것이 나을 것이다. 이보는 시모네타와 딸들이 한순간도 쉬거나 멈춰 설 틈도 주지 않았다.

시모네타가 숨을 할딱이며 말했다.

"이렇게 서둘러 어딜 가는 거예요? 왜 갑자기 서두르냐고요!"

이보는 짐짓 명랑하게 말했다.

"놀라게 해줄 일이 있어. 이제 곧 알게 될 거야."

그는 큰맘을 먹고 뒤를 돌아다보았다. 도나텔라와 세 아들은 지금 당장은 보이지 않았다. 앞쪽은 미로처럼 되어 있어서 한쪽 계단을 내려오도록 되어 있었다. 이보는 오름길을 택했다.

그는 딸들에게 소리쳤다.

"이리와. 제일 먼저 온 아이에게 상을 주겠다!"

시모네타가 손을 들었다.

"난 너무 지쳤어요! 좀 쉬었다 가요."

그는 깜짝 놀라 그녀를 쳐다보았다.

"쉬겠다고? 그럼 모처럼의 즐거운 분위기를 망치게 된다고. 자, 서둘러!"

그는 시모네타의 팔을 붙잡고 급히 계단을 올라갔다. 딸들은 그들 앞을 달려 올라갔다. 이보는 자신도 숨을 헐떡이는 것을 느꼈다.

'만일 내가 심장마비라도 일으켜서 여기서 죽으면 여인들은 잘됐다고 하겠지.'

그는 자포자기하며 생각했다.

'저주받을 여자들 같으니라고! 어떤 여자도 믿을 수 없어. 도나텔라는 나를 왜 이렇게 곤경에 빠뜨리려고 하지? 내게 홀딱 반해 있으면서…… 보복으로 그녀를 죽여버리겠어.'

그는 도나텔라의 침대 속에서 그녀의 목을 조르는 자신의 모습을 떠올려봤다. 그녀는 얇은 네글리제만 걸치고 있었다. 그는 그것을 벗겨버리고 용서해달라고 애원하는 그녀의 몸 위로 올라갔다. 이보는 순간 흥분을 느꼈다.

"이젠 쉬어도 되죠?"

시모네타가 애원했다.

"안 돼! 이제 얼마 남지 않았어!"

그들은 테라스로 나왔다. 이보는 서둘러 사방을 둘러보았다. 도나텔라와 아이들은 어느 곳에도 보이지 않았다.

"우리를 어디로 데려가려는 거죠?"

시모네타가 애가 타는 듯이 묻자, 이보는 신경질적으로 말했다.

"이제 곧 알게 돼. 따라만 와!"

그는 가족들을 출구 쪽으로 떼밀었다.

큰딸인 이사벨라가 말했다.

"이젠 돌아가는 거야, 아빠? 온 지 얼마 안 됐는데!"

"좀 더 멋진 곳으로 가려는 거야!"

이보는 숨이 찼다. 그때 그가 힐끔 뒤를 돌아보자, 도나텔라와 아들들이 계단을 올라오고 있는 모습이 시야에 들어왔다.

"서둘러, 모두!"

몇 초 뒤, 이보와 그의 두 가족 중 한 가족은 비라 데스테 문을 나서서 커다란 광장에 세워둔 그들의 차를 향해 달려가고 있었다.

"당신이 이렇게 서두르는 건 처음 봐요."

시모네타가 숨을 헐떡이며 말했다.

"나 역시 이런 경우를 당한 적이 없어."

이보는 그만 진심에서 우러나온 말을 했다. 그는 자동차 문이 미처 닫히기도 전에 시동을 걸고 마치 악마에게 쫓기기라도 하듯이 주차장을 빠져나갔다.

"이보!"

그는 시모네타의 손을 가볍게 두드렸다.

"자, 모두 한숨 돌리도록 하자. 이제 상으로 '하슬러'에서 점심을 먹도록 해주겠다."

그들은 스페인 계단이 내려다보이는 전망 좋은 창가에 앉았다. 멀리 장관을 이룬 성 베드로 사원이 희미하게 보였다.

시모네타와 아이들은 즐거워했다. 요리는 훌륭했지만 이보는 마치 모래를 씹는 것 같았다. 손이 떨려서 나이프와 포크가 제대로 잡히지 않을 정도였다.

이젠 더 이상 견딜 수 없다고 그는 생각했다. 도나텔라가 자신의 생활을 언제까지나 짓밟게 내버려둘 수는 없지 않은가.

도나텔라의 목적이 그의 생활을 짓밟는 것이라고는 생각되지 않았다. 따라서 도나텔라가 요구하는 돈을 어떻게든 건네주어야 한다. 그렇지 않으면 모든 것이 끝장이었다.

그는 어떤 수단을 써서라도 돈을 손에 넣어야만 했다.

독 안에 든 쥐

파리

11월 5일 월요일, 오후 6시

샤를 마르텔은 귀가하는 즉시 자신의 나쁜 짓이 밝혀졌다는 것을 알았다. 엘렌이 그가 훔친 보석의 모조품을 만든 보석공인 피에르 리쇼와 함께 있었던 것이다. 샤를은 흠칫 놀라 출입문에 멈춰섰다.

"샤를, 들어오세요."

엘렌이 말했다. 그 목소리에는 그를 소름끼치게 하는 무엇이 있었다.

"리쇼 씨와는 잘 아시는 사이인 줄 아는데요."

샤를은 그녀를 보며 무슨 말을 하든 자신의 목을 조르는 것일 뿐이라고 생각했다. 보석공은 입장이 난처한 듯 우물쭈물하며 바닥을 내려다보았다.

"자, 앉아요. 샤를."

그것은 명령이었다. 샤를은 앉았다.

엘렌이 말했다.

"당신의 행동대로라면 당신은 중절도범이 되는 거예요. 제 보석을 훔치고 리쇼 씨가 만든 엉터리 모조품과 바꿔치기를 했으니까요.”

샤를은 자신이 바지를 적시고 만 것을 알고 당황했다. 어릴 때 이후로 처음 있는 일이었다. 그는 얼굴이 빨개졌다. 어떻게 해서든 방을 나가 옷을 갈아입고 싶었다. 아니, 그것보다도 그곳을 도망쳐 두 번 다시 돌아오고 싶지 않았다.

엘렌은 모든 것을 알고 있는 것이다.

어떻게 해서 들통이 났는지는 문제가 되지 않았다. 이미 빠져나갈 길은 없는 것이고, 엘렌은 용서해주지도 않을 것이다.

엘렌의 보석을 훔친 것이 밝혀진 것만으로도 소름이 끼칠 정도로 무서운 일이었다. 더욱이 그 동기를 그녀가 안다면 어떻게 될까? 그 돈을 그녀에게서 도망치기 위해서 쓸 계획이었다는 것을 알게 되면 어떻게 될까? 지옥이 현실이 되어 눈앞으로 다가와 있었다.

엘렌의 성격은 샤를이 누구보다도 잘 알고 있었다. 그녀는 한마디로 야만인이었다. 어떤 짓을 할지 몰랐다. 아무런 망설임도 없이 그를 파면시켜 버릴 것이고, 그는 부랑자가 되어 누더기를 걸치고 노상에서 잠을 자는 불쌍한 신세로 전락하게 될 것이다. 구제받을 수 없는 가련한 인생으로 변하고 말 것이다.

“이런 바보 같은 짓이 알려지지 않고 지나갈 수 있을 거라고 생각했어요?”

엘렌이 물었다. 샤를은 참담한 기분으로 입을 다물고 있었다. 바지가 점점 더 젖어 드는 것을 느꼈지만 아래를 내려다볼 기운도 없었다.

“리쇼 씨에게 전부 털어놓으라고 부탁했어요.”

부탁했다고? 어떤 방법으로? 샤를은 상상하기조차 두려웠다.

“나는 지금 당신이 전당포에 준 영수증 카피를 갖고 있어요. 당신을 20년간 형무소에 처넣을 수도 있어요.”

그녀는 잠시 말을 멈추었다가 다시 덧붙였다.

"당신이 그렇게 하고 싶다면 말이에요."

그녀의 말은 샤를의 불안을 한층 더 가중시켰다. 지금까지의 경험으로 보아 관대했던 엘렌이 이제 위험한 엘렌으로 바뀌고 있다는 것을 알 수 있었다.

샤를은 그녀와 눈이 마주치는 것이 두려웠다. 그녀는 무엇을 요구할 셈인가? 엄청난 것임이 틀림없었다.

엘렌은 피에르 리쇼 쪽으로 돌아섰다.

"내가 어떻게 처리할지 결정지을 때까지 이 일은 아무에게도 말하지 않기로 약속해주시겠죠?"

"물론입니다, 마담 로페 마르텔. 물론입니다. 물론……."

사나이는 당황한 듯이 말하고 나서 문 쪽을 쳐다보았다.

"그럼 저는……."

엘렌은 고개를 끄덕였다. 피에르 리쇼는 도망치듯 나가버렸다.

그의 뒷모습을 바라보다가 다시 남편에게 시선을 돌린 엘렌은 그가 공포에 떨고 있음을 알 수 있었다. 그리고 다른 냄새도 알아챘다. 오줌이었다. 그녀는 음흉한 웃음을 지었다.

이제 그녀는 남편을 마음대로 다루게 되었다. 엘렌은 샤를에게 만족했고, 이 결혼은 대성공이라고 생각했다. 그녀는 샤를을 잘 길들였으며, 그를 자기의 수족으로 만들었다.

샤를이 로페 앤드 선즈에 기여한 역할은 대단했지만, 그것은 모두 엘렌이 생각해낸 것이었다. 그녀는 남편을 통해 로페 앤드 선즈의 일부를 지배해온 것이다. 이제는 그것으로 만족할 수 없게 되었다.

그녀는 로페 가의 일원이었다. 그리고 자기 명의의 막대한 재산을 갖고 있었고, 지금 그녀의 재산은 더욱 불어나 있었다. 그러나 그녀의 관심은 돈이 아니었다. 회사의 지배였다. 그녀는 주식을 좀 더 손에 넣기 위해 다른 이사진들의 주식을 살 계획을 세우고 있었다. 그것은 이미 다른 임원들과 상의했으며, 그들은 그녀의 제안에 찬성하고 협력할 것을 약속했다.

그녀의 계획을 방해한 것은 이전에는 샘이었고, 지금은 엘리자베스였다. 그러나 엘렌은 자신이 바라는 것을 손에 넣는 데 방해가 된다면 상대가 엘리자베스든 누구든 그대로 물러설 사람이 아니었다. 샤를에게 그것을 손에 넣도록 시켰던 것이다. 무슨 실수가 일어나면 그를 제물로 삼으면 된다.

그런데 지금 샤를은 자신이 일으킨 작은 반란에 대해 벌을 받아야했다. 그녀는 샤를의 얼굴을 보며 말했다.

"샤를, 내 물건을 훔친 사람은 누구라도 용서받지 못해요. 그 누구도 말이에요. 당신은 이젠 끝장이에요. 내가 살려줄 마음이 없는 이상 말이에요. 알겠어요?"

그는 두려움에 떨며 그녀가 죽어버렸으면 좋겠다고 생각했다.

엘렌은 그가 앉아 있는 곳으로 다가왔다. 그녀의 가슴이 그의 얼굴에 닿았다. 그녀가 말했다.

"샤를, 내가 살려주길 바라나요?"

"그래."

그의 목소리는 쉬어 있었다. 그녀는 스커트를 벗기 시작했다. 난잡한 눈매였다. 그는 마음속으로 부르짖었다.

'아, 제발 그만둬! 지금은!'

"그럼 내 말을 들어요. 로페 앤드 선즈는 내 회사예요. 나는 과반수의 주식이 필요해요."

그는 비참한 얼굴로 그녀를 올려다보았다.

"엘리자베스가 절대로 팔지 않을 거라는 걸 알고 있겠지?"

엘렌은 블라우스와 팬티를 벗고 알몸이 되어 샤를 앞에 섰다. 그녀의 몸은 건강미가 넘쳤고, 젖가슴도 터질 듯이 탄력이 있었다.

"그럼 당신이 그녀를 어떻게든 처치해야겠죠. 지금부터 20년 동안 형무소 생활을 하고 싶지 않다면 말이에요. 걱정할 건 없어요. 내가 방법은 가르쳐줄 테니까. 하지만 그보다도 우선 이리 와요, 샤를."

추락사고

다음날 아침 10시에 엘리자베스의 전용 전화벨이 울렸다. 에밀 조에플리한테서 걸려온 것이었다. 두 사람의 대화를 아무도 엿듣지 못하도록 그녀는 조에플리한테 그 전화번호를 가르쳐주었다.

"만나 뵙고 싶습니다."

그는 흥분된 목소리로 말했다.

"15분 뒤에 그쪽으로 가겠어요."

엘리자베스가 코트를 입고 사무실에서 나오는 것을 보고 케이트 얼링은 깜짝 놀라 얼굴을 들었다.

"무슨 약속이라도?"

"지금부터 한 시간 동안 약속을 모두 취소시켜 주세요."

엘리자베스는 그렇게 내뱉고는 밖으로 나갔다.

연구소에 가자, 무장한 경비원이 엘리자베스의 패스를 조사했다.

"왼쪽 맨 구석에 있는 문입니다. 미스 로페."

조에플리는 연구실에 혼자 있었다. 그는 자리에서 일어나 엘리사베스를 반갑게 맞았다.

"엊저녁에 테스트를 끝냈습니다. 성공입니다. 효소는 노화작용을 완전히 억제시킵니다. 자, 구경하시죠."

조에플리는 그녀를 쉴 새 없이 활발하게 움직이는 네 마리의 조그만 토끼가 들어 있는 우리로 안내했다. 그 옆의 우리에는 보다 조용하고 점잖은 네 마리의 토끼가 들어 있었다.

"이쪽이 효소 주사를 맞은 500번째 토끼입니다."

조에플리가 말했다.

엘리자베스는 그 우리 앞에 섰다.

"건강해 보이는군요."

조에플리는 미소를 지었다. 그러고는 다른 쪽 우리를 가리켰다.

"저쪽은 효소 주사를 맞지 않은 토끼입니다."

엘리자베스는 방금 태어난 아기처럼 우리 안을 뛰어다니는 효소 주사를 맞은 건강한 토끼를 바라보았다. 믿을 수 없는 일이었다.

"저놈들은 다른 토끼보다 적어도 3배는 장수할 겁니다."

조에플리가 그녀에게 설명했다.

이런 일이 인간에게 일어난다면, 그 영향은 이루 다 말할 수 없으리라. 그녀는 흥분을 억누를 수 없었다.

"사람에게는 언제 테스트를 시작할 건가요?"

"지금 동물 실험의 최후 결과를 종합하고 있습니다. 그것이 끝나고 나서 적어도 3, 4주 후면 되겠지요."

"에밀, 이건 아무한테도 말해선 안 돼요."

엘리자베스가 주의를 주자, 에밀 조에플리는 고개를 끄덕였다.

"안심하십시오, 미스 로페. 실험은 저 혼자 하고 있고, 또 충분히 신경을 쓰고 있으니까요."

오후 내내 이사회의 회의가 계속되었지만 그것은 무사히 끝났다.

월터는 결석을 했다. 샤를은 또 주식을 매각하자는 얘기를 꺼냈으나 엘리자베스는 분명하게 거절했다.

이보는 늘 그렇듯이 매력적이었으며, 알렉도 마찬가지였다. 샤를은 항상 긴장하고 있는 것처럼 보였다. 엘리자베스는 그 이유를 알고 싶었다.

그녀는 모두에게 취리히 체류를 연장시키도록 권하고 만찬에 초대했다. 엘리자베스는 그 자리에서 될 수 있는 대로 태연하게 그 보고서에 있던 사건을 화제에 올려 그들의 반응을 살폈다. 그러나 안절부절 못하거나 불안해하는 모습을 나타내는 사람은 아무도 없었다. 그들 사건에 관계하고 있을 가능성이 있는 사람은 월터를 제외하고는 모두 모여 있는데도 불구하고……

리스는 회의에도, 만찬에도 나오지 않았다.

"급한 용무가 있어서 처리해야 해요."

용무라는 것은 여자가 아닐까 하고 엘리자베스는 생각했다. 리스가 그녀와 함께 밤늦게까지 일을 할 때는, 항상 데이트 약속을 취소하는 것을 그녀는 알고 있었다.

한번은 그가 약속 시간까지 상대방과 연락을 취하지 못해서 약속했던 여자가 사무실까지 찾아오기도 했다. 당사자인 아가씨는 타오르는 듯한 빨간색의 머리칼을 갖고 있었는데, 엘리자베스가 열등감을 느낄 정도로 멋진 아가씨였다. 그녀는 바람맞은 것에 화를 내며 기분 나쁜 감정을 감추지 않았다.

리스는 그 아가씨를 엘리베이터까지 바래다주고 돌아왔다. 그가 엘리자베스에게 말했다.

"실례 많았습니다."

엘리자베스는 호기심을 억누를 수가 없었다.

"매력적인 아가씨로군요. 무슨 일을 하는 여자인가요?"

그녀가 다정스럽게 물었다.

"신경외과 의사입니다."

리스는 정중한 얼굴로 말했다. 엘리자베스는 피식 웃음이 나왔다.

그 다음 날, 엘리자베스는 그녀가 정말 신경외과 의사라는 사실을 알게 되었다.

그의 여자 친구는 그밖에도 많았다. 엘리자베스는 그 여자들을 모두 미워하고 있었다.

그녀는 리스라는 남자를 좀 더 자세히 알고 싶었다. 조직 내에서의 리스의 겉모습은 알고 있었지만, 그가 숨기고 있는 내면의 리스 윌리엄스를 알고 싶었다.

엘리자베스는 몇 번이나 리스가 자기한테 명령받기보다는 그가 이 회사를 경영해야 할 인물이라고 생각했다. 그런데 그는 과연 그것에 대해 어떻게 생각하고 있을까? 엘리자베스는 그것이 궁금했다.

만찬이 끝나고 이사회의 멤버가 제각기 열차와 비행기로 돌아가려고 자리를 뜬 뒤, 엘리자베스는 사무실에서 케이트와 함께 일을 하고 있었다. 그때 리스가 들어왔다.

"뭐 제가 도울 일이 있나 해서 왔습니다."

리스는 쾌활하게 말했다.

지금까지 어디에 있었는지에 대해서는 한마디도 하지 않았다. 그것이 당연한 일이라고 생각하면서도 엘리자베스는 서운함을 떨쳐버릴 수가 없었다.

세 사람은 함께 일을 시작했다. 시간은 금방 지나갔다. 엘리자베스는 서류에 파묻히다시피 하며 예리한 눈으로 신속하게 조사하고 있는 리스에게 눈길을 멈추었다. 그는 중요한 서류 속에서 변호사가 빠뜨린 것이나 잘못 기록된 것을 여러 곳에서 찾아내고 있었다.

마침내 그는 얼굴을 들고 몸을 쭉 펴더니 손목시계를 들여다보았다.

"아니! 벌써 12시가 지났군요. 죄송합니다만 저는 약속이 있어서 이만……. 나머지 서류는 내일 아침 일찍 와서 정리하겠습니다."

약속이라고? 혹시 그 신경외과 의사하고? 아니면 다른 여자와?

그녀는 더 이상 생각하지 않기로 했다. 리스의 사생활은 어떻든 자기와는 상관없는 일이었다.

"미안해요. 벌써 이렇게 늦은 줄 몰랐어요. 빨리 돌아가세요. 나머지 서류는 케이트와 내가 조사할 테니까요."

리스는 고개를 끄덕였다.

"그럼 내일 아침에 뵙겠습니다. 안녕, 케이트!"

"안녕히 가세요, 윌리엄스 씨."

엘리자베스는 사무실에서 나가는 리스를 눈으로 전송하고 계약서에 주의를 집중하려고 애썼다. 그러나 그녀의 머릿속에는 곧 리스가 떠올랐다.

그녀는 에밀 조에플리가 개발에 성공을 거두어가고 있는 새로운 약에 대해서 그에게 이야기하고 기쁨을 함께 나누고 싶었다. 그러나 그녀는 그런 충동을 억제했다. 좀 더 기다리자고 자신에게 타일렀다.

두 사람의 일이 끝난 것은 새벽 1시가 되어서였다.

케이트 얼링이 말했다.

"그밖에 또 할 일은 없습니까, 미스 로페?"

"아뇨, 이젠 다 끝난 것 같아요. 고마워요, 케이트. 내일 아침엔 늦게 출근해도 돼요."

엘리자베스는 자리에서 일어났다. 너무 오래 앉아 있어서 몸이 굳어 있었다.

"고맙습니다. 내일 오후에는 전부 입력시켜 놓도록 하겠습니다."

"부탁해요."

엘리자베스는 코트와 핸드백을 집어 들고 케이트를 기다렸다가, 그녀와 함께 문 쪽으로 걸어갔다. 두 사람은 복도로 나와 문을 열어놓고 대기하고 있는 사장용 엘리베이터 쪽으로 향했다. 엘리베이터에 올라타 엘리자베스가 버튼을 누르려고 할 때, 사무실에서 전화벨 소리가 들려왔다.

"제가 받겠습니다. 먼저 퇴근하십시오."

케이트 얼링이 말했다. 그러고는 엘리베이터 밖으로 나가려고 했다. 그러자 엘리자베스가 그녀 앞을 막아섰다.

아래층 로비에서는 밤 근무를 하는 수위가 엘리베이터의 컨트롤 판을 올려다보고 있었다. 그때 맨 위층의 빨간 램프가 켜지고 아래로 내려오기 시작했다. 사장 전용 엘리베이터였다. 그것은 미스 로페가 내려오고 있다는 것을 의미했다. 그녀의 운전기사는 구석 의자에서 신문을 펼쳐든 채 꾸벅꾸벅 졸고 있었다.

"사장님께서 퇴근하십니다."

수위가 말했다. 그러자 운전기사는 기지개를 켜면서 졸린 듯이 일어났다.

그때 갑자기 비상벨이 로비의 고요를 깨뜨렸다. 수위의 눈은 빠르게 컨트롤 판을 향했다. 빨간 램프는 점점 스피드를 내며 하강하면서 엘리베이터가 추락하고 있음을 나타내고 있었다.

고장이다!

"하느님 맙소사!"

수위가 놀라서 소리치며 컨트롤 판으로 달려갔다. 그는 급히 패널을 열고 안전 브레이크를 걸기 위해 비상 스위치를 눌렀다.

빨간 램프는 계속 하강하고 있었다. 운전기사가 황급히 달려왔다. 그는 수위의 표정을 알아챘다.

"어찌된 일이오?"

"추락이오! 큰일 났소!"

샤프트 속을 맹렬한 속도로 하강하는 엘리베이터 때문에 로비가 진동하기 시작했다.

'사장님께서 저 안에 계시지 않기를 바랍니다.'

수위는 기도드렸다.

엘리베이터가 로비를 통과해 낙하할 때, 그는 그 안으로부터 흘러나오는 공포에 질린 절규를 들었다.

곧바로 커다란 꽝음이 울리고, 빌딩은 마치 지진이라도 일어난 듯이 심하게 흔들렸다.

괴짜 형사

취리히 경찰서의 형사주임 오토 슈미트 총경은 눈을 감은 채 책상 앞에 앉아 있었다. 그는 부글부글 끓어오르는 분노를 가라앉히려고 심호흡을 했다.

경찰의 조치 중에는 극히 보편적인 룰이 있는 법이다. 그것은 그 누구도 경관의 복무규정에 집어넣어야 한다는 생각조차 하지 않을 정도의 당연한 룰이다.

식사하는 것, 잠자는 것, 호흡하는 것과 마찬가지로 그것은 누구나 으레 있어야 하는 것으로 생각하고 있었다. 예를 들면, 사고로 인해 사망자가 나왔을 때 조사에 임하는 형사가 맨 먼저 하는 일은 누구나 다알고 있는 것처럼 지시를 받을 필요 없이 사고 현장으로 달려가는 것이다. 이것은 아주 초보적인 소양이라고 할 수 있었다. 그런데도 불구하고 오토 슈미트 총경의 눈앞에 놓여 있는 보고서는 경찰의 룰을 하나부터 열까지 깨뜨리고 있었다.

이제 와서 새삼 놀라는 것이 오히려 이상했다. 하지만 총경은 불쾌한 감정을 떨쳐버릴 수가 없었다.

맥스 호르닝 형사는 슈미트 총경의 골칫거리로 돌림쟁이, 그의 〈백

경〉—슈미트 총경은 〈백경〉의 저자인 미국작가 허먼 멜빌의 열렬한 팬이었다—이기도 했다. 총경은 다시 한 번 숨을 깊이 들이쉬고는 천천히 토해냈다. 약간 기분이 진정되자, 그는 호르닝 형사의 보고서를 집어 들고는 처음부터 다시 읽어내려 갔다.

야근 보고서

11월 7일, 수요일
시간 : 오전 1시 15분
주제 : 로페 앤드 선즈 빌딩에서 발생한 사고에 관한 중앙 교환대로부터의 보고
　사고 종류 : 불명
　사고 원인 : 불명
　사상자 수 : 불명

시간 : 오전 1시 27분
주제 : 로페 앤드 선즈 빌딩 사고에 관한 두 번째 보고
　사고 종류 : 엘리베이터 추락사고
　사고 원인 : 불명
　사상자 수 : 여성 1명 사망
즉시 조사에 착수하여 오전 1시 35분까지 로페 앤드 선즈 빌딩 관리책임자의 성명을 알아내고, 그로부터 빌딩 건축 책임자의 성명을 입수함.
오전 2시 30분, 건축 책임자 소재 판명. 레스토랑에서 사기 생일을 축하하고 있던 그의 증언에 의하면, 빌딩의 엘리베이터 설비를 한 회사는 '루돌프 샤츠' 주식회사라고 함.

오전 2시 32분, 루돌프 샤츠에게 전화를 걸어 엘리베이터 설계도를 즉시 찾아놓도록 의뢰함. 또 주요 계산서, 예비 견적서, 최종 견적서, 최종 비용 및 사용한 기계와 전기 재료 등 완전한 리스트를 요구함.

이 부분에서 슈미트 총경은 화가 날 때면 언제나 그렇듯이 오른쪽 뺨에 경련이 일어났다. 그는 몇 번 더 심호흡을 하고 나서 계속 읽어나갔다.

오전 6시 15분, 샤츠 부인이 경찰본부의 내게 의뢰한 서류를 가지고 옴. 예비 견적서와 최종 경비를 조사한 결과 다음과 같은 결론에 이름.
a) 엘리베이터 설비를 할 때 조악한 재료와 바꾼 사실 없음.
b) 청부를 맡은 회사의 명성으로 볼 때 추락 원인이 부실공사에 있다고는 생각되지 않음.
c) 엘리베이터에 설치되어 있던 안전장치에 이상이 없었음.
d) 따라서 추락의 원인은 사고가 아니라는 것이 나의 결론임.

범죄수사부 맥스 호르닝

비고 : 늦은 밤부터 이른 아침까지 전화 연락을 했으므로 안면방해를 받은 몇 사람 중에서 총경님께 한두 번은 항의전화가 걸려올 것으로 사료됨.

오토 슈미트 총경은 보고서를 책상 위에 내팽개쳤다.
'항의전화가 걸려올 것이 사료된다고?'
총경에게는 스위스 정부 관리들의 절반에 이르는 사람들로부터 오전 내내 항의전화가 쇄도하고 있었다.

'도대체 내가 보스야, 뭐야? 게슈타포인가? 버젓한 건축회사의 사장을 한밤중에 두드려 깨워서 서류를 가져오라고 명령을 다 하다니……. 루돌프 샤츠와 같은 훌륭한 회사의 공사를 의심하고, 그리고 또……'

그러나 가장 놀라운 사실은, 이것은 정말 믿기 어려운 일이지만 사고 보고가 있은 뒤 14시간이나 지났는데도 맥스 호르닝 형사가 현장에 가지도 않았다는 사실이었다.

그가 도착했을 때, 사체는 이미 운구되어지고 신원이 확인되어 검시도 끝나 있었다. 그밖에 5, 6명의 형사가 사고 현장을 조사하고, 목격자들의 증언을 듣고는 보고서를 제출하고 있었다.

슈미트 총경은 맥스 호르닝 형사의 보고서를 다 읽은 다음 그를 호출했다.

그의 모습을 보는 것만으로도 총경은 신물이 났다. 맥스 호르닝은 수심에 잠긴 듯한 표정을 한 땅딸막한 남자로, 장난꾸러기가 깜빡해서 잘못 주무른 듯한 얼굴을 하고 있었다. 머리는 너무 크고 귀는 너무 작고, 입은 마치 푸딩 한가운데에 쑤셔 넣은 건포도 같았다. 더구나 머리는 달걀처럼 벗겨져 있었다.

그는 취리히 경찰서의 형사에 대한 엄격한 기준보다 6인치나 키가 직고 15파운드나 체중이 덜 나갔으며 구제불능인 지독한 근시였다. 그리고 무엇보다도 그는 교만했다.

경찰서 안의 사람들은 모두 그에 대한 감정만은 일치되어 있었다. 즉 그들은 맥스 호르닝을 미워하고 있었다.

"왜 그 사람의 목을 사르지 않죠?"

총경은 아내한테 이런 질문을 받았을 때, 자칫 잘못했으면 그녀를 주먹으로 때릴 뻔했다.

맥스 호르닝이 취리히 경찰서에 근무하고 있는 것은, 그의 스위스 국고 수입에 대한 공헌이 전체 초콜릿 공장이나 시계 공장의 공헌을 합한 것보다 더 크기 때문이었다.

맥스 호르닝은 계산에 천재인 회계사였다. 그는 회계 문제에 관한 한 백과사전적인 지식과 인간의 마음을 꿰뚫어보는 직관력, 거기다 구약성서의 욥이라도 따라올 수 없는 인내력을 갖고 있었다.

맥스는 전에 금융상의 사기행위나 주식매매, 은행업무의 부정행위, 스위스로부터의 통화 유출 및 유입들을 조사하기 위해 설립된 경제 범죄 조사부에서 일하고 있었다.

부정한 돈이 스위스로 들어오는 것을 저지한 것도, 수십억 달러에 달하는 교묘한 금융범죄를 적발한 것도, 전 세계에서 가장 존경받고 있던 실업계의 리더들을 여러 명 감옥에 보낸 것도 맥스 호르닝이었다. 한마디로 그는 스위스 재계에서 공포의 대상이었다.

스위스인들은 신성하고 귀중한 것들 중에서도 프라이버시를 가장 중요하게 생각했다. 그러나 맥스 호르닝한테 걸리면 그 프라이버시를 유지할 수가 없었다.

재계의 사냥꾼으로서 맥스의 급료는 적은 금액이 아니었다. 100만 프랑의 무기명 은행 예금, 코타나 담페초의 산장이나 요트 등의 뇌물이 그에게 제공되었다. 아름다운 묘령의 여자를 안겨주려는 사람도 상당수 있었다. 그러나 어떠한 경우에도 뇌물은 거절당했고, 당국에 즉시 통보를 받았다.

맥스 호르닝은 금전욕이 없었다. 그 계리의 수완을 주식시장에 응용하는 것만으로도 백만장자가 되었을 텐데도 그런 것은 염두에 두지도 않았다.

맥스 호르닝이 흥미를 갖고 있는 것은 단 한 가지, 재무의 정도를 벗어난 짓을 하는 자들을 체포하는 일이었다. 아니, 맥스 호르닝이 가슴에 품고 있는 희망이 또 한 가지 있었다. 그리고 그것은 결국 실업계에 있어서 구원이 되는 것이기도 했다. 그 이유는 아무도 알 수 없었지만, 맥스 호르닝은 형사를 동경하고 있었다.

셜록 홈즈나 메그레처럼 복잡하게 얽힌 단서를 참을성 있게 찾아내어 냉정하게 범인을 감옥에 잡아넣는 자신의 모습을 상상했다.

스위스 굴지의 금융업자 중 한 사람은 탐정이 되고 싶다는 맥스 호르닝의 꿈을 알게 되자, 곧 유력한 몇 명의 친구들과 만나 의논을 했다. 그러고 나서 48시간도 채 지나지 않아 취리히 경찰서의 형사라는 직책이 맥스 호르닝에게 세공되었다.

맥스는 그 행운을 믿을 수가 없었다. 그는 즉시 형사가 되어 근무하게 되었고, 실업계는 일제히 안도의 숨을 내쉬며 암약을 재개했다.

슈미트 총경은 호르닝에 관해서 상담을 받은 일조차 없었다. 스위스에서 가장 유력한 정계의 지도자로부터 그에게 전화가 걸려오고 지시를 받은 다음, 그 건은 종결되었다. 아니, 좀 더 정확히 말하면, 그때 총경의 입장에서 보면 언제 끝날지도 모르는 그의 수난이 시작되었던 것이다.

슈미트 총경은 경험이 없는, 디구니 무지격 형사를 억지로 떠맡은 데 대한 분노를 될 수 있는 한 억누르려고 노력했다. 이러한 전대미문의 인사이동에는 매우 강력한 정치적 배경이 있음이 틀림없다고 그는 추측했다.

그는 협력하기로 결심했다. 그 사태를 간난히 처리할 사신감이 있었기 때문이었다. 하지만 그 자신감은 맥스 호르닝이 눈앞에 나타난 순간 무너져버렸다.

그의 생김새는 익살 그 자체였다. 그러나 슈미트 총경을 아연실색케 만든 것은 이 땅딸막한 인물의 교만하고 잘난 체하는 태도였다.

'자, 내가 왔어. 내가 다 해결할 거야. 이제 제군들은 안심하고 어깨의 짐을 다 내려놓을 수 있을 거야.'라고 말하는 듯한 태도였다.

쉽사리 협력해나갈 수 있을 거라는 슈미트 총경의 생각은 완전히 사그라져버렸다. 그 대신 그는 다른 방법을 생각해냈다. 그것은 맥스 호르닝을 이 부서에서 저 부서로 차례로 돌리면서 누구나 할 수 있는 대수롭지 않은 일을 시켜 눈에 거슬리지 않는 곳으로 쫓아내는 방법이었다.

그리하여 맥스 호르닝은 수사기술연구부, 지문 및 검문, 범인추적, 도난품 및 실종자 수사부 등을 전전했다. 그러나 품질이 나쁜 화폐와 마찬가지로 맥스 호르닝은 언제나 원래의 장소로 되돌아왔다.

어느 형사든 12주마다 1주일씩 긴급계의 야근을 해야 하는 것이 규칙으로 되어 있었다. 그런데 맥스 호르닝이 당번일 때는 반드시 큰 사건이 일어났다. 그리고 슈미트 총경의 부하들, 즉 다른 형사들이 단서를 찾으려고 뛰어다니는 동안 결국 맥스가 그 사건을 해결하는 것이었다. 정말 분통터지는 일이었다.

맥스 호르닝은 경찰의 절차나 범죄학, 법의학, 범죄심리학 등 다른 형사들이 경험을 갖고 있는 이러한 모든 것에 대해 완전 무지한 상태였다. 그럼에도 불구하고 그는 다른 모든 형사들이 골치를 썩고 있는 복잡한 사건을 잘 해결했었다.

맥스 호르닝은 세계에서 가장 운이 좋은 녀석이라는 것이 슈미트 총경이 얻은 결론이었다.

사실은 운과는 전혀 관계가 없는 일이었다. 맥스 호르닝 형사는 회계사인 그가 은행이나 정부를 속이려고 하는 교묘한 계획을 발견했던 것과 똑같은 방법으로 범죄 사건을 해결했다.

맥스 호르닝의 마음은 싱글 트랙이었는데, 더구나 그것은 매우 폭이 좁은 트랙이었다. 그에게는 풀어진 한 가닥의 실, 직물의 다른 부분에는 맞지 않는 한 가닥의 실만 있으면 되었다.

일단 그것을 찾아내기만 하면 그는 직물을 풀기 시작해서 마침내는 누군가의 치밀한, 절대로 실패할 리 없는 계획을 그 바느질 자리로부터 뜯어내기 시작했다.

맥스가 뛰어난 기억력을 갖고 있다는 것도 동료들이 울화통을 터뜨리는 원인이었다. 그는 한 번 듣거나, 보거나, 읽거나 한 것은 무엇이든 금방 떠올렸다.

그가 동료한테 미움을 받는 이유는 이것만으로도 충분한데 한 가지가 더 있었다. 그의 필요 경비가 형사과를 당혹하게 만드는 일이었다.

맥스가 최초로 경비청구서를 제출했을 때, 담당 경위가 그를 사무실로 불러 웃으며 말했다.

"맥스, 이 서류에 적은 계산은 아무리 봐도 잘못된 것 같네."

그것은 카파블랑카(쿠바의 체스 선수 1888~1942년)와 같은 고수에게 잘못했다고 주의를 주는 격이었다.

맥스의 눈이 휘둥그레졌다.

"제 계산이 잘못되었나고요?"

"그렇다네. 사실 갈 곳이 여러 곳이나 되지 않았나? 시내 교통비로 갈 때 80상팀, 올 때 80상팀. 택시는 편도가 최저 34프랑(1프랑은 100상팀)은 든단 말일세."

그러고는 경위의 눈앞에 있는 서류를 가리켰나.

"알고 있습니다. 그러니까 버스를 이용했죠."

경위는 그의 얼굴을 쳐다보았다.

"버스를?"

형사는 수사할 때 버스를 이용하도록 규정되어 있지 않았다. 이제까지 그런 사례는 한 번도 없었다. 경위는 어이가 없다는 듯이 말했다.

"버스를 이용할 필요는 없네. 물론 낭비를 권장하는 건 아니지만 필요경비의 예산은 충분하단 말일세. 그리고 또 한 가지, 자네는 이 사건으로 사흘 동안이나 외근을 하고 있는데 청구서에는 식사대도 빠져 있지 않나?"

"아닙니다, 경위님. 저는 아침은 커피만 마시고 점심은 집에서 도시락을 싸가지고 옵니다. 저녁식사대는 거기에 써놓았고요."

확실히 적혀 있었다. 저녁식사는 세 번의 합계가 16프랑이었다. 구세군 식당에서 먹은 것이 틀림없었다. 경위는 쌀쌀하게 말했다.

"호르닝 형사, 우리 경찰서는 자네가 들어올 때까지 100년 동안이나 계속되어 왔네. 자네가 그만둔 다음에도 100년은 계속될 걸세. 여기엔 우리가 지켜온 전통이라는 게 있어."

그리고 그는 경비 청구서를 맥스 호르닝에게 되돌려주었다.

"동료에 대한 영향도 고려해야 하네. 가서 다시 써오게."

"알았습니다, 경위님. 제 방식이 잘못되었다면 정말 드릴 말씀이 없습니다."

"아니야, 괜찮네. 어쨌든 자네는 신참이니까."

30분 뒤에 맥스 호르닝은 고쳐 쓴 청구서를 제출했다. 그런데 거기에는 아까보다 경비가 오히려 3퍼센트 줄어들어 있었다.

그런데 11월의 그날, 슈미트 총경은 맥스 호르닝의 보고서를 손에 들고 그 작성자와 마주앉아 있었다. 호르닝 형사는 밝은 청색 양복을 입고 밤색 구두에 흰 양말을 신고 있었다.

화내지 않겠다는 결심과 마음을 가라앉히는 요가의 호흡법에도 불구하고 슈미트 총경은 어느새 호통을 치고 있었다.

"보고가 들어왔을 때 자네는 당직으로 여기에 있었네. 사고를 조사하는 것이 자네의 임무임에도 불구하고 현장에 도착한 것은 14시간이나 지난 뒤였어! 그만한 시간이면 뉴질랜드 경찰 전원을 불러다가 파견할 수도 있단 말일세."

"그렇지 않습니다. 뉴질랜드에서 취리히까지 제트기를 타도……."

"입 닥쳐!"

슈미트 총경은 이 작자에게 뭐라고 말해야 좋을지 몰랐다. 그는 흰머리가 제법 나 있는 머리카락을 양손으로 신경질적으로 빗어 올렸다. 모욕을 주어도 통하지 않고, 훈계를 해도 소용이 없었다. 상대는 운이 좋은 바보인 것이다.

슈미트 총경은 잡아먹을 듯이 그에게 호통을 쳤다.

"호르닝, 나는 우리 부서 안에서의 무능은 용서하지 않네. 다른 당직 형사들은 보고가 들어오면 즉시 조사를 하기 위해서 현장으로 달려가네. 그리고 구급차를 불러 시체를 시체 안치소로 옮기고, 신분을 확인하고……."

그는 또다시 말이 빨라짐을 깨닫고 어떻게든 마음을 가라앉히려고 노력했다.

"호르닝, 그들은 훌륭한 형사가 해야 할 일을 모두 했네. 그런데 자네는 사무실에 앉아서 스위스 유력자들의 절반을 한밤중에 두드려 깨웠단 말일세."

"제 생각에는……."

"생각! 나는 자네 덕분에 오전 내내 전화에 대고 사과를 해야 했단 말일세."

"하지만 조사하지 않으면……."

"썩 꺼져, 호르닝!"

"나가겠습니다만, 장례식에 가도 괜찮겠습니까? 오늘입니다."

"좋아. 다녀와."

"고맙습니다. 저는……."

"빨리 꺼져!"

슈미트 총경은 그로부터 30분쯤 지나서야 정상적인 호흡을 할 수 있었다.

희생양

질펠트의 장례식장은 사람들로 붐비고 있었다. 그곳은 돌과 대리석의 고풍스럽고 화려한 건물인데, 몇 개의 예비실과 한 개의 화장로가 있었다. 커다란 예비실 안에는 로페 앤드 선즈의 20여 명의 간부와 사원들이 앞줄 좌석에 앉아 있었다. 뒤쪽에는 고인의 친구들과 주변의 회사 대표들, 그리고 신문기자들이 앉아 있었다.

맥스 호르닝 형사는 맨 뒷줄에 앉아 죽음이란 부조리한 것이라고 생각하고 있었다. 인생의 한창 때에 도달해 재산도 제법 불어나 있고, 인생을 사는 보람을 느낄 무렵 인간은 죽는다. 정말 안타까운 일이다.

마호가니 관은 꽃으로 둘러싸여 있었다. 호르닝 형사는 이것도 다 쓸데없는 일이라고 생각했다. 관 뚜껑은 닫혀 있었다. 그는 그 이유를 알고 있었다.

목사가 심판 날의 하느님 같은 목소리로 말했다.

"죄 중에 태어나고, 흙에서 나서 흙으로 돌아가느니……."

맥스는 듣고 있지 않았다. 그는 예배실에 있는 사람들을 관찰하고 있었다.

"하느님께서 주셨던 것을 다시 찾아가시니……."

사람들은 일어나서 출구 쪽으로 나가기 시작했다. 장례식이 끝난 것이다.

맥스는 문 옆에 서 있었다. 한 사나이와 한 여자가 그에게로 다가왔을 때, 그는 여자 앞으로 나아가서 물었다.

"엘리자베스 로페 양이죠? 잠깐 말씀드릴 게 있습니다만……."

맥스 호르닝 형사는 장례식장 건너편에 있는 콘디토레이 다방에서 엘리자베스 로페와 리스 윌리엄스와 마주앉았다.

창문 너머로 관이 회색 영구차에 운구되는 것이 보였다. 엘리자베스는 눈을 돌렸다. 고인의 생전 모습이 눈앞에 아른거렸다.

리스가 심문하는 듯한 목소리로 말했다.

"무슨 이야긴가요? 미스 로페의 진술이라면 이미 끝났잖소."

"윌리엄스 씨인가요? 두세 가지만 간단하게 묻고 싶어서요."

맥스 호르닝이 말했다.

"나중에 합시다. 미스 로페는 큰 충격을 받아서……."

엘리자베스가 리스의 손을 잡았다.

"괜찮아요. 만일 뭔가 도움이 되는 거라도 있다면……."

그녀는 맥스 쪽을 바라보았다. 그는 난생 처음 말문이 막히는 것 같았다. 맥스에게 있어서 여자들이란 다른 혹성에서 온 생물처럼 이질적인 존재로 보였다. 그녀들은 비논리적이고 미치광이이고 이성보다는 감성의 지배를 받기 쉬우며, 그녀들의 행동은 컴퓨터도 추출해낼 수 없는 존재들이라고 생각했다.

맥스는 성적인 충동을 느끼는 일은 거의 없었다. 그러나 그는 섹스의 명확한 논리는 즐길 줄 알았다. 그것은 맥스에게 있어서 애정의 미학이었다. 사랑의 행동 역학, 그 자체가 시였다. 시인은 모두 이 점을 보지 못하고 있다고 맥스는 생각했다.

감정은 부정확하고, 제멋대로이고, 한마디로 에너지의 낭비이다. 아무리 작은 모래알 한 알이라도 움직일 수가 없다. 그러나 논리는 세계를 움직일 수 있다.

지금 맥스를 당혹하게 하는 것은 엘리자베스와 마주앉아 있어도 마음이 편안하다는 사실이었다. 그것이 그를 불안하게 만들었다. 지금까지 이런 기분이 들게 한 여자는 한 사람도 없었다. 엘리자베스는 다른 여자들과 달리 그를 추한 남자, 그리고 익살스러운 땅딸보라고 생각하지 않는 것 같았다. 그는 마음이 혼란스러워지지 않도록 그녀에게서 시선을 돌리려고 애썼다.

"미스 로페, 당신은 회사에서 늦게까지 일하는 습관이 있습니까?"

"네, 종종 그래요."

엘리자베스가 대답했다.

"그럼 퇴근하는 시간은 몇 시쯤인가요?"

"정해져 있지 않아요. 10시까지 일하기도 하고, 12시까지 일할 때도 있어요. 그리고 좀 더 늦을 때도 있구요."

"그럼 그것이 일종의 패턴을 갖고 있었습니까? 다시 말하면, 당신 주위의 사람들은 그 사실을 알고 있었겠죠?"

그녀는 망설이며 그를 바라보았다.

"네. 아마도……."

"엘리베이터가 추락했던 날 밤, 당신과 윌리엄스 씨와 케이트 얼링, 세 분 모두 밤늦게까지 일을 하고 있었나요?"

"네."

"그런데 세 분은 함께 돌아가지 않으셨죠?"

"나는 일찍 퇴근했소. 약속이 있어서……."

리스가 말했다.

맥스는 잠시 그를 보더니 다시 엘리자베스 쪽을 향했다.

"당신들이 나온 것은 윌리엄스 씨가 돌아가고 나서 어느 정도나 된 뒤였습니까?"

"한 시간쯤 뒤였을 거라고 생각해요."

"당신과 케이트 얼링은 함께 나왔습니까?"

"네. 우리는 같이 코트를 입고 복도로 나왔어요."

엘리자베스는 말이 막혀 우물거렸다.

"엘리…… 엘리베이터가 우리를 기다리고 있었어요."

"사장 전용 엘리베이터인가요?"

"네."

"그래서 어떻게 했습니까?"

"둘이 탔죠. 그때 사무실의 전화벨이 울렸습니다. 케이트가……. 미스 얼링이 '제가 받을게요' 하고 말했어요. 그리고 밖으로 나가려고 했습니다. 그런데 나는 전에 신청해놓았던 국제전화를 기다리고 있었기 때문에 내가 가겠다고 말했습니다."

엘리자베스는 말을 중단했다. 그녀의 눈에 눈물이 고였다.

"나는 엘리베이터에서 나왔어요. 그녀는 '기다리고 있을까요?' 하고 물었지만 나는 '아니에요, 먼저 가세요'라고 말했습니다. 그녀가 버튼을 누르고 나는 사무실 쪽으로 되돌아갔습니다. 그리고 사무실 문을 열려고 할 때 비명소리가 들리고, 그리고……."

그녀는 더 이상 말을 이을 수 없었다.

리스가 험악한 얼굴로 맥스 호르닝에게 말했다.

"이제 그만하시죠. 왜 그렇게 사소한 것까지 묻는 겁니까?"

'살인사건이니까 그렇소.' 하고 맥스는 마음속으로 말했다. 누군가가 엘리자베스 로페를 살해하려고 했던 것이다.

맥스는 지금까지 48시간 동안 로페 앤드 선즈에 관해 알아낸 모든 것을 떠올리려고 최대한 마음을 집중했다. 이 회사는 복잡한 사건이 계속 터지고 있었다. 소송으로 막대한 금액의 지불 요구를 받고 있고, 이미지가 손상당해 매상이 떨어지고 은행에는 거액의 부채가 있어서 그 변제를 강요당하고 있었다.

한마디로 이 회사는 막다른 골목까지 와 있었다. 주식의 과반수를 소유하고 있던 사장 샘 로페는 죽었다. 숙련된 등산가였지만, 등산 중에 사고로 사망했다. 그리고 과반수의 주식은 딸 엘리자베스의 손에 넘겨졌다.

그 엘리자베스는 사르데냐의 사고에서 구사일생으로 살아났고, 최근의 수사에 의하면 전혀 이상이 없던 엘리베이터를 타고, 간발의 차로 죽음을 면했다. 틀림없이 누군가가 살인을 꾀하고 있는 것이다.

맥스 호르닝은 사실 기뻐해야 할 것이다. 매듭이 풀린 실을 발견했으니 말이다. 그러나 엘리자베스 로페와 만난 지금, 그녀는 그에게 어느새 단순한 이름도, 그리고 수학 퍼즐의 방정식도 아니었다. 그녀에게는 어느 여자와 다른 무언가 특별한 것이 있었다.

맥스는 그녀를 감싸주고 보호해주고 싶은 충동을 느꼈다.

리스가 다시 말했다.

"왜 그런 질문을 하느냐고 묻고 있잖소."

맥스는 그를 보면서 애매하게 대답했다.

"절차상 필요해서……. 윌리엄스 씨, 단순한 형식입니다. 실례했습니다."

그는 일어섰다. 그에게는 서둘러 해야 할 일이 있었다.

현장 조사

슈미트 총경은 오전 내내 바빴다. 이베리아 항공회사 앞에서 정치 데모가 있었는데, 3명이 신문을 받기 위해 구류 처분을 당했다. 브루나이에 있는 제지공장에서는 원인 모를 화재가 발생해서 조사가 진행 중이었다.

플라츠피츠 공원에서는 부녀 폭행 사건, 그리고 상품을 빼돌린 사건이 규벨린과 호텔 '바우어 오 락' 근처의 그리마에서 각각 1건씩 발생했다.

이런 일을 처리하는 데도 정신이 없는데, 맥스 호르닝이 뭔가 어리석은 생각에 잠겨 돌아왔다. 슈미트 총경은 어느새 심호흡을 하기 시작했다.

맥스가 말했다.

"엘리베이터의 케이블 드럼이 깨져 있었습니다. 그것이 망가져서 모든 안전장치가 듣지 않게 된 것입니다. 누군가가……."

"호르닝, 나도 보고서를 보았네. 자연적으로 생긴 파손이었네."

"아닙니다. 총경님. 제가 케이블 드럼의 설계 명세서를 조사해보았더니 앞으로 5, 6년은 견뎌낼 수 있었을 것으로 보였습니다."

슈미트는 자신의 볼이 경련을 일으키는 것을 느꼈다.

"무슨 소릴 하고 싶은 건가?"

"누군가가 엘리베이터에 손을 댄 겁니다."

'손을 댄 것 같습니다'도 아니고, 또 '손을 댔을 것 같습니다'도 아니고, 그는 분명히 누군가가 엘리베이터에 손을 댔다고 단정하고 있었다.

"왜 그런 짓을 했을까?"

"제가 조사하고 싶은 것이 바로 그것입니다."

"또 로페 앤드 선즈에 가고 싶은가?"

맥스 호르닝 형사는 자못 놀란 듯이 슈미트 총경을 바라보았다.

"아닙니다. 제가 가보고 싶은 곳은 샤모니입니다."

샤모니는 제네바에서 남동쪽으로 40마일 떨어진 프랑스의 오트 사부아에 있는 해발 3400미터의 도시로, 몽블랑 산과 에귀유 산맥 사이에 있는 세계 명승지 중 하나다.

싸구려 낡은 여행용 가방만을 든 채 샤모니 역에 내려선 맥스 호르닝 형사는 주위의 경치에는 눈도 주지 않았다.

그는 앞에 와 서는 택시를 거절한 뒤 걸어서 경찰서로 향했다. 거리 중앙의 광장에 위치한 그 조그만 건물에 들어서자, 그는 안도감을 느꼈다. 왠지 경찰관끼리의 뜨거운 동지의식이 느껴지는 것 같기도 했다. 그도 경찰관 중의 한 사람인 것이다.

책상에 앉아 있던 프랑스인 경사가 얼굴을 들었다.

"무슨 볼일이 있으십니까?"

맥스는 생긋 웃었다. 그러고는 떠들어대기 시작했다. 맥스는 어떤 외국어라도 이런 식으로 접근했다. 그는 불규칙동사나 시제, 분사 등의 울창한 곁가지들을 손도끼로 자기 혀를 치듯이 쳐내면서 나아갔다. 그의 이야기를 듣고 있는 동안 경사의 표정은 곤혹스러움에서 불신으로 변해갔다. 프랑스인은 수백 년에 걸쳐 혀와 후두를 훈련해서 훌륭한 음악과 같은 현재의 프랑스어를 완성시켰다. 그런데 지금 그의 앞에 서 있는 이 사나이는 그것을 불쾌하기 짝이 없는, 그리고 의미를 알 수 없는 하나의 소음으로 바꿔버리고 있었다.

조금 뒤 경사는 더 이상 참을 수가 없어서 말참견을 했다.

"뭐라고요? 무슨 얘기를 하고 있는 거요?"

맥스가 대답했다.

"무슨 얘기냐고요? 나는 지금 프랑스어를 하고 있잖소."

경사는 몸을 쑥 내밀고 호기심을 나타내며 물었다.

"지금 말한 게 프랑스어라고요?"

이 멍청이는 자기 나라 말도 제대로 못하나, 하고 맥스는 생각했다. 그는 신분증을 꺼내어 경사에게 건네주었다. 상대방은 그것을 두 번 읽고는 고개를 들어 맥스를 말똥말똥 쳐다본 다음, 또다시 증명서를 보았다. 눈앞에 서 있는 남자가 형사라고는 도저히 믿어지지 않았다.

경사는 떨떠름한 표정으로 증명서를 맥스에게 돌려주었다.

"무슨 용건이십니까?"

"나는 두 달 전에 여기서 일어난 사고를 조사하고 있습니다. 희생자의 이름은 샘 로페입니다."

경사는 고개를 끄덕였다.

"기억하고 있습니다."

"그때 일을 알고 있는 사람과 만나고 싶은데요."

"조난구조 기관이 좋을 겁니다. 사모니 산악구조회라고 하는데, 몽블랑 광장에 있습니다. 전화번호는 531689번입니다. 그리고 혹시 구호소에서도 뭔가 알고 있을지 모릅니다. 바레 거리에 있는데, 전화번호는 530182번입니다. 전부 적어드리겠습니다."

그는 펜을 집어 들었다.

"그럴 필요 없습니다. 샤모니 산악구조회, 몽블랑 광장 531689번. 그리고 바레 거리의 구호소는 530182번이죠?"

맥스가 나간 뒤에도 경사는 한참 동안 눈을 동그랗게 뜬 채 멍하니 앉아 있었다.

샤모니 산악구조회 회장은 살갗이 거무스름한 스포츠맨 타입의 청년으로, 소나무로 된 낡은 책상에 앉아 있었다. 그는 안으로 들어서는 맥스를 올려다보며, 이 기묘하게 생긴 손님이 등산 희망자가 아니었으면 좋겠다고 생각했다.

"무엇을 도와드릴까요?"

"맥스 호르닝 형사입니다."

그는 신분증명서를 보여주었다.

"호르닝 형사님, 용건은?"

"나는 샘 로페라는 사람의 사망 사건을 수사하고 있는 중입니다."

책상 너머의 사나이는 한숨을 쉬었다.

"그래요? 나는 로페 씨를 정말 좋아했습니다. 불행한 사고였죠."

"당신은 현장에 있었나요?"

그는 고개를 흔들었다.

"아뇨. 조난 통지를 받고 곧 구조대를 데리고 달려갔습니다만, 어떻게 손을 써볼 도리가 없었습니다. 로페 씨의 유체는 골짜기로 떨어졌는데, 영원히 찾을 수 없을 겁니다."

"떨어졌을 때의 상황은?"

"선발대는 네 명이었고, 안내원과 로페 씨가 맨 끝이었습니다. 내가 들은 바로는, 빙하 퇴석 위를 걷고 있을 때 로페 씨가 미끄러져 떨어졌다고 하던데요."

"그런 사태에 대한 준비는 하지 않았습니까?"

"물론 했죠. 로프가 끊어졌던 것입니다."

"그런 일이 자주 일어납니까?"

"이번 단 한 번뿐입니다."

그는 대수롭지 않은 농담에 스스로 웃었지만, 형사의 표정을 보고는 당황하며 이렇게 덧붙였다.

"경험이 많은 등산가는 항상 장비를 철저히 점검합니다. 그래도 사고는 일어납니다."

맥스는 잠시 생각에 잠겼다.

"안내원 얘기를 들어보고 싶은데요."

"로페 씨의 단골 안내원은 그날은 등정하지 않았습니다."

맥스는 눈이 휘둥그레졌다.

"네? 왜요?"

"아팠답니다. 그래서 다른 안내원이 대신 올라갔죠."

"혹시 그 사람 이름을 아십니까?"

"잠깐 기다려주세요. 찾아볼 테니까요."

청년은 안쪽 방으로 사라졌다. 몇 분 뒤에 그는 한 장의 메모지를 들고 돌아왔다.

"안내원 이름은 한스 버그만입니다."

"어디로 찾아가면 만날 수 있습니까?"

"이 도시에 살지 않습니다. 레스게츠라는 마을에서 왔습니다. 여기서 60킬로미터쯤 떨어진 마을이죠."

맥스는 샤모니를 떠나기 전에 클라이네 샤이데그 호텔의 프런트에 가서 객실 담당자에게 물었다.

"로페 씨가 여기서 숙박하고 있을 때 자네는 여기 있었나?"

"그렇습니다. 정말 무서운 사고였죠."

객실 담당자가 대답했다.

"로페 씨는 혼자서 묵고 있었나?"

객실 담당자는 고개를 흔들었다.

"친구 분과 함께였습니다."

맥스는 그를 똑바로 쳐다보며 말했다.

"친구?"

"네. 로페 씨께서는 두 사람의 방을 예약하셨습니다."

"그 친구 이름 혹시 알고 있나?"

"알고 있습니다."

객실 담당자는 책상 아래에서 커다란 장부를 꺼내 페이지를 넘기기 시작했다. 그 손이 멈추고, 손가락으로 페이지 아래쪽으로 짚어 가더니 그가 말했다.

"아, 여기 있군요."

맥스 호르닝은 가장 싸구려 렌터카를 빌려 타고 레스게츠로 달렸다. 그 마을에 도착하는 데는 3시간 가까이나 걸렸다. 그는 하마터면 그곳을 지나칠 뻔했다. 그곳은 마을이라고 부를 수도 없었다. 가게 몇 개와 조그만 산장, 그리고 가게 앞에 간단한 급유 장치를 한 잡화상이 늘어서 있을 뿐이었다.

맥스는 조그만 산장 앞에 차를 세우고 안으로 들어갔다. 5, 6명의 남자들이 난로 앞에 앉아서 이야기를 하고 있었다. 맥스의 모습을 보자 사나이들은 얘기를 뚝 그쳤다. 맥스가 입을 열었다.

"실례합니다. 한스 버그만 씨를 찾고 있습니다만."

"누구요?"

"한스 버그만요. 안내원 말입니다. 이 마을에 산다고 하던데요."

일기도처럼 주름살투성이인 노인이 난로 안에 침을 뱉고는 말했다.

"누가 당신을 속인 모양이오. 난 이 레스게츠에서 태어났지만, 한스 버그만이라는 이름은 들어본 적이 없소이다."

심야 방문객

엘리자베스가 다시 회사에 출근한 것은 케이트 얼링이 죽은 지 일주일 뒤였다. 엘리자베스가 비틀거리며 로비에 들어서자, 도어맨과 수위가 인사를 했다. 그녀는 건성으로 인사를 받으며 로비 구석에서 작업부가 부서진 엘리베이터를 고치고 있는 것을 바라보았다.

엘리자베스는 케이트 얼링이 12층을 추락하던 때의 공포를 생생하게 느낄 수 있었다. 그 엘리베이터는 두 번 다시 타고 싶지 않았다.

사무실에 들어서니 그녀 앞으로 온 우편물이 이미 제2비서 앙리에트에 의해 개봉되어 가지런히 책상 위에 놓여 있었다.

엘리자베스는 그것들을 대충 훑어보고 나서 어떤 것에는 자기 이름의 첫 글자를, 또 어떤 것에는 의문부호를 쓰거나 요점에 표시를 했다.

우편물 중 맨 아래에 '엘리자베스 로페 귀하'라고 쓴 커다란 봉투가 있었다. 엘리자베스는 페이퍼 나이프로 봉투 위쪽을 잘라내고 세로 8인치, 가로 10인치의 사진을 꺼냈다. 그것은 황인종 어린이 환자를 찍은 사진으로, 머리통이 짧고 납작하며 눈알이 튀어나와 빛나고 있었다. 사진에는 크레용으로 쓴 짧은 편지가 첨부되어 있었다.

'이것은 나의 귀여운 아들 존이다. 너희 회사 약이 이 아이를 이렇

게 만들어 놓았다. 너를 꼭 죽여버릴 테다.'

엘리자베스는 편지를 읽자마자 손이 떨려서 그만 사진을 떨어뜨렸다. 마침 앙리에트가 서류를 한 아름 안고 들어왔다.

"이건 사인을 해주셔야 할 서류입니다, 미스……."

그녀는 엘리자베스의 표정이 심상치 않음을 알아챘다.

"무슨 일이 있으세요?"

엘리자베스가 말했다.

"윌리엄스 씨를 불러줘요."

그녀의 눈길은 다시 책상 위의 사진으로 향했다.

'로페 앤드 선즈가 이렇게 무서운 약을 팔 리가 없다.'

리스가 말했다.

"우리의 실수입니다. 출하한 약에 라벨을 잘못 붙인 것이 있었습니다. 대부분 수거했습니다만……."

그는 두 손을 쳐들며 몸을 떨었다.

"그게 언제 일어난 일인가요?"

"4년쯤 전입니다."

"몇 사람쯤 피해를 입었나요?"

"100명쯤 됩니다."

그는 그녀의 표정을 살피고는 즉시 덧붙여 말했다.

"보상금을 모두 지불해주고 있습니다. 모두가 다 이런 모습은 아닙니다. 우리는 매우 주의를 하고 있습니다. 할 수 있는 한 최대한의 안전대책을 강구하고 있습니다만 인간이니까요. 때로는 실수도 일어납니다."

엘리자베스는 아이의 사진을 다시 들여다보았다.

"정말 무서운 일이에요."

"이런 것은 당신한테 보이고 싶지 않았는데……."

리스는 머리카락을 손가락으로 빗어 올리며 말했다.

"이럴 때 말씀드리는 것이 어떨지 모르겠습니다만, 그밖에 좀 더 중요한 문제가 두세 가지 있습니다."

그녀는 좀 더 중요한 문제가 무엇인지 궁금했다.

"식품의약국에서는 우리 회사의 에어졸 스프레이에 대해 생산 금지 결정을 내렸습니다. 에어졸은 2년 이내에 전면 금지될 것입니다."

"그것은 회사에 어떤 영향을 미치게 되나요?"

"막대한 손해를 끼치게 됩니다. 전 세계에서 5~6개의 공장을 폐쇄해야 합니다. 우리 회사에서 가장 이익이 높은 부문 중 하나를 잃게 되는 것이지요."

엘리자베스는 에밀 조에플리와 그가 개발하고 있는 약에 대해 생각했지만, 입 밖에 내지는 않았다.

"그밖에?"

"혹시 오늘 조간신문 읽어보셨습니까?"

"아뇨."

"벨기에의 반 덴 로호 장관 부인이 베넥산을 복용하고 부작용을 일으켰답니다."

"우리 약인가요?"

"그렇습니다. 항히스타민제입니다. 고혈압 환자에게는 금기 증세가 나타납니다. 상표에 명확히 주의사항이 적혀 있지만 부인은 그것을 무시했던 겁니다."

엘리자베스는 온몸이 뻣뻣하게 긴장되는 것을 느꼈다.

"그분은 어떻게 되었나요?"

"혼수상태에 빠져 있습니다. 아마 살아나지 못할 겁니다. 신문이 우리 회사 제품이라고 썼기 때문에 전 세계로부터 주문 취소가 쇄도하고 있습니다. 식품의약국은 조사를 개시하겠다고 통지해왔지만 조사하는 데 적어도 1년은 걸립니다. 그동안 우리는 베넥산을 팔 수 없습니다."

"시장에서 그것을 모두 거둬들이도록 하세요."

"그럴 필요는 없습니다. 그 약은 매우 효력이 뛰어난⋯⋯. 수만 명, 아니 수십만 명의 사람들이 그 약으로 건강을 되찾고 있습니다."

리스의 목소리는 냉정했다.

"그밖에도 또 피해를 입은 사람은 없나요?"

"우리 약들 중에서 가장 효력이 뛰어난 약품입니다."

"내 질문에 아직 대답을 하지 않았어요."

"그런 사고가 전혀 없을 수는 없겠죠. 하지만⋯⋯."

"곧바로 거둬들였으면 좋겠어요."

리스는 울분과 싸우면서 앉아 있었지만, 이윽고 이렇게 말했다.

"알겠습니다. 하지만 회사가 얼마나 손해를 입게 되는지 알고 싶지 않으십니까?"

"알고 싶지 않아요."

엘리자베스는 단호하게 말했다. 리스는 고개를 끄덕였다.

"지금까지의 이야기는 그래도 나은 편입니다. 더 나쁜 뉴스가 있습니다. 은행 측에서 즉시 당신과 만나고 싶답니다. 아마 대부 변제를 요구해올 것 같습니다."

리스가 나가고 난 뒤, 엘리자베스는 병을 앓고 있는 황인종 어린이와 로페 앤드 선즈가 판매한 약 때문에 혼수상태에 놓여 있는 여성을 생각하며 넋을 잃은 채 앉아 있었다. 엘리자베스는 이런 종류의 비극은 로페 앤드 선즈 뿐만 아니라 다른 제약회사에서도 발생하고 있다는 것을 잘 알고 있었다.

이와 비슷한 사례가 거의 날마다 신문에 실리고 있었지만, 이번 일만큼 그녀에게 충격을 준 사건은 없었다. 그녀는 책임을 통감했다. 그리고 약을 개량할 수 있는지, 없는지 안전 쪽을 담당하는 각 부서의 장들과 의논해봐야겠다고 생각했다.

'이것은 나의 귀여운 아들 존이다.'

'반 덴 로호 장관 부인이 혼수상태에 빠져 있습니다. 아마 살아나지 못할 겁니다.'

'은행 측에서 즉시 당신과 만나고 싶답니다. 아마 대부 변제를 요구해올 것 같습니다.'

엘리자베스는 질식할 것만 같았다. 주위의 모든 사람들이 갑자기 자신에게 벌떼처럼 달려드는 것 같았다.

엘리자베스는 처음으로 자신이 이런 곤경을 잘 헤쳐 나갈 수 있을지 걱정되었다. 어떤 일들이 급속히 증대되어 가서 그녀는 너무도 부담스러웠다.

그녀는 의자를 돌려 벽에 걸려 있는 새뮤얼 할아버지의 초상화를 올려다보았다. 뭔가 능력이 많고 자신감이 넘쳐보였다. 그녀도 할아버지의 회의나 불안, 전망을 알고 있었지만 잘 타개헤니기셨다. 그녀는 로페 가문의 한 사람으로서 어떻게 해서든 살아남지 않으면 안 되었다.

엘리자베스는 초상화가 약간 비뚤어져 있음을 알아챘다. 아마 엘리베이터 시고 때문이리라. 그녀는 그것을 바로 해놓으려고 일어섰다. 엘리자베스가 초상화에 손을 대자 못이 빠지며 액자가 바닥으로 떨어졌다. 엘리자베스는 초상화가 걸려 있던 곳을 날카롭게 쏘아보았다.

벽에는 조그만 마이크가 테이프로 붙여져 있었다.

　새벽 4시, 에밀 조에플리는 오늘도 늦게까지 일을 하고 있었다. 그
것은 최근 들어 그에게 하나의 습관이 되었다. 엘리자베스는 언제까
지라고 기한을 정하지 않았지만, 조에플리는 이 프로젝트가 회사에
얼마나 중요한 것인지 잘 알고 있었으므로 조금이라도 빨리 완성시키
려고 서두르고 있었다.

　그는 로페 앤드 선즈에 대한 최근의 좋지 않은 소문을 들었다. 그래
서 더욱더 회사를 돕기 위해 최대한의 노력을 기울이기로 결심했다.
회사는 그들에게 높은 급료와 완전한 자유 등 후한 대우를 해주었다.
그는 샘 로페를 좋아했고, 그분의 딸도 역시 좋아했다.

　엘리자베스는 알 리 없겠지만 이렇게 새벽까지 일하고 있는 것은
그녀에 대한 조에플리의 보답이라고 할 수 있었다. 그는 조그만 책상
앞에 쭈그리고 앉아서 가장 새로운 실험 결과에 집중하고 있었다. 그
것은 그가 예상했던 것 이상으로 결과가 좋았다.

　그는 연구실 우리에 들어 있는 동물의 악취도, 방에 가득 찬 습기도,
그리고 밤이 깊은 것도 잊고 온정신을 기울여 실험을 하고 있었다.

　문이 열리고 경비원 세프 놀런이 들어왔다. 놀런은 이렇게 야근하
는 것을 싫어했다. 인기척 없는 한밤중의 연구실은 어쩐지 기분이 좋
지 않았기 때문이다. 우리 속에 든 동물의 악취를 맡으면 그는 더욱 기
분이 나빠졌다. 놀런은 여기서 살해된 동물들의 영혼이 되돌아와서
복도를 방황하고 있을지도 모른다고 생각했다.

　'제기랄! 유령 수당이라도 붙여주면 좋으련만…….'

　여기에서 일하는 사람들은 벌써 돌아가고 없었다. 우리 속에 갇혀
있는 토끼나 고양이, 햄스터를 제외하면 남아 있는 것은 이 미치광이

과학자뿐이었다.

"언제까지 계실 겁니까, 박사님?"

놀런이 물었다. 조에플리는 얼굴을 들고 비로소 놀런이 들어온 것을 확인했다.

"뭐라고?"

"조금 있다가 매점에 가서 샌드위치나 뭐 먹을 걸 사오려고요."

"그럼 커피를 부탁하네."

조에플리는 그렇게 말하고 다시 그래프로 눈을 돌렸다.

"내가 나간 뒤 바깥문에 열쇠를 채워놓겠습니다. 금방 돌아올 테니까요."

조에플리는 그 말을 듣지 못했다.

10분 뒤, 연구실 문이 열리는 소리가 났다.

"늦게까지 일하고 있구먼, 에밀."

얼굴을 든 에밀 조에플리는 깜짝 놀랐다. 상대방이 누군지를 알아보고 그는 황급히 일어났다. 조에플리는 그가 와준 것이 매우 기뻤다.

"젊음의 샘 프로젝트, 극비겠지?"

에밀은 주저했다. 엘리자베스는 이 프로젝트에 대해 아무에게도 말해서는 안 된다고 당부했었다. 그러나 이 방문자는 예외였다. 이 사람은 그를 로페 앤드 선즈에 취직시켜 주었던 것이다. 에밀 조에플리는 미소를 지으며 말했다.

"네, 극비입니다."

"좋아. 그러는 편이 좋겠지. 진행 상태는 어떤가?"

"순조롭습니다."

방문자는 토끼우리 쪽으로 어슬렁어슬렁 걸어갔다. 에밀 조에플리가 그 뒤를 따라갔다.

"설명해드릴까요?"

상대방은 미소를 지었다.

"아니, 괜찮네. 나는 다 알고 있으니까."

방문자가 돌아서려고 하다가 우리 위에 있던 빈 먹이 접시에 부딪혀 그것이 그만 바닥에 떨어졌다.

"미안하네."

"괜찮습니다. 제가 줍겠습니다."

에밀 조에플리는 몸을 굽혔다. 그때 그의 뒷머리에 무엇인가 붉은 것이 번쩍했다. 그가 마지막으로 본 것은 자기 쪽으로 급속히 치솟는 마룻바닥이었다.

시끄러운 전화벨 소리 때문에 엘리자베스는 잠을 깼다. 침대에서 몸을 일으켜 졸린 눈으로 테이블 위의 시계를 보니 새벽 5시였다.

엘리자베스는 손을 더듬어 수화기를 들었다. 다급한 목소리가 들려왔다.

"미스 로페입니까? 공장 경비원입니다. 연구실 하나가 폭발했습니다. 완전히 파괴되었습니다."

그녀는 졸음이 확 달아났다.

"다친 사람은?"

"네, 과학자 한 분이 죽었습니다."

그는 그의 이름을 엘리자베스에게 보고할 필요가 없었다.

변시체

맥스 호르닝 형사는 생각에 잠겨 있었다. 형사과는 타이핑 소리, 대화 소리, 전화벨 소리로 시끄러웠지만 호르닝은 아무것도 보지 않았고, 아무 소리도 듣지 않았다. 그는 컴퓨터처럼 단 한 가지에만 집중하고 있었다.

맥스 호르닝은 새뮤얼 로페가 창립하고, 친족 지배를 계속해오고 있는 로페 앤드 선즈의 헌장에 관해서만 생각하고 있었다. 헌장은 잘 작성되어 있었지만 조금은 위험스러웠다.

그것은 바로 1653년에 이탈리아의 은행가 로렌조 톤티가 창안한 연금법 '톤틴'을 연상시켰다.

톤틴의 회원은 모두 같은 액수의 돈을 출자한다. 회원이 사망할 때마다 생존자들이 그 권리를 취득한다. 그것은 다른 회원을 없애는 강한 동기를 유발하는 것이다. 로페 앤드 선즈의 경우도 마찬가지였다. 다른 사람에게 수백만 달러의 주식을 물려주면서 동시에 전원의 동의를 얻지 않으면, 그것을 팔 수 없었다. 동시에 그것은 많은 문제를 야기하게 된다.

맥스는 샘 로페가 동의하지 않았다는 것을 잘 알고 있었다. 그는 죽었다. 엘리자베스 로페도 동의하지 않았다. 그러나 그녀는 두 번이나 아슬아슬한 위험에 놓여 있었다. 그리고 사고가 너무 자주 일어나고 있었다. 맥스 호르닝 형사는 그것이 단순히 사고라고만 생각되지 않았다. 그는 슈미트 총경의 방으로 갔다. 총경은 샘 로페의 등산 사고에 관한 보고에 귀를 기울이면서 불쾌한 목소리로 말했다.

"안내원의 이름이 바뀌었다고 해서 그것만으로 살인사건이 되는 것은 아닐세. 어쨌든 내 부서에서는 그런 것쯤은 사건도 되지 않네."

땅딸이 형사는 인내심을 가지고 말했다.

"그것만이 아닙니다. 로페 앤드 선즈는 내부에 큰 문제를 안고 있습니다. 아마 누군가가 샘 로페를 제거하면 문제가 해결될 거라고 생각했을 것입니다."

슈미트 총경은 의자에 등을 기댄 채 호르닝을 바라보았다. 호르닝의 생각은 완전히 빗나가 있다고 그는 확신했다. 그러나 슈미트 총경은 맥스 호르닝을 잠시라도 보지 않게 된다고 생각하자 기뻤다. 그가 없으면 형사과 전체의 사기가 올라갈 것이다. 게다가 맥스 호르닝이 수사하고 싶어하는 것은 다름 아닌 로페 일족이었다. 여느 때 같으면 슈미트는 맥스 호르닝에게 로페 가에는 절대로 접근하지 말라고 명령했을 것이다. 만일 호르닝 형사가 그들을 화나게 만든다면, 물론 화나게 만들 것이 틀림없지만, 그들이 호르닝을 경찰에서 내쫓는 것은 식은 죽 먹기였다. 그렇게 되더라도 아무도 슈미트 총경을 비난하지는 못할 것이다.

이것은 억지로 떠맡은 이 땅딸보 형사를 쫓아내는 절호의 기회가 아닌가. 슈미트 총경은 맥스 호르닝에게 말했다.

"자네한테 맡기겠네. 천천히 조사해보도록……."

"고맙습니다."

맥스는 즐거워하며 말했다. 그는 복도로 나와 자기 방으로 돌아가는 도중에 검시관을 만났다.

"호르닝! 잠깐 자네의 지혜를 좀 빌려주겠나?"

맥스는 눈을 깜빡거렸다.

"뭔데요?"

"수상 패트롤카가 아까 강에서 여자를 끌어올렸거든. 좀 봐주지 않겠나?"

맥스는 침을 삼키며 말했다.

"좋습니다."

그것은 그가 좋아하는 일은 아니었지만, 그는 이것도 임무라고 생각했다.

여자는 썰렁한 냉기가 감도는 시체 보관소의 금속상자 속에 뉘여 있었다.

금발 머리에 갓 스물이 넘어 보이는 아가씨였다. 알몸이었는데 몸이 물에 불어 있었고, 목에는 빨간 리본이 감겨 있었다.

"죽기 직전에 성교를 한 흔적이 있네. 교살되어 강에 던져진 거야."

검시관이 말했다.

"폐에는 물이 들어 있지 않네. 몸에 지문도 전혀 남아 있지 않고. 이 여자를 본 적이 있나?"

맥스 호르닝 형사는 여자의 얼굴을 내려다보며 대답했다.

"없습니다."

그는 공항 행 버스를 타기 위해 밖으로 나왔다.

퍼즐 게임

맥스 호르닝 형사는 사르데냐의 코스타 스메랄다 공항에서 비행기를 내려, 가장 싼 피아트 500을 빌려 타고 올비아로 향했다. 올비아는 사르데냐의 다른 도시와 달리 공업도시였다. 교외에는 꾀죄죄한 공장들이 군데군데 있었고, 쓰레기장처럼 지저분했다. 예전에는 아름다운 자동차였지만 지금은 고철덩이에 불과한 폐차더미가 널려 있었다. 전 세계 어느 도시에나 폐차장이 있듯이 이것은 문명의 기념비이다.

맥스는 시내 중심부에 도착하자, '삿사리 마을 올비아 경찰서'라는 간판이 붙어 있는 건물 앞에 차를 세웠다. 건물 안에 들어선 순간, 맥스는 그 분위기에 친밀감을 느꼈다. 그는 집무중인 경찰에게 신분증명서를 제시했고 2, 3분 뒤 루이지 페라로 서장실로 안내되었다.

페라로는 반가운 미소를 띠며 일어섰지만, 방문자를 보자 금방 웃음을 거두었다. 맥스에게는 형사라고 생각되지 않는 점이 있었다.

"신분증을 보여주시겠습니까?"

페라로 서장은 정중하게 말했다.

"그러죠."

맥스는 신분증을 건네주었다.

페라로 서장은 신분증을 주의 깊게 조사하고 나서, 스위스에서는 형사가 상당히 부족한 모양이라고 생각했다.

"무슨 용건입니까?"

그는 책상 너머에 앉아서 말했다.

맥스는 유창한 이탈리아어로 설명하기 시작했다. 문제는 페라로 서장이 맥스가 어느 나라 말을 지껄이고 있는지 한동안 알 수가 없었다는 데 있었다.

서장은 이탈리아어인 것 같은 느낌이 들자, 손을 들며 말했다.

"이제 그만 됐소! 영어가 됩니까?"

"물론입니다."

맥스가 대답했다.

"그럼 제발 부탁이니 영어로 말씀하시오."

맥스가 얘기를 끝냈을 때, 페라로 서장이 말했다.

"잘못 짚은 것 같소. 그것은 시간 낭비요. 지프는 이미 이쪽 정비공이 조사해보았소. 모두가 사고라고 인정하고 있단 말이오."

맥스는 고개를 끄덕였다.

"나는 아직 그것을 보지 못했습니다."

"좋소. 지금 지프는 팔기 위해 일반용 차고에 보관되어 있소. 사고 현장도 보겠소?"

페라로 서장이 말했다.

"아뇨, 괜찮습니다."

맥스는 눈을 깜빡이며 말했다.

다음으로 맥스는 브루노 캄파냐 형사의 안내를 받게 되었다.

"이미 우리가 다 조사했습니다. 사고였어요."

캄파냐가 말했다.

"사고가 아니오."

맥스가 대꾸했다.

지프는 차고 구석에 있었다. 앞부분은 구겨진 채 그대로 있었고, 녹색 송진이 말라붙어 있었다.

"아직 정비할 틈이 없어서요."

정비공이 말했다.

맥스는 지프 주위를 돌아가며 조사했다.

"브레이크는 어떻게 조작되어 있었습니까?"

"제기랄! 당신도 역시 똑같군요. 나는 25년 동안이나 정비공으로 일해 왔습니다. 이 지프는 내가 직접 조사했어요. 이 차가 공장에서 나온 뒤로 브레이크에는 아무도 손을 대지 않았습니다."

정비공의 목소리는 초조감을 띠었다.

"누군가가 손을 댔다고 하지 않소."

맥스가 말했다.

"어떤 식으로요?"

정비공은 흥분해서 물었다.

"아직 모릅니다. 그러나 곧 알게 될 거요."

맥스는 자신을 갖고 단언했다. 그는 마지막으로 지프를 살펴보고는 발길을 돌려 차고에서 나왔다.

루이지 페라로 서장은 브루노 캄파냐에게 물었다.

"자네는 그를 어떻게 했나?"

"어떻게 하지 않았습니다. 차고에 데리고 갔더니 정비공에게 뭔지 모를 말만 하고, 그러고는 혼자서 돌아다녀보고 싶다고 말하더군요."

"놀라운 녀석이야!"

맥스는 해안에 서서 에메랄드빛 티레니아 해를 바라보고 있었지만, 실제로는 아무것도 보고 있지 않았다. 그는 마음을 집중시켜, 사건의 단편을 맞추어보려고 했다. 마치 퍼즐게임을 하고 있는 것만 같았다. 끼워 넣을 장소만 알면 모든 것이 깨끗이 해결될 것이다.

지프는 작지만 중요한 퍼즐의 단편이었다. 브레이크는 숙련된 정비공들이 조사하고 있다, 맥스는 그들의 정직성이나 능력을 의심할 이유를 갖고 있지 않았다. 따라서 그는 지프의 브레이크가 조작되어 있지 않다는 사실을 받아들였다.

지프를 운전하고 있던 것은 엘리자베스이고, 누군가가 그녀를 죽이려고 했다는 점에서 볼 때 그는 브레이크가 조작되어 있었다는 사실도 받아들였다.

지프는 아무 이상이 없었지만 누군가가 손을 댄 것은 틀림없었다.

맥스는 머리가 비상한 누군가를 상대로 싸우고 있는 것이다. 그것이 한층 더 흥미를 돋구어주었다.

맥스는 모래 언덕에 나가 커다란 바위 위에 앉아서 눈을 감고 정신을 집중했다.

마지막 한 조각에 신경을 집중하고 그 위치를 생각하며, 세부까지 분석하고 퍼즐의 그림을 다시 맞추어 보았다.

20분 뒤, 마지막 조각이 딱 들어맞았다. 맥스는 감았던 눈을 떴다.

'상대방은 대단한 녀석이다.'

맥스는 감탄하며 그를 꼭 만나봐야겠다고 생각했다.

그 뒤, 맥스 호르닝 형사는 두 곳에서 차를 세웠다. 한곳은 올비아의 교외였고, 또 한곳은 산 속이었다.

오후 늦게 그는 취리히 행 비행기를 탔다.

밀고자

"눈 깜짝할 사이에 일어난 일이어서 손을 써볼 수가 없었습니다. 소화 설비를 사용할 때는 연구소 전체가 이미 불에 타서 내려앉아 있었습니다."

로페 앤드 선즈의 경비부장이 엘리자베스에게 말했다.

에밀 조에플리는 새까만 시체로 발견되었다. 그가 약품 제조법을 폭발 전에 연구소에서 빼내갔는지 어떤지는 전혀 알 수 없었다. 엘리자베스가 물었다.

"개발부 건물의 경비는 24시간 체제 아니었나요?"

"네, 그렇습니다. 저희들은……."

"당신은 경비부장이 된 지 몇 년 되었나요?"

"5년 되었습니다. 저는……."

"당신은 해고요."

그는 항의하려고 했지만, 생각을 고쳐먹었다.

"네, 알겠습니다."

"당신의 부하는 몇 명인가요?"

"65명입니다."

'65명이나!'

그런데도 에밀 조에플리를 구해낼 수가 없었던 것이다.

"24시간 뒤에 모두 사표를 내도록 하세요."

엘리자베스가 말했다.

경비부장은 멍하니 엘리자베스를 바라보았다.

"미스 로페, 그건 너무 지나친 처사입니다."

그녀는 에밀 조에플리와 도둑맞은 귀중한 약의 처방과 자기 사무실에 설치된 도청장치를 생각했다.

"나가요!"

엘리자베스가 소리쳤다.

엘리자베스는 그날 오전 내내 에밀 조에플리의 새까만 시체와 타버린 동물들의 시체로 가득 찬 실험실의 모습을 머릿속에서 지워버리려고 애썼다. 그녀는 약의 제조법을 분실함으로써 회사가 얼마나 큰 타격을 입는지에 대해서는 생각하지 않기로 했다.

경쟁회사가 그 특허를 따낼 가능성이 있었지만, 엘리자베스로서는 손을 써볼 길이 없었다. 그것은 일종의 정글과도 같았다. 적은 이쪽이 약하다는 것을 눈치 채면, 즉시 죽이러 쳐들어온다. 그러나 이번 사건은 경쟁회사가 일으킨 것이 아니라, 내부 사람의 짓인 것이다. 얼마나 놀라운 일인가.

그녀는 마담 반 덴 로호의 용태가 궁금해서 브뤼셀의 국제병원에 전화를 걸었다. 부인은 여전히 혼수상태에 빠져 있다는 대답이었다. 살아날지 어떨지 알 수가 없었다.

엘리자베스가 에밀 조에플리와 황인종 아이, 벨기에의 장관 무인 능을 생각하고 있는데 리스가 들어왔다. 그는 엘리자베스의 얼굴을 바라보며 조용히 말했다.

"정말 지독한 일이었습니다."

그녀는 참담한 심정으로 고개를 끄덕였다.

리스는 그녀에게 다가가 그녀를 물끄러미 바라보았다. 그녀는 지쳐서 매우 초췌한 모습이었다. 그녀가 더 이상 견뎌낼 수 있을지 걱정이 되었다. 리스는 엘리자베스의 손을 잡고 다정하게 말했다.

"내가 도와줄 일이 있나요?"

엘리자베스는 '많이 있어요'라고 말하고 싶었다.

그녀에게는 리스가 절실히 필요했다. 지금은 다른 무엇보다 그의 힘과 사랑이 필요했다.

두 사람의 눈이 마주쳤다. 그녀는 그의 품에 뛰어들어 무엇이 일어났고, 무엇이 일어나고 있는지 모두 이야기해야겠다고 생각했다.

리스가 물었다.

"반 덴 로호 부인은 차도가 있답니까?"

"네."

엘리자베스는 냉정을 되찾으며 대답했다. 그가 또다시 물었다.

"'월스트리트 저널'의 기사에 관한 전화는 걸려오지 않았습니까?"

"무슨 기사가 실렸는데요?"

"아직 읽어보지 못했습니까?"

"네."

리스는 자기 사무실에서 그 기사를 가져왔다. 그것은 로페 앤드 선즈와 관련된 최근의 사건들을 전부 열거해놓은 것으로, 요점은 경험이 풍부한 인물이 회사를 경영할 필요가 있다는 것이었다.

엘리자베스는 신문을 내려놓았다.

"이것의 타격은 어느 정도일까요?"

리스는 어깨를 으쓱하며 말했다.

"타격은 이미 받고 있습니다. 그들은 그것을 보도하고 있을 뿐입니다. 우리는 많은 시장을 잃기 시작했습니다. 우리는……."

그때 인터폰이 울렸다. 엘리자베스는 스위치를 눌렀다.

"무슨 일이에요?"

"율리우스 바드루트 씨가 2번 전화에서 기다리고 계십니다. 급한 용무랍니다."

엘리자베스는 리스를 올려다보았다. 그녀는 은행가들과 만나는 것을 연기시켜 놓았던 것이다.

"연결시켜요."

그녀는 수화기를 집어 들었다.

"안녕하세요, 바드루트 씨?"

"안녕하시오."

전화기의 목소리는 건조하고 냉정하게 들렸다.

"오늘 오후에는 시간이 좀 있으신가요?"

"글쎄요, 저는……."

"좋소. 그럼 4시에 만나면 어떻겠습니까?"

엘리자베스는 망설였다.

"네, 좋아요. 그럼 4시에……."

전화기를 통해 헛기침 소리기 들려왔다. 바드루트가 목소리를 가다듬고 있다는 것을 알 수 있었다.

"조에플리 씨 일은 정말 안됐습니다."

조에플리의 이름은 신문의 실험실 폭발 기사에는 나와 있지 않았다. 그녀는 이상하게 생각하면서 수화기를 내려놓았다. 리스는 그녀를 계속 지켜보고 있었다.

"상어가 피 냄새를 맡았군."

리스가 말했다.

오후에는 전화가 쉴 새 없이 걸려왔다. 알렉에게서도 전화가 왔다.

"엘리자베스, 어제 날짜 신문 기사 읽어봤어?"

"네. '월 스트리트 저널'지 기사는 과장된 거예요."

잠시 사이를 두었다가 알렉이 말했다.

"내가 지금 얘기하고 있는 건 '월 스트리트 저널'이 아니야. '파이낸셜 타임스'가 로페 앤드 선즈에 대해 대서특필하고 있는 걸 말하는 거야. 그런데 그게 명예롭지 않은 기사라고. 내 전화가 불이 날 정도야. 거래취소 전화가 끊이질 않고 있어. 앞으로 어떻게 할 작정이냐?"

"나중에 전화할게요, 알렉."

엘리자베스가 약속했다.

이보도 전화를 걸어 왔다.

"너무 놀라지 않도록 각오하고 있는 게 좋겠다."

각오는 하고 있었다. 엘리자베스는 얼굴을 찡그리며 말했다.

"무슨 일인데요?"

"이탈리아 장관이 뇌물 혐의로 몇 시간 전에 체포되었어."

엘리자베스는 곧바로 사태의 중대성을 깨달았다.

"그래서요?"

이보의 목소리는 변명조로 변해갔다.

"우리가 나쁜 게 아니야. 그 사람이 너무 욕심이 많은 데다 부주의했던 거야. 이탈리아에서 돈을 빼내려고 하다가 공항에서 잡혔어. 경찰은 그 돈의 출처가 우리 회사라는 것을 밝혀냈어."

엘리자베스는 각오는 하고 있었지만, 믿을 수가 없었다.

"왜 뇌물 같은 걸 주었나요?"

이보는 천연덕스럽게 대답했다.

"이탈리아에서 장사를 하기 위해서지. 여기서는 그것이 당연한 것으로 되어 있거든. 우리가 나쁜 것은 뇌물을 준 데 있는 것이 아니라, 발각당한 데 있어."

그녀는 의자에 등을 기댔다. 머리가 욱신욱신 쑤셔대기 시작했다.

"그럼 어떻게 하죠?"

"될 수 있는 대로 빨리 회사의 고문변호사를 만나도록 해. 걱정할 것 없어. 이탈리아에서 교도소에 가는 건 가난한 놈들뿐이니까."

샤를은 파리에서, 월터는 베를린에서 전화를 걸어 왔다. 두 사람의 말은 똑같았다. 파리에서도, 베를린에서도 신문에게 두들겨 맞고 있다는 것이었다. 두 사람 모두 아직 명성을 유지하고 있을 동안에 회사를 매각해야 한다고 엘리자베스에게 강요했다.

샤를이 말했다.

"고객의 신용이 흔들리기 시작하고 있어. 신용이 없으면 회사는 도산하게 되는 거야."

엘리자베스는 전화통화 내용과 은행과의 문제, 사촌들과의 관계 그리고 신문에 대해서 생각했다. 너무 많은 일들이 한꺼번에 일어났다. 누군가가 그렇게 일을 꾸미고 있는 것이 틀림없었다. 그녀는 어떻게든 그것이 누구인지 찾아내고 싶었다.

엘리자베스의 전화번호부에는 아직 마리아 마르티넬리의 이름이 적혀 있었다. 그 이름은 스위스에서 엘리자베스의 클래스메이트였던 키가 크고 다리가 긴 이탈리아 소녀에 대한 옛 기억을 되살아나게 해 주었다. 두 사람은 가끔 편지를 주고받았었다. 그리고 마리아는 얼마 전에 모델이 되어 밀라노의 신문 발행인과 약혼했다고 엘리자베스에게 알려왔었다.

마리아와 연락을 취하는 데 15분이 걸렸다. 대충 인사가 끝나자, 엘리자베스는 수화기에 대고 이렇게 말했다.

"그 신문 발행인하고 아직도 약혼중이니?"

"물론이야. 토니 씨가 이혼하면 곧 결혼할 거야."

"마리아, 부탁이 하나 있어."

"말해 봐."

한 시간도 채 지나지 않아 마리아 마르티넬리에게서 다시 전화가 걸려왔다.

"네가 알고 싶어하던 정보가 입수되었어. 장관이 돈을 갖고 나가려다가 잡힌 것은 계획적으로 꾸민 일이래. 토니 씨의 얘기로는 어떤 사람이 경찰에 알려왔다는 거야."

"토니 씨는 그 사람의 이름을 알고 있을까?"

"이보 팔라치래."

한편 맥스 호르닝은 흥미 있는 것을 발견했다. 그것은 로페 앤드 선즈사의 연구실 폭발이 계획적으로 행해졌다는 사실이었다. 뿐만 아니라 사용된 '라일라 X' 폭약은 군사용으로 제조되어 외부인은 입수할 수 없다는 것도 알아냈다.

맥스의 관심을 끈 것은 라일라 X가 로페 앤드 선즈의 어느 한 공장에서 제조되고 있다는 사실이었다. 맥스는 단 한 통의 전화로 그것이 어느 공장에서 생산되고 있는지 알아냈다. 그것은 파리의 교외에 있는 공장이었다.

정각 4시에 율리우스 바드루트는 여윈 몸을 의자에 깊숙이 묻고는 곧바로 본론으로 들어갔다.

"미스 로페, 될 수 있는 대로 댁의 편의를 봐드리고 싶습니다만, 우리는 우리 주주에 대한 책임을 우선시키지 않을 수가 없습니다."

이것은 은행이 저당 물건을 몰수하기 전에, 과부나 고아에게 하는 말투와 똑같다고 엘리자베스는 생각했다. 그러나 오늘은 그녀도 바드루트에 대해 철저히 준비를 해놓았다.

"……그래서 우리 이사회는 로페 앤드 선즈에 즉시 대부금 변제를 요구하도록 결정했습니다."

"90일 간의 유예를 부탁했잖습니까."

엘리자베스가 말했다.

"공교롭게도 사정이 나쁜 쪽으로 변했어요. 귀사와 거래하고 있는 다른 은행에서도 똑같은 결정을 내렸다는 사실을 알려드리고 싶군요."

은행으로부터 원조가 끊기지면 회사의 일족 지배를 유지하는 것은 불가능한 일이다.

"미스 로페, 이런 나쁜 소식을 전하게 되어 유감입니다만, 나는 당신과 직접 만나서 얘기해야겠다고 생각했습니다."

"말씀드릴 필요까지는 없지만, 로페 앤드 선즈는 아직도 매우 강력하고 건전한 회사입니다."

율리우스 바드루트는 딱 한 번 고개를 끄덕였다.

"물론입니다. 대회사니까요."

"그런데도 왜 좀 더 시간을 주시지 않나요?"

바드루트는 잠시 그녀의 얼굴을 보고는 이렇게 말했다.

"미스 로페. 그렇지만……."

그는 말을 더듬었다.

"그렇지만 그것을 저리할 인물이 없다고 생각하나 보죠?"

"네, 그렇습니다."

그는 일어서려고 했다.

"누군가 다른 사람이 로페 앤드 선즈의 사장이 될 경우에는 어떻습니까?"

엘리자베스가 묻자, 그는 고개를 흔들었다.

"그 가능성도 우리는 검토했습니다. 현재의 이사회 멤버 중에는 그런 수완을 가진 분이⋯⋯."

그녀가 말했다.

"제가 생각하고 있는 것은 리스 윌리엄스입니다."

살인 사건

템스 강 수상 경찰서의 토머스 힐러 경찰은 매우 비참한 상태였다. 그는 졸리고 배가 고팠으며 성적으로 욕구불만에다 지금은 흠뻑 젖어 있기까지 했다. 그는 자기보다 더 비참한 놈은 세상에 없을 거라고 한탄했다.

졸린 이유는 약혼녀인 폴로가 밤새도록 바가지를 긁는 바람에 잠을 못 잤기 때문이었고, 배가 고픈 것은 출근 시간이 늦었는데 그녀가 떠들어대는 바람에 밥을 제대로 먹을 수가 없기 때문이었다. 그리고 흠뻑 젖은 것은 그가 타고 있는 30피트 순시정의 조타실에 비바람이 세차게 몰아쳤기 때문이었다.

이런 날에는 앞이 거의 안 보이고, 할 일은 많아지는 것이다. 수상 경찰서의 순회 구역은 다트포드 크리크에서 스테일리 브리지까지 54마일로, 보통 때 힐러 경찰은 이 순회 임무를 즐기고 있었다. 그러나 이런 상태에서는 그럴 수가 없었다.

그는 손목시계를 보았다. 앞으로 30분만 지나면 이 비참한 근무는 끝난다. 보트는 방향을 바꾸어 워털루 선창 쪽으로 뒤돌아섰다. 그의 단 한 가지 문제는 우선 무엇부터 해야 하는지 정하는 일이었다.

잠을 잘까, 식사를 할까, 아니면 플로와 함께 침대에서 뒹굴까? 이 세 가지를 모두 한꺼번에 하고 싶다고 생각하며 힐러는 비로 인해 탁해진 강물을 바라보았다. 그런데 어렴풋이 무엇인가가 보였다. 언뜻 물고기가 하얀 배를 내놓고 표류하고 있는 것 같았다. 힐러가 맨 먼저 생각한 것은, 보트에 끌어올리면 비린내가 날 거라는 것이었다. 그것은 오른쪽 뱃전에서 10야드 떨어진 곳에 있었는데 차츰 보트에서 멀어져가고 있었다.

만약 그가 모두에게 알리면, 그 물고기 덕분에 육지에 올라갈 시간이 늦어지게 될 것이다. 보트를 세우고 그것을 배 위로 끌어올리는 데 시간이 걸리기 때문이다. 그렇게 되면 플로한테 가는 것이 늦어질 뿐이다. 이런 것을 꼭 보고할 필요는 없었다. 만일 그가 그것을 보지 못했다면 어떻게 되었을까? 보트는 점점 더 멀어져 가고 있었다.

힐러는 큰 소리로 외쳤다.

"경사님, 우측 20도 지점에 고기가 떠올라 있습니다. 아주 큰 놈 같습니다."

100마력의 디젤 엔진이 갑자기 소리를 죽였다. 순시선의 속도가 떨어지기 시작했다. 가스킨 경사가 뱃머리로 다가왔다.

"어딘데 그래?"

그가 물었다.

어렴풋한 물체는 빗속에 숨어서 이제는 보이지 않았다.

"저쪽입니다."

가스킨 경사는 망설이고 있었다. 그도 빨리 집으로 돌아가고 싶었다. 그의 마음은 시시껄렁한 고기를 무시하는 쪽으로 기울어졌다.

"배가 앞으로 나아가는 데 방해가 될 정도로 큰 고기던가?"

그가 물었다.

힐러 경찰은 양심과 싸워서 졌다.

"네."

이윽고 순시정은 방향을 바꾸어 최후에 그것이 보였던 곳으로 천천히 나아갔다. 그것은 생각지도 않게 배의 앞쪽 바로 아래에 나타났다. 두 사람은 까치발로 서서 그것을 바라보았다. 그것은 금발의 젊은 여자 시체였다. 시체는 알몸으로 부풀어 올라 있었고, 목에 빨간 리본이 매어져 있었다.

사건의 실마리

힐러 경감과 가스킨 경사가 피살된 여자를 템스 강에서 끌어올리고 있을 때였다. 10마일쯤 떨어진 런던의 반대쪽에서는 맥스 호르닝 형사가 뉴 스코틀랜드 야드(런던 경시청)의 회백색 대리석으로 된 로비로 들어가고 있었다.

유명한 건물의 현관에 들어선 것만으로도 그는 자부심을 느꼈다. 그는 뉴 스코틀랜드 야드의 수신자명 약호가 '수갑'으로 되어 있는 것이 재미있게 생각되었다. 맥스는 영국인을 무척 좋아했다. 단 한 가지 문제는 영국인에게 그와 의사소통을 할 능력이 있는가 하는 것이었다. 영국인은 자기들의 모국어를 그야말로 이상하게 발음했다.

접수계의 한 경찰관이 그에게 물었다.

"무슨 일로 오셨습니까?"

맥스는 돌아보았다.

"데이비슨 경감과 약속이 있습니다."

"댁의 이름은?"

맥스는 천천히, 그리고 분명하게 발음했다.

"내 이름은 맥스 호르닝입니다."

접수계는 그를 흥미롭게 쳐다보았다.

"당신이 데이비슨 경감이십니까?"

"나는 데이비슨 경감이 아닙니다."

접수하는 경관은 미안하다는 듯이 말했다.

"실례지만, 당신은 영어를 할 줄 아십니까?"

5분 뒤 맥스는 데이비슨 경감의 사무실에 앉아 있었다.

경감은 몸집이 큰 중년의 사나이로, 혈색이 좋았으며 고르지 않은 누런 이를 가지고 있었다. 전형적인 영국인의 풍모였다.

"전화로는 살인사건의 용의자로, 알렉 니콜스 경에 관한 정보가 필요하다고 하셨는데요."

"5~6명의 용의자 중 한 사람입니다."

데이비슨 경감은 묘한 표정으로 그를 쳐다보았다.

"5~6명의 용의자라고요?"

맥스는 한숨을 쉬었다. 그는 그 말을 천천히 또박또박 되풀이했다.

"아, 그렇습니까?"

경감은 잠깐 생각했다.

"그럼 이렇게 합시다. 범죄 기록부인 C11과 C13을 조사해보도록 합시다."

알렉 니콜스 경의 이름은 어느 서류철에도 없었다. 그러나 맥스는 필요한 정보를 입수할 수 있는 곳을 알고 있었다.

그날 아침 일찍 맥스는 런던 금융 중심가의 '시티'에서 활약하고 있는 몇 사람의 경영자에게 전화를 걸었다.

그들의 반응은 녹음한 테이프를 돌리듯 한결같았다.

맥스가 이름을 대자 그들은 공포에 질렸다. '시티'에서 사업을 하는 사람이라면 누구에게나 비밀이 있었고, 맥스 호르닝의 족집게라는 명성은 국제적으로도 널리 알려져 있었기 때문이었다. 그런데 맥스가 다른 사람에 관한 정보를 구하고 있는 것을 알게 되자, 그들은 기꺼이 협력해주었다.

맥스는 이틀 동안 은행, 금융회사, 신용조사 기관, 인구 동태 통계관계의 관공서를 돌아다녔다. 그는 그러한 조직의 사람들과 얘기하는 것은 흥미가 없었고, 컴퓨터와 얘기하는 것을 더 좋아했다.

맥스는 컴퓨터 천재였다. 그는 콘솔 보드 앞에 앉아서 마치 명연주가처럼 컴퓨터를 교묘하게 조작했다. 컴퓨터에 어떤 말을 입력시켜도 문제가 되지 않았다.

맥스 호르닝과 컴퓨터는 나무랄 데 없는 파트너였다. 컴퓨터는 맥스의 사투리나 풍채, 동작, 옷차림을 비웃지 않았다. 컴퓨터에게 있어 맥스는 거인이었다.

컴퓨터는 맥스의 지능을 존경하고 찬미했으며, 그를 사랑했다. 그들은 그에게 비밀을 밝히고, 인간들의 어리석은 행동에 관한 유쾌한 가십을 얘기해주었다. 그것은 마치 오랜 친구의 수다 같은 것이었다.

"알렉 니콜스 경에 대해 얘기해보자."

맥스가 말했다.

컴퓨터는 그에 응했다. 그들은 숫자나 2진법 코드나 차트로 알렉 경을 스케치해서 보여주었다.

2시간 후에 맥스는 알렉의 재정에 대한 몽타주를 작성해냈다.

은행 영수증, 지불이 끝난 수표나 어음 사본이 나란히 그의 앞에 놓였다. 처음에 맥스가 주의를 기울인 의심스러운 점은 '지참인 지불'로 발행한 일련의 고액 수표가 알렉 니콜스에 의해 현금으로 지불되었다는 사실이었다. 그 돈은 어디로 갔을까?

맥스는 그 돈이 개인 혹은 업무상 필요한 경비로, 또는 세금 공제로 신고되어 있는지 조사해보았다. 하지만 그런 것은 없었다.

그는 다시 한 번 지출 명세표를 조사해보았다.

화이트 클럽 명의의 수표, 정육점의 청구서(미불)…… 존 베이츠의 이브닝 가운 대금…… 치아 치료비(미불)……'아나벨즈'에 지불…… 파리의 이브 생 로랑 실내복 한 벌 대금…… 화이트 엘리펀트에서의 청구서(미불)…… 지방세…… 헤어드레서 존 윈덤의 청구서(미불)…… 이브 생 로랑에게 드레스 4벌 분 대금…… 고용인 급료……

맥스는 자동차 면허 센터에도 질문을 던졌다.

답은 예스. '알렉 경은 벤틀리를 갖고 있음' 무엇인가가 빠져 있었다. 수리비가 없었다.

맥스는 컴퓨터에게 과거를 조회해보도록 했다. 7년 동안 한 번도 수리비를 지불하지 않고 있었다.

"우리가 뭔가 잊고 있나요?"

컴퓨터가 물었다.

"아니, 넌 잊고 있지 않아."

맥스가 대답했다.

알렉 경은 정비공을 쓰지 않았다. 직접 수리한 것이다. 이러한 기계에 능한 사람이라면 엘리베이터나 지프가 고장 나도록 조작하기는 누워서 떡먹기일 것이다.

맥스 호르닝은 마치 새롭게 발견된 고대의 상형문자를 해독하려는 이집트 학자처럼 그의 앞에 펼쳐진 신비로운 숫자를 탐독했다. 그뿐 아니라 또 다른 미스터리를 발견했다. 알렉 경은 자기 수입을 훨씬 웃도는 돈을 쓰고 있었다.

다시 실마리가 풀렸다.

'시티'의 맥스 친구는 여러 방면에 연줄을 갖고 있었다. 이틀이 채

안 되었을 때 맥스는 알렉 경이 소호지구의 클럽 소유자인 토드 마이클스에게 빚을 지고 있다는 것을 알아냈다.

맥스가 경찰의 컴퓨터에 질문하자, 컴퓨터는 대답했다.

"네, 토드 마이클스의 장부를 갖고 있습니다. 그는 몇 차례 기소되었지만 유죄가 된 일은 없습니다. 공갈, 마약, 매춘, 고리대금 혐의까지 받았습니다."

맥스는 소호로 가서 다시 질문을 했다. 그는 알렉 니콜스 경은 도박을 하지 않았다는 사실, 그러나 그의 아내가 하고 있음을 알았다.

조사가 끝났을 때 맥스는 알렉 니콜스가 협박당하고 있다는 확신을 가졌다. 그는 빚진 돈을 갚을 수 없어서 돈에 쫓기고 있었다. 만일 그가 갖고 있는 주식을 팔 수만 있다면 그 액수는 수백만 달러에 이를 것이다. 하지만 샘 로페, 그리고 지금은 엘리자베스 로페가 그것을 방해하고 있었다.

알렉 니콜스 경에게도 살인 동기가 충분히 있는 것이다.

맥스는 리스 윌리엄스에 관해서도 조사했다. 컴퓨터는 노력했지만 그 정보는 너무도 단편적인 것뿐이었다.

컴퓨터가 맥스에게 알려준 내용은 다음과 같은 것이었다.

리스 윌리엄스는 웨일즈 태생, 34세, 독신. 로페 앤드 선즈의 간부. 연봉 15만 달러와 보너스. 런던에 5만 파운드의 예금계좌와 2천 파운드의 당좌예금 계좌가 있다.

취리히 은행에 대여금고를 빌리고 있지만, 내용은 불명. 큰 상점은 모두 외상 거래이며 신용카드도 이용. 그것들에 의한 구입 품목의 대부분은 여성용품. 리스 윌리엄스에게는 범죄 경력은 없음. 로페 앤드 선즈에는 9년 전에 입사.

이것만 가지고는 아직 불충분하다고 생각했다. 리스 윌리엄스는 마치 컴퓨터 뒤에 몸을 숨기고 있는 것 같았다.

맥스는 케이트 얼링의 장례식 후에 엘리자베스에게 질문했을 때 윌리엄스가 자꾸만 감싸려고 하던 것이 생각났다. 그는 누구를 보호하려고 한 것일까? 엘리자베스 로페인가? 아니면 그 자신인가?

그날 오후 6시, 맥스는 알이탈리아 항공의 로마행 이코노믹 클래스에 탑승했다.

추적자

이보 팔라치는 철저한 이중생활을 10년 가까이나 지속해오고 있었다. 그것은 아주 친한 친구에게조차 잘 알려지지 않은 까다롭고 복잡한 생활이었다. 그러나 맥스가 불러낸 로마에 있는 그의 친구인 컴퓨터에게는 24시간이 채 못 되어서 모든 사실이 발각되고 말았다.

맥스는 인구 동태 통계나 시의 행정 자료가 보관되어 있는 기록부에서 컴퓨터와 대화를 했다. 그는 SID사의 컴퓨터나 은행의 컴퓨터도 활용했다.

컴퓨터들은 모두 맥스를 환영했다. 문답이 시작되었다.

"이보 팔라치에 관해 말하라."

"아미치에 식료품 대금…… 콘더치 거리의 세르지오 미용실에 지불…… '안젤로'에 청색 옷 한 벌 대금…… 카르두치에 꽃 대금……일레네 가리치네에게 이브닝드레스 두 벌 대금…… '구찌'에 지불한 구두 대금…… '푸치'의 핸드백 대금…… 전기, 가스, 수도료……."

맥스는 컴퓨터의 답을 검토 분석하여 모든 후각을 작동시키며 읽어나갔다. 어딘지 모르게 이상한 냄새가 났다. 아이들 6명의 수업료가 지불되고 있었다.

"네 착오 아닐까?"

맥스가 물었다.

"어떤 문제의 착오입니까?"

키로크브의 컴퓨터는 이보 팔라치가 3명의 아이의 아버지라고 대답했다.

"6명의 수업료는 확실한가?"

"확실합니다."

"이보 팔라치의 주소는 오르지아타에 있다고 하지 않았나?"

"맞습니다."

"그런데 몬테미냐이오 거리의 아파트 임대료를 지불하고 있군."

"그렇습니다."

"이보 팔라치는 두 사람인가?"

"아뇨. 한 사람입니다. 그에게 두 가족이 있습니다. 아내의 딸이 3명, 도나텔라 스폴리니의 아들이 3명……."

맥스는 컴퓨터와의 대화가 끝날 때까지 이보 애인의 취미와 나이, 다니고 있는 미용실의 이름, 이보의 사생아들의 이름 등을 알았다.

시모네타는 금발이고, 도나텔라는 갈색인 것도, 두 사람이 입는 드레스나 브래지어, 그리고 구두 사이즈와 가격도 알아냈다.

지출 가운데 몇 가지 품목이 맥스의 눈길을 끌었다. 금액은 적었지만 그것들은 등대처럼 돋보였다.

역시 대패와 톱의 대금이 있었던 것이다. 이보 팔라치는 직접 자기 손으로 하는 일을 좋아했던 것이다. 맥스는 엘리베이터에 관해 어느 정도의 지식을 샀고 있다는 것을 생각했다.

"이보 팔라치는 최근 거액의 대부를 은행에 신청했습니다."

컴퓨터는 맥스에게 알렸다.

"그는 대부를 받았나?"

"아닙니다. 은행은 그의 아내의 서명을 요구했고, 그는 신청을 취소했습니다."

"고맙다."

맥스는 에울 지구에 있는 경찰과학센터 행 버스를 탔다. 그곳에서는 커다란 원형으로 된 방에 거대한 컴퓨터 장치가 설치되어 있었다.

"이보 팔라치에게는 전과가 있나?"

"이보 팔라치는 23세 때 폭행죄로 유죄 판결을 받은 적이 있습니다. 피해자는 입원했고 팔라치는 2개월간 복역했습니다."

"그밖에는?"

"몬테미냐이오 거리에 애인을 숨겨놓고 있습니다."

"고맙다. 그건 알고 있다."

"이웃에서 몇 차례 경찰에 진정이 들어와 있었습니다."

"어떤 진정인가?"

"서로 붙들고 싸우거나 떠들어대서 평온을 해쳤다는 겁니다. 어느 날 밤, 그녀는 집 안의 모든 접시를 깨버렸습니다. 이것이 중요한 일입니까?"

"중요하다. 고맙다."

그렇다면 이보 팔라치는 성미가 급했던 것이다. 그리고 도나텔라 스폴리니도 성미가 급했다. 그녀와 이보 사이에 무슨 일이 일어났을까? 그녀가 모조리 떠들어대겠다며 그를 위협했을까?

그것이 그가 갑자기 은행에 가서 거액의 대부를 신청한 이유일까? 이보 팔라치와 같은 사나이가 자기의 결혼생활과 가족, 자신의 생활을 지키기 위해 어떤 짓을 저지르지는 않았을까?

마지막으로 또 하나, 이 작은 몸집을 가진 형사의 주의를 끄는 것이 있었다. 이탈리아 보안경찰의 회계과에서 이보 팔라치에게 거액의 돈이 지불된 사실이 있었다. 그것은 장관이 가지고 있던 돈의 일부를 보수로 지불한 것이다.

만일 이보 팔라치가 그렇게도 돈에 굶주려 있었다면 또 다른 어떤 일을 저지를 수 있지 않을까?

맥스는 컴퓨터들에게 작별인사를 고하고, 파리행 에어프랑스 기에 올랐다.

새로운 단서

드골 공항에서 노트르담 지구까지의 택시요금은 팁을 빼고도 70프랑이었다. 351번 시내버스를 타고 가면 같은 지구까지 7프랑 반으로, 팁은 필요가 없었다.

맥스 호르닝은 버스를 탔다. 그는 싸구려 호텔에 투숙해서 전화를 걸었다.

그는 프랑스 시민의 비밀을 쥐고 있는 사람들과 이야기를 나눴다. 프랑스인은 대개 스위스인보다도 의심이 많지만 맥스 호르닝에게는 자진해서 협력해주었다. 거기에는 두 가지 이유가 있었다.

첫째로는 민완 형사로서 크게 찬사를 받고 있는 맥스 호르닝에게 힘을 빌려준다는 것이 명예로운 일이었기 때문이다. 둘째로는 그들이 맥스 호르닝을 두려워했기 때문이다.

맥스에게 끝내 무얼 숨긴다는 것은 불가능한 일이다. 이상한 악센트로 떠들어대는, 이상한 용모를 한 조그만 사나이는 모든 사람을 발가벗겼다.

"기꺼이 저희 컴퓨터를 사용해주십시오. 대신 모든 비밀은 지켜주십시오."

"물론 지키고말고요."

맥스는 재무 조사국, 리용 신탁은행, 내셔널 보험회사 등에 들러 세무관계 컴퓨터와 문답을 했다. 또한 로스니 스우 보아의 헌병대나 일드 라 시테 경찰서의 컴퓨터도 찾아갔다.

맥스와 컴퓨터는 옛 친구처럼 가벼운 마음으로 편한 대화부터 시작했다.

"샤를 드 엘렌 로페 마르텔은 프랑수아 프르미에 가 5번지에 거주, 1970년 5월 24일 뇌의 시청에서 결혼. 아이가 없으며 엘렌은 이혼 3회, 처녀 때의 성은 로페, 몽테뉴 가의 리용 신탁은행에 엘렌 로페 마르텔 명의의 계좌가 있고 금액은 2만 프랑을 넘습니다."

"지출 상태는 어떤가?"

"네, 마르소 서점에 책값, 샤를 마르텔의 치아 치료비, 샤를 마르텔의 입원비, 샤를 마르텔의 진찰료가 있습니다."

"진찰 결과는 알고 있나?"

"기다려주세요. 다른 컴퓨터에 문의해보겠습니다."

"부탁한다."

맥스는 기다렸다.

의사의 보고를 저장하고 있는 컴퓨터가 말하기 시작했다.

"진단서를 갖고 있습니다."

"말하라."

"신경 증상입니다."

"다른 것은?"

"허벅지와 둔부에 심한 타박상."

"그 원인은?"

"모르겠습니다."

"계속하라."

" '피네'의 남자용 구두 한 켤레 대금과…… '로즈 벨로아' 모자 한 개의 외상 매입…… '포션'의 포아 그라 요리 외상…… '카리타 병원'에 지불…… '맥심'에서 디너파티 8명분의 비용…… '크리스토플'의 은제 식기 외상 매입…… '스루카'의 남자용 실내복 외상 매입……."

맥스는 컴퓨터를 멈추었다.

외상 매입에 마음이 쓰이는 데가 있었다. 그는 그 이유를 알 수가 없었다. 매입은 모두 로페 마르텔 부인의 서명으로 행해졌다. 남자용 옷의 외상 매입, 레스토랑의 외상…… 모두가 그녀의 이름으로 되어 있었다. 흥미 있는 일이었다.

그런데 그 첫 번째의 실마리가 풀렸다.

벨르 페라는 회사의 토지세가 지불되어 있었다. 벨르 페의 한 소유 자는 샤를 뒤샹이라는 사람이었다.

샤를 뒤샹의 사회 보장 번호는 샤를 마르텔의 것과 일치했다. 숨기고 있는 것이다.

"벨르 페에 관해 알려달라."

맥스가 말했다.

"벨르 페는 르네 뒤샹과 샤를 뒤샹의 소유이며, 뒤샹은 샤를 마르텔이라고 합니다."

"벨르 페는 무엇에 이용하고 있는가?"

"포도원입니다."

"자본금은 얼마인가?"

"400만 프랑입니다."

"샤를 마르텔은 자신의 출자금을 어디서 얻었는가?"

"쉐 마 탕트로부터입니다."

"'나의 할머니의 집'이라고?"

"미안합니다. 프랑스 은어입니다. 진짜 이름은 공영 전당포입니다"

"포도원에서 이익이 있었나?"

"실패했습니다."

맥스는 좀 더 많은 정보가 필요했다. 그는 칭찬하고 부추기고 달래면서 컴퓨터 친구와 얘기를 계속했다. 보험 사기의 경고가 있었던 것을 실토해준 것은 보험 회사의 컴퓨터였다. 맥스는 온몸에 소름이 끼쳤다.

"그것에 대해서 얘기해보라."

그는 말했다.

그들은 마치 우물가에서 수다를 떨고 있는 두 아낙네처럼 이것저것 가리지 않고 속닥거렸다. 그것이 끝나자 맥스는 삐에르 리쇼라는 보석공을 만나러 갔다.

그는 30분 동안의 면담으로 엘렌 로페 마르텔의 보석이 얼마나 많이 모조되었는지를 완전히 알 수 있게 되었다.

그것은 샤를 마르텔이 포도원에 투자했던 200만 달러를 조금 넘는 금액이었다. 샤를 마르텔은 아내의 보석을 훔쳐야 할 만큼 절박해 있었다는 것이다.

그는 또 어떤 무모한 짓을 했을까?

또 하나 맥스의 흥미를 끄는 기록이 있었다. 별로 대단치 않을지도 모르지만 맥스는 그것을 머릿속에 잘 기억해두었다.

그것은 한 켤레의 능산화 구입 청구서였다. 맥스는 삼산 생각했나. 등산은 샤를 뒤샹 마르텔의 이미지에 적합하지 않았기 때문이었다. 그는 아내에게 완전히 억압되어, 자기 이름으로는 외상 물건을 살 수도 없었으며, 심지어 자기 명의의 은행 계좌도 가질 수 없었기 때문에 투자를 하기 위해서는 도둑질을 할 수밖에 없는 사람이었던 것이다.

맥스는 샤를 마르텔이 산에 도전하는 모습을 상상할 수가 없었다. 그는 다시 컴퓨터에 정보를 구했다.

"어제 네가 보여준 '팀웨어 스포츠 요그텐'의 청구서에 관한 것이다. 그것의 명세서를 보여달라."

"알겠습니다."

그때 그의 눈앞에 스크린이 비쳤다. 등산화의 청구서 내용이었다.

"사이즈는 36A."

여성용 사이즈였다. 등산화는 엘렌 로페 마르텔의 것이었다.

샘 로페는 산에서 살해되었다.

포르노 살인영화

아르망고 거리는 빗물 홈통이 달린 뾰족 지붕의 1, 2층의 집들이 늘어서 있는 파리의 조용한 거리였다.

26번지는 주위의 집들에 비해서 특별히 솟아 있었다. 유리와 강철과 돌로 만들어진 현대적인 감각의 8층 빌딩으로, 국제 형사 경찰기구의 본부였다. 국제적 범죄의 정보 수집 교환의 중추기관이다.

맥스 호르닝 형사가 지하 에어컨이 장치된 1층의 넓은 방에서 컴퓨터에 접속해 있을 때 한 직원이 들어와서 말했다.

"위에서 스냅 필름을 상영하고 있습니다. 관람하지 않겠습니까?"

맥스는 얼굴을 들어 말했다.

"그래요? 스냅 필름이 뭐죠?"

"글쎄요. 와 보세요."

3층의 넓은 영사실에는 20여 명의 남녀가 앉아 있었다. 국제 형사 경찰기구의 직원, 파리 경찰청의 경감들, 사복형사, 그리고 제복을 입은 경찰관 몇 명이 앉아 있는 것도 보였다.

국제 형사 경찰기구의 장관 보좌관인 르네 아르메당이 영사실 정면의 하얀 스크린 옆에 서서 얘기를 하고 있었다. 맥스는 들어가서 뒷줄

좌석에 앉았다.

"근래들어 몇 년 동안 스냅 필름—성행위 끝에 피해자가 살해되는 장면을 촬영한 포르노 영화—의 소문을 듣는 일이 늘어나게 되었습니다. 그런 영화가 실제로 존재한다는 증거는 없습니다. 이유는 물론 말할 나위도 없습니다. 그런 영화는 일반에게 공개되기 위해 만들어지는 것이 아닙니다. 변태적인 새디스트적 취미를 가지고 있는 부자들에게 몰래 보여주기 위해 만들어집니다."

르네 아르메당은 설명을 하고 조심스럽게 안경을 벗었다.

"아까도 말씀드린 것처럼 지금까지는 모두 소문이나 추측에 불과했지만, 이제는 다릅니다. 지금부터 실제 스냅 필름을 보여드리겠습니다."

관객들의 기대에 찬 웅성거림이 일었다.

"2일 전 파시에서 서류가방을 가진 사나이가 뺑소니 교통사고를 당했습니다. 사나이는 병원으로 운반되는 도중에 죽었습니다. 신원은 아직 모릅니다. 경찰이 서류가방 속에서 이 필름을 발견해서 현상소로 보내어 현상시킨 것입니다."

그가 신호를 하자 불빛이 희미하게 어두워지면서 영사가 시작되었다. 금발의 여인은 18세 이상으로는 보이지 않았다. 한창 발육 상태에 있는 젊은 아가씨가 가슴에 털이 없는 큰 체구의 사나이와 침대 위에서 갖가지 변태적 섹스를 하는 것을 보는 것은 어딘지 모르게 비현실적인 느낌이 들었다. 카메라는 사나이의 거대한 성기가 그녀의 몸속으로 들어가는 것을 클로즈업시켜 찍었다. 그리고 후퇴시켜 여인의 얼굴을 보여주었다.

맥스 호르닝에게 여인의 얼굴은 낯설어 보였다. 그러나 그 외는 이전에 본 것 같은 기분이 들었다. 그의 눈은 그녀가 목에 두르고 있는 빨간 리본에 정지되었다. 그것이 기억을 끌어냈다.

'빨간 리본, 어디에서였지?'

스크린의 여인은 서서히 오르가슴에 이르고 있었고, 클라이맥스가 시작되었을 때 사나이의 손가락이 그녀의 목을 거머쥐고 졸랐다. 여인의 얼굴은 황홀감에서 공포감으로 급격히 바뀌었다.

그녀는 필사적으로 몸부림쳤지만 사나이의 손은 더욱 세게 목을 졸랐고, 드디어 여인은 오르가슴의 순간에 죽는다. 카메라가 접근해 그녀의 얼굴을 클로즈업했다. 영사가 끝나자, 갑자기 방 안이 밝아졌다. 맥스는 생각해냈다. 취리히의 강에서 건져낸 여인이었다.

지급으로 온 연락에 대해 파리의 국제 형사 경찰기구 본부로 전 유럽에서 계속 답신이 보내셨다. 같은 살인사건이 6건이나 취리히, 런던, 로마, 포르투갈, 함부르크, 파리에서 일어나고 있었다.

르네 아르메당이 맥스에게 말했다.

"특징은 완전히 일치합니다. 피해자는 모두 금발의 젊은 여성으로 성행위 도중에 교살되었고, 목에 빨간 리본을 두르고 있으며 알몸입니다. 상대는 대량 살인자입니다. 패스포트를 가지고 있고, 사방으로 여행할 수 있는 돈이 있거나 필요한 경비가 항상 자유롭게 조달되는 인물입니다."

사복 경찰관이 사무실로 들어와 말했다.

"행운을 만났습니다. 이 영화의 생필름은 브뤼셀에 있는 작은 회사에서 만들어진 것입니다. 이 제품은 특히 컬러의 균형이 문제가 된 것이라 회사에서는 쉽게 식별할 수 있습니다. 지금 판매 선의 명단을 작성해달라고 했습니다."

맥스가 말했다.

"그것이 손에 들어오면 저에게도 보여주십시오."

"물론이죠."

르네 아르메당이 대답했다. 그는 이 몸집 작은 형사를 물끄러미 쳐다보았다. 그는 맥스 호르닝이 지금까지 본 어느 형사와도 전혀 닮은 데가 없다고 생각되었다. 그러나 포르노영화 살인의 단서를 가져다준 것은 호르닝이었다.

"당신에게는 심심한 사의를 표하는 바이오."

아르메당이 말했다.

맥스 호르닝은 상대를 보고 눈을 깜빡이며 윙크를 보냈다.

"왜요?"

그가 되물었다.

마지막 경고

알렉 니콜스는 그 연회에 나가는 것이 영 마음에 내키지 않았지만, 엘리자베스 혼자 가게 하고 싶지는 않았다. 두 사람 모두 연설을 하기로 되어 있었다. 연회 장소는 알렉이 싫어하는 글래스고였다.

호텔 밖에서 그들이 슬그머니 자리에서 빠져나오면 곧바로 공항으로 갈 수 있도록 자동차를 대기시켜 놓았다.

알렉의 연설은 이미 끝나 있었지만 그의 마음은 이곳에 있지 않았다. 그는 긴장한 탓으로 몹시 불안한 데다 속이 메스꺼워졌다. 바보 같은 요리사가 둔하게도 해기스(양이나 염소의 내장으로 만든 요리)를 내놓았던 것이다. 알렉은 음식에 거의 손도 대지 않았다. 엘리자베스는 그의 곁에 앉아 있었다.

"괜찮겠어요, 알렉?"

"아무렇지도 않아."

그는 안심시키려는 듯 그녀의 손을 가볍게 두드렸다.

연설이 거의 끝날 무렵, 웨이터가 알렉에게 다가와 속삭였다.

"실례지만, 장거리 전화가 걸려왔습니다. 사무실에서 통화해주십시오."

알렉은 웨이터를 따라 대식당에서 접수탁자 뒤에 있는 작은 사무실로 들어갔다. 그는 수화기를 들었다.

"여보세요."

스윈튼의 목소리가 들렸다.

"이것이 마지막 경고다!"

용의자

맥스 호르닝 형사의 마지막 방문 예정지는 베를린이었다.

컴퓨터 친구들이 그를 기다리고 있었다. 그는 특수한 펀치 카드만을 사용하는 닉스 돌프 컴퓨터와 대화를 했다.

또한 아리안츠나 쉐퍼의 대형 컴퓨터, 그리고 독일의 모든 범죄 활동정보를 모아 놓은 비스바덴 연방 범죄국의 컴퓨터에게 물었다.

"어떤 용건이십니까?"

상대가 물었다.

"월터 가스너에 대해 말하라."

컴퓨터는 알고 있는 모든 비밀을 맥스에게 털어놓았다.

월터 가스너의 생활이 훌륭한 숫자와 부호로 맥스의 눈앞에 펼쳐졌다. 맥스는 사진이라도 보듯이 월터 가스너를 명료하게 볼 수 있었다.

그가 즐겨 입는 옷이라든가 와인, 음식물, 호텔의 취향까지도 컴퓨터는 낱낱이 알려주었다.

핸섬하고 젊은 스키 교사가 자기보다 훨씬 연상의 여자 상속인과 결혼했다는 것도 알게 되었다.

맥스가 이상하다고 생각한 것이 한 가지 있었다. 하이젠 의사 명의로 끊은 200마르크의 수표였다. 수표에는 '진찰료'라고 적혀 있었다.

어떤 종류의 진찰일까? 수표는 뒤셀도르프의 드레스드너 은행에서 현금으로 교환되었다.

15분 뒤에 맥스는 그 은행의 지점장과 얘기를 하고 있었다. 지점장은 하이젠 의사를 잘 알고 있었다. 은행의 고객이기 때문이었다.

"어떤 의사입니까?"

"정신과 의사입니다."

맥스는 수화기를 놓고 의자 등받이에 기대어 눈을 감았다.

실마리가 풀렸다. 그는 다시 뒤셀도르프의 하이젠 의사에게 전화를 걸었다.

건방진 접수계가 바쁘다면서 전화를 끊으려고 했다. 맥스가 끈질기게 버티자 하이젠 의사는 전화를 바꾸어, 환자의 일은 이제까지 한 번도 남에게 밝힌 일이 없는데 하물며 전화로 그런 얘기를 한다는 것은 있을 수 없는 일이라고 퉁명스럽게 말했다.

그는 맥스가 뭐라고 말할 틈도 없이 전화를 끊어버리고 말았다.

맥스는 컴퓨터로 돌아왔다.

"하이젠 의사에 관해 말하라."

그는 말했다.

3시간 후 맥스는 다시 하이젠 의사와 통화했다.

"아까도 말했잖소. 환자의 일을 묻고 싶으면 재판소의 명령서를 가지고 이곳으로 찾아오세요."

의사는 냉담했다.

"지금은 뒤셀도르프까지 갈 수가 없습니다."

형사가 설명했다.

"그건 당신 사정이오. 달리 용건은? 나는 바빠요."

"바쁘신 건 잘 알고 있습니다만, 지금 내 눈앞에 과거 5년간 당신의 소득세에 대한 신고가 있는데도 말입니까?"

"그래서요?"

맥스는 말했다.

"선생, 나는 당신을 곤경에 빠뜨리려고 이러는 것이 아닙니다. 당신은 소득의 25퍼센트를 신고하지 않았더군요. 당신 마음먹기에 달렸소. 당신의 자료를 독일 국세청으로 보내 조사해봐도 괜찮겠소? 당국은 우선 뮌헨에 있는 당신의 대여금고나 바젤의 무기명 은행 계좌에서부터 조사를 시작할 겁니다."

오랜 침묵이 계속되었다. 이윽고 의사의 침착한 목소리가 들려왔다.

"뭐라고 하셨죠, 이름이?"

"스위스 경찰국의 맥스 호르닝 형사입니다."

상대는 다시 침묵했다. 한참 뒤 의사는 정중하게 말했다.

"당신이 알고 싶은 것이 정확히 무엇입니까?"

맥스는 가스너가 어떤 사건의 용의자임을 설명했다.

하이젠 의사는 가스너에 대한 이야기를 다시 하기 시작했다.

"네, 물론 월터 가스너는 기억하고 있습니다. 그가 갑자기 들이닥쳐서 친구의 문제에 관해 의견을 듣고 싶다고 했습니다."

그는 잠깐 숨을 들이키고는 밀을 이었다.

"그는 자기 이름을 말하지 않으려 했습니다. 물론 저는 곧 알아차렸습니다. 그것은 심각한 문제에 직접 접하는 것을 바라지 않거나 두려워하고 있는 자들에게 흔히 있는 증상입니다."

하이젠 의사는 가스너에 대한 이야기를 실보했나.

"문제라는 것이 어떤 것이었습니까?"

맥스가 물었다.

"그가 말하는 바로는 그의 친구에게 분열증세, 살인광 증상이 있는데 그냥 내버려두면 아마 누군가를 죽일지도 모른다고 했습니다. 무슨 좋은 치료법이 없겠느냐며, 친구를 정신병원에 가두어두고 싶지는 않다고 말했습니다."

"당신은 뭐라고 말했습니까?"

"물론 나는 우선 그 친구를 진찰하지 않으면 안 된다, 정신병에는 새로운 약이나 정신병적 치료 방법으로 효과가 있기도 하지만 그런 방법으로는 낫지 않는 타입도 있다고 했습니다. 그리고 당신이 말하는 그런 증상이라면 장기적인 치료가 필요할 것이라고도 했습니다."

"그리고 어떻게 했습니까?"

"그것뿐입니다. 그 남자와는 두 번 다시 만나지 않았습니다. 도와주고 싶다고 생각했는데도 말입니다. 그는 몹시 안 좋은 상태였습니다. 나한테 찾아온 것은 확실히 도움을 청하러 온 모습이었습니다. 그것은 살인자가 아파트 벽에 '또 다른 살인을 하기 전에 나를 말려줘!'라고 쓰는 것과 같았습니다."

맥스에게는 아직도 납득할 수 없는 것이 있었다.

"선생, 그 남자가 이름을 대지 않았다고 했는데 그래도 당신에게 수표를 발행하고 서명을 했군요."

하이젠 의사는 설명했다.

"그는 돈을 가지고 오는 것을 잊었고, 매우 당황해했습니다. 그래서 결국 수표를 써야만 했습니다. 내가 그의 이름을 안 것은 그런 덕분입니다. 그밖에 알고 싶은 것은 없습니까?"

"없습니다."

맥스에게는 왠지 모르게 마음에 걸리는 것이 있었다. 풀린 실마리가 초조하게 매달려 있어서 아무래도 손이 닿지 않았다. 하지만 이제

머지않아 이곳으로 접근해올 것이다.

한편 컴퓨터와의 대화는 이미 끝나 있었다. 이제부터는 맥스 호르닝의 솜씨 여하에 달려 있는 것이다.

맥스가 다음 날 취리히로 돌아오자, 그의 책상 위에는 국제 형사 경찰기구에서 정보가 도착해 있었다. 그것에는 살인 포르노 영화 제작에 사용된 것과 같은 타입의 생필름을 산 고객의 리스트가 포함되어 있었다.

리스트에는 8명의 이름이 적혀 있었다.

그 속에 로페 앤드 선즈의 사람들도 있었다.

슈미트 총경은 맥스의 보고에 귀를 기울였다. 이미 의심의 여지가 없었다. 작은 몸집을 한 이 행운의 형사는 커다란 사건 속에 있었다.

"5명 중 한 사람입니다."

맥스는 설명했다.

"5명 모두 동기가 있고 기회가 있었습니다. 엘리베이터가 추락한 날, 그들은 모두 이사회의 때문에 취리히에 와 있었습니다. 지프 사고 때는 그들 모두 사르데냐로 가는 것이 가능했습니다."

슈미트 총경은 눈썹을 찌푸리며 말했다.

"용의자는 모두 5명이라고 했지? 엘리자베스 로페를 제외하면 이사회의 멤버는 4명밖에 없어. 또 하나의 용의자는 누군가?"

맥스는 눈을 깜빡이며 말했다.

"샘 로페가 살해되었을 때 그와 함께 샤모니에 있던 사나이…… 리스 윌리엄스입니다."

리스 윌리엄스 부인

'리스 윌리엄스 부인'

엘리자베스는 믿을 수가 없었다. 모든 것이 실감이 나지 않았다. 마치 소녀시절의 즐거운 꿈속에 있는 것만 같았다.

엘리자베스는 노트에 몇 번씩이나 되풀이해서 '리스 윌리엄스 부인'이라고 썼던 일을 생각해보았다. 그녀는 지금 손가락에 끼고 있는 결혼반지로 슬며시 눈길을 돌렸다.

리스가 말했다.

"무엇이 그렇게 좋아서 웃는 거요?"

그는 호화로운 보잉 707-320의 안락의자에 앉아 그녀와 마주보고 있었다. 두 사람은 대서양의 3만5천 피트 상공에서 이란의 캐비아를 먹으며 냉장했던 돔페리뇽을 마시고 있었다. 엘리자베스가 늘 꿈꾸던 것, 큰소리로 웃고 싶을 만큼 말 그대로의 '달콤한 생활'이 바로 이것이었다.

리스는 미소 지었다.

"내가 말한 것 때문에 그래요?"

엘리자베스는 고개를 저었다. 그녀는 리스를 보면서 그가 너무도 매력적인 남자라고 생각했다. 그런 그가 그녀의 남편이 된 것이다.

"너무 행복해서 그래요."

그녀가 얼마나 행복한지 그는 짐작조차 하지 못할 것이다. 이 결혼이 그녀에게 있어서 얼마나 큰 의미를 갖는지를 어떻게 그에게 알릴수 있을까? 그는 이해하지 못할 것이다. 왜냐하면 리스에게 있어서 이것은 결혼이 아니고 단지 비즈니스의 일부이기 때문이었다.

그러나 그녀는 리스를 사랑하고 있었다. 엘리자베스는 자신이 지금까지 그를 사랑하고 있었음을 확인했다. 그리고 이제부터 계속 그와같이 지낼 것이며 그의 아이를 낳고 그의 것이 되며, 또 그를 자기 것으로 하고 싶었다.

엘리자베스는 다시 한 번 리스를 바라보며 모든 것을 냉징하게 생각해봤다. 하지만 우선 작은 문제를 해결할 필요가 있었다. 그가 자신을 사랑하게 하는 방법을 찾아내지 않으면 안 되었다.

엘리자베스는 율리우스 바드루트와 만난 날 리스에게 프러포즈를했다.

은행가가 돌아간 다음 엘리자베스는 정성을 들여 브러시로 머리를빗은 다음, 리스의 사무실로 가서 깊이 숨을 들이쉬고는 말했다.

"리스, 저와 결혼해주시지 않겠어요?"

그녀는 그의 일굴에 놀라는 표징이 띠오르는 것을 보았다. 그녀는그가 말을 꺼내기 전에, 사무적이고 냉정하게 들리도록 조심하며 서둘러 말을 이었다.

"순전히 비즈니스를 위한 결정이에요. 은행은 당신이 로페 앤드 선즈의 사장자리에 앉게 되면 대부한 돈의 기한을 연장해술 거예요. 낭신이 사장이 되는 유일한 길은……."

엘리자베스는 목소리가 갈라져서 당황했다.

"제 가족 중 한 사람과 결혼하는 거예요. 그런데…… 그 결혼 상대는 나밖에 없을 것 같군요."

엘리자베스는 얼굴이 빨개지는 것을 느꼈다. 그녀는 그의 얼굴을 처다볼 수가 없었다.

"물론 진짜 결혼 같지는 않겠죠. 그것은…… 즉 당신은 자유롭고 멋대로 행동해도 좋다는 뜻이에요."

엘리자베스가 말했다.

리스는 그녀를 가만히 지켜보고 있었고, 엘리자베스는 그가 무슨 말이든 해주기를 바랐다.

"네? 리스."

"미안합니다. 너무 놀라서요. 남자가 당신같이 아름답고 대단한 숙녀한테 프러포즈를 받는 일이 그리 흔한 일은 아니니까요."

그는 미소를 지었다.

"알았어요. 그 말은 긍정적으로 생각한다는 것으로 받아들일게요."

엘리자베스는 갑자기 어깨의 무거운 짐을 내려놓는 듯한 기분이 들었다. 그 순간까지 그녀는 그것이 얼마나 커다란 부담이 되고 있는지 깨닫지 못하고 있었다. ─이것으로 적이 누구인지 밝혀낼 시간을 얻을 수가 있다. 그녀와 리스는 함께 꼬리를 물고 일어나는 두려운 일들을 저지시킬 수 있을 것이다.

한 가지, 그에 대해 분명히 해두지 않으면 안 되었다.

"이제 당신에게 사장이 되어 달라고 부탁드립니다. 하지만 주식에 대한 것은……."

리스는 눈썹을 찡그렸다.

"내가 회사를 경영만 하는 것으로…… 주식의 지배권은……."

"내 명의로 해두겠어요. 절대로 팔지 않을 생각이에요."

"그렇습니까?"

엘리자베스는 그가 동의하고 있지 않다는 것을 느꼈다.

만약 리스가 사장자리에 앉게 되면, 엘리자베스는 이미 들어와 있는 외부인에게 회사를 빼앗길 걱정을 할 필요는 없었다. 리스는 그러한 패들을 요리할 역량을 갖고 있었다. 그러나 엘리자베스는 회사를 무너뜨리려는 인간을 찾아낼 때까지는 주식을 공개할 수가 없었다.

그녀는 그간의 모든 것들을 리스에게 이야기하고 싶어서 견딜 수가 없었지만, 아직 그럴 시기가 아니라고 생각했다.

"그 외는 전부 당신에게 맡기겠어요."

그녀는 그 정도로 하고 말을 아꼈다.

리스는 선 채로 아무 말 없이 그녀를 물끄러미 바라보았다. 엘리자베스에게는 그것이 대단히 긴 시간처럼 생각되었다. 그는 겨우 입을 열었다.

"결혼식은 언제 올리게 됩니까?"

"가능한 한 빨리요."

병으로 집에 누워 있는 안나와 월터를 제외하고는 모두 결혼식에 참석하기 위해 취리히로 왔다. 알렉과 비비안, 엘렌과 샤를, 시모네타와 이보, 3쌍이었다.

그들은 엘리자베스를 축하해주었는데, 그 모습을 보자 그녀는 오히려 소름이 끼쳤다. 그녀는 결혼을 하는 것이 아니라 거래를 하고 있는 것이기 때문이었다.

"진심으로 너의 행복을 빈다."

알렉은 그녀를 살짝 껴안고는 말했다.

"알고 있어요, 알렉, 고마워요."

이보는 몹시 흥분하며 말했다.

"많은 행복과 훌륭한 남자를 차지할 수 있기를! '부를 발견함은 가난한 자의 꿈, 하지만 사랑을 발견하는 것은 왕자의 꿈'이지."

엘리자베스는 웃으며 물었다.

"누가 말했죠?"

"나야. 리스에게 자신이 얼마나 행복한 사나이인지 가르쳐주길 바란다."

이보는 가슴을 펴며 말했다.

"네. 깨달을 때까지 말하겠어요."

그녀는 가볍게 말했다.

엘렌은 엘리자베스를 구석진 곳으로 데리고 갔다.

"넌 정말 사람을 깜짝 놀라게 하는 재주가 있구나. 너와 리스가 서로 좋아하는 줄은 전혀 몰랐어."

"갑자기 그렇게 됐어요."

엘렌은 냉정하고 날카로운 눈으로 엘리자베스를 보며 말했다.

"그래, 그렇겠지."

식이 끝난 다음 호텔에서 피로연이 열렸다. 표면상으로는 유쾌하고 홍청거리는 파티였지만, 엘리자베스는 바닥에 흐르는 어떤 기운을 느낄 수 있었다.

홀에는 불길한 분위기가 감돌고 있었지만, 그것이 누구에게서 발산되고 있는지 알 수 없었다. 아는 것은 이 방에 있는 누군가가 그녀를 증오하고 있다는 것뿐이었다.

엘리자베스는 마음속 깊은 곳에서 그것을 느낄 수 있었다. 그러나 방 안을 둘러보면 눈에 비치는 것은 미소와 친근한 얼굴들뿐이었다.

샤를은 그녀를 축복하며 건배했다. 엘리자베스가 받은 연구소 폭발의 보고에는 "폭약은 파리 교외에 있는 로페 앤드 선즈의 공장에서 제조된 것이다."라고 되어 있었다.

이보는 싱글벙글 웃고 있었다.

"은행원이 돈을 이탈리아에서 가져가려다가 잡힌 것은 계획적으로 꾸민 일이래. 어떤 사람이 그걸 경찰에 알려왔다는 거야. 그가 이보 팔라치래."

그럼 알렉은? 또 월터는? 누구일까. 엘리자베스는 갈피를 잡을 수가 없었다.

다음날 오전에 이사회가 열렸고, 전원 일치로 리스 윌리엄스가 로페 앤드 선즈의 사장으로 피선되었다. 샤를이 모두의 마음에 두고 있던 문제를 꺼내놓았다.

"이제부터 당신이 회사를 경영하게 되는데, 우리가 주식을 팔 수 있게 할 겁니까?"

엘리자베스는 갑자기 실내의 공기가 긴장되는 것을 느꼈다.

"주식의 지배권은 계속 엘리자베스가 갖게 됩니다."

리스는 그렇게 설명했다.

"그것은 그녀가 결정힐 문제입니다."

모두의 얼굴이 엘리자베스 쪽으로 향했다.

"주식은 팔지 않을 겁니다."

그녀는 단호하게 말했다.

두 사람만이 있게 되었을 때 리스가 엘리자베스에게 말했다.

"리오로 신혼여행을 떠나지 않겠어요?"

엘리자베스는 그를 바라보자, 가슴이 마구 뛰었다. 하지만 리스는 사무적인 말투로 덧붙였다.

"리오의 지배인이 회사를 그만둔다고 합니다. 우리로서는 그 남자를 놓칠 수 없습니다. 원만하게 수습하기 위해 내일 비행기로 리오로 갈 예정입니다. 그런데 신부와 함께 가지 않으면 이상하게들 생각하지 않겠어요?"

"네, 그렇군요."

엘리자베스는 고개를 끄덕이며 말했다.

'당신은 바보예요. 하지만 이것은 내가 생각해낸 일이니……. 이것은 약속이지, 결혼이 아니라는 것, 그러니 당신에게 무엇을 기대할 권리는 없겠죠.'

그녀는 자신에게 그렇게 말했다.

그럼에도 불구하고 그녀의 마음속에 나지막이 즐거워하는 소리가 들려왔다.

'무슨 일이 일어날지도 모르잖아……'

갈레앙 공항에 내려서자 날씨는 놀라울 만큼 따뜻했다. 엘리자베스는 이곳이 지금 여름이란 것을 떠올렸다.

메르세데스 600이 두 사람을 기다리고 있었다. 운전기사는 20대 후반의 야위고 검은 피부를 가진 사나이였다. 차에 오른 리스가 운전기사에게 물었다.

"루이스는 어디 갔나?"

"루이스는 병이 났습니다, 사장님. 제가 사장님과 사모님을 모셔다 드리겠습니다."

"빨리 병이 낫기를 바란다고 루이스에게 전해주게."

"알겠습니다."

운전기사는 백미러에 비치는 두 사람을 물끄러미 보며 대답했다.

30분 후 차는 코파카바나 해안 옆의 산책로를 따라 컬러 타일을 깐 넓은 도로를 달리고 있었다. 그들은 현대적인 감각의 프린세스 슈가 로프 호텔 앞에 차를 댔고, 곧 그들의 짐이 운반되었다.

두 사람은 호화로운 방으로 안내되었다. 4개의 침실과 아름다운 거실, 그리고 해안을 바라볼 수 있는 넓은 테라스가 있었다.

방 안에는 은제 꽃병에 꽃이 꽂혀 있었고, 샴페인과 위스키, 초콜릿이 준비되어 있었다. 호텔 지배인이 직접 그들을 방까지 안내했다.

"만일 일이 있으시면 서슴지 마시고 불러주십시오. 24시간 제가 직접 모시겠습니다."

그는 머리를 숙이며 나갔다.

"대단히 친절하군요."

엘리자베스가 말하자, 리스는 웃으며 대답했다.

"당연하지요. 당신이 이 호텔의 주인이니까요."

엘리자베스는 얼굴이 새빨개졌다.

"아니, 저런. 난…… 나는 몰랐어요."

"배고프지 않소?"

"나는…… 괜찮아요."

"그럼 와인이라도?"

"네, 좋아요."

그녀의 목소리는 자신이 듣기에도 거슬릴 정도로 딱딱하고 어색하게 들렸다. 그녀는 자신이 어떻게 행동을 해야 좋을지, 또 리스에게 무엇을 기대해야 할지 알 수가 없었다. 그는 갑자기 자신도 모르는 사람이 되어 있었다. 엘리자베스는 신혼여행의 호텔방에 단둘만이 투숙했다는 것, 점점 밤이 깊어 이윽고 침대에 들 시간이 되었다는 것을 잔뜩 의식하고 있었다.

그녀는 리스가 샴페인 병을 능숙하게 따는 것을 지켜보았다. 그는 자기가 원하는 것이 무엇이며, 그것을 어떻게 손에 넣을 수 있는지를 잘 알고 있는 사람처럼 자신만만했다. 그리고 그는 모든 것을 극히 자연스럽게 행동했다. 그는 무엇을 원하고 있는 걸까?

리스는 샴페인을 따른 글라스를 엘리자베스에게 건네주고, 자기 글라스를 들어 건배했다.

"첫 출발을 위해서!"

그가 말했다.

"첫 출발을 위해서!"

엘리자베스도 앵무새처럼 말했다.

'그리고 해피엔딩을 위해서.'

그녀는 마음속으로 덧붙였다. 축하하는 의미로 글라스를 난로 속으로 던져넣어야 했다고 생각하며, 그녀는 나머지 샴페인을 단숨에 들이켰다.

두 사람은 신혼여행으로 리오에 와 있었다. 그리고 그녀는 리스를 필요로 했다. 지금 뿐만 아니라 영원히…….

그때 전화벨이 울렸다. 리스는 수화기를 들어 짤막하게 말했다. 그는 전화를 끊고는 엘리자베스에게 말했다.

"이젠 늦었으니 잠자리를 준비하는 게 어떻소?"

엘리자베스에게는 '잠자리'라는 말이 무겁게 허공을 떠도는 것처럼 느껴졌다.

"그래야겠죠."

그녀는 작은 목소리로 말했다.

그녀는 보이가 짐을 놓아둔 침실로 갔다. 방 한가운데에 커다란 더블 침대가 놓여 있었다. 룸서비스가 그들의 여행용 가방을 열어 침대를 정돈해주었다.

침대 한쪽에는 엘리자베스의 엷은 실크 나이트가운이, 그 반대쪽에는 남자용 푸른 파자마가 놓여 있었다.

그녀는 잠시 망설이다가 옷을 벗기 시작했다. 알몸이 된 그녀는 커다란 거울이 달린 욕실로 들어가서 꼼꼼히 화장을 지웠다. 그리고 머리에 터키 타월을 두르고, 샤워를 한 후 천천히 비누칠을 했다. 따뜻한 물이 젖무덤 사이에서 배를 거쳐 다리로 흘러내렸다. 따스하고 촉촉이 젖어 있는 손가락처럼……

목욕을 하면서 그녀는 리스를 의식하지 않으려고 노력했지만 다른 것은 아무것도 생각할 수 없었다. 엘리자베스는 자기를 포옹하는 그의 팔과 자기의 몸 위에 있는 그의 몸을 상상했다.

나는 회사를 구하기 위해 리스와 결혼한 걸까? 아니면 그와 결혼하고 싶어서 회사를 이용한 걸까? 그녀로서는 이제 갈피를 잡을 수가 없었다. 그녀의 욕망은 타올라 모든 것을 불사를 정도였다.

15세의 소녀가 이 나이가 될 때까지 남몰래 그를 기다리고 있었던 것 같았다. 그녀의 욕구는 굶주려 있었다. 엘리자베스는 샤워실에서 나와 보드랍고 따뜻한 타월로 몸을 닦고 실크 잠옷을 걸친 어깨 위로 머리카락을 늘어뜨리며 침대로 갔다.

그녀는 침대에 누워 리스를 기다리면서 이제부터 무슨 일이 일어날 것인지 상상해봤다. 그리고 그의 마음이 어떨지를 생각했다. 그러자 심장이 마구 뛰기 시작했다. 엘리자베스는 문소리가 나자 얼굴을 들었다. 리스가 문 앞에 서 있었다. 그는 옷을 잘 차려 입고 있었다.

"이제부터 나는 나가보겠습니다."

그가 말했다.

엘리자베스는 몸을 일으켰다.

"어딜…… 어딜 가는 거예요?"

"마무리 지어야 할 일이 있습니다."

그는 그렇게 말하고 물러갔다.

엘리자베스는 그날 밤 내내 어떤 상반되는 감정으로 괴로워하며 몸을 계속 뒤척였다.

그녀는 리스가 약속을 지켜주어서 고맙다고 스스로 타일렀다. 한편으로는 다른 것을 마음에 두었던 자신이 바보처럼 생각되어 자기를 버려두고 간 리스가 원망스럽기도 했다.

리스가 돌아온 것은 새벽녘이었다. 그의 발소리가 침실 쪽으로 들려왔다. 엘리자베스는 눈을 감고 자는 척하고 있었다. 그의 숨소리가 들리는 것으로 봐서 리스가 침대 가까이 다가왔음이 느껴졌다. 그는 아무 말 없이 그녀를 내려다보고 있었다. 그리고 발길을 돌려 다른 방으로 갔다. 그리고 잠시 후에 엘리자베스는 잠이 들었다.

아침 일찍 두 사람은 테라스에서 아침식사를 했다. 리스는 유쾌한 듯 수다스럽게 리오의 카니발 풍경을 이야기했다. 그러나 어젯밤에는 어디를 갔다 왔는지 말하지 않았고, 엘리자베스도 묻지 않았다.

엘리자베스는, 한 보이가 식사 주문을 받으러 왔었는데, 요리를 가져온 것은 다른 보이임을 알게 되었다. 그녀는 그 일은 더 이상 생각하지 않았고, 옆방에 계속 출입하고 있는 룸서비스에게도 주의를 기울이지 않았다.

엘리자베스와 리스는 교외에 있는 로페 앤드 선즈의 공장을 찾아가서, 공장 지배인인 세뇨르 츠마스의 사무실에 들렀다.

츠마스는 얼굴이 마치 개구리처럼 생긴 중년의 사나이로 땀을 몹시 흘리는 사람이었다. 그는 리스에게 호소했다.

"사정을 이해해주십시오. 전 회사를 제 목숨 이상으로 생각하고 있습니다. 로페 앤드 선즈는 나의 가족과 같습니다. 이곳을 떠나는 것은 집을 떠나는 것과 마찬가집니다. 마음이 찢어지는 것만 같습니다. 어떤 일이 있어도 저는 이곳에 있고 싶습니다."

그는 말을 멈추고 땀을 닦았다.

"그런데 다른 회사에서 보다 나은 조건으로 와 달라고 합니다. 저는 아내와 아이들과 장모를 부양해야 합니다. 이해해주시겠습니까?"

리스는 의자 등받이에 기대어 두 다리를 아무렇게나 앞으로 뻗고 앉아 있었다.

"물론이지, 자네에게 있어서 이 회사가 얼마나 소중한지 알고 있네. 오랫동안 일해 온 회사니까. 하지만 누구든지 가족의 일을 생각해야만 하겠지."

"고맙습니다."

츠마스는 감사하다고 말했다.

"알아주시리라고 생각했습니다, 사장님."

"우리 회사와의 계약은 어떻게 하지?"

그는 어깨를 으쓱해보였다.

"종이쪽지에 불과한 걸요, 뭐. 찢어버립시다. 안 됩니까? 마음이 평화롭지 않다면 계약이 무슨 소용이 있겠습니까?"

리스는 고개를 끄덕였다.

"우리가 이곳에 찾아온 것은 그것 때문이야. 자네 마음을 행복하세 해주기 위해서라네."

츠마스는 한숨을 쉬었다.

"좀 더 빨랐으면 좋았을 텐데요. 이미 다른 회사에서 일하기로 약속 했습니다."

"그 회사 사람들은 자네가 교도소로 가게 된다는 것을 알고 있나?"

리스는 잡담을 하듯 물었다.

츠마스는 멍하니 입을 벌리고 그를 쳐다보았다.

"교도소요?"

리스는 설명했다.

"미국 정부는 해외에서 사업을 하고 있는 모든 회사에게 과거 10년 동안 외국에 지불한 뇌물에 대한 보고서를 제출하라고 명령하고 있어. 운이 나쁘게도 자네는 그 일에 크게 관계가 되어 있네. 또 자네는 이 나라의 법을 몇 가지 위반하고 있지. 그래서 우리는 자네를 지킬 방 법을 생각하고 있었어. 가족의 충실한 한 사람으로서……. 그러나 자 네가 우리 회사에 있지 않겠다면 그렇게 할 이유가 없어지게 되는 거 지. 안 그래?"

츠마스는 갑자기 얼굴이 창백해졌다.

"그러나…… 그것은 회사를 위해서 한 일입니다. 저는 명령에 따랐 을 뿐입니다."

그는 항의했다.

리스는 동정하듯 고개를 끄덕였다.

"알고 있네. 재판정에 나가서 그것을 당국에 호소하게."

그는 일어서서 엘리자베스에게 말했다.

"이제 그만 돌아갑시다."

"잠깐만 기다려주세요! 이대로 나가시면 안 됩니다!"

츠마스는 큰 소리로 말했다.

"자네는 혼란을 일으키고 있는 것 같군. 나가는 것은 자네 쪽이야."

그는 다시 이마의 땀을 닦았다. 그의 입술은 실룩거리고 있었다. 그는 창가에 서서 밖을 내다보았다. 무거운 공기가 실내에 가득했고, 밖을 향한 채 그는 말했다.

"회사에 그대로 있으면…… 저를 지켜주시겠습니까?"

"끝까지."

리스는 단호하게 말했다.

두 사람은 메르세데스에 타고 있었다. 바짝 마르고 거무스름한 얼굴의 운전기사는 차를 몰아 거리를 돌고 있었다.

"당신은 그를 협박했군요."

엘리자베스가 말하자 리스는 고개를 끄덕였다.

"그 남자를 놓칠 수는 없어요. 우리 회사 사정을 너무 잘 알고 있는 그가 우리의 경쟁회사로 옮기려 하고 있어요. 그가 그쪽으로 가게 되면 많은 문제들이 일어나게 돼요."

엘리자베스는 리스를 바라보며 자신은 아직도 그를 잘 모르겠다고 생각했다.

그날 밤 두 사람은 저녁식사를 하러 미란데르로 갔다.

리스는 유쾌하고 매력적이면서도 어딘지 모르게 그녀를 서먹서먹하게 대했다. 그는 대화의 그늘에 숨어서 겉으로는 솔직한 감정을 드러내 보이지 않으려고 하는 것 같았다.

식사가 끝난 것은 한밤중이었다. 엘리자베스는 호텔로 돌아가서 리스와 단둘이만 있고 싶었다. 그러나 그는 말했다.

"지금부터 리오의 밤거리를 구경하도록 합시다."

그들은 나이트클럽을 두루 돌아다녔다. 그곳에서 만난 누구든 그를 알고 있는 것 같았다. 어디를 가든 그는 주목을 받았다. 두 사람은 다른 테이블의 커플에게 초대를 받기도 했고, 그들이 다른 테이블의 손님을 접대하기도 했다.

엘리자베스와 리스는 한순간도 단둘만의 시간을 가질 수 없었다. 엘리자베스는 그것이 리스의 의도적인 행동이라고 생각했다. 두 사람 사이에 타인으로 벽을 쳐놓고 있는 것 같았다.

두 사람은 이전에는 친구 사이였지만 지금은…… 무엇일까? 엘리자베스는 둘 사이에 보이지 않는 장벽이 쳐진 것밖에는 알 수가 없었다. 그는 무엇을 두려워하는 걸까. 그리고 그것은 무엇 때문일까?

네 번째의 나이트클럽에서 5, 6명의 리스의 친구들과 테이블을 같이 하게 되었을 때, 엘리자베스는 이제 충분하다고 생각했다. 그녀는 리스와 아름다운 스페인 아가씨와의 대화에 끼어들었다.

"나는 아직 남편과 춤을 출 기회가 없었어요. 용서해주시겠어요?"

리스는 깜짝 놀라 그녀를 쳐다보았다. 그리고 일어섰다.

"내가 신부를 내버려둔 것 같군."

그는 엘리자베스의 손을 잡고 댄스 플로어로 걸어갔다. 그녀는 긴장해 있었다. 그가 엘리자베스의 얼굴을 보며 말했다.

"화를 내고 있군요."

맞는 말이었다. 그러나 화는 그녀 자신에게 내야 할 것 같았다. 그녀는 자신이 규칙을 만들어 놓고, 이제 와서 리스가 그것을 깨지 않는다고 불만스러워하고 있었다.

물론 그것 뿐만은 아니었다. 리스가 이 상황을 어떻게 생각하고 있는지 모르고 있는 것도 하나의 원인이었다. 그가 두 사람의 약속을 지키고 있는 것은 일종의 프라이드일까, 아니면 전혀 그녀에게 관심이 없기 때문일까? 그녀는 알고 싶었다.

리스가 말했다.

"엘리자베스, 저 친구들 일은 미안해요. 하지만 모두 사업과 관련이 있는 사람들이어서 말이에요. 이것도 모두 회사를 위한 일이거든요."

그렇다면 리스는 그녀의 기분을 알고 있었다는 말이 된다. 엘리자베스는 자기를 안고 있는 그의 가슴을, 자기에게 접촉한 그의 몸을 느낄 수 있었다. 그녀는 그와 호흡이 맞는다고 생각했다.

리스의 모든 것이 그녀에게 꼭 맞아 떨어졌다. 그들은 서로의 것이었다. 그녀는 그것을 알고 있었다. 자신이 얼마나 그를 원하고 있는지 그는 알고 있을까? 그러나 엘리자베스는 그것을 그에게 말하도록 허락하지 않았다.

하지만 그는 무엇인가를 느끼고 있음이 틀림없었다. 그녀는 눈을 감고 그에게 몸을 비벼댔다.

시간이 멈추었고, 그들 두 사람에겐 달콤한 음악, 꿈과 같은 지금 이 순간 외에 다른 아무것도 존재하지 않는 것 같았다. 엘리자베스는 언제까지나 리스의 팔에 안겨 춤을 추고 싶었다.

그녀는 유연하게 움직이며 자신의 몸을 전부 그에게 맡겼다. 그리고 그의 딱딱한 성기가 자신의 몸에 부딪히는 것을 느끼기 시작했다. 그녀는 눈을 뜨고 그를 올려다보았다. 그의 눈에는 그녀가 지금까지 보지 못한 어떤 것이, 격렬한 욕구와 갈망이 있다. 그것은 그녀 자신의 모습이기도 했다.

그가 입을 열었을 때 그 목소리는 쉬어 있었다. 그가 말했다.

"호텔로 돌아갑시다."

그녀는 어떤 말도 할 수 없었다.

그녀에게 닿는 그의 손가락은 살갗을 태울 듯이 뜨거웠다.

그들은 리무진의 뒷좌석에서 서로에게 닿는 것이 두렵기라도 하듯이 떨어져 앉았다. 엘리자베스는 자신의 몸이 뜨거워지는 것을 느꼈다. 호텔 방으로 돌아갈 때까지 시간이 너무 길게 느껴졌다. 그녀는 이제 더 이상 기다릴 수 없었다.

현관문이 닫히자 두 사람은 격렬한 갈구 속에서 서로를 포옹했다. 엘리자베스를 껴안은 리스는 그녀가 지금까지 알지 못했던 격정을 보여주었다. 그는 엘리자베스를 두 손으로 번쩍 안고는 침실로 향했다. 그들은 옷을 벗는 것마저 귀찮았다. 마치 자기가 갖고 싶은 것에 열광하며 덤벼드는 아이들처럼 두 사람은 미친 듯이 서로를 원했다. 그가 왜 지금까지 그녀에게 손을 대지 않았는지 그것이 이상할 지경이었다.

그러나 이제 그런 것은 아무래도 상관없었다. 어느 새 벌거벗은 몸이 되어 서로를 탐닉하는 그들에게 감미로운 입술과 손의 세련된 감촉 외엔 아무것도 존재하지 않았다.

그의 두 손이 그녀의 엉덩이를 부드럽게 돌려 그녀를 눕혔다. 그리고 그의 입은 그녀의 다리 사이로 미끄러져 내려와 감미로운 곳에 머물렀다. 두 사람 모두 더 이상 참을 수가 없는 지경에 이르렀을 때 그들은 서로의 몸을 밀착시켰다. 그리고 서서히 리듬을 탔다. 그것은 우주의 리듬이었다. 점차 몸의 움직임이 빨라지고 미친 듯이 모든 것이 빙글빙글 돌았다. 드디어 커다란 환희의 폭발이 일어났고, 다시 지구는 정지하고 원래의 정적으로 돌아왔다.

그들은 꼭 껴안은 채 누웠다. 엘리자베스는 환희의 절정에서 '리스 윌리엄스 부인'이란 말을 떠올렸다.

속임수

"저, 윌리엄스 부인. 호르닝 형사가 찾아오셨습니다. 급한 일이 있다고 합니다."

앙리에트의 목소리가 인터컴에서 들려왔다.

엘리자베스는 망설이면서 리스를 쳐다보았다. 두 사람은 어젯밤 리오에서 취리히로 돌아와 사무실에 막 도착한 참이었다. 리스는 어깨를 움츠렸다.

"앙리에트에게 들여보내라고 말해요. 급한 일이라니 무엇인지 들어봅시다."

몇 분 후에 세 사람은 엘리자베스의 사무실에 마주앉았다.

"저에게 무슨 일이신가요?"

엘리자베스가 물었다.

맥스 호르닝은 인사를 생략하고 말했다.

"어떤 자가 당신을 죽이려 하고 있습니다."

엘리자베스의 얼굴이 창백해지는 것을 보자 맥스는 낭황한 나머지, 좀 더 부드러운 표현이 없을까 하고 생각했다.

"대체 무슨 말을 하는 겁니까?"

리스 윌리엄스가 말했다.

맥스는 계속해서 엘리자베스에게 말했다.

"이미 두 번씩이나 당신을 노린 사건이 일어났습니다. 아마 앞으로 또 일어날 것입니다."

엘리자베스가 말을 더듬었다.

"다…… 당신의 지나친 추측입니다."

"아뇨. 그 엘리베이터 사고는 당신의 목숨을 노린 것이었습니다."

엘리자베스는 말없이 그를 바라보았다. 그녀의 까만 눈은 곤혹과 그 깊이를 알 수 없는 어떤 감정으로 뒤섞여 있었다.

"지프 사건도 마찬가지입니다."

엘리자베스는 간신히 말을 할 수 있었다.

"그것은 잘못 아신 거예요. 사고였어요. 지프에는 아무 이상이 없었습니다. 사르데냐의 경찰이 조사해봤어요."

"틀림없습니다."

"나도 입회했었습니다."

엘리자베스는 물러서려고 하지 않았다.

"아뇨, 당신은 단지 경찰이 어떤 지프를 조사하는 것을 보았을 뿐입니다. 물론 그것은 당신의 차가 아니었습니다."

두 사람은 서로의 눈을 의심했다.

맥스는 계속했다.

"당신의 차는 처음부터 경찰서 차고에 없었습니다. 나는 그 차를 올비아의 폐차장에서 발견했습니다. 마스터 실린더의 볼트가 풀려 있었고 브레이크 오일은 바닥나 있었습니다. 그래서 브레이크가 듣지 않았던 것입니다. 왼쪽의 펜더는 일그러져 있었고, 차 귀퉁이에는 부딪친 나무에서 묻어난 푸른 나뭇잎 자국이 있었습니다. 감식반에서 조사했습니다. 틀림없습니다."

악몽이 되살아났다. 엘리자베스는 온몸에 전율을 느꼈다. 마치 그녀 뒤에 감춰져 있던 공포의 수문이 갑자기 열린 것 같았다. 그녀는 산길을 폭주했을 때의 그 공포감이 밀려와서 치가 떨렸다.

리스가 말했다.

"당신의 말을 잘 납득할 수가 없군. 대체 누가……."

맥스는 리스 쪽으로 얼굴을 돌렸다.

"지프는 어느 것이나 거의 비슷하게 보입니다. 그들은 그것에 착안했습니다. 지프가 벼랑에서 굴러 떨어지지 않고 나무에 부딪쳤기 때문에 그들은 적당한 속임수를 생각해야만 했습니다. 그 사고가 난 지프를 다른 사람이 조사하게 되면 곤란해지겠죠. 그들은 사실 지프가 바다 밑에 가라앉기를 기대하고 있었습니다. 그런데 실패하자 그들은 아마도 엘리자베스를 그곳에서 죽이는 것이 낫겠다고 생각했을 것입니다. 그러나 도로 작업원이 와서 엘리자베스를 발견해 병원으로 옮겼고, 그들은 다른 지프를 입수해서 적당히 흠집을 내고 경찰이 오기 전에 바꿔치기를 했던 것입니다."

"당신이 몇 번씩이나 그들이라고 했는데……."

리스가 말했다.

"이 음모에는 협력자가 있습니다."

"누가…… 누가 저를 죽이려고 한다는 겁니까?"

엘리자베스가 물었다.

"부친을 죽인 범인과 동일 인물입니다."

그녀는 갑자기 지금 늘은 이야기가 모두 현실이 아닌 것처럼 여겨졌다. 악몽의 기억들이 너무도 아득했다.

"부친은 살해되었습니다."

맥스는 계속했다.

"가짜 수행원이 부친을 안내했고 그에게 살해되었던 것입니다. 부친은 당시 혼자 샤모니에 간 것이 아닙니다. 어떤 사람과 같이 갔습니다."

엘리자베스가 입을 열었을 때 그녀의 목소리는 허탈한 속삭임으로 바뀌어 있었다.

"그게 누구죠?"

맥스는 리스를 보며 말했다.

"당신의 남편입니다."

그 말은 그녀의 귓속에서 방향을 잃은 메아리처럼 떠돌고 있었다. 그것은 멀리서부터 아주 천천히 다가왔으며 다시 멀어져 갔다. 그녀는 정신을 잃어가고 있었다.

"엘리자베스!"

리스가 말했다.

"나는 그분이 죽었을 때 같이 있지 않았소."

"당신은 그와 함께 샤모니에 있었습니다. 윌리엄스 씨."

맥스는 주장했다.

"그것은 사실이오."

리스는 엘리자베스를 향해 말했다.

"하지만 나는 부친이 산에 오르기 전에 돌아왔어."

그녀는 리스 쪽을 향해 돌아앉았다.

"왜 저에게 말해주지 않았나요?"

그는 잠시 머뭇거리다가 결심한 듯이 말했다.

"아무에게도 말할 수 없었소. 1년 전부터 우리 회사에 대한 방해 공작이 계속되고 있었어. 너무도 교묘해서 마치 사고처럼 보였지. 하지만 나는 일정한 패턴이 있는 것을 알게 되었고, 부친에게 그것을 얘기했어. 그는 외부기관에 조사를 의뢰하기로 했지.”

엘리자베스는 리스의 말에 납득이 갔다. 그녀는 마음으로부터 안도의 숨을 쉬었으나 신경이 곤두서는 것을 느꼈다. 리스는 보고서에 적혀 있던 일을 모두 알고 있었던 것이다. 그녀는 걱정거리를 혼자만 간직하고 있을 것이 아니라 그를 믿고 털어놓았어야 했다.

리스가 맥스 호르닝에게 말했다.

“샘 로페는 내 의심을 실증하는 보고를 받았지요. 그는 그것에 관해 상의하고 싶으니 함께 샤모니에 가자고 했소. 우리는 사건의 전모가 밝혀질 때까지 그것을 두 사람만 아는 것으로 하기로 했습니다.”

얘기를 잇고 있는 그의 목소리에는 쓸쓸한 여운이 남아 있었다.

“그 비밀이 충분히 지켜지지 못했던 것이 분명합니다. 그들은 우리가 조사하고 있는 것을 알고 샘을 죽인 것이오. 보고서는 분실되었더군요.”

“내 손에 들어와 있어요.”

엘리자베스의 말에 리스가 놀라며 그녀를 쳐다보았다.

“아버지의 소지품 속에 들어 있었어요.”

그녀는 맥스에게 말했다.

“보고서에는 로페 앤드 선즈의 이사들 중의 누구라고 적혀 있었습니다. 하지만 이사들은 모두 회사의 주식을 가지고 있어요. 그런데 어째서 회사를 무너뜨리려는 것일까요?”

맥스가 설명했다.

“무너뜨리려는 것이 아닙니다, 윌리엄스 부인. 그들은 회사를 어럽게 만들어서 은행이 불안을 느끼고 대부금 상환을 추궁하도록 하려는 것입니다. 그들은 부친이 주식을 팔고 회사를 공개하도록 만들려고 했습니다. 그들이 목적을 달성하지 못했기 때문에 당신의 생명은 아직 위험합니다."

"그럼 경찰에서 엘리자베스를 경호라도 해주기 바라오."

리스가 요청했다.

맥스는 눈을 깜빡거리며 억양 없는 목소리로 말했다.

"그 점은 걱정하실 것 없습니다, 윌리엄스 씨. 당신과 결혼한 다음부터 우리는 부인을 놓친 적이 없으니까요."

살인 공포

베를린

12월 1일 월요일, 오전 11시

견디기 힘든 고통이었다. 그런 상태가 4주일이나 계속되었다. 의사가 약을 놓고 갔지만 월터 가스너는 그것을 복용하기가 두려웠다. 그는 안나가 다시 자기를 죽이려 들지 못하도록, 또 도망치지 않도록 경계해야만 했다.

"곧 입원하셔야겠습니다. 다량의 출혈이 있었으니까요."

의사가 그에게 말했다.

"싫어요!"

그것은 월터로서는 절대로 할 수 없는 일이었다. 남에게 찔렸다면 경찰에 알려야만 할 것이다. 그러나 월터는 회사의 의사를 불렀다. 그는 경찰에 보고하지 않을 것이라고 생각했기 때문이었다.

월터는 경찰이 조사를 하며 들아다니게 할 수는 없었다. 당분간은……. 의사는 아무 말 없이 상처를 꿰맸지만 그의 눈은 호기심에 가득 차 있었다.

치료가 끝나자 의사가 물었다.

"댁에 간호사를 보내드릴까요, 가스너 씨?"

"아, 괜찮습니다. 아내가 보살펴줄 테니까요."

그것은 1개월 전의 일이었다. 월터는 회사의 비서에게 전화를 걸어서 사고를 당해 집에서 휴양하겠다고 말했다.

월터는 안나가 큰 가위로 자기를 찌르려고 했던 그 두려운 순간을 생각했다. 그가 마침 몸을 돌려 뒤돌아보았기 때문에 심장이 다치지 않을 수 있었다. 대신 어깨를 심하게 다친 그는 지독한 고통과 충격으로 거의 쓰러질 뻔했지만, 간신히 정신을 차려서 안나를 침실로 끌고 가 가두었다. 안나는 계속해서 소리치며 울부짖었다.

"아이들을 어떻게 했어? 아이들을 내놔!"

그로부터 월터는 안나를 줄곧 침실에 감금해두었다. 그리고 음식을 만들어 안나를 감금한 방의 자물쇠를 열고 들어가서 그것을 주었다. 그녀는 그때마다 월터가 무서운지 구석에 웅크리고 앉아서 작은 소리로 중얼거렸다.

"아이들을 어떻게 했죠?"

때때로 그가 침실 문을 열어보면, 안나는 벽에 귀를 대고 아이들의 소리를 들으려고 애쓰고 있었다.

집에는 두 사람이 있을 뿐이었고, 너무도 조용했다. 월터는 이제 거의 시간이 남지 않았다는 것을 알고 있었다. 그때였다. 그의 생각은 바스락거리는 소리로 잠시 중단되었다. 그는 귀를 기울였다. 또다시 소리가 들렸다. 누군가가 이층 복도를 걸어 다니고 있었다. 집에는 아무도 없어야 했다. 모든 문에 그가 직접 자물쇠로 채워놓았기 때문이다.

이층에서는 프라우 멘들라가 청소를 하고 있었다. 그녀가 파트타임으로 청소를 하기 위해 이 집에 온 것은 이날로 두 번째였다. 프라우 멘들라는 이 집을 좋아하지 않았다.

지난주 수요일에 청소를 했을 때는 그녀가 무슨 도둑질이라도 할까 봐 월터는 옆에 붙어 다녔다. 그녀가 이층에 올라가려고 했지만, 그는 무서운 얼굴로 그녀를 가로막고는 돈을 지불하고 쫓아냈었다.

그녀가 보기에 월터에게는 그녀를 두렵게 하는 어떤 사연이 서려 있는 것 같았다. 그런데 다행히도 오늘은 집 안에 그의 모습이 보이지 않았다.

프라우 멘들라는 지난주에 받아두었던 열쇠로 안으로 들어가 이층으로 올라갔다. 집 안은 조용했다. 그래서 그녀는 집에 아무도 없는 줄로 알았다. 그녀는 침실을 청소하면서 몇 개의 동전이 흩어져 있는 것을 보았고, 금제 환약상자가 버려져 있는 것도 발견했다.

다시 복도로 나와서 다음 침실의 문을 열었다. 하지만 자물쇠로 채워 있었다. 이상했다. 그녀는 안에 중요한 것이 보관되어 있으리라 생각했다. 다시 한 번 손잡이를 돌리자 문 안 쪽에서 여인의 목소리가 가냘프게 들려왔다.

"거기 누구예요?"

프라우 멘들라는 깜짝 놀라 손잡이에서 손을 뗐다.

"누구예요? 거기에 누가 있어요?"

"청소부 프라우 멘들라입니다. 침실 청소를 할까요?"

"안 돼요. 나는 갇혀 있어요."

점점 소리가 커지고 그녀는 흥분해 있었다.

"살려줘요! 부탁해요. 경찰에 전화해서 남편이 아이들을 죽였다고 말해줘요. 나도 죽일 거예요. 서둘러주세요! 빨리요. 그가 오기 전에!"

그 순간, 프라우 멘들라는 누군가에게 붙들려 빙그르르 몸이 돌아갔다. 바로 눈앞에서 가스녀의 얼굴이 보였다. 그는 죽은 사람처럼 얼굴이 창백해져 있었다.

"이곳에서 뭘 하는 거요!"

그는 다그쳐 물었다. 그는 그녀의 팔을 아플 만큼 꽉 쥐었다.

"아, 아무것도 하지 않았어요. 오늘은 제가 청소하는 날이어서 소개소에서……."

"소개소에는 아무도 필요 없다고 말해두었는데……."

월터는 말을 멈추었다. 소개소에 그렇게 말할 작정이었지만 통증이 심해서 전화를 안했었는지, 전혀 기억이 나지 않았다.

프라우 멘들라는 그의 눈을 쳐다보았다. 그리고 그의 섬뜩한 눈빛에 겁을 집어먹었다.

"소개소에서 아무 말도 듣지 못했습니다."

그녀는 말했다.

그는 물끄러미 서서 잠가놓은 문 안에서 나는 소리에 귀를 기울이고 있었다. 아무 소리도 들리지 않았다.

그는 프라우 멘들라를 쳐다보았다.

"당장 나가! 두 번 다시 오지 마!"

그녀는 곧장 집을 뛰쳐나갔다.

일한 대가는 받지 않았지만 금제 환약상자와 화장대 위에 있던 동전을 손에 쥐고 있었다. 문 안 쪽에 있는 여자가 불쌍했지만 그녀는 참견하고 싶지 않았다. 그녀에게는 절도 전과가 있었다.

취리히에서는 맥스 호르닝 형사가 파리의 국제 형사 경찰기구에서 보내온 보고서를 읽고 있었다.

포르노 살인 영화 생필름의 사용자는 로페 앤드 선즈라는 것이 판명됨. 총무부로부터 경비 지출. 구입계는 이미 퇴사. 행방을 추적 중.

속보를 기다리기 바람. 이상 끝.

파리에서는 경찰이 센 강에서 발가벗겨진 시체를 끌어올리고 있었다. 금발의 10대 소녀로 목에는 빨간 리본이 매여 있었다.

취리히에서는 엘리자베스 윌리엄스가 24시간 내내 경찰의 신변 보호를 받고 있었다.

암호랑이

하얀 라이트가 켜지면서 리스의 전용선에 전화가 걸려온 것을 알려주었다. 그 번호를 알고 있는 사람은 겨우 몇 명에 불과했다. 그는 수화기를 들어올렸다.

"여보세요."

"안녕 달링."

그 허스키한 목소리를 그는 모를 리가 없었다.

"전화하면 곤란해."

그녀는 웃었다.

"지금까지는 상관없었잖아요. 설마 벌써 엘리자베스한테 길들여진 건 아니겠죠?"

"무슨 일이지?"

리스가 물었다.

"오늘 오후에 만나고 싶어요."

"그건 안 돼."

"너무 그러지 말아요, 리스. 내가 취리히로 갈까요, 아니면?"

"안 돼. 여기서는 만날 수 없어."

그는 망설였다.

"내가 그리로 갈게."

"좋아요. 늘 만나던 거기에서."

그렇게 말하고 엘렌 로페 마르텔은 전화를 끊었다.

리스는 조용히 수화기를 내려놓고 깊이 생각에 잠겼다. 그녀와 한때 육체관계를 가진 적이 있었지만 그로서는 이미 끝난 것으로 생각하고 있었다. 그러나 엘렌은 쉽게 관계를 정리할 여자가 아니었다. 그녀는 샤를에게 싫증을 느껴 리스를 원하고 있었다.

"당신과 나라면 좋은 커플이 될 거예요."

그녀는 말했다. 엘렌 로페 마르텔은 하겠다고 마음먹으면 어떤 일이든 기어코 해내고야 마는 여인이었으므로 매우 위험했다.

리스는 파리로 갈 수밖에 없었다. 그는 두 사람 사이가 이제 이것으로 끝났음을 그녀에게 분명히 이해시켜야만 했다.

2, 3분 뒤, 그는 엘리자베스의 사무실로 들어갔다. 그를 보자, 그녀의 눈이 빛났다. 그녀는 그의 허리에 팔을 돌리고 속삭였다.

"당신 생각을 하고 있었어요. 우리 오후에는 일을 쉬고, 일찍 퇴근하기로 해요."

그는 싱긋이 웃었다.

"섹스광이 되어버렸군."

그녀는 팔에 힘을 주었다.

"그래요. 즐겁지 않아요?"

"실은 오후에 파리에 가봐야 할일이 있어, 엘리자베스."

그녀는 실망감을 감추며 말했다.

"나도 같이 가면 안 될까요?"

"가봤자 별것 아닌 일인데 뭐. 오늘 밤 돌아올 테니 늦게 저녁식사나 같이 하도록 합시다."

리스가 센 강변의 낯익은 작은 호텔에 도착했을 때 엘렌은 이미 식당에 앉아서 그를 기다리고 있었다.

그의 기억으로는 그녀는 한 번도 약속시간에 늦은 적이 없었다. 그녀는 무슨 일을 해도 거침없이 해치웠다.

특출한 미인이었고 머리가 좋은 멋진 애인이었다. 그러나 뭔가 부족한 점이 있었다.

엘렌은 사랑이 없는 여자였다. 그녀에게는 잔인함과 야수적인 살벌한 본능만이 있었다. 리스는 사람들이 그것 때문에 상처받는 것을 지켜보았다.

리스는 그녀에게 희생되는 한 사람이 되고 싶지는 않았다. 그는 테이블을 사이에 두고 엘렌과 마주 앉았다.

엘렌이 말했다.

"건강하시군요, 달링. 궁합이 꼭 맞는 것 같아요. 엘리자베스가 침대에서 당신을 만족시켜 주던가요?"

리스는 미소로 그에 대한 공격의 말을 얼버무리며 말했다.

"당신과는 관계없는 일일 텐데?"

엘렌은 몸을 앞으로 내밀고 그의 한 손을 만졌다.

"그게 그렇지가 않아요. 우리의 문제라고요."

그녀는 그의 손을 쓰다듬기 시작했다. 그 순간 리스는 엘렌과 달콤했던 밤을 떠올렸다. 그녀는 분방한 암호랑이였으며 기교에 능했고 지칠 줄 모르는 여자였다. 그는 그녀가 쓰다듬는 손을 거두었다.

엘렌은 싸늘해진 눈으로 말했다.

"저, 리스. 로페 앤드 선즈의 사장자리에 앉은 느낌이 어때요?"

그는 그녀가 얼마나 탐욕스러운지 잊고 있던 자신을 깨달았다. 그리고 언젠가 둘이서 오랫동안 나누었던 대화가 생각났다. 그녀는 회사의 지배권을 장악하겠다는 야심에 사로잡혀 있었었다.

"리스, 당신과 내가 한 팀이 되는 거예요. 샘이 없어지게 되면 우리가 회사를 장악할 수 있어요."

섹스 도중에도 그녀는 속삭였다.

"그건 내 회사예요, 달링. 새뮤얼 로페의 피는 내게 이어져 있어요. 그러니 회사는 내 것이에요. 내 것으로 하고 싶어. 아, 좋아요. 이제 시작해요."

권력은 엘렌에게는 최음제였다. 그리고 위험도 그러했다.

"볼 일이란 게 뭐지?"

리스가 물었다.

"지금이 당신과 내가 계획을 세울 시기라고 생각해요."

"무슨 소리인지 모르겠군."

그녀는 짓궂게 말했다.

"당신에 대한 것은 무엇이든 다 알고 있어요, 달링. 당신은 나와 견주어도 결코 뒤지지 않는 야심가예요. 다른 회사에서 경영자가 되어 달라고 몇 번이나 스카우트를 했는데도 왜 줄곧 샘의 부하로만 있기를 원했죠? 그것은 언젠가는 로페 앤드 선즈가 당신의 것이 된다고 믿고 있었기 때문이겠죠?"

"회사에 계속 남았던 것은 그저 샘이 좋아서였어."

그녀는 생긋 웃었다.

"알고 있어요. 그리고 거기다 이젠 그의 귀여운 딸과 결혼까지 했던 말이죠?"

그녀는 핸드백에서 까맣고 가느다란 잎담배를 꺼내 플라티나의 라이터로 불을 붙였다.

"샤를에게 들었는데 엘리자베스는 주식을 자기가 직접 쥐고 있으면서 파는 것에 반대하고 있다더군요."

"그래, 엘렌."

"물론 당신에게도 생각해놓은 것이 있겠죠? 엘리자베스가 사고를 당하면 그녀의 재산은 당신 것이 된다는……."

리스는 오랫동안 그녀를 응시했다.

보복

　오르지아타의 저택 거실 창문으로 멍하니 밖을 내다보고 있던 이보 팔라치는 깜짝 놀랐다. 저택의 드라이브웨이를 달려오는 도나텔라와 세 아이들이 탄 자동차를 보았던 것이다.

　시모네타는 이층에서 낮잠을 자고 있었다. 이보는 당황한 채 현관으로 뛰어나가 자신의 제2의 가족을 맞이했다. 그는 죽이고 싶을 만큼 화가 치밀어 올랐다.

　그는 이 여인을 항상 여러모로 돌봐주었었다. 친절하게 대했고 모든 면에 사랑해주었었다. 그런데도 그녀는 지금 그의 지위나 인생을 함부로 파괴해버리려고 하는 것이다.

　그렇게 화가 나긴 했지만, 도나텔라가 오늘처럼 아름답게 보인 적은 없었다. 아이들이 차에서 내려 그에게 안기며 키스를 했다.

　'아, 얼마나 귀여운가. 낮잠을 자고 있는 시모네타가 부디 잠에서 깨어나지 않으면 좋으련만!'

　"부인을 만나게 해주세요!"

　도나텔라는 날카롭게 내뱉었다. 그녀는 아이들 쪽을 보며 말했다.

　"애들아, 들어가자."

"안 돼!"

이보는 명령하듯이 말했다.

"나를 말릴 수는 없어요. 오늘 못 만나게 하면 내일 또 오겠어요."

이보는 막다른 골목으로 내몰렸다. 도망칠 길이 없었다. 하지만 그는 아무리 도나텔라라 하더라도 자신이 일생을 바쳐 쌓아올린 탑이 송두리째 뽑히는 것을 용납할 수는 없었다.

이보는 자기 자신을 훌륭한 사람이라고 생각하고 있었는데, 어쩔 수 없이 자기가 하려는 일에 혐오감을 느꼈다. 그러나 그것은 자기 자신을 위한 것만이 아니라 시모네타와 도나텔라와 모든 아이들을 위한 결단이기도 했다.

"돈은 줄게. 5일만 기다려줘."

이보는 약속했다.

"5일이라고 했죠?"

도나텔라는 그의 눈을 들여다보며 다짐을 받아냈다.

런던에서는 알렉 니콜스 경이 하원에서의 토론에 참가하고 있었다. 그는 영국 경제를 마비시키고 있는 노동자의 파업에 관한 중요한 연설을 하기로 되어 있었다. 그러나 알렉은 생각을 집중시킬 수가 없었다. 2, 3주일 전부터 몇 번씩이나 걸려온 전화가 그의 머리에서 떠나지 않았기 때문이었다.

그들은 그가 클럽이나 이발관, 그리고 레스토랑에 가거나 회의에 출석해 있거나 어디서든 그의 거처를 알아냈다.

알렉은 그들로부터 전화가 걸려올 때마다 끊어버리곤 했다. 그는 그들의 요구가 이제 시작일 뿐이라는 것을 잘 알고 있었다. 그들이 한 번 그의 목을 누르기 시작하면 어떻게든 그가 가진 주식을 손에 넣고 로페 앤드 선즈에 깊숙이 파고들 것이 틀림없었다.

그런 사태가 일어나도록 내버려둘 수는 없었다. 그들이 하루에 네다섯 번씩 전화를 걸어오는 바람에 그의 신경은 만신창이가 되어 극한에 도달해 있었다. 그런데 지금 알렉이 걱정하는 것은 오늘은 그들로부터 전화가 한 번도 걸려오지 않았다는 사실이었다. 그는 아침식사 때도, 화이트 클럽에서의 점심때도 전화가 올 것을 예상하고 있었다. 그러나 전화는 걸려오지 않았다. 그는 침묵을 지키고 있는 것이 협박 이상으로 불길하게 느껴졌다. 그는 그런 불안을 잠시 떨쳐버리고 하원의 연단에 섰다.

"노동자에 대해 성실하다는 점에서 나는 결코 누구에게도 뒤지지 않습니다. 우리나라의 노동력이야말로 우리나라를 위대하게 만들었습니다. 노동자는 우리나라의 중소 공장이나 대공장을 움직이는 힘입니다. 그들이야말로 이 나라의 참된 엘리트이며 영국을 여러 나라들 가운데 두드러지게 높이 솟아오르게 한 지주였습니다."

그는 잠시 사이를 두었다.

"그렇지만 어떤 나라에 있어서나 어느 정도의 희생을 치르지 않으면 안 될 때가 있습니다."

그는 기계적으로 연설을 하고 있었다. 그러면서 그가 협박에 대해 강하게 나가자 그들이 도리어 겁을 먹은 것이 아닌가 하고 생각했다.

'어쨌든 그들은 비겁한 폭력단에 지나지 않는다. 그런 반면 이 알렉 니콜스는 준 남작이며 하원의원이다. 놈들이 무슨 짓을 할 수 있단 말인가. 어쩌면 그들은 이제 아무 말도 할 수 없을 것이다. 이제부터는 그늘도 괴롭힐 수가 없을 것이나.'

알렉 경은 조무래기 의원들의 박수갈채 속에 연설을 마쳤다.

그가 회의장에서 나가려고 할 때 직원이 다가왔다.

"알렉 경, 전갈이 와 있습니다."

알렉은 그쪽으로 얼굴을 돌렸다.

"무슨 전갈인가?"

"가능한 한 빨리 돌아오시랍니다. 사고가 났다고 합니다."

알렉이 집에 도착해보니 비비안이 구급차에 실려 나가고 있었다.

의사가 비비안의 곁에 따라붙어 있었다. 알렉은 차를 보도 옆에 붙여놓고 차가 멈추기도 전에 뛰어내렸다. 그는 의식을 잃어버린 비비안의 창백한 얼굴을 보며 의사에게 물었다.

"어떻게 된 일입니까?"

의사는 난처한 듯이 말했다.

"모르겠습니다. 알렉 경. 사고가 났다는 익명의 전화를 받고 와 보니 부인께서 침실 바닥에 쓰러져 있었습니다. 부인의 무릎이 큰 못으로 마룻바닥에 박혀 있었습니다."

알렉은 눈을 감고 치미는 구토를 가까스로 참았다. 쓰디쓴 액체가 목구멍으로 치밀어 올랐다.

"물론, 가능한 한 손을 쓰겠습니다만 각오는 해두는 편이 좋으리라 생각합니다. 부인은 두 번 다시 걷지 못할 겁니다."

알렉은 호흡이 멎는 것만 같았다. 그는 구급차로 걸어갔다.

의사가 말했다.

"강한 진정제를 놓았습니다. 당신을 몰라볼 것입니다."

알렉은 의사의 말을 듣지 못했다. 그는 구급차에 올라타 접는 의자에 앉아서 물끄러미 아내를 내려다보았다.

뒷문이 닫히고 사이렌이 울리며 구급차가 움직이기 시작한 것도 의식하지 못했다. 그는 비비안의 차가운 손을 쥐었다. 그러자 그녀가 가만히 눈을 떴다.

"알렉!"

비비안이 착 가라앉은 희미한 목소리로 말했다.

알렉의 눈이 눈물로 넘쳐 있었다.

"오 달링, 달링……."

"두 사나이가…… 마스크를 하고…… 나를 누르고…… 내 발을 부러뜨렸어요…… 이젠 춤도 추지 못하겠죠…… 불구자가 됐어요! 알렉, 그런 나라도 괜찮겠어요?"

그는 비비안의 어깨에 얼굴을 묻고 울었다. 절망의 눈물이었다. 그러나 그의 슬픔에는 다른 무엇이 섞여 있었다. 그것은 알렉 자신도 감히 인정하기 힘든 감정이었다. 그것은 일종의 안도감이었다. 비비안이 불구가 되면 그는 그녀의 시중을 들 수 있게 되고, 그녀가 그를 버리고 다른 사나이들 곁으로 달려갈 염려가 절대로 없을 테니까…….

그러나 알렉은 이것이 끝이 아니라는 것을 알고 있었다. 그들의 마음이 이 정도로 풀리지는 않을 것이다.

이것은 경고일 뿐이었다. 그들의 손에서 풀려나기 위해서는 그들이 바라는 것을 주는 수밖에 도리가 없었다.

그것도 곧…….

살인자

취리히

12월 4일, 목요일

취리히 경찰서의 형사계에 전화가 걸려온 것은 정각 12시였다. 전화는 슈미트 총경 앞으로 돌려졌다. 총경은 얘기를 끝내고 맥스 호르닝 형사를 찾았다.

그는 맥스에게 말했다.

"모두 끝났다. 로페 사건은 해결되었어. 범인을 찾아냈어. 자네는 당장 공항으로 나가게. 비행기 시간이 얼마 남지 않았으니까."

맥스는 눈을 깜빡거리며 그를 처다보았다.

"어디를 가란 말씀입니까?"

"베를린에……."

슈미트 총경은 엘리자베스 윌리엄스에게 전화를 걸었다.

"좋은 소식입니다. 이제 당신에게는 보디가드가 필요 없게 되었습니다. 범인이 체포되었으니까요."

엘리자베스는 어느새 수화기를 움켜잡고 있었다. 얼굴이 없는 적의 이름을 드디어 알 수 있게 된 것이다.

"누굽니까?"

"월터 가스너입니다."

자동차는 반제 쪽을 향해 고속도로를 달리고 있었다. 맥스는 뒷좌석에 바게만 경감과 나란히 앉아 있었고, 앞에는 두 명의 형사가 앉아 있었다. 그들은 템펠호프 공항에서 맥스를 맞이했고, 바게만 경감이 자동차 안에서 상황을 설명했다.

"집은 포위되어 있네. 그래도 덮치는 것은 신중히 해야 하네. 범인이 부인을 인질로 잡고 있으니까 말일세."

그러자 맥스가 물었다.

"어떻게 월터 가스너가 범인이란 것을 알아냈습니까?"

"자네 덕분일세. 그래서 자네도 체포 현장을 보고 싶을 거라고 생각했네."

맥스는 이해가 되지 않았다.

"제 덕분이라뇨?"

"자네가 월터가 다닌 정신과 병원 얘기를 해주었지 않나. 그래서 내가 가스너의 인상착의를 작성해서 다른 정신과 의사에게 돌렸더니, 그가 6명의 정신과 의사를 찾아가 상담했다는 사실을 알아냈네. 각 의사한테 서로 다른 이름을 사용하고, 마지막에는 도망을 쳤다네. 그는 자신의 병이 얼마나 중한지를 알고 있었네. 2개월 전에 그의 부인이 전화로 도움을 요청해서 우리 직원이 조사하러 갔지만, 부인은 아무 일이 없는 것처럼 그를 돌려보냈더군."

그들은 고속도로에서 샛길로 들어섰다. 가스너의 집까지 가려면 앞으로 2, 3분 정도 더 걸렸다.

"오늘 아침에 프라우 멘들라는 청소부에게서 전화가 걸려 왔네. 월요일에 가스너 집에 청소하러 갔다가 침실에 갇혀 있는 가스너 부인과 얘기를 했다더군. 가스너 부인이 말하기를 남편이 두 아이를 살해하고, 자기도 살해하려고 한다고 했다네."

맥스는 눈을 깜빡거리며 듣고 있었다.

"월요일에 그 얘기를 들었는데, 왜 그 청소부는 오늘 아침까지 전화를 걸지 않았을까요?"

"멘들라는 여러 가지 전과를 갖고 있네. 그래서 경찰이 두려웠던 거지. 어젯밤에 남자친구에게 그 얘기를 하고 둘이서 상의한 끝에 오늘 아침에 전화를 한 거야."

그들은 이제 반제로 들어섰다. 차는 가스너 저택에서 한 블록 앞의, 차체에 아무런 표시도 없는 자동차 뒤에 세워졌다. 그 자동차에서 한 남자가 급히 내려 바게만 경감과 맥스 쪽으로 걸어왔다.

"그는 아직 집 안에 있습니다. 집은 완전히 포위되어 있습니다."

"부인이 아직 살아 있는지 어떤지 알고 있나?"

그 사나이는 망설였다.

"모릅니다. 블라인드가 전부 내려져 있어서요."

"알았네. 조용히, 그리고 신속하게 행동하게. 각자의 위치로, 5분 안에……."

그 남자는 황급히 사라졌다.

바게만 경감은 자동차 안에 손을 뻗어 휴대용 무전기를 꺼냈다. 그리고 빠른 목소리로 명령을 내리기 시작했다.

맥스는 듣고 있지 않았다. 그는 몇 분 전에 바게만 경감이 말한 것을 생각하고 있었다. 그로서는 도저히 이해가 되지 않았다. 그러나 바게만 경감한테 물어볼 시간도 없었다. 경찰들은 가로수나 관목 뒤에 몸을 숨기면서 집 쪽으로 접근해가고 있었다.

바게만 경감이 뒤돌아보며 맥스에게 말했다.

"올 건가, 호르닝?"

맥스에게는 마치 한 무리의 군대가 정원에 침입해 들어가는 것처럼 생각되었다. 일부 경찰들은 망원경이 부착된 라이플을 들고 방탄조끼를 입고 있었다. 다른 사람들은 총신이 짧은 최루탄 총을 들고 있었다.

작전은 수학적인 정확성을 가지고 추진되었다. 바게만 경감의 신호로 최루탄이 1층과 2층 창으로 일제히 발사되었다. 그와 동시에 가스마스크를 쓴 경찰들이 바깥문과 안쪽 문을 부쉈다. 그 뒤로 권총을 겨냥한 형사들이 뛰어 들어갔다.

맥스와 바게만 경감이 활짝 열린 현관으로 뛰어 들어갔을 때 홀은 자극성 연기로 가득 차 있었지만, 그것은 열린 문들로 금방 빠져나갔다. 두 명의 형사가 월터 가스너에게 수갑을 채우고 그를 끌어냈다. 가스너는 파자마 차림이었고 덥수룩하게 수염이 난 여윈 얼굴이었으며 눈꺼풀은 부어 있었다.

맥스는 가스너를 뚫어져라 처다보았다. 실제로 그를 보는 것은 이것이 처음이었다. 어찌된 일인지 맥스에게는 그가 진짜 월터 가스너가 아닌 것처럼 생각되었다. 숫자에 의혜 그 생활이 묘사된, 컴퓨터 속의 또 한 사람의 월터 가스너 쪽에 더 현실감이 있었다. 어느 쪽이 가짜이고, 어느 쪽이 진짜일까?

바게만 경감이 말했다.

"가스너 씨, 당신을 체포합니다. 부인께서는 어니 세십니까?"

월터 가스너는 쉰 목소리로 말했다.

"여기엔 없소. 나가버렸소. 나는……."

이층에서 문을 억지로 여는 소리가 들려왔다. 잠시 후에 형사가 아래층을 향해 소리쳤다.

"찾아냈습니다! 방에 갇혀 있었습니다!"

형사가 몸을 떨고 있는 안나 가스너를 부축하면서 계단 위에 나타났다. 그녀의 머리칼은 흐트러져 있었고, 지저분한 얼굴에 눈물 자국이 가득했다. 그녀는 계속 훌쩍거렸다.

안나가 말했다.

"이젠 살았어요. 당신들 덕분이에요. 와 줘서 고마워요!"

형사는 그녀를 데리고 사람들이 모여 있는 넓은 홀로 내려갔다.

안나 가스너는 얼굴을 들고 남편을 보더니 쉿소리를 냈다.

바게만 경감이 말했다.

"이젠 괜찮습니다. 부인. 이제 저 사람은 당신한테 아무 짓도 할 수가 없어요."

"아이들을, 저 사람이 제 아이들을 죽였어요! 죽였다고요!"

그녀는 지쳐 있었고, 신경질적으로 소리쳤다.

맥스는 월터 가스너의 얼굴을 지켜보고 있었다. 그는 완전히 체념한 표정으로 아내를 바라봤다. 기세가 꺾이고 기운이 없어 보였다.

그는 작은 목소리로 말했다.

"안나, 오, 안나……."

바게만 경감이 상투적인 목소리로 설명하기 시작했다.

"당신은 질문에 대해 침묵할 권리, 변호사를 부를 권리가 있습니다. 하지만 당신 자신을 위해서라도 우리에게 협력해주시기 바랍니다."

월터는 듣고 있지 않았다.

"왜 경찰을 불렀지, 안나? 왜! 우리는 행복하게 살고 있었잖아."

맥스의 말에 안나 가스너가 외쳤다.

"아이들이 죽었어요! 죽어버렸다고요!"

바게만 경감은 월터 가스너에게 물었다.

"정말입니까?"

"그래요…… 죽었어요."

월터는 고개를 끄덕였다. 그의 눈은 생기가 없어서 마치 노인의 눈 같이 보였다.

"살인자! 살인마!"

아내가 울부짖었다.

"시체를 보고 싶군요. 보여주시겠습니까?"

월터 가스너는 흐느끼고 있었다. 눈물이 두 뺨에 주르르 흘렀다. 그는 말을 할 수가 없었다.

바게만 경감이 다시 물었다.

"시체는 어디에 있습니까?"

대답한 것은 맥스였다.

"아이들은 성바오로 성당의 묘지에 매장되어 있습니다."

그러자 거기에 있던 사람들이 일제히 맥스 쪽으로 고개를 돌렸다

"5년 전에 죽었습니다."

맥스가 덧붙여 설명했다.

"살인자!"

안나 가스너는 남편에게 악을 썼다. 그녀의 눈은 불타고 있었다.

믿을 수 없는 일

추운 겨울밤의 장막이 내려와 짧은 황혼을 지워버렸다. 마침 내리기 시작한 눈이 바람에 날려 거리를 뒤덮고 있었다.

로페 앤드 선즈사의 빌딩 사무실엔 인기척이 없었고, 각 방의 불이 담황색 달처럼 어둠 속에서 빛나고 있었다.

엘리자베스는 사무실에서 늦게까지 일을 하면서, 회의 때문에 제네바에 간 리스 윌리엄스가 돌아오기만을 기다리고 있었다.

직원들은 훨씬 전에 퇴근하고 없었다.

엘리자베스는 기분이 가라앉지 않아서 마음을 집중시킬 수가 없었다. 월터와 안나의 일이 마음속에서 떠나지 않았다.

그녀는 월터와 처음 만났을 때의 일을 떠올렸다. 월터는 핸섬하고, 아직 소년티가 남아 있는 얼굴로 안나에게 푹 빠져 있었다. 혹은 그런 체하고 있었다.

월터가 그런 무시무시한 일을 저질렀다고는 믿을 수 없었다. 엘리자베스는 안나에게 동정이 갔다. 그녀는 안나에게 여러 번 전화를 걸어보았지만 받지 않았다. 베를린에 가서 될 수 있는 한 안나를 위로해 주어야겠다고 생각했다.

그때 전화벨이 울렸다. 엘리자베스는 깜짝 놀랐으나 천천히 수화기를 집어 들었다. 상대방은 알렉이었다. 엘리자베스는 알렉의 목소리를 듣자 너무도 반가웠다.

"월터에 대한 얘기 들었니?"

알렉이 물었다.

"네. 무서운 일이에요. 믿을 수가 없어요."

"믿어서는 안 돼, 엘리자베스."

그녀는 자기 귀를 의심했다.

"왜요?"

"어쨌든 믿어서는 안 된다. 월터에게는 죄가 없으니까."

"경찰 얘기로는……."

"그들이 잘못 짚은 거야. 월터는 너의 아버지와 내가 제일 먼저 조사해보았지만, 의심할 여지가 없었다. 월터는 우리가 찾고 있는 인물이 아니야."

엘리자베스는 머리가 혼란해서 잠시 수화기를 응시했다.

'월터는 우리가 찾고 있는 인물이 아니야.'

엘리자베스는 마음속으로 그 말을 되뇌어 보았다.

"그게 무슨 얘기인지 저는 이해가 되지 않는군요."

알렉은 주저하면서 대답했다.

"전화로 이런 얘기를 하기는 곤란하지만 엘리자베스, 너와 단둘이 얘기할 기회가 없었구나."

"무슨 얘긴데요?"

알렉이 설명하기 시작했다.

"1년 전부터 누군가가 우리 회사에 방해 행위를 해왔단다. 남아메리카의 공장에서 폭발사고가 일어나고, 특허를 훔쳐가고, 극약 라벨을 잘못 붙이거나 하는 사건이 일어났지. 지금 자세하게 얘기할 수는 없지만, 나는 너의 아버지를 만나 외부의 조사기관에 의뢰해서 이 사건의 배후에 있는 인물을 찾아낼 것을 제안했다. 그리고 이 사건에 대해서는 다른 사람에게 얘기하지 않기로 약속했지."

마치 지구가 갑자기 정지하고, 시간이 멈춰버린 것 같았다. 전에 경험한 적이 있는 것 같은 묘한 착각이 엘리자베스를 감쌌다. 수화기에는 알렉의 말이 들려오고 있었지만, 엘리자베스가 듣고 있는 것은 리스의 목소리 같았다.

'1년 전부터 로페 앤드 선즈에 대한 방해 행위가 계속되고 있어. 매우 교묘하게 하고 있기 때문에 마치 사고처럼 보이거든. 그런데 나는 그것이 일정한 패턴이 있다는 것을 알았어. 나는 아버지한테 그 이야기를 했고, 아버지는 외부기관에 조사를 의뢰하게 되었지.'

알렉의 목소리는 계속되고 있었다.

"보고서가 완성되어 너의 아버지는 그것을 갖고 샤모니로 왔어. 우리는 그 건에 관해서 전화로 얘기를 나누었단다."

엘리자베스의 귀에는 계속해서 리스의 목소리가 들려오고 있었다.

'샘 로페는 그 건으로 상담하고 싶으니 함께 샤모니에 가달라고 했어. 우리는 방해 행위를 하고 있는 것이 누구인지 알 때까지 그것을 두 사람만의 가슴에 묻어두기로 했지.'

엘리자베스는 숨이 가빠지는 것을 느꼈다. 입을 열었을 때 그녀는 될 수 있는 한 목소리가 자연스럽게 들리도록 노력했다.

"알렉, 혹시 누군가가…… 당신과 아버지 외에 누군가가 그 보고서에 대한 것을 알고 있었던 건 아닐까요?"

"아무도 모를 거야. 알려지지 않도록 주의했으니까. 네 아버지 얘기로는, 보고서에 범인은 회사의 윗자리에 있는 사람이라고 쓰여 있었던 모양이더라."

'윗자리에 있는 사람. 리스는 형사의 추궁을 받기 전까지는 샤모니에 갔다는 것을 입 밖에 내지 않았어.'

엘리자베스는 천천히 말을 끌면서 물었다.

"아버지가 리스에게 말한 적은 없을까요?"

"없을 거야. 어째서 그런 생각을……."

'리스가 보고서의 내용을 알 수 있는 방법은 한 가지밖에 없어. 그가 보고서를 훔친 거야. 그가 샤모니에 간 이유는 한 가지, 즉 아버지를 살해하러 간 거지.'

알렉의 그 다음 이야기는 엘리자베스에게 들리지 않았다. 귓속이 윙윙거려서 무슨 말인지 알 수가 없었다.

엘리자베스는 수화기를 내려놓았지만, 머리가 어질어질했다. 그녀는 자기를 둘러싸고 있는 공포를 쫓아내려고 했다. 그녀의 마음속에는 갖가지 혼란된 이미지가 뒤죽박죽 섞여 있었다.

사르데냐에서 지프 사고가 났을 때, 그녀는 리스에게 사르데냐에 가 있다는 전언을 남겼었다.

엘리베이터가 추락했던 날 밤에도 리스는 이사회 회의에는 참석하지 않았지만, 나중에 그녀와 케이트만 남아 있을 때 모습을 나타냈다.

"뭐 도와드릴 거라도 없는지 해서……."

그러고 나서 얼마 지나지 않아 그는 빌딩에서 나섰다.

'정말 왜 그때 나갔을까?'

엘리자베스는 부들부들 떨기 시작했다. 뭔가 잘못된 것이 틀림없었다.

'리스는 아니야. 그럴 리가 없어!'

그녀는 마음속으로 외쳤다.

엘리자베스는 책상에서 일어나 휘청거리는 발걸음으로 리스의 사무실로 통하는 문을 열고 들어갔다. 방은 캄캄했다. 그녀는 불을 켜고 무심코 방 안을 둘러보았다. 그녀는 리스의 유죄에 대한 증거가 아니라, 무죄에 대한 증거를 찾고 있었다.

그녀가 사랑하는 남자, 자신을 안고 사랑의 행위를 하던 남자가 냉혹한 살인자라고 생각하는 것은 견딜 수 없는 고통이었다.

리스의 책상 위에는 스케줄 장부가 놓여 있었다. 엘리자베스는 그것을 열고 페이지를 넘겨, 9월의 그 시프 사고가 있던 주말 페이지까지 거슬러 올라갔다.

그 날짜에는 '나이로비'라고 기입이 되어 있었다. 그가 거기에 갔는지 알기 위해서는 패스포트를 조사해볼 필요가 있었다. 그래서 엘리자베스는 리스의 책상 위에서 뭔가를 찾기 시작했다. 좀 꺼림칙한 기분이 들었지만, 뭔가 무죄를 증명할 수 있는 것이 있을 것 같았다.

리스의 책상 맨 아래 서랍에는 자물쇠가 채워져 있었다. 엘리자베스는 망설였다. 그녀는 자기에게 그것을 열어볼 권리가 없다는 것을 알고 있었다. 그 금지된 경계선을 넘어서는 것은 신뢰에 대한 배반이고, 돌이킬 수 없는 결과를 초래하게 된다. 서랍을 열어봤다는 것을 리스가 알게 될 것이고, 그녀는 그 이유를 설명하지 않으면 안 된다.

그래도 엘리자베스는 알고 싶었다. 그녀는 책상 위에 있던 종이 자르는 칼을 집어 들어 자물쇠를 부쉈다. 나무 부분에 흠이 생겼다.

서랍 속에는 서류와 메모가 가득 들어 있었다. 그녀는 그것을 모두 꺼냈다. 여자 글씨로 쓰인 리스 윌리엄스 앞으로 보낸 봉투가 있었다.

소인을 보니 며칠 전에 파리에서 부친 것이었다.

엘리자베스는 잠시 망설이다가 그것을 뜯었다. 엘렌에게서 온 편지였다. 편지는 사랑한다는 말로 시작되고 있었다.

'전화로 연락하려고 했지만 통화가 안 되더군요. 계획을 세우기 위해 다시 한 번 급히 만나 뵙고 싶어요.'

엘리자베스는 끝까지 읽지 않았다.

그녀의 눈은 서랍 속의 도둑맞았던 보고서에 눈길이 갔다.

샘 로페 귀하

극비 문서

엘리자베스는 갑자기 방이 빙글빙글 돌아가는 것 같은 느낌이 들어 책상의 가장자리를 붙잡고 몸을 지탱했다. 그리고 멍하니 선 채 눈을 감고 현기증이 가라앉을 때까지 기다렸다.

지금 범인의 얼굴이 드러났다. 그것은 다른 누구도 아닌 바로 그녀의 남편이었다.

정적은 멀리서 들려오는 집요한 전화벨 소리에 의해 깨졌다. 엘리자베스는 그 소리가 어디서 울리고 있는지 깨닫기까지는 잠시 시간이 걸렸다. 그녀는 천천히 자기 사무실로 돌아갔다. 그리고 수화기를 집어 들었다. 전화는 로비의 수위한테 걸려온 것이었는데, 그의 목소리는 들떠 있었다.

"아직도 사무실에 계신지 확인하기 위해서 전화 드렸습니다. 미세스 윌리엄스. 윌리엄스 씨께서 그쪽으로 가시겠답니다."

'또 다른 사고가 일어나겠군.'

리스가 회사를 지배하는 데 방해가 되는 것은 그녀의 생명뿐이었다. 그녀는 리스와 얼굴을 맞대고 아무 일도 없었던 것처럼 행동할 수는 없었다. 그녀의 얼굴을 보자마자 그는 알아챌 것이다.

도망쳐야 한다. 엘리자베스는 앞뒤를 분간할 사이도 없이 두려움에 쫓겨 핸드백과 코트를 집어 들고 사무실에서 나왔다. 그러다 그녀는 곧 멈춰 섰다. 뭔가 잊은 것이 있었다. 패스포트였다. 그녀는 리스로부터 멀리 떨어진 곳으로, 그가 찾아낼 수 없는 곳으로 가지 않으면 안되었다.

엘리자베스는 서둘러 책상으로 돌아와 자신의 패스포트를 찾아들고 복도로 달려 나왔다. 그녀의 심장은 파열할 것처럼 뛰고 있었다. 사장 전용 엘리베이터의 표시판 램프가 위로 움직여 오고 있었다.

8······9······10······

엘리자베스는 필사적으로 계단을 뛰어 내려가기 시작했다.

악몽

이탈리아 본토와 사르데냐 섬 사이에는 페리호가 취항하고 있어서 승객이나 자동차를 실어 나르고 있었다.

엘리자베스는 렌터카로 배에 올라타 다른 수십 대의 자동차 속으로 끼어들어갔다. 공항에서는 승객 명부를 작성하지만 페리호에서는 이름을 알리지 않아도 되었다.

엘리자베스는 휴일을 이용해 사르데냐 섬으로 건너가는 100명 정도의 승객 가운데 한 사람이었다.

그녀는 미행당하고 있을 리가 없다고 믿고 있었지만, 그래도 공포감으로 가득 차 있었다.

리스는 이미 도중에 그만둘 수 없는 곳끼지 깊이 빠져 있을 것이다. 그녀는 그런 리스의 정체를 폭로할 수 있는 유일한 사람이었다. 그는 그녀를 없애버릴 것이다.

그녀는 회사 빌딩에서 뛰쳐나오자 막상 어디로 가야할지 막막했다. 단지 취리히로부터 도망쳐 어딘가로 모습을 감추어야만 한다는 것, 리스가 체포될 때까지 자기 몸은 안전하지 않다는 것만을 그녀는 생각하고 있었다.

'사르데냐가 좋겠어.'

그것은 엘리자베스가 맨 처음 생각해낸 장소였다. 그녀는 소형차를 빌려 이탈리아로 통하는 자동차 도로 옆의 전화박스 옆에서 차를 멈춰 알렉에게 전화를 걸었다. 그는 자리에 없었다. 엘리자베스는 사르데냐로 전화를 걸어달라는 부탁을 해두었었다. 맥스 호르닝 형사와도 연락이 되지 않아 똑같은 전언을 부탁해두었다.

그녀는 사르데냐의 별장으로 갈 작정이었다. 그러나 이번에는 외톨이가 아니었다. 경찰이 그녀를 지켜줄 것이다.

페리호가 올비아에 닿았을 때, 엘리자베스는 경찰에 갈 필요가 없다는 것을 알았다.

엘리자베스가 페라로 서장과 함께 지프를 보러 갔을 때 그녀를 데려다주었던 캄파냐 형사가 나타났던 것이다. 형사는 급한 걸음으로 엘리자베스의 차로 다가와 말했다.

"미세스 윌리엄스, 부인의 일을 몹시 걱정하고 있던 참입니다."

엘리자베스는 깜짝 놀라며 그의 얼굴을 쳐다보았다.

"스위스 경찰로부터 전화가 왔었습니다."

캄파냐는 설명했다.

"당신을 찾아달라는 의뢰가 있었습니다. 그래서 모든 항구와 공항을 감시하고 있었습니다."

엘리자베스는 그가 너무 고마웠다. 맥스 호르닝이 그녀를 수배했던 것이다. 그리고 엘리자베스가 남긴 전갈을 받은 것이다. 캄파냐 형사는 그녀의 지치고 야윈 얼굴을 바라보았다.

"제가 운전할까요?"

"부탁할게요."

그녀는 조수석으로 옮겨 앉고, 키 큰 형사가 핸들을 쥐었다.

"어디로 가시겠습니까? 경찰서입니까, 별장입니까?"

"별장이 좋겠어요. 누군가가 함께 있어 준다면요. 혼자 있고 싶지 않아요."

캄파냐는 믿음직스럽게 고개를 끄덕였다.

"걱정 마십시오. 충분한 경비를 하라는 명령을 받았습니다. 오늘 밤은 제가 별장에서 대기하겠습니다. 그리고 별장 내의 드라이브웨이에 무선차를 대기시키겠습니다. 아무도 부인께 접근할 수 없을 겁니다."

그의 자신 있는 말투에 엘리자베스는 안심이 되었다.

캄파냐 형사는 기가 막힌 운전 솜씨로 올비아의 좁고 꼬불꼬불한 길을 질주하여 코스타 스메랄다로 통하는 산길을 올라갔다.

엘리자베스로서는 지나치는 모든 곳이 리스를 생각나게 해주었다.

"제 남편에 관해 뭔가 들은 얘기 없나요?"

캄파냐 형사는 언뜻 그녀에게 동정의 눈길을 돌린 다음, 다시 도로 쪽을 바라보았다.

"그는 도망쳤습니다. 하지만 멀리 가지는 못했을 겁니다. 내일 아침까지는 체포될 겁니다."

엘리자베스는 안도해야 할 처지인데도 불구하고 그 말에 심한 고통을 느꼈다. 리스는 엘리자베스를 악몽 속으로 몰아넣었지만, 지금은 사기가 꾸며놓은 악몽에 빠져들어 필사적으로 몸부림치고 있다.

그녀는 진정으로 리스를 믿고 있었다. 진심으로 그의 친절과 상냥함과 사랑을 믿고 있었다!

그녀는 몸을 떨었다.

"추우십니까?"

"아뇨, 괜찮아요."

그녀는 뜨거운 바람이 차 안을 스치고 지나가는 것 같아서 초조했다. 처음에 그녀는 자기 기분 탓인 줄 알았지만 캄파냐 형사가 말했다.

"시로코가 불어 닥친다는 예고가 있었습니다. 오늘 밤은 바쁘게 되었습니다."

엘리자베스는 그 말의 의미를 알 수 있었다. 시로코는 인간이나 동물의 머리를 이상하게 만들었다. 사하라 사막에서 불어오는 바람은 뜨겁고 건조했다. 게다가 모래알이 섞여 날카롭게 기분 나쁜 소리를 내며 이상하리만큼 신경의 평형을 잃게 했다.

시로코가 불 동안은 어느 때보다 훨씬 많은 범죄가 발생하기도 했다. 그래서 판사들은 그때 일어난 범죄자들에게는 관대한 조치를 취하곤 했다.

한 시간쯤 뒤, 어둠 속에서도 별장이 눈에 들어왔다. 이윽고 캄파냐 형사는 드라이브웨이에서 차고로 차를 몰고 들어가 엔진을 껐다. 그는 엘리자베스 쪽으로 돌아와 문을 열어주었다.

"윌리엄스 부인, 제 뒤를 바짝 붙어서 따라오세요. 만약을 위해서 말입니다."

"네."

그들은 어둠에 감싸인 별장으로 향했다.

"그는 이곳에 와 있지 않지만 방심할 수는 없습니다. 열쇠를 빌려주시겠어요?"

엘리자베스는 열쇠를 건네주었다. 그는 그녀를 살며시 문 옆으로 비켜서게 하고는 한쪽 손을 권총으로 가져가면서 열쇠를 들이밀어 문을 열었다. 그리고 안으로 들어서면서 찰칵 하고 전기 스위치를 넣었다. 순간 홀은 밝은 빛으로 가득 찼다.

"집 안을 안내해주시겠습니까?"

캄파냐 형사가 말했다.

"모든 방을 조사하고 싶습니다. 괜찮겠습니까?"

"네."

그는 집 안을 살피기 시작했다. 형사는 여기저기 불을 켜보았다. 구석구석 붙박이장 속까지 들여다보았으며, 창문과 문이 잠겨 있는지도 확인했다.

집 안에는 두 사람 외에는 아무도 없음이 확인되었다. 1층 거실로 돌아왔을 때 형사가 말했다.

"미안합니다. 본부에 전화를 걸어야겠습니다만……."

"네, 사용하세요."

엘리자베스는 그를 전화가 있는 서재로 안내했다.

"캄파냐 형사입니다. 저희들은 별장에 있습니다. 오늘 밤에는 이곳에서 머물겠습니다. 순찰차를 저택 내의 드라이브웨이 입구에 대기시켜주십시오."

그는 잠시 상대의 얘기를 듣고 나서 이렇게 말했다.

"약간 피곤하신 것 같지만, 부인은 건강하십니다. 나중에 다시 연락하겠습니다."

그는 수화기를 내려놓았다.

엘리자베스는 의자에 깊숙이 몸을 파묻었다. 그녀는 흥분해서 마음을 가라앉힐 수가 없었다.

엘리자베스는 내일이 오는 것이 두려웠다. 그녀는 무사할지 모르지만 리스는 죽거나 구속될 것이다. 그의 갖가지 나쁜 짓에도 불구하고 그런 것을 생각하는 것만으로도 견딜 수 없었다.

캄파냐 형사는 걱정스러운 얼굴로 엘리자베스를 바라보았다.

"커피라도 한 잔 마시고 싶군요. 부인은 어떻습니까?"

그녀는 고개를 끄덕였다.

"제가 커피를 끓이죠."

그녀는 일어서려고 했다.

"앉아 계세요, 윌리엄스 부인. 이래뵈도 제가 커피를 끓이는 데는 일가견이 있습니다. 세계 제일이라는 제 아내의 감정서가 붙어 있다니까요."

엘리자베스는 살며시 웃었다.

"고마워요."

그녀는 다시 의자에 몸을 묻었다. 그녀는 이제까지 자신이 너무 감정적이며 사물을 보는 시각이 잘못되어 있었다는 것을 비로소 깨달았다. 알렉과 전화를 하고 있는 동안만 해도 무슨 착오나 말 못할 사정이 있을 거라고 생각했다. 리스는 아무 죄도 없을 것이라고 믿고 있었음을 스스로 인정했다.

도망치면서도 그녀는 리스가 그런 잔인한 짓을 할 리가 없다, 그가 아버지를 죽이고 자기와 섹스를 하고, 거기다 자기를 죽이려고 획책했을 리가 없다, 괴물이 아닌 이상 그런 짓을 할 리가 없다는 생각을 계속하고 있었다. 희미하게나마 희망의 불씨를 간직하고 있었던 것이다. 하지만 그것은 캄파냐 형사의 말 한마디에 완전히 사라지고 말았다.

'그는 도망쳤습니다. 하지만 멀리 가지는 못했을 겁니다. 내일 아침까지는 체포될 겁니다.'

그녀는 그 일을 생각하는 것은 견딜 수가 없었다. 그리고 다른 것은 생각할 수도 없었다.

리스는 언제부터 회사를 빼앗으려고 획책했을까? 스위스의 기숙사에서 혼자 쓸쓸하게 지내던 감수성이 예민한 15세의 소녀와 만났을 때부터였을까? 그때 그는 자신을 이용하여 아버지를 제쳐놓을 방법을 생각했을 것이 틀림없다.

그것은 그에게는 아주 손쉬운 일이었다. '맥심'에서의 식사와 거침 없던 기나긴 대화, 그리고 그의 매력…….

리스는 인내심이 강했다. 그녀가 어엿한 여자가 될 때까지 기다리고 있었다. 리스는 그녀에게 구혼할 필요조차 없었던 것이다. 결국 그녀가 그에게 구혼했던 것이다.

그는 얼마나 그녀를 비웃었을까. 엘렌과 둘이서 말이다. 두 사람이 한패가 되어 음모를 꾸몄을까? 리스는 지금 어디에 있을까? 경찰은 그를 발견하면 죽여버릴까?

엘리자베스는 미친 듯이 흐느껴 울었다.

"부인……."

캄파냐 형사가 커피를 들고 와서 그녀 옆에 서 있었다.

"자, 드세요. 기분이 나아질 겁니다."

엘리자베스는 그에게 미안하다고 사과했다.

"전 항상 이렇지는 않아요."

그는 상냥하게 말했다.

"부인께서는 훌륭하신 분입니다."

엘리자베스는 뜨거운 커피를 한 모금 마셨다. 그가 그 속에 뭔가를 넣은 모양이었다.

그녀가 얼굴을 들었을 때 캄파냐는 싱긋 웃었다.

"스카치를 약간 넣어도 좋겠다고 생각했습니다."

그는 무언의 배려를 베풀어주었다. 그리고 그녀와 마주앉았다. 엘리자베스는 그가 함께 있어주는 것이 고마웠다. 이곳에 도저히 혼자 있을 수는 없었다.

리스가 어떻게 되었는지, 그가 죽었는지 살았는지 알 수 있을 때까지 여기서 혼자 견뎌낼 수 없을 것 같았다. 그녀는 커피를 모두 마셨다.

캄파냐 형사는 손목시계를 보았다.

"이제 곧 순찰차가 올 것입니다. 두 사람이 하룻밤 내내 경계에 임할 것입니다. 전 계속 1층에 있겠습니다. 2층 침실에서 쉬시는 것이 어떻겠습니까?"

엘리자베스는 치를 떨었다.

"잘 수가 없어요."

그녀는 심한 무력감에 빠져 있었다. 오랫동안 극심한 긴장 상태에서 운전을 한 영향이 드디어 나타난 것이다.

"좀 쉬도록 할까요?"

그녀는 겨우 말했다. 그 말을 하는 것조차 귀찮았다.

엘리자베스는 침대에 누워서도 졸음과 싸우고 있었다. 리스는 쫓기고 있는데 자기는 잠을 잔다는 것이 어쩐지 죄스럽게 생각되었다.

엘리자베스는 그가 어딘가 차갑고 어두운 거리에서 저격당해 쓰러지는 모습을 그려보며 치를 떨었다. 그녀는 눈을 뜨고 있으려고 애썼지만 눈꺼풀이 납덩이처럼 무거웠다. 눈을 감자마자 그녀는 뭔가 무의식의 푹신한 쿠션 속에 가라앉는 듯한 느낌이 들었다.

한참 뒤 그녀는 비명소리에 잠이 깼다.

검은 그림자

엘리자베스는 침대에서 몸을 일으켰다. 무슨 소리인지 알 수 없었지만, 심장이 마구 뛰었다.

그때 또다시 소리가 들렸다. 누군가가 죽음의 고통 속에서 울부짖는 듯한 기분 나쁘고 날카로운 절규가 창밖에서 들려오는 것 같았다.

엘리자베스는 일어나서 비틀거리며 창가로 다가가 밖을 내다보았다. 밖은 차가운 겨울 달에 비쳐 한 폭의 그림 같은 광경이 펼쳐져 있었다.

잎이 떨어진 나무들이 하늘에 검은 그림자를 드리운 채 강한 바람에 세차게 흔들리고 있었고, 그 아래쪽에서는 바다가 성난 파도를 일으키고 있었다.

또다시 외침 소리가 들려왔다.

엘리자베스는 그것이 바위소리라는 것을 깨달았다. 시로코 폭풍이 바위 사이를 지나가면서 무시무시하고 날카로운 소리를 내고 있었다. 엘리자베스에게는 그것이 마치 자기에게 도움을 요청하는 리스의 애원처럼 들렸다. 그녀는 견딜 수가 없어서 손으로 귀를 틀어막았지만, 소리는 사라지지 않았다.

엘리자베스는 침실 문 쪽으로 걸어갔다. 왠지 온몸에 힘이 쭉 빠졌고 머리는 피로 때문에 몽롱했다. 그녀는 복도로 나가서 계단을 내려갔다.

마약이라도 먹은 것처럼 의식이 몽롱해서 캄파냐 형사를 부르려고 했지만, 쉰 목소리밖에 나오지 않았다.

엘리자베스는 쓰러지지 않으려고 애쓰면서 계단을 내려갔다.

"캄파냐 형사님!"

그녀는 큰 소리로 그를 불렀다.

대답이 없었다. 엘리자베스는 비틀거리면서 거실로 갔다. 그의 모습은 어디에도 없었다. 그녀는 가구를 붙잡고 몸을 의지하면서 방에서 방으로 그를 찾아 돌아다녔다.

캄파냐 형사는 집 안에 없었다. 그녀는 혼자였다.

엘리자베스는 혼란한 상태로 복도에 멈춰 서서 뭔가 생각해보려고 애썼다.

'형사는 패트롤카 경찰들과 얘기하려고 밖으로 나간 모양이야. 그래, 틀림없이 그랬을 거야.'

엘리자베스는 현관으로 가서 문을 열고 밖을 내다보았다. 아무도 없었다. 어두운 밤과 무시무시한 소리를 내는 바람만이 있을 뿐이었다. 그녀는 두려움에 떨며 서재로 돌아왔다. 경찰서에 전화를 걸어 어떻게 된 일인지 물어보려고 수화기를 들었다. 그러나 전화는 끊어져 있었다.

모든 전등이 꺼진 것은 바로 그 순간이었다.

폭풍전야

알렉의 아내 비비안은 런던의 웨스트민스터 병원의 수술실을 나왔다. 그녀는 자동차로 옮기던 중 의식을 회복한 상태였다.

수술은 8시간 걸렸다. 숙련된 외과의사들이 온갖 노력을 다 기울여 봤지만, 그녀는 두 번 다시 걸을 수 없게 되었다.

비비안은 심한 고통 속에서 의식을 회복하자 알렉을 찾았다. 그녀에게는 알렉이 필요했다. 그에게 아직도 자기를 사랑하고 있다는 다짐을 받고 싶었다. 그러나 병원 사람들은 알렉을 찾을 수 없었다.

취리히의 경찰서 통신실에 오스트레일리아로부터 인터폴의 정보가 들어왔다. 로페 앤드 선즈의 전직 직원으로, 필름을 구입했던 남자의 시체가 시드니에서 발견되었는데, 3일 전에 심장마비로 사망했고 유해는 배에 실려 고국으로 운구되었다는 내용이었다.

인터폴은 필름 구입에 관해서 아무런 정보도 입수하지 못한 상태였나. 그리고 앞으로의 지시를 기다리겠다는 말을 덧붙이고 있었다.

월터 가스너는 베를린의 한 고급 요양소에 있었다. 그는 조용한 대합실에 10시간 가까이나 꼼짝 않고 앉아 있었다. 때때로 간호사나 간병인이 얘기를 걸어주거나, 가벼운 음식이나 음료를 권했지만 월터는 그런 것들에 관심을 갖지 않았다. 그는 안나를 기다리고 있었다.

아마도 꽤 오랫동안 기다려야 할 모양이었다.

한편 오르지아타에서는 시모네타 팔라치가 전화를 받고 있었다.

"제 이름은 도나텔라 스폴리니입니다. 서로 만난 적은 없지만, 우리에게는 공통점이 많아요. 포폴로 광장의 '볼로네제'에서 식사라도 함께 하시겠어요? 내일 오후 한 시쯤이면 좋겠는데……."

시모네타는 같은 시간에 미용실에 가기로 되어 있었지만, 그녀는 미스터리를 매우 좋아했다.

"가겠어요. 그런데 어떻게 당신을 알아볼 수 있을까요?"

"저는 세 명의 아이를 데리고 나가겠어요."

르 베지네의 별장에서는 엘렌 로페 마르텔이 객실 벽난로 위에 놓여 있던 그녀 앞으로 온 편지를 읽고 있었다. 그것은 샤를이 보낸 편지였다. 그는 엘렌으로부터 도망쳤던 것이다.

'당신은 두 번 다시 나와 만날 수 없을 거요. 나를 찾지 말아줘요.'

엘렌은 편지를 갈기갈기 찢어버렸다. 그녀는 반드시 그를 만날 작정이었다. 그를 꼭 찾아내고야 말 것이다.

맥스 호르닝 형사는 로마의 레오나르도 다 빈치 공항에 있었다. 그는 2시간 전부터 사르데냐와 연락을 취하려고 했지만, 태풍 때문에 모든 통신이 두절되었다. 맥스는 또다시 공항의 매니저와 교섭을 하기 위해서 항공 사무실로 갔다.

"어떻게 해서든지 사르데냐 행 비행기를 내주시오. 거짓말이 아니오. 진짜 생사가 달린 문제란 말입니다."

그러나 매니저가 말했다.

"그거야 알고 있습니다만, 어떻게 해볼 도리가 없습니다. 사르데냐의 교통은 두절되어 있습니다. 공항은 폐쇄되어 있고, 배까지 운항이 금지되어 있습니다. 시로코 태풍이 지나갈 때까지 그 섬에는 아무도 출입할 수 없습니다."

"시로코 태풍은 언제 빠져나갑니까?"

맥스가 묻자, 매니저는 벽 쪽에 있는 대형 일기도를 바라보았다.

"적어도 앞으로 12시간 동안은 계속될 겁니다."

엘리자베스 윌리엄스는 12시간 뒤에는 살아 있을 것 같지 않았다.

보이지 않는 적

어둠은 악의로 가득차서 그녀에게 덤벼드는 보이지 않는 적을 숨겨 두고 있는 것 같았다. 엘리자베스는 자기가 완전히 그들의 손 안에 있다는 것을 깨달았다.

캄파냐 형사는 그녀가 살해되게 하려고 이곳에 데려온 것이다. 그는 리스 윌리엄스의 앞잡이였다.

엘리자베스는 맥스 호르닝 형사가 지프가 바뀌었다고 이야기하던 것이 떠올랐다.

"범인에게는 협력자가 있습니다. 그는 아마 섬을 잘 알고 있는 자일 겁니다."

캄파냐 형사는 그렇게 말했었다.

"우리는 모든 공항과 항구를 물샐 틈 없이 지키고 있었습니다."

리스는 그녀가 여기에 몸을 숨길 것을 알고 있었다.

"어느 쪽으로 갈 겁니까? 경찰서, 아니면 별장?"

캄파냐 형사는 경찰서로 그녀를 데리고 갈 생각은 없었다. 그가 전화를 건 것도 경찰서가 아니었다. 상대는 리스였던 것이다.

"우리는 별장에 있습니다."

엘리자베스는 도망쳐야겠다고 생각했지만, 이제는 그럴 힘도 없었다. 그녀는 눈을 뜨려고 애썼다. 손과 발이 무겁게 느껴졌다. 그녀는 이제야 그 이유를 깨달았다.

캄파냐 형사가 커피에 마약을 넣었던 것이다.

엘리자베스는 어두운 주방으로 들어가서 찬장을 열고 손으로 더듬어 술병을 꺼냈다. 그것을 글라스에 따르고 물을 섞어 억지로 마셨다. 그리고는 곧바로 설거지통에 토하기 시작했다. 2, 3분이 지나자 어느 정도 컨디션이 나아졌지만 아직 몸에는 힘이 없었다. 그녀의 두뇌는 움직이지 않았다. 마치 그녀의 몸 안에 있는 모든 회로가 이미 폐쇄되고 죽음의 준비를 하고 있는 것 같았다.

"이래서는 안 돼!"

엘리자베스는 자기 자신에게 소리쳤다.

"이런 식으로 죽어서는 안 돼! 싸우는 거야. 살해당할 때까지 싸우는 거야!"

그녀는 목소리를 높였다.

"리스, 어서 와서 나를 죽여보시지!"

그러나 그녀의 목소리는 속삭임에도 미치지 못할 정도였다.

엘리자베스는 방향을 바꾸어 육감에 의지하며 홀 쪽으로 걸어갔다. 그녀는 새뮤얼 할아버지의 초상화 아래에서 발을 멈추었다. 밖에서는 바람이 이상한 신음소리를 내며 그녀를 조소하고 경고하는 듯했다. 그녀는 암흑 속에 혼자 서서 공포와 맞서고 있었다.

'밖으로 나가서 리스로부터 도망칠까? 아니면 여기에 머물면서 그와 싸울까? 하지만 어떻게 싸우지?'

그녀는 자신에게 무엇인가를 말해주고 싶었지만, 아직도 마약 때문에 머리가 멍한 상태였다. 마음을 집중시킬 수가 없었다.

그녀는 간신히 생각이 떠올라서 소리 내어 말했다.

"사고로 위장하려 한 게 틀림없어."

'그놈을 저지하는 거야. 엘리자베스.'

이것은 새뮤얼 할아버지의 음성일까? 아니면 그녀의 마음속의 목소리일까?

'다 틀렸어. 너무 늦었어.'

그녀는 눈꺼풀이 감기고 얼굴이 차가운 초상화에 닿자, 그대로 잠들고 싶었다. 그러나 그녀에게는 뭔가 해야 할 일이 있었다. 그녀는 그것이 무엇인지 떠올리려고 했지만 확실하게 붙잡을 수가 없었다.

'사고처럼 보이게 해서는 안 돼. 살인처럼 보이게 해야 돼. 그렇게 하면 회사는 절대로 그의 손에 넘어가지 않을 거야.'

엘리자베스는 무엇을 해야 하는지 깨달았다. 그녀는 서재로 들어가서 스탠드를 집어 들어 거울에 던졌다. 스탠드와 거울이 순식간에 박살이 났다. 그녀는 다시 작은 의자를 집어 들어 부서질 때까지 벽에 내동댕이쳤다. 그러고 나서 이번에는 책장으로 다가가 책을 꺼내어 찢은 다음, 방마다 흩어놓았다. 전화 코드도 잡아당겨서 망가뜨려 놓았다.

'리스가 이런 꼴을 경찰에 설명하지 않으면 안 되도록 해야지. 점잖게 저세상으로 가주어서는 안 된다. 그렇게 쉽게 되지는 않을 거야. 그들이 있는 힘을 다 쏟아야 나를 저세상으로 보낼 수 있을 것이다.'

갑자기 세찬 바람이 방 안으로 불어와서 종이가 날아올랐지만 곧 잠잠해졌다. 무슨 일이 일어났는지 엘리자베스가 깨달을 때까지는 몇 초의 시간이 걸렸다.

집 안에 있는 것은 이제 그녀 혼자만이 아니었다.

레오나르도 다 빈치 공항의 화물 취급소 근처에서 맥스 호르닝 형사는 헬리콥터가 착륙하는 것을 지켜보고 있었다. 조종사가 문을 열었을 때 맥스는 이미 그 곁에 가 있었다.

"나를 사르데냐까지 태워다주지 않겠소?"

맥스가 물었다. 조종사는 그의 얼굴을 물끄러미 쳐다보았다.

"도대체 무슨 일이 있는 거요? 방금 한 사람 태워다주고 오는 길인데, 태풍이 보통이 아니라고요."

"태워다줄 겁니까. 말 겁니까."

"요금은 세 배 주어야 합니다."

맥스는 한순간도 망설이지 않았다. 그는 헬리콥터에 올라탔다. 이륙하고 나자 맥스가 조종사에게 물었다.

"사르데냐에 태워다준 손님은 누구요?"

"윌리엄스라더군요."

어둠은 지금 엘리자베스 편이 되어 살인자로부터 그녀를 숨겨주고 있었다. 도망치기에는 이미 때가 늦었다. 집 안의 어딘가에서 숨을 만한 곳을 찾아내야 했다.

엘리자베스는 리스와 거리를 두면서 이층으로 올라갔다. 계단 위에서 그녀는 망설이다가 아버지의 침실 쪽으로 걸어갔다. 어둠 속에서 무엇인가가 그녀를 향해 날아왔다. 엘리자베스는 비명을 지르려고 했지만, 그것은 창에 비친 강풍에 흔들리는 나무 그림자였다. 심장이 너무 심하게 뛰어서 그 소리가 아래층의 리스에게까지 들릴 거라고 엘리자베스는 생각했다.

'시간을 최대한 끌어야 한다. 하지만 어떻게?'

그녀는 머리가 무거웠다. 모든 것이 흐리멍덩했다.

'잘 생각해봐!'

엘리자베스는 자기 자신에게 명령했다.

'새뮤얼 할아버지였다면 어떻게 하셨을까?'

그녀는 복도 끝에 있는 침실로 가서, 열쇠를 꺼내어 밖에서 문을 잠갔다. 이어서 다른 문도 잠갔다. 그것은 크라코우에 있는 게토의 문과 똑같았다.

엘리자베스는 자기가 왜 그런 짓을 하고 있는지 몰랐지만 마침내 할아버지가 아람을 살해했다는 것, 그리고 그들한테 붙잡히면 안 된다는 사실을 떠올렸다. 그 순간, 그녀는 손전등 불빛이 계단을 올라오는 것을 보았다. 그녀의 가슴이 덜컥 내려앉았다. 리스가 그녀를 붙잡으러 올라오고 있는 것이다.

엘리자베스는 집의 맨 꼭대기에 있는 계단을 올라가기 시작했지만, 중간에서 무릎이 덜덜 떨렸다. 그녀는 계단에 무릎을 붙이고 무릎으로 기어 올라갔다.

계단 위에 도착하자 간신히 일어선 그녀는 맨 꼭대기 방의 문을 열고 안으로 들어갔다.

새뮤얼이 말했다.

'문에 자물쇠를 채우도록 해라.'

엘리자베스는 문에 자물쇠를 채웠지만 그렇게 해도 리스를 막을 수 없다는 것을 알고 있었다. 그렇지만 그는 문을 부수지 않으면 안 될 것이다. 리스는 그것도 경찰에 설명해야 한다. 그녀의 죽음은 점점 더 살인처럼 보이게 될 것이다.

그녀는 가구를 문 쪽으로 밀어붙였다. 그녀의 움직임은 둔했다. 어둠이 황량한 바다처럼 그녀의 몸을 잡아당기고 있는 것 같았다.

엘리자베스는 두 개의 테이블과 팔걸이의자를 문에 밀어붙여 놓고 시간과 싸우면서 마치 자동인형처럼 죽음에 대한 초라한 보루를 쌓아갔다.

이층에서 꽝 하는 소리가 들려왔다. 이어서 또 한 번, 그리고 세 번째 소리가 들렸다. 리스가 침실 문을 부수고 그녀를 찾고 있는 것이다. 그것은 공격의 증거이고, 경찰에 단서를 제공해주는 셈이 된다.

리스 윌리엄스가 그녀를 속인 것처럼, 엘리자베스도 그를 감쪽같이 속인 것이다. 그런데 이상했다. 만일 리스가 그녀의 죽음을 사고로 보이게 하려는 거라면 어째서 문을 부수는 것일까?

그녀는 프랑스식 창문 곁에 다가와 장송곡을 불러주고 있는 폭풍에 귀를 기울였다. 발코니 앞은 낭떠러지로, 그 밑은 바다였다. 따라서 그 방에서 탈출할 수 있는 길은 없었다.

리스는 여기에서 그녀를 막다른 골목에 몰아넣을 것이다.

엘리자베스는 손으로 더듬어 무기를 찾았지만, 도움이 될 만한 물건은 아무것도 없었다. 그녀는 어둠 속에서 살인자를 기다렸다. 리스는 무엇을 기다리고 있는 것일까? 왜 그는 문을 부수고 해치워버리지 않는 걸까?

'문을 부수면 좋을 텐데……'

뭔가 잘못되었다. 그기 그녀의 시체를 여기에서 끌어내어 어딘가에 치워버리더라도 리스는 집의 파괴에 대해 설명할 수 없을 것이다.

엘리자베스는 리스의 입장이 되어 경찰의 의심을 받지 않고 그런 것을 잘 설명하기 위해서는 어떻게 손을 쓰면 좋을지를 생각해보았다. 그렇게 하는 데는 난 한 가시 방법밖에 없었다.

거기에 생각이 미쳤을 때, 엘리자베스는 어디선가 연기 냄새가 난다는 것을 느꼈다.

위기일발

헬리콥터 위에서 맥스 호르닝 형사는 소용돌이치는 빨간 모래 먼지의 두터운 구름에 둘러싸인 사르데냐 해안을 볼 수 있었다. 조종사는 회전날개 소리보다 더 큰 소리로 외쳤다.

"아까보다 더 심합니다! 착륙할 수 있을지 어떨지 모르겠습니다!"

맥스도 소리쳤다.

"제발 부탁이오! 포르토 체르보로 가주시오!"

조종사는 뒤돌아서 맥스의 얼굴을 쳐다보았다.

"거기는 산꼭대기라고요!"

"알고 있소. 착륙할 수 있겠소?"

"글쎄요. 70퍼센트는 되겠죠."

"어느 쪽이 70퍼센트란 말이오?"

"불가능한 쪽요."

연기가 문 밑과 마룻바닥 틈새로 새어 들어왔다. 이어서 바람소리에 활활 타고 있는 화염소리가 합세했다.

엘리자베스는 리스가 이제부터 어떻게 하는 것이 좋은지 그 해답을 얻었지만, 이미 자기의 생명을 구하기에는 너무 늦었다는 것도 깨달았다.

이제는 집 안의 가구가 부서져도 아무런 문제가 되지 않는다. 아니 그 무엇도……. 몇 분 뒤에는 이 집도, 그녀의 육체도 흔적도 없이 사라져버릴 것이기 때문이다.

에밀 조에플리와 연구실이 그렇게 되었던 것처럼, 모든 것이 불에 타버릴 것이다. 리스는 어딘가 다른 장소에서 알리바이를 만들어놓아서 벌 받지 않고 끝나게 될 것이다. 그는 그녀를 완전히 파멸시켰다. 그리고 모든 사람들을 이겼다.

연기가 방 안에 자욱하게 끼었다. 그녀는 숨이 막힐 것만 같았다. 드디어 빨간 불꽃이 문틈을 핥기 시작했고 그녀는 점점 더워지는 것을 느꼈다.

엘리자베스에게 움직일 힘을 준 것은 분노였다. 그녀는 자욱한 연기 속을 걸어서 프랑스식 창문 쪽으로 가까이 갔다. 그리고 창문을 밀어 젖히고 발코니로 나갔다. 창문을 열자마자 불꽃이 복도에서 방 안으로 날아들어서 벽을 핥았다.

엘리자베스는 발코니에 서서 안도의 숨을 내쉬고 신선한 공기를 들이마셨다. 바람에 그녀의 드레스가 펄럭였다.

그녀는 아래를 내려다보았다. 바다 쪽으로 쑥 나온 모양의 발코니는 나락 위에 걸린 조그만 섬 같았다. 달아날 방도가 없었다. 희망이 없었다.

혹시…… 엘리자베스는 머리 위의 경사진 슬레이트 지붕을 보았다. 어쩌면 지붕에 올라가서, 아직 불붙지 않은 집의 반대쪽으로 기면 살아날 수 있을지도 모른다. 그녀는 팔을 최대한 뻗어보았지만 지붕의 차양까지는 닿지 않았다.

그때 화염이 방을 둘러쌌다. 이제 시간이 없었다. 그녀는 용기를 내어 숨을 멈추고 활활 타고 있는, 연기로 가득 찬 방으로 다시 뛰어 들어갔다. 그러고는 아버지의 책상 너머에 있는 의자를 잡아 발코니로 끌고 왔다. 몸의 균형을 유지하면서 그녀는 의자를 놓고 그 위에 올라섰다. 이번에는 지붕에 손이 닿았지만 잡을 것이 없었다. 그녀는 열심히, 하지만 헛되이 손잡이가 될 만한 것을 찾았다.

방 안에서는 불이 커튼에 옮겨 붙더니 금방 방 안 전체로 번져서 책과 카펫과 가구를 태우고 발코니 쪽으로 진행해왔다. 그때 엘리자베스의 손가락은 문득 돌출된 슬레이트에서 손잡이를 찾아냈다. 그녀의 팔은 힘이 없었다. 이제 그녀는 힘을 낼 수 있을지 어떨지 점점 자신이 없어졌다.

그녀는 팔을 굽혀 몸을 들어 올리려고 했다. 발이 의자에서 떨어졌다. 자신도 모르게 그녀는 마지막 남은 힘을 다해 벽을 기어오르고 있었다. 필사적으로 몸을 끌어 올리다가 갑자기 그녀는 경사진 지붕에 엎드리게 되었다. 그리고 급경사진 지붕에 몸을 완전히 붙이고 조금씩 올라갔다.

조금이라도 발이 미끄러지면 아래의 어두운 나락으로 떨어져버리게 된다. 엘리자베스는 지붕 맨 꼭대기에 이르자 잠깐 동안 호흡을 조절하면서 자기 위치를 확인했다.

지금 막 지나왔던 발코니는 화염에 휩싸여 있었다. 이젠 되돌아갈 수도 없게 되었다. 집의 반대쪽을 바라보니 객실의 발코니가 보였다. 거기에는 아직 불이 붙지 않고 있었다. 그러나 엘리자베스는 거기까지 갈 수 있을지 감이 잡히지 않았다.

지붕이 경사가 급한 데다 슬레이트가 늘어져 있고 바람이 너무 세게 불고 있었다. 만일 미끄러지는 날에는 도중에서 그녀를 멈추게 해줄 그 무엇도 없었다.

엘리자베스는 몸이 움츠러들어 꼼짝할 수가 없었다. 그때 마치 기적과도 같이 객실의 발코니에 사람 그림자가 나타났다. 알렉이었다. 그는 위를 올려다보면서 가라앉은 목소리로 그녀를 불렀다.

엘리자베스의 마음에 희망이 솟아올랐다.

"서두르지 말고 한 발짝씩 떼어놓아라. 괜찮아."

엘리자베스는 살금살금 알렉 쪽으로 1인치씩 내려가기 시작했다. 다음 슬레이트를 확실하게 확보할 때까지는 지금 잡고 있는 슬레이트를 놓지 않도록 했다. 하지만 그것은 영원히 끝날 것 같지 않았다.

그러는 동안 끊임없이 그녀를 격려해주고 있는 알렉의 믿음직스런 목소리가 들려왔다. 그녀의 몸이 조금씩 밑으로 내려와, 거의 발코니에 닿는 순간이었다. 슬레이트가 깨지고 그녀는 떨어져 내렸다.

"잘 붙잡아!"

알렉이 황급히 소리쳤다.

엘리자베스는 다른 손잡이를 발견하고 그것을 꽉 움켜잡았다. 그녀는 지붕 끝까지 와 있었다. 그 아래는 끝없는 공간이 펼쳐져 있을 뿐이었다. 그녀는 알렉이 기다리고 있는 발코니로 뛰어내리는 수밖에 없었다. 만약 잘못 뛰어내리면……

알렉이 그녀를 올려다보았다. 그의 얼굴에는 조용한 자신감이 넘쳐흘렀다. 그가 말했다.

"아래를 보지 말고 눈을 감고 손을 놓는 거야. 내가 밑에서 받을 테니까……"

엘리사베스는 심호흡을 한 다음, 다시 한 번 숨을 깊이 들이마셨다. 그녀는 손을 놓아야 한다는 것을 알고 있었지만 쉽게 되지 않았다. 그녀의 손가락은 슬레이트에 완전히 달라붙어 있었다.

"빨리!"

알렉이 소리쳤다.

엘리자베스는 손을 놓았다. 그녀는 허공에서 알렉의 팔에 무사히 안겼다. 그녀는 안도의 숨을 쉬며 눈을 감았다.

"잘했다."

알렉이 말했다.

그때 엘리자베스는 자신의 머리에 권총이 겨누어져 있음을 느꼈다.

영원한 사랑

헬리콥터 조종사는 맹렬한 바람을 피하기 위해 과감히 고도를 낮추고 나뭇가지를 스치며 날았다. 저공에서도 바람은 매우 세게 불고 있었다. 조종사는 멀리 포르토 체르보의 산봉우리를 보았다. 맥스도 동시에 그것을 발견했다.

맥스가 소리쳤다.

"저기 별장이 보인다!"

그는 가슴이 철렁 내려앉았다.

"불타고 있어!"

엘리자베스는 발코니에서 바람을 무릅쓰고 가까이 다가오는 헬리콥터 소리를 듣고 얼굴을 들었다. 알렉은 헬리콥터에 대해서는 신경을 쓰지 않았다. 그는 엘리자베스를 바라보고 있었다. 그의 눈은 고통으로 가득 차 있었다.

"비비안을 위해서나. 비비안을 위해서 이렇게 할 수밖에 없었다. 알겠니? 너는 불 속에서 발견될 거야."

엘리자베스는 듣고 있지 않았다. 그녀는 오로지 한 가지 생각에만 열중하고 있었다.

'리스가 아니었구나. 리스가 아니었어.'

처음부터 모든 것은 알렉의 짓이었다. 알렉이 아버지를 살해하고 그녀도 살해하려고 한 것이다.

알렉이 보고서를 훔치고 그 죄를 리스에게 덮어씌우려고 했고, 그녀를 공포에 떨게 만들어서 리스한테서 도망치도록 했다. 알렉은 그녀가 여기로 올 거라는 것을 알고 있었다.

헬리콥터는 나무들 사이로 잠시 모습을 감추었다. 그러자 알렉이 말했다.

"눈을 감아, 엘리자베스."

"싫어요!"

그녀는 온 힘을 다해 소리쳤다. 그때 리스의 목소리가 들려왔다.

"권총을 버려, 알렉!"

두 사람은 잔디밭을 내려다보았다. 어른거리는 불빛에 비친 리스와 루이지 페라로 서장, 그리고 라이플을 든 5,6명의 형사의 모습이 보였다. 리스가 소리쳤다.

"이젠 다 끝났다! 엘리자베스를 놓아줘!"

망원경이 부착된 라이플을 가진 형사가 말했다.

"그녀가 비키지 않으면 방해가 되어서 쏠 수가 없습니다."

'제발 비켜 서, 엘리자베스!'

리스는 마음속으로 빌었다.

잔디밭을 가로지르며 맥스 호르닝 형사가 서둘러 리스 곁으로 다가왔다. 그는 발코니의 장면을 보고 멈추어 섰다.

리스가 한마디 했다.

"당신의 연락을 받았소. 하지만 나는 시간에 대지 못했소."

두 사람은 발코니의 두 사람을 지켜보았다. 별장에서 타오르는 화염에 비쳐서 마치 두 개의 인형처럼 보였다. 강풍에 불길이 거세어져 별장은 마치 거대한 횃불처럼 타올랐다. 그것은 주위의 산을 활활 태워서 어둠을 지옥으로 만든, 불타오르는 죽은 자들의 전당 같았다.

엘리자베스는 뒤돌아서 알렉의 얼굴을 바라보았다. 그의 눈은 아무것도 보고 있지 않는 것 같았고, 얼굴은 죽음처럼 어두웠다. 그는 엘리자베스에게서 떨어져 발코니 문 쪽으로 걸어갔다.

아래쪽에서 형사가 말했다.

"내가 맡겠소."

그는 라이플을 겨냥하고 한 발 쏘았다. 그러자 알렉은 비틀거리면서 문 안으로 모습을 감추었다. 아까까지 두 개였던 발코니의 그림자가 하나만 남았다.

엘리자베스가 소리쳤다.

"리스!"

리스 윌리엄스는 이미 그녀를 향해 달려가고 있었다.

그 뒤에 일어난 것은 급속히 움직이는 혼란된 만화경 같았다. 리스는 그녀를 껴안고 안전한 곳으로 옮겼다. 그녀는 리스에게 꼭 매달렸지만 그래도 아직 부족한 것 같았다.

엘리자베스는 눈을 감고 잔디밭 위에 누웠다. 리스가 두 팔로 그녀를 껴안으며 말했다.

"사랑해, 엘리자베스."

엘리자베스는 자신의 귓가를 흐르며 애무하는 그의 목소리를 묵묵히 듣고 있었다. 입을 열 수가 없었다. 그녀는 그의 눈을 들여다보았다. 그의 눈 속에서 사랑과 고뇌를 보았다.

엘리자베스는 그에게 하고 싶은 이야기가 너무 많았다. 그리고 지금까지 그를 의심한 것이 미안해서 견딜 수가 없었다. 그녀는 일평생 두고두고 보답을 해야겠다고 생각했다.

그녀는 너무 지쳐 있어서 지금은 아무것도 생각할 수가 없었다. 모든 것이 마치 다른 시대에, 다른 곳에서, 다른 누군가에게 일어난 일 같았다.

단 한 가지 중요한 것은 지금 자신이 리스와 함께 있다는 사실이었다. 엘리자베스는 그의 강한 팔이 자기를 꼭, 그리고 영원히 껴안아주리라 믿었다. 그것으로 충분했다.

황홀한 최후

마치 활활 타오르는 지옥에 발을 들여놓은 것 같았다. 연기는 방 안에 점점 더 짙게, 자욱하게 끼고, 불을 토하는 괴수가 그 속에 나타났다가 사라졌다. 불은 알렉에게 덤벼들어 그의 머리칼에 휘감기고, 활활 타오르는 화염 소리는 그에게 호소하는 비비안의 저항하기 어려운 매혹적인 노랫소리로 변했다.

갑자기 피어오른 화염 속에서 그는 비비안을 보았다. 그녀는 침대 위에 길게 누워 있었다. 완전히 벌거벗은 채 목에 새빨간 리본을 감고 있었는데, 그가 처음 그녀를 사랑했던 때 감고 있던 리본과 똑같았다.

그녀가 다시 그의 이름을 불렀다. 타는 듯 갈망하는 목소리였다. 지금 그녀는 다른 남자가 아닌 바로 그를 찾고 있다. 그가 가까이 가자 그녀는 이렇게 속삭였다.

"제가 사랑한 것은 당신 한 사람뿐이에요."

알렉은 그것을 믿었다. 그는 비비안이 저지른 부정에 대해 그녀를 벌해야 했다. 그러나 그는 영리한 사람이었다. 그가 저지른 저 가공할 만한 소행은 모두 그녀를 위한 것이었다.

알렉이 더 가까이 다가가자 비비안이 또다시 속삭였다.

"제가 사랑한 것은 당신 한 사람뿐이에요, 알렉."

알렉은 그것이 진실이라는 것을 알고 있었다.

그녀는 두 팔을 벌려 그를 유혹하고, 알렉은 그녀 곁에 누웠다. 그는 그녀를 포옹하고 두 사람은 하나가 되었다. 그리고 그는 그녀 속에 들어가서 그녀가 되었다.

알렉은 이번에는 그녀를 만족시킬 수가 있었다. 그는 참을 수 없는 강렬한 쾌감을 맛보았다. 그녀의 몸의 열기가 자기를 태우는 것을 느꼈다.

알렉이 넋을 잃고 보고 있는 동안에 비비안의 목에 감긴 리본이 새빨간 불꽃이 되어 그를 애무하고 핥았다. 그 다음 순간, 천장에서 불이 붙은 대들보가 화장(火葬)에 쓰는 장작이 되어 그의 몸 위로 떨어졌다.

알렉은 다른 사람들과 마찬가지로 죽어갔다. 황홀경 속에서……

옮긴이의 말

　이 작품은 전 세계적인 베스트셀러 작가인 시드니 셸던의 대표작 [화려한 혈통(Bloodline)]의 완역본이다.

　원서의 표지에는 뉴욕타임스를 비롯한 주요 매스컴들이 이 작품을 격찬하고 있는데, 매우 적절한 표현이라고 생각되어 여기에 소개한다.

　'피를 얼어붙게 만들고, 미스터리로 가득차고, 사납게 몰아치고, 이국적이고, 대담하고, 음모에 넘치고, 책을 손에서 내려놓을 수 없고, 속도감 있고, 휘황찬란한 스토리가 전개되고, 매혹에 넘치고, 뛰어난, 위기일발의 소설'이다.

　한마디로 굉장한 책이라는 것을 말해주고 있다.

　어쨌든 이 작품은 시드니 셸던의 역량과 재능을 최대한으로 발휘한 소설로, 한번 손에 들면 끝까지 읽지 않고는 못 배기는 감동과 재미와 스릴을 선사한다.

　그런 이유에서인지 이 책은 나오자마자 베스트셀러가 되어 '뉴욕타임스'에서 3개월 이상 1위를 차지하고, 1천만 부 이상의 판매부수를 기록했으며, 즉시 영화화되어 전 세계에 보급되었다.

　이 작품을 쓴 시드니 셸던은 약관 25세의 나이로 브로드웨이에서

뮤지컬 드라마를 히트시키고 그 공로로 프로듀서, 연출가, 작가로서 오스카상 및 토니상을 수상했다.

그의 작품은 발표되기가 무섭게 세계 최대의 판매 부수를 기록했으며 우리나라에서도 그의 작품은 외국소설 부문 베스트셀러에 계속 오를 정도로 수많은 독자들에게 읽혀졌다. 그만큼 시드니 셀던은 사상 최고의 인기를 얻었던 소설가이다.

〈백경〉의 저자인 허먼 멜빌은 이렇게 말한 적이 있다.

"위대한 책을 쓰기 위해서는 위대한 테마를 선택해야 한다."

시드니 셀던은 이러한 위대한 선배 작가의 비결을 배운 것 같다. 이 소설의 주요 인물은 모두 슈퍼급 거물들이고, 무대는 세계적인 대제약회사이며 시간적으로는 5세대, 즉 100여 년에 이르고 뉴욕, 런던, 파리, 로마, 취리히를 비롯한 전 세계를 누빈다.

이 작품은 역자로서도 매우 감동을 받은 보기 드문 수작이다. 지금까지 수백 권의 작품을 번역해왔지만, 이 작품처럼 치밀한 구성과 통쾌한 미스터리의 역전, 사랑과 갈등, 고뇌, 인간의 한없는 욕망과 절망을 극명하게 묘파한 소설은 그다지 많지 않았다.

또한 번역하면서도 그 재미에 나도 모르게 빠져들어, 하늘을 날 듯 시간이 어떻게 가는지도 모르게 작업을 했다.

수많은 시드니 셀던 독자들을 위해 원서에 충실하면서 정성을 들여 번역했음도 자부한다.

정성호

옮긴이 정성호

충남 당진에서 태어나 가톨릭대학교 신학과를 졸업하고 번역전문가로 활동하고 있다. 현재까지 번역한 책은 600여 종에 이른다. 주요 역서로 《개 같은 나의 인생》, 《황금옷 천사》, 《배반의 축배》, 《13월의 천사》, 《신즈》, 《우연한 여행자》, 《늑대와 춤을》, 《그네 타는 남자》, 《생의 한가운데》, 《인간의 역사》, 《정신분석입문》, 《포레스트 검프》, 《체인지》 등이 있다.

화려한 혈통

개정중판 1쇄 인쇄 2022년 10월 25일 | **개정중판 1쇄 발행** 2022년 10월 30일

지은이 시드니 셸던 | **옮긴이** 정성호 | **펴낸이** 최효원 | **펴낸곳** (주)오늘
등록일 1980년 5월 8일 제2012-000082호
주소 서울시 영등포구 선유로 15, 209호 | **전화** (02)719-2811(대) | **팩스** (02)712-7392
홈페이지 http://www.on-publications.com | **이메일** oneull@hanmall.net

ISBN 978-89-355-0567-8 03840